by

KIRA MOHN

Free
LIKE
THE
WIND

ROMAN

KySS

Originalausgabe
Veröffentlicht im Rowohlt Taschenbuch Verlag,
Hamburg, Februar 2021
Copyright © 2021 by Rowohlt Verlag GmbH, Hamburg
Covergestaltung ZERO Werbeagentur, München
Coverabbildung Shutterstock, Natapong Supalertsophon / Getty Images
Satz aus der Newzald
Gesamtherstellung CPI books GmbH, Leck, Germany
ISBN 978-3-499-00400-1

Die Rowohlt Verlage haben sich zu einer nachhaltigen Buchproduktion
verpflichtet. Gemeinsam mit unseren Partnern und Lieferanten setzen
wir uns für eine klimaneutrale Buchproduktion ein, die den Erwerb von
Klimazertifikaten zur Kompensation des CO_2-Ausstoßes einschließt.
www.klimaneutralerverlag.de

· *Für Kathrin* ·
Das ist das Mindeste

RAE

«Rae? Ist alles in Ordnung?»

Mum steht in meiner Zimmertür, und wie so oft hat sie zwar angeklopft, ist dann aber direkt hereingeplatzt, ohne auf eine Antwort zu warten. Diesmal hat sie dafür zugegebenermaßen einen Grund. Ich habe mich gerade erst wieder aufgesetzt, nachdem ich bei meinem Versuch, einen Kopfstand hinzubekommen, einfach zur Seite gekippt bin.

«Alles okay.» Mein Nacken fühlt sich ein wenig verrenkt an, aber das behalte ich besser für mich. Sonst googelt sie *Symptome bei Nervenschädigungen im Halsbereich*.

«Ich habe ein Poltern gehört und dachte ...»

«Mir sind nur ein paar Bücher aus der Hand gefallen.»

Meine Ausrede wird unterstützt durch einen umgekippten Stapel Bücher neben dem Bett, neben dem ich gerade hocke, als habe ich sie aufsammeln wollen. Dass die dort bereits seit gestern Abend liegen, weiß meine Mutter ja nicht.

«Okay, wenn es dir wirklich gutgeht ...» Sie lächelt ihr kleines Mum-Lächeln, ein bisschen entschuldigend und sehr traurig, und mein Herz zieht sich zusammen.

«Es ist alles okay, wirklich», erwidere ich und lächle zurück.

«Gut, dann ... Es gibt gleich Abendessen.»

«Alles klar, ich komm runter.»

Sobald die Tür sich hinter ihr geschlossen hat, taste ich nach meinem schmerzenden Nacken und drehe den Kopf vorsichtig erst nach rechts, dann nach links. Autsch.

Von wegen *Kopfstand für Anfänger*. Dieses blöde YouTube-Video. Ich hätte bei meinen Yogaübungen einfach beim Sonnengruß bleiben sollen.

Meine Freundin Haven beherrscht die Kopfstandübung perfekt, und hätte sie mir vorhin am Telefon nicht davon vorgeschwärmt, müsste ich jetzt nicht meine Knochen sortieren. Ich sollte endlich einsehen, dass Haven mir in Sachen Körperbeherrschung weit überlegen ist. Dabei hat sie mit Yoga erst vor ein paar Wochen angefangen. Ächzend erhebe ich mich, um ins Badezimmer zu gehen. Vielleicht lasse ich den Kopfstand fürs Erste lieber sein und wage mich nur an neue Übungen, für die ich ohnehin auf dem Boden liegen muss. Haven wird dazu garantiert eine ganze Reihe an Vorschlägen haben.

Vor dem Spiegel wickele ich mir die langen Haare zu einem Knoten zusammen, den ich mit geradezu absurd vielen Spangen feststecke. Meine vietnamesische Urgroßmutter hat mir das glatte, schwere Haar vererbt, allerdings ist es seit einiger Zeit nicht mehr schwarz, sondern blau. Damit habe ich Philippe, meinen Chef im *Phoenix,* an seine Grenzen gebracht und kann wohl von Glück sagen, dass er mich nicht gefeuert hat. «Blau!», hat er gerufen und mich entgeistert angestarrt. «Warum färbst du deine Haare blau?»

Warum nicht? Es ist ein wunderschönes, tiefes Nachtblau, und es hat mir einfach gefallen.

Philippe steht auch nicht auf offene Haare bei der Arbeit. Er findet das unhygienisch, als würde ich nicht in einem Kino an der Kasse sitzen, sondern am offenen Herzen operieren. Ich befestige eine letzte Spange, klemme mir die vorderen, nur kinnlangen Strähnen hinters Ohr und schüttele versuchsweise den Kopf. Das sollte halten.

Meine Mutter wuselt in der Küche herum, als ich die Treppe hinunterkomme. Dad ist wie so oft nicht da, aktuell gibt's in Vancouver Dinge für die Firma zu regeln, bei der er arbeitet. Die Energie, die meine Mutter in erster Linie in mich steckt, investiert Dad in seinen Job, und dafür bin ich ganz dankbar. Ich liebe meine Eltern und verstehe sie vollkommen, trotzdem sind sie gemeinsam mitunter schwer zu ertragen. Die beiden ständig im Doppelpack – ich würde irre werden.

«Rae? Kannst du das Gemüse mitnehmen?»

Kaum habe ich ihr die Schüssel abgenommen, greift sie sich ein Handtuch, um einen Teller Crêpes aus dem Ofen zu holen, wo sie sie warm gehalten hat.

Im Esszimmer schiebe ich die große Vase beiseite, in der gelbe Tulpen bereits die Köpfe etwas hängen lassen.

Mum stellt die Crêpes zwischen die anderen Schalen. «Nimm dir Bambussprossen», weist sie mich an, während sie sich auf ihrem Stuhl niederlässt. «Und trink bitte dein Wasser, ja? Du trinkst zu wenig. Das ist nicht gut.»

Diesen Hinweis höre ich seit Wochen Tag für Tag. Mit ziemlicher Sicherheit hat Mum irgendwo gelesen, dass man täglich mindestens drei bis vier Liter Wasser trinken sollte, oder eine ihrer Freundinnen hat ihr das erzählt. Seitdem rennt sie mir mit Wasserflaschen hinterher. Und das wird sie tun, bis etwas anderes in ihren Fokus rückt – wenn ich Glück habe, bevor ich eine Allergie gegen Wasser entwickelt habe. So viel trinkt einfach kein normaler Mensch.

«Wann bist du heute Nacht wieder da?», will sie jetzt wissen.

«Gegen zwei.»

Wie an jedem Donnerstag. Die Spätvorstellung beginnt erst

um Viertel nach elf, und bis dann alle Leute draußen sind und ich den Saal aufgeräumt habe, dauert es eine Weile. An den anderen Tagen, an denen ich im Kino arbeite, läuft die letzte Vorführung spätestens um halb neun, doch eigentlich sollte Mum sich mehr Sorgen machen, wenn ich vor Mitternacht nach Hause gehe. Um diese Uhrzeit sind meiner Erfahrung nach mehr Idioten unterwegs.

«Rufst du mich an, sobald du losgehst?»

«Mach ich.»

«Pfefferspray hast du?»

«Klar.»

Mum hat es extra in einem Outdoorladen für mich gekauft. Offiziell ist es ein Bärenspray, aber ihrer Meinung nach treiben sich nachts in Edmontons Straßen Leute herum, die mindestens genauso gefährlich sind wie Bären. Sie führt die Gabel zum Mund und hält inne. Ich weiß genau, dass sie in diesem Moment mit sich ringt, weil sie mich zum tausendsten Mal bitten möchte, mir ein Taxi zu nehmen. Für meinen Wagen gibt es dort im weiten Umkreis einfach keinen Parkplatz. Aber mit einem Taxi wäre ich erstens ohnehin beinahe länger unterwegs als zu Fuß, und zweitens ginge ein Viertel meines Verdienstes für die Fahrtkosten drauf. Und ich will auch nicht, dass Mum das Taxi jeden Abend bezahlt. Oder mich abholt. Es ist schwer genug, sich in diesem Haus halbwegs selbständig zu fühlen, genau genommen ist es beinahe unmöglich. Und um die wenigen Freiheiten, die ich habe, kann ich sehr hartnäckig kämpfen.

Zu diesem Ergebnis scheint auch Mum zu kommen, die sich gerade die Gabel in den Mund schiebt. Jetzt darf ich sie nur nicht zu lange ansehen, sonst bekomme ich wie so oft ein schlechtes Gewissen.

«Dein Wasser», erinnert sie mich, als ich nach dem Essen

aufstehen will, um noch einmal nach oben zu gehen, bevor ich losmuss. Ich stürze die kalte Flüssigkeit hinunter und bringe das Glas mitsamt Teller in die Küche, bevor sie mir nachschenken kann.

In meinem Zimmer streife ich die dünne Lederjacke über, schnappe mir meine Umhängetasche und eile dann auf Socken wieder hinunter, um mir halbhohe Schnürboots anzuziehen.

Kurz darauf steht Mum vor der Haustür, um sich von mir zu verabschieden, und ich wette, ich bin die einzige Zwanzigjährige in ganz Edmonton, die sich an der Straßenecke noch einmal zu ihrer Mutter umdreht. Sie ist einige Schritte auf die Veranda hinausgetreten, um mir hinterherzuschauen. Allein diesen Blickkontakt zu unterbrechen, ist jedes Mal ein psychologischer Kraftakt. Ich weiß ja, woran sie in diesem Augenblick denkt. An dasselbe wie ich. Tag für Tag.

Ist vermutlich kein Wunder, dass unsere Familie mittlerweile ein wenig verrückt geworden ist.

Für den Weg zum Kino benötige ich nur knapp zwanzig Minuten, wenn ich durch den Park gehe, in dem die Bäume seit einer Weile endlich wieder grüne Blätter tragen. Dass ich diese Abkürzung nehme, ist auch etwas, das Mum nicht gutheißt. Mir ist bewusst, dass all diese kleinen Dinge dazu beitragen, mich meiner Mutter gegenüber ewig wie siebzehn zu fühlen, aber ich komme nicht dagegen an. Weder gelingt es mir, meine kleinen Trotzhandlungen zu unterlassen, noch scheint es einen Weg zu geben, meine Mutter davon abzubringen, mich am liebsten den ganzen Tag in meinem Zimmer einsperren zu wollen. Und wenn schon nicht das, dann wäre es ihr lieber, ich würde studieren, so wie Haven, statt nur in einem Kino zu arbeiten.

Es tut mir leid, ihr diesen Wunsch nicht erfüllen zu können. Meine Eltern hatten extra gewartet, bis ich mit der Highschool fertig war, bevor Dad sich versetzen ließ und wir Winnipeg den Rücken kehrten, um nach Edmonton zu ziehen. Vor allem Mum war wegen meines Abschlusses so erleichtert. Was für eine unglaubliche Leistung das sei, nach allem, was geschehen war, hat sie mir ungefähr tausendmal versichert. Nur bin ich in ihren Augen leider direkt danach zum Stillstand gekommen, und obwohl sie versucht, Verständnis dafür aufzubringen, verstärkt jeder Monat, der vergeht, ihre Sorge, ich könne den Anschluss verlieren. Dabei ist das längst geschehen.

«Aber irgendetwas musst du doch machen», sagt sie immer, und mit Sicherheit wünscht sie mir nicht, dass ich mal Geschäftsführerin des *Phoenix* werde. Dazu müsste ich allerdings erst einmal herausbekommen, was ich eigentlich will.

Aktuell jedenfalls will ich einfach nur raus. Ich will auf die Straße, ich will in den Park, und es macht mir keine Angst, allein unterwegs zu sein. Vor ziemlich genau zwei Jahren habe ich mit Krav Maga angefangen, und ich bin gut. Diese Kampfsportart beherrsche ich weit besser als Yoga, und jeder, der mir zu nahe käme, würde das unmittelbar feststellen. Das Bärenspray in meiner Tasche könnte sich auf *mich* verlassen, nicht umgekehrt.

Wenn der Park hinter mir liegt, dauert es keine fünf Minuten, bis ich beim Kino angekommen bin. Das *Phoenix* ist das älteste Kino in Edmonton, vielleicht sogar in ganz Alberta. Früher gab es sogar noch ein separates Kassenhäuschen vor dem Eingang, doch das war vor meiner und sogar noch vor Philippes Zeit. Es hat nur einen einzigen Filmsaal, aber wegen seines Retro-Charmes kann es sich auf eine loyale Anhängerschaft verlassen. Viele Besucher sind treue *Phoenix*-Gänger und würden selbst die Blockbuster, die gelegentlich bei uns laufen, nie in einem der modernen Multiplex-Cinemas anschauen.

«Rae, hi. Wie geht's dir? Du kannst gleich Popcorn machen.»
Ich habe die Schwingtür in meinem Rücken noch nicht wieder abgeschlossen, als Philippe mich mit diesen Worten begrüßt. Philippe hat vor wenigen Jahren noch in Frankreich gelebt und ist nicht unbedingt der «Wie war dein Tag? Danke, prima, und selbst?»-Typ. Mittlerweile hab ich mich daran gewöhnt und mag es sogar irgendwie.

«Und füll die Süßigkeiten auf!», ruft er noch, während er die Treppe neben dem Eingang zum Saal hinauf verschwindet. Vermutlich überprüft er oben noch einmal, ob Maverick nach der Mittagsvorstellung die Filmrolle wieder auf den Anfang gesetzt hat.

Philippe hat die Popcornmaschine schon angeheizt, und ich fülle Maiskörner und Salz ein, nachdem ich den Zettel überprüft habe, auf dem die heute Nachmittag verkauften Süßwaren stehen. Scheint, wir haben noch von allem genug.

Als Philippe wieder herunterkommt, poppen in der Maschine gerade die letzten Körner auf. «Ich gehe heute nach der ersten Vorstellung», sagt er. «Aber Maverick kommt später noch mal.»

«Alles klar.» Mit dem gemütlichen Maverick arbeitet es sich ohnehin angenehmer als mit meinem hektischen Chef. Philippe ist irgendwas um die fünfzig, ein kleiner Mann mit Nickelbrille und weichen Gesichtszügen, der mindestens zweimal in der Woche verkündet, dass ein Herzinfarkt ihn demnächst dahinraffen wird. Meistens dann, wenn Maverick mal wieder keine Lust hatte, den Saal nach der Mittagsvorstellung sauber zu machen, oder ich vergesse, irgendetwas nachzubestellen. Als vor einiger Zeit eine Besucherin mitten in der Vorstellung zu hyperventilieren begann, musste ich mich erst um sie und dann um Philippe kümmern, der sich solidarisch um ein Haar gleich danebengelegt hätte.

Pünktlich zum Einlass stehen bereits die ersten Leute vor der Tür, und ich verkaufe Tickets, Popcorn und Süßigkeiten und versuche nebenbei vorherzusagen, wer von den Leuten, die jetzt noch lächeln, nachher wohl weinend den Saal verlassen wird. Heute läuft zum dritten und letzten Mal *Sommersby*, ein uralter Film mit Jodie Foster, und vorgestern war ich völlig schockiert, als nach der Vorstellung laut schluchzende Besucher aus dem Saal strömten. Ich habe mir den Film gleich in der nächsten Mittagsvorstellung angesehen und konnte danach verstehen, warum alle heulen.

«Das macht dreiunddreißig Dollar», teile ich dem Typen vor mir mit und händige ihm dabei eine Popcorntüte aus. Statt zu bezahlen, lässt er seinen Blick noch mal über die Auslage streifen und mustert mich anschließend ein paar Sekunden zu lang. Er ist einer von diesen glatten, von sich selbst überzeugten Schönlingen in dunkelhaariger Ausführung, und wenn ich den resignierten Ausdruck in den Augen der jungen Frau neben ihm richtig einschätze, kommt jetzt gleich noch irgendein blöder Spruch.

«Vielleicht nehme ich noch ...»

Ungeduldig warte ich darauf, dass er endlich zur Sache kommt. Hinter ihm zieht sich die Schlange bis zur Tür, und ich hätte gern jeden drin, bevor es im Saal dunkel wird.

«... ein *Mr. Big*.» Er grinst auf eine Art, bei der ich innerlich mit den Augen rolle. Erstens muss ich mir *Mr.-Big*-Sprüche ständig von irgendeinem Idioten anhören, und zweitens nerven mich Typen, die vielsagend einen *Mr.-Big*-Schokoriegel verlangen, noch um einiges mehr, wenn daneben die Freundin auf ihr Smartphone starrt und so tut, als bekomme sie die blöde Anmache ihres Freundes nicht mit.

«Fünfunddreißig Dollar dann.»

Er hält mir ein paar Scheine entgegen und lässt einige Sekunden lang nicht los. Dieser Typ heult nachher garantiert nicht. Ich bezweifle, dass ihn der Film überhaupt interessiert.

Meine Vermutung bestätigt sich eine knappe Stunde später, als sich die Tür zum Saal öffnet und der Kerl erneut auftaucht. Natürlich will er nicht zu den Toiletten. Stattdessen tut er erst so, als überlege er ein weiteres Mal vor den Schokoriegeln, bevor er mit zwei Schritten zu mir an die Kasse kommt.

«Der Film ist Schrott», teilt er mir mit.

«Das tut mir leid», sage ich höflich. Lieber würde ich mit *Du hast doch keine Ahnung* antworten, aber das würde Philippe seinen hundertsten Herzinfarkt bescheren. In diesem Monat. Immer freundlich mit den Kunden.

«Was läuft morgen?»

«*Pulp Fiction*. Tarantino-Woche.»

«Klingt besser. Guckst du dir die Filme auch selbst an?»

«Das ist schwierig, wenn man gleichzeitig arbeiten muss.» Schwachkopf. Letzteres denke ich nur sehr laut.

Er lacht und lehnt sich mit der Hüfte gegen die Theke. Oh nein, er macht es sich bequem.

«Wann hast du denn Schluss? Ich bin übrigens Zane.»

Er hält mir seine Hand hin, die ich nur kurz ergreife. «Wenn nach der Vorführung die letzte Popcorntüte aufgesammelt ist.»

«Schon mal dabei Leute erwischt, die es miteinander getrieben haben?»

«Nein.» Aber ich finde nach Vorführungen mitunter gebrauchte Kondome in der hintersten Reihe. Das muss der Typ allerdings nicht wissen. Dessen Phantasie ist ohnehin schon im FSK-18-Bereich, und sein Grinsen macht deutlich, dass er überhaupt nicht kapiert, wie widerlich ich ihn finde. Entweder das, oder es geht ihm genau darum.

«Vielleicht ändert sich das ja heute.» Er stößt sich von der Theke ab und geht zurück zur Tür, die in den Saal hineinführt. «Durch irgendetwas muss man sich den langweiligen Film ja erträglich machen.»

Bah, was für ein grauenhafter Kerl. Trotzdem hat er es tatsächlich geschafft, mich zu beunruhigen. Nachdem der Film zu Ende ist und ein völlig in Tränen aufgelöster Strom an Menschen dem Ausgang entgegenstrebt, versuche ich, ihn in der Menge ausfindig zu machen – ohne Erfolg. Hoffentlich habe ich ihn nur übersehen. Sollten er und seine Freundin dadrin wie angekündigt noch beschäftigt sein, krieg ich die Krise.

Als endlich die letzten Nachzügler die Treppe von den Toiletten hinaufkommen, warte ich noch zusätzliche fünf Minuten, nachdem die Schwingtüren sich hinter zwei Freundinnen geschlossen haben, von denen eine sich noch ausgiebig die Nase putzt, dann stehe ich auf, und weil Maverick noch nicht da ist, schließe ich ab. Eine halbe Stunde, so viel Zeit habe ich, bis ich wieder aufschließen muss, und dann sollte alles sauber sein, also los jetzt.

Vorsichtig öffne ich die schwere Tür zum Kinosaal. Die Lichter an den Wänden leuchten, doch sie reichen nicht aus, um den Raum bis in die letzten Winkel hinein zu erhellen. Auf den ersten Blick scheint alles okay, Geräusche sind jedenfalls keine zu hören. Ich lasse den Blick über sämtliche Sitzreihen gleiten, die steil genug angeordnet sind, um hohe, bequeme Lehnen zu erlauben. Zu hoch, um von meiner Position aus sehen zu können, ob irgendwo vielleicht noch jemand auf einem der Plätze kauert. Oder auch gleich zwei Leute. Aber dann würde ich zumindest irgendwas hören, schätze ich.

Erst als ich einigermaßen sicher bin, wirklich allein zu sein, schüttele ich den Müllbeutel auf, den ich mit reingenommen habe, und streife mir die Einweghandschuhe über. Leere und noch halbgefüllte Popcorntüten, Eisschachteln, Plastikfolien, Pappbecher und Strohhalme – eine durchschnittliche Vorstellung füllt locker einen Fünfzigliterbeutel. Nach *Sommersby* liegen überdies noch jede Menge benutzter Taschentücher herum, und deshalb denke ich mir zunächst nichts dabei, als ich in der letzten Bankreihe etwas Weißes sehe. Tatsächlich klemmen in der Sesselspalte gleich mehrere Taschentücher, davor jedoch liegt ein aus einem Kalender herausgerissener Zettel.

Viele Grüße, Zane, steht quer über dem heutigen Wochentag. In der unteren Ecke sind Blümchen abgedruckt. Garantiert der Kalender seiner Freundin.

Ich starre einige Sekunden lang auf die zusammengeknüllten Taschentücher. Und auf den feuchten Fleck unter dem Blatt Papier. Dann befördere ich alles in den Müllbeutel und mache mich auf den Weg zurück zum Lagerraum, um einen nassen Lappen und eine Küchenrolle zu holen.

Hoffentlich taucht dieser grässliche Psychopath nie wieder auf.

CAYDEN

Mitternacht ist gerade vorüber, und eben noch schien völlig klar zu sein, wie die Stunden mit Victoria bis zum Morgengrauen ablaufen würden. Das hier ist nicht unser erstes Date und auch nicht unsere erste gemeinsame Nacht. Bis vor wenigen Augenblicken dachte ich, zwischen uns werde alles wie immer seinen Gang gehen. Ein Besuch in einer Bar. Sex. Eventuell ein gemeinsames Frühstück. Und danach – bis irgendwann mal wieder.

Den Barbesuch haben wir abgehakt, jetzt sind wir in Vics Schlafzimmer. Doch nach dem, was sie mir gerade bei ihrem spontanen Striptease ins Ohr geflüstert hat, kämpft der Teil in mir, der streng darauf achtet, nie falsche Hoffnungen aufkommen zu lassen, mit dem Teil, der versichert, man könne auch noch später darüber reden.

Der erste Teil gewinnt.

«Weißt du was – ich verzieh mich.»

«Was? Jetzt?» Victoria starrt mich entgeistert an, tastet dann nach der Bettdecke und zieht sie über ihre nackten Brüste. «Wieso das denn?»

Ohne zu antworten, angele ich nach meinem Shirt, das ich mir vor wenigen Minuten habe über den Kopf streifen lassen. So genau bin ich mir darüber selbst nicht im Klaren. Ich könnte es einfach auf das schieben, was Vic gesagt hat, doch es ist nicht nur das, es ist … keine Ahnung. Im Moment weiß ich nur, dass mir plötzlich nicht mehr nach Sex ist.

«Cay! Du kannst doch nicht … aber wieso?»

Ich schwinge die Beine über die Matratze. «Ich hab einfach doch keine Lust heute.»

«Was? Sag mal, spinnst du?»

In Victorias bestürzte Verwirrung mischt sich ein scharfer Unterton, und das ist mir ganz recht. Besser, sie ist wütend als verzweifelt – mit Wut kann ich umgehen. Sie an mir abprallen lassen.

«Sorry, Vic.»

«Deine Entschuldigung kannst du dir sonst wohin stecken! Du bist so ein … so ein … Cayden! Wenn du jetzt echt einfach abhaust, dann … was stimmt denn nicht?»

«Gar nichts. Es hat keinen besonderen Grund, ich hab's mir einfach anders überlegt.»

«Du hast es dir einfach anders überlegt? Du hast es dir anders überlegt, nachdem du zugesehen hast, wie ich für dich strippe?»

«Ich hab ein bisschen zu viel getrunken, okay? Mach jetzt keinen Stress.»

Dass Victoria daraufhin ausflippt, ist beabsichtigt – es macht alles sehr viel einfacher.

«Du bist so ein verfluchter Arsch! Für wen hältst du dich eigentlich? Denkst du, du kannst bei mir anrufen, wann auch immer du gerade Bock hast, und wenn dir mittendrin einfällt, dass es dir leider doch nicht passt, verschwindest du wieder?»

Zumindest was das Anrufen betrifft, lief es bisher zwischen uns genau so ab, und das war für beide Seiten auch völlig in Ordnung.

«Du rufst doch auch nur an, wenn du gerade mal Lust hast», erinnere ich sie.

«Aber du kannst nicht immer!»

Auf diesen Vorwurf hin zucke ich nur mit den Schultern. Dass Victoria immer Zeit hat und ich nicht, ist jetzt wirklich nicht mein Problem.

«Du brauchst dich echt nicht mehr blickenzulassen, wenn du jetzt gehst, hörst du?»

Gerade bin ich damit fertig geworden, mir Hosen, Socken und Schuhe wieder anzuziehen, und greife nach meiner Jacke, die über dem Schreibtischstuhl hängt. Ziemlich chaotischer Schreibtisch. Das krasse Gegenteil von meinem.

«Cay, bitte!»

Victorias plötzlich wieder flehentlicher Ton führt dazu, dass ich umso entschlossener die Türklinke umfasse.

«Wir ... wir müssen ja nicht zusammen ... wir können auch reden.»

Scheiße, nein. «Vic, ich melde mich einfach, okay?»

Diese Antwort lässt glücklicherweise die Schärfe in ihre Stimme zurückkehren. «Du kannst mich mal. Vergiss es.»

Die Tür zu Vics Zimmer fällt hinter mir ins Schloss, und Sekunden später höre ich etwas dagegenkrachen.

Was für ein Auftritt.

Ich ignoriere den Aufzug und nehme die Treppen. Grünliches Licht erhellt notdürftig die glatten, hellen Steinstufen, der Empfangstresen im Eingangsbereich ist unbesetzt. Ein einsamer Getränkeautomat leuchtet neben dem Ausgang, die elektronischen Schiebetüren des Wohnheims sind bereits deaktiviert. Von außen benötigt man jetzt einen Schlüssel, von innen jedoch öffnen sie sich nach dem Betätigen eines Schalters, und Sekunden später laufe ich im Licht der Straßenlaternen zu meinem Wagen.

Nur kurz noch schweifen meine Gedanken dabei zu Victoria zurück, in erster Linie deshalb, weil sie gerade unbekleidet war. Doch das Bild ist nicht stark genug, um mich länger zu beschäftigen, und als ich den Motor anlasse, konzentriere ich mich endgültig auf den Weg nach Hause. Ich fühle mich seltsam leer.

Es ist kurz vor eins, bis ich den Wagen in der Garage geparkt habe und die breiten Stufen von der Einfahrt zur Haustür hinaufsteige. Das Haus, in dem ich mit Jackson zusammenwohne, gehört meinem Vater. Er kauft gern Immobilien wie diese, weil sich das erstens steuerlich günstig auswirkt und zweitens zuverlässig im Wert steigt, selbst wenn es vom abgefuckten Sohn bewohnt wird.

Habe ich gerade im Zusammenhang mit mir selbst das Wort *abgefuckt* verwendet? Nicht gut. Du bist, was du denkst.

Die Villa hat zwei Stockwerke und ist zur Straße hin im oberen Bereich vollverglast. Der untere Teil, in dem sich nur die Gästetoilette, der Trainingsraum und eine Art Abstellzimmer befinden, in das Jackson und ich alles reinwerfen, wofür wir gerade keine Verwendung haben, ist bis auf die vordere Wand in einen Hügel eingegraben. Wie eine verdammte Hobbithöhle. Aber dafür ist der eigentliche Wohnbereich umso heller und weitläufiger.

Ich streife die Schuhe ab und steige die Wendeltreppe am Ende des langen Flurs hinauf. Alles ist still. Nicht ganz selbstverständlich, wenn man bedenkt, dass Jackson heute Vormittag angekündigt hat, Haven, seine Freundin, übernachte bei ihm. In der riesigen Küche mache ich mir einen Wodka Lemon und lasse mich damit im Wohnzimmer aufs Sofa fallen. Bei Victoria habe ich mich noch müde gefühlt, jetzt allerdings bin ich wieder hellwach. Ich schalte den Fernseher ein und zappe mich durch die Streamingkanäle.

«Hey, schon wieder hier? Ich dachte, du bist heute bei Vic?» Jackson tritt aus dem Flur, von dem aus sein und auch mein Zimmer abgehen.

«Und ich dachte, du schläfst gerade mit Haven. Schon fertig?»

Er schüttelt nur den Kopf und geht in Richtung Küche. Als er wiederkommt, hat er sich eine Flasche Wasser unter den Arm geklemmt und trägt zwei Gläser in der Hand. «Ist alles in Ordnung?»

Überrascht blicke ich auf. Auf dem Bildschirm werden einem Typen gerade die Eingeweide von einem Zombie herausgefressen. «Klar. Und bei dir?»

«Hast du Vic abserviert?»

«Wie kommst du jetzt darauf?»

«Dass du mitten in der Nacht vor dem Fernseher klebst, obwohl du mit einer Frau verabredet warst, ist ein recht zuverlässiger Hinweis.»

«Es ist halb zwei.»

«Du magst Morgen-Quickies.»

«Ist es dir nicht peinlich, so etwas zu wissen? Wie gut kennen wir uns eigentlich?»

«Ach, egal. Viel Spaß noch.»

«Danke.»

Jackson hat bereits den Flur erreicht, da dreht er sich noch einmal um. «Untersteh dich, mich morgen früh zu wecken. Ich lasse das Training mal ausfallen.»

«Als ob du jeden Tag mitmachen würdest.»

«Das nicht, aber du nervst mich oft genug damit.»

«Weil mir deine Gesundheit am Herzen liegt.»

«Hämmer morgen früh einfach nicht an meine Zimmertür.»

«Botschaft verstanden. Dein Morgen-Quickie liegt mir natürlich auch am Herzen.»

Jackson murmelt noch irgendetwas, dann verschwindet er endgültig, und ich stelle fest, dass ich nicht mitbekommen habe, wen die Zombies jetzt zerfleischen. Gelangweilt zappe ich weiter.

Das Licht des Morgengrauens kriecht bereits durch die Fenster, als ich den Fernseher ausschalte, mir das Shirt über den Kopf zerre und gerade dabei bin, mich meiner Hosen zu entledigen, um noch eine Runde auf dem Sofa zu pennen, als mir einfällt, dass Haven später hier rumlaufen wird. Wegen mir kann mich halbnackt sehen, wer will, aber ich schätze, anschließend müsste ich mit Jackson darüber diskutieren.

Der Umzug in mein Bett vertreibt allerdings leider die wattige Schläfrigkeit, die sich endlich in mir auszubreiten begonnen hatte. Die Vorhänge sind zu dünn, um den Raum zu verdunkeln, und es dauert nicht lang, da tanzen Sonnenflecken darauf. Meine erste Vorlesung findet erst um Viertel nach zwölf statt, doch bis dahin wollte ich wenigstens noch drei, vier Stunden Schlaf abgekriegt haben. Stattdessen liege ich jetzt da und starre an die Decke.

Jackson findet mein Zimmer spartanisch, ich nenne es minimalistisch. Bilder, Kissen, Grünzeug – brauche ich alles nicht. Mir ist es lieber, die Welt um mich herum ist möglichst ... leer. Aufgeräumt. Macht es auch der Haushälterin leichter, zweimal in der Woche hier durchzuputzen, während Jackson darauf besteht, sein Zimmer vorher aufzuräumen. Soll er. Mir wäre das zu langweilig. Nicht dass es vieles geben würde, was ich stattdessen interessant fände. Sex gehört normalerweise dazu – besser kann man sich kaum ablenken. Nur wird Sex mit ständig derselben Frau auch irgendwann langweilig. Gibt leider nicht viele Frauen, die das verstehen.

«Du bist der einzige Mensch, den ich kenne, der sich sogar durch reine Bettbeziehungen eingeengt fühlt», hat Jackson mal gesagt. «Nimm's mir nicht übel, aber ich wünsche dir wirklich, du würdest mal auf der anderen Seite stehen.»

Das war, nachdem sich Allison, eine Freundin von Haven, bei Haven ausgeheult und Haven mich daraufhin zur Rede gestellt hat. Hätte ich gewusst, dass Ally mit ihr befreundet ist, hätte ich die Finger von ihr gelassen, so viel ist sicher. Nicht weil ich Havens Vorwürfe nicht ertragen könnte, sondern einfach weil es vermeidbarer Stress ist. Es gibt andere Frauen, und ich bin froh um jede, die an die ganze Sache herangeht wie ich: Man hat Spaß, solange es eben andauert, und wenn einer keine Lust mehr hat, ist es auch okay. Ich würde nie auf die Idee kommen, mich an eine Frau zu klammern, sobald sie mit der Geschichte durch ist. Im Gegenteil – es wäre mal ganz angenehm, ausnahmsweise mal nicht derjenige zu sein, der sich alles Mögliche anhören muss, nur weil man die Reißleine zieht. Weil man zum Beispiel bemerkt hat, dass es für den anderen ernster wird als für einen selbst.

So wie vorhin bei Victoria. «Das gehört alles dir», hat sie gesagt, während sie lasziv ihre Hüften vor mir kreisen ließ und nach meinen Händen griff, um sie auf ihre Brüste zu legen. «Und nur dir.»

Es sollte wohl locker klingen, aber ich hab's in ihren Augen gesehen. Besser jetzt und so als in einigen Wochen unter Tränen.

Ich wünschte, ich könnte schlafen. Es ist so mühsam, nicht schlafen zu können und es trotzdem ständig zu versuchen. Wie lange kann man eigentlich ohne Schlaf auskommen?

Vielleicht bin ich ja selbst schon seit Ewigkeiten ein gottverdammter Zombie und weiß es nur nicht?

2.

RAE

Ich habe mit Haven verabredet, sie bei Jackson abzuholen. Das Haus, in dem er zusammen mit einem Typen namens Cayden wohnt, hat mich bei meinem ersten Besuch vor einigen Monaten ziemlich umgehauen. Es ist eine elitäre, moderne Luxusvilla, und ich konnte schier nicht fassen, dass dort allen Ernstes nur zwei *Studenten* wohnen. Ich mag Jackson, aber Cayden Terrell ist ein arroganter Arsch, der das Glück hat, so beeindruckend gut auszusehen, dass die meisten Menschen ihm trotzdem hinterherrennen. Und das sage ich, obwohl ich eher auf dunkelhaarige Typen stehe und Cayden mit seinem silberblonden Haar nicht mal in mein Beuteschema passt. Trotzdem hat er eine faszinierende Perfektion an sich, die ich gleichermaßen anziehend wie unangenehm finde. Ich mag es nicht, wenn alles nur unnahbare Fassade ist. Einer der vielen Gründe, aus denen ich Haven liebe: Sie verstellt sich nicht. Haven ist vermutlich der ehrlichste Mensch, den ich kenne.

Auf einer Party hat Cayden mal einen blöden Spruch über das Sexleben von Haven und Jackson gemacht, und während alle lachten und Jackson genervt die Augen verdrehte, hat Haven gefragt, warum dieses Thema für Cayden so wichtig sei. Ganz ernsthaft, wie es eben ihre Art ist – sie möchte die Dinge immer verstehen.

Cayden hat sie daraufhin angegrinst und gemeint, er betreibe gelegentlich Feldforschung in dieser Hinsicht, als Ausgleich für sein anspruchsvolles Jurastudium.

Haven schien sich nicht sicher zu sein, wie ernst sie Caydens Antwort nehmen sollte, weshalb ich mich eingemischt habe, um ihr beizustehen. «Dann erzähl uns doch ein bisschen was über deine persönlichen Erfahrungen – oder hast du nicht so viele und musst deshalb über andere reden?»

Cayden hat mich gemustert, fast so, als würde er mich erstmalig überhaupt wahrnehmen, und dann hat er sich ein Stück weit vorgebeugt. Noch immer sehe ich sein scharfgeschnittenes Gesicht vor mir, die glatte Haut und das helle Haar, das ihm dabei bis fast in die Augen fiel, bevor er es mit einer Hand nachlässig zurückstrich. «Möchtest du gern Teil meiner Feldforschung werden?»

Es passiert mir nicht oft, aber in diesem Fall sorgte die Kombination aus dem Gelächter der anderen und Caydens unverwandtem Blick dafür, dass meine Antwort zwei Sekunden zu lang auf sich warten ließ. «Danke, aber da bleibe ich doch lieber bei der Theorie.»

Er lächelte spöttisch. «Ja, ist auch sicherer.»

Seitdem weiß ich nicht nur, dass man sich bei Gesprächen mit Cayden Terrell in Acht nehmen muss, sondern obendrein, dass er ein Idiot ist.

Entsprechend knapp fällt meine Begrüßung aus, als er mir auf mein Klingeln hin die Tür öffnet.

«Hi», sagt er und tritt zur Seite, um mich hereinzulassen, wartet jedoch nicht, bis ich die Tür wieder geschlossen habe. Vor mir her geht er durch die Diele, sein graues Shirt hat entlang seiner Wirbelsäule verschwitzte, dunkle Flecken. «Haven ist oben.»

Es gelingt mir nicht, meine Neugier so weit zu zügeln, dass ich nicht kurz in den Raum sehen würde, in dem er verschwindet.

Ein eigenes Fitnessstudio. Wahnsinn.

Cayden hängt sich an eine Klimmstange und zieht sich langsam hoch. Ich kann die Muskeln seiner Oberarme erkennen. So genau habe ich mir Caydens Arme noch nie angesehen, aber ganz eindeutig ist das nicht der erste Klimmzug seines Lebens.

«Was ist?» Auf halber Höhe hält er inne und wirkt dadurch seltsam schwerelos. «Willst du mitmachen?»

Vielleicht wäre er überrascht, wüsste er, dass ich bei seinen Klimmzügen problemlos mithalten könnte. Allerdings sehe ich keinen Grund, ihm das auf die Nase zu binden.

«Danke, nein, ich will dich nicht frustrieren», erwidere ich und steuere endlich die Wendeltreppe an. Hinter mir kann ich Cayden doch tatsächlich lachen hören, aber davon werde ich mich jetzt nicht provozieren lassen.

Haven und ich wollen gleich zu einer Probeyogastunde. Unsere Lehrerin soll nicht nur zertifizierte Asana-Flow-Trainerin sein, sondern auch noch spirituelle Lebensberaterin, Atemtherapeutin und obendrein ausgebildet in intuitiver Massage. Ich bin ziemlich gespannt und nur ein kleines bisschen skeptisch. Bisher haben mir meine Yoga-YouTube-Videos völlig ausgereicht, aber warum nicht mal etwas Neues ausprobieren?

«Hi, ich hab die Klingel gehört.» Meine Freundin kommt mir durch das geräumige Wohnzimmer hindurch bereits entgegen und schlüpft dabei in ihren zweiten Jackenärmel. «Wir können direkt los.»

Jackson ist ihr ein paar Schritte hinterhergegangen. Seine dunklen Haare stehen nach allen Seiten ab, und er trägt nur ein graues Shirt über einer schwarzen Jogginghose. Grüßend hebt er die Hand. «Viel Spaß. Habt ihr danach noch was vor?»

«Keine Ahnung. Hast du später überhaupt noch Zeit, Rae?», will Haven wissen.

«Klar. Wir könnten ins *Strawberry Kiss* gehen.» Ich kenne dieses Café durch Haven, jetzt im Mai ist endlich die Eissaison wieder eröffnet, und außerdem gibt es da den besten Zimt-Caramel-Macchiato, den ich je getrunken habe.

«Gute Idee!» Sie wirft Jackson eine Kusshand zu, bevor sie nach dem Geländer der Wendeltreppe greift. «Wir sehen uns morgen.»

Diesmal achte ich darauf, nicht in den Trainingsraum hineinzublicken, und nur Haven steckt den Kopf durch die noch immer geöffnete Tür. «Bis dann, Cayden!»

Warum sie gleichbleibend freundlich zu ihm ist, kann ich nicht nachvollziehen. Ich meine – dieser Typ kann wirklich nur zynisch, spöttisch oder gleichgültig.

Von hier aus sind es keine zwanzig Minuten zu Fuß bis zum Yogastudio, und Haven nutzt die Gelegenheit, mir zu erzählen, wie froh sie darüber ist, die meisten Semesterarbeiten hinter sich zu haben, und dass sie sich wie verrückt auf den USA-Trip freut, den sie seit Wochen mit Jackson plant. Den ganzen April – und schon Wochen vorher – hat sie sich Sorgen gemacht, sie könne irgendwo durchfallen, dabei müsste sie mittlerweile wissen, dass ihre Erwartungen an sich selbst weit höher sind als das, was in ihrem Studium von ihr verlangt wird. Sämtliche Prüfungen und Hausarbeiten im vorhergehenden Semester hat sie mit super Bewertungen bestanden, und das wird diesmal bestimmt nicht anders sein.

«Wie geht's Jackson?», will ich wissen. «Ist er auch so erleichtert wie du?»

«Total. Aber vor allem ist er noch immer glücklich darüber, dass er das Studienfach gewechselt hat.»

«Hat er zwischenzeitlich mal was von seinen Eltern gehört?»

«Nein.» Havens Stimmung dämpft sich schlagartig. «Ich verstehe das nicht – es sollte ihnen doch wichtig sein, wie es ihm geht, oder? Und nicht nur, was er studiert.»

«Was sagt Jackson denn dazu?»

«Er meint, sie würden sich schon irgendwann wieder einkriegen. Ich glaube allerdings nicht, dass es ihm völlig egal ist.»

«Es ist gut, dass Jackson das trotzdem durchzieht.»

«Ja, ist es. Aber es ist auch hart.»

Havens Beziehung zu ihrem Vater ist sehr eng, und ich kann mich daran erinnern, wie groß ihre Angst war, er könne verletzt sein, als sie ihm sagte, dass sie ihr Studium der Umweltwissenschaften in Edmonton beenden werde, statt wie geplant nach einem Gastsemester zurück nach Jasper zu gehen. Zum Glück ist Havens Dad ganz anders als die Eltern ihres Freundes.

«Da vorn ist es.» Haven weist schräg über die Straße auf ein orangefarbenes Gebäude mit riesigen Fenstern. Hoffentlich sitzen wir da nicht ausgestellt wie in einem Zoo.

Doch zu meiner Erleichterung ist von außen durch die Scheiben nichts zu erkennen, sie spiegeln lediglich mein Gesicht wider.

Der Eingangsbereich ist klar und hell. Hinter einem geschwungenen Tresen bietet eine riesige Schautafel einen Überblick zu den Kursen – es gibt unglaublich viele, und nur wenige haben Namen, die mir etwas sagen. Acro Yoga. Mental Yin Yoga. Die acht Stufen des spirituellen Raja Yoga. Was soll das bitte sein?

Haven marschiert zum Empfangstresen. Die Frau, die dort

sitzt, blickt ihr mit einem wohlwollenden Lächeln entgegen. «Hi, kann ich euch helfen?»

«Hallo. Wir haben uns für eine Probestunde bei dem Anfängerkurs von Amjana Lobanov angemeldet», sagt Haven. «Wo müssen wir denn da hin?»

«Einfach durch die Glastür links, dann noch mal links und bis zur Treppe. Der Kurs findet im Obergeschoss statt, es ist gleich der erste Raum auf der rechten Seite, die Umkleidekabine befindet sich direkt daneben.»

«Vielen Dank.»

Ein leichtes Nicken ist die Antwort, und unwillkürlich senken auch Haven und ich kurz den Kopf.

Die Kursleiterin Amjana Lobanov ist eine kleine, irgendwie zäh aussehende Frau mit einem im Nacken streng zurückgebundenen Zopf, wodurch der dunkle Ansatz ihres blondierten Haars hervorgehoben wird. Im ersten Moment erinnert sie mich an eine alternde Ballettlehrerin, wie sie so aufrecht und mit durchgestrecktem Rücken vor den wenigen Frauen steht, die bereits ihre Yogamatten in dem hohen, hellen Raum auf dem Parkett ausgerollt haben.

«Hallo.» Mit ausgestrecktem Arm tritt Haven auf die Yogalehrerin zu. «Ich bin Haven. Ich hatte angerufen.»

«Ah, ihr seid heute für eine Probestunde hier.» Mrs. Lobanov umschließt Havens Finger mit beiden Händen. «Hallo. Ihr habt schon Vorerfahrungen, hast du gesagt, oder?»

Bei dieser Frage blickt sie zu mir, und automatisch erwidere ich: «Na ja, also, wir haben uns bisher einiges auf YouTube angesehen.»

Mrs. Lobanov nickt, und obwohl sich an ihrem Lächeln nichts verändert, scheint sie mir doch ein wenig amüsiert. «Das schadet vermutlich nicht», sagt sie. «Es gibt sehr gute Anleitungen im Internet. Aber es schadet auch nicht, in der Praxis zu überprüfen, ob sich Haltungsfehler eingeschlichen haben. Sucht euch einfach einen Platz, von dem aus ihr mich gut sehen könnt – ich komme zu euch, wenn ich euch helfen kann.»

Sie wendet sich einer Frau zu, die strahlend auf sie zueilt, und während die beiden sich umarmen, rollen Haven und ich unsere Matten nebeneinander in der Nähe der bodentiefen Fenster aus. Irgendwie glaube ich nicht, dass das hier das Richtige für mich ist. Eine leise Sehnsucht nach meinen YouTube-Videos steigt in mir auf, zu Hause, wo ich ungestört bin und um mich herum keine Menschen leise miteinander reden oder seltsame Dehnübungen machen.

«Ich bin wirklich gespannt, du auch?» Haven hat sich im Schneidersitz neben mir zurechtgesetzt und lächelt mir zu.

Ich nicke nur. Haven ist wirklich der einzige Mensch auf der Welt, der mich immer wieder dazu bringt, meine üblichen Routinen zu verlassen, und das war von Anfang an so. Nach dem Umzug nach Edmonton habe ich den Kontakt zu all meinen bisherigen Freunden abbrechen lassen, und die Einsamkeit, die sich daraus ergab, hat sich nicht einmal verkehrt angefühlt. Doch ein Blick in ihr offenes Gesicht und den – bei unserer ersten Begegnung – sehr verletzten Ausdruck darin hat mich tatsächlich dazu gebracht, sie anzusprechen. Ich glaube, einfach so eine andere Frau angesprochen habe ich noch nie. Jedenfalls nicht mehr, seit ich ein kleines Mädchen war, und auch damals nur sehr selten. Ich hatte ja immer eine beste Freundin, und wir waren uns meistens genug.

«Ihr Lieben.» Die Tür ist mittlerweile geschlossen, und Mrs. Lobanov hat sich der Gruppe zugewandt. Ihre Tonlage hat sich verändert – bei unserem Gespräch vor wenigen Minuten war ihre Stimmfarbe wesentlich höher. Jetzt ist sie tiefer, und sie spricht auch langsamer. «Ich freue mich sehr, euch alle heute hier zu sehen. Lasst uns beginnen.» Sie schüttelt kurz Arme und Beine aus und schließt die Augen. «Erde deine Füße.»

Jede der Frauen, die bisher auf ihren Matten saßen, erhebt sich, und wir alle kopieren Mrs. Lobanovs Haltung. Barfuß, die Füße ein Stück weit voneinander entfernt, stehe ich da, atme tief durch und schließe die Augen.

«Atme ein ... heb deine Hände über den Kopf, die Handinnenflächen berühren sich ...»

Je länger ich mich von ihrer Stimme durch die Stunde führen lasse, desto leichter gelingt es mir, mich darauf einzulassen. Schon nach kurzer Zeit vergesse ich beinahe, dass ich nicht alleine bin, und ich bemühe mich sehr, ihren Anweisungen zu folgen, in der Hoffnung, mich dadurch vielleicht noch ein wenig gelöster als in der vorhergehenden Minute zu fühlen.

«Setz dich aufrecht hin, beug dein linkes Knie ...»

Zweimal war Mrs. Lobanov bereits bei mir und hat meine Haltung korrigiert, doch im Moment fühlt sich alles, was ich tue, absolut richtig an.

«Atme in deine Dehnung hinein. Als würdest du die Stellen, die sich vielleicht eng anfühlen, wie einen Ballon aufblasen und mit der Ausatmung übermäßige Spannung daraus befreien. Atme. Atme weiter. Atme tief in den Bauch.»

Leah würde das hier gefallen.

Dieser Gedanke trifft mich mit einer solch entsetzlichen Wucht, dass ich unwillkürlich die Luft anhalte. Eben noch fühlte sich die Körperhaltung, in der ich mich gerade befinde, sicher und stabil an, doch jetzt drohe ich die Balance zu verlieren.

Normalerweise überkommen mich die Erinnerungen nicht so überraschend. Meistens sind sie immerwährend da, wie ein Ton, an den man sich gewöhnt hat, das Rauschen des Windes, fließendes Wasser. Jetzt allerdings ist es mir wirklich und wahrhaftig gelungen, mich eine kurze Weile nur auf mich und meinen Körper zu konzentrieren – umso heftiger wirft mich Leahs Auftauchen wieder zurück in meine ganz persönliche Hölle.

Ich senke die Stirn, bis ich den Mattenboden berühre, presse beide Handflächen gegen den Widerstand des Bodens.

Leah hätte es hier gefallen.

Abrupt richte ich mich auf, rolle hektisch meine Matte zusammen und bin schon auf dem Weg zur Tür, bevor ich Havens überraschten Ausruf höre. «Rae! Was ... wo gehst du denn hin?»

Ich kann ihr nicht antworten, nicht in diesem Moment.

In der Umkleidekabine sitze ich auf der Holzbank, damit beschäftigt, mir die Socken wieder anzuziehen, als Haven im Türrahmen erscheint.

«Rae? Was ist denn los?»

Eigentlich will ich nur abweisend den Kopf schütteln, so wie ich es in den letzten Jahren immer getan habe, wenn ich versehentlich jemanden zu tief in mein Innerstes habe blicken lassen, doch das hier ist Haven, und bei Haven funktioniert es nicht.

«Rae ...» Sie durchquert den kleinen Raum und setzt sich neben mich. Ich bin dankbar dafür, dass sie keinen Versuch unternimmt, mich zu umarmen. In solchen Momenten haben mich immer alle umarmt, und keiner kam auf die Idee, dass ich das nie wollte, weil der einzige Mensch, dessen Umarmung ich so dringend gebraucht hätte, nicht mehr da war.

Ich schlüpfe in meine Stiefel. «Ich musste gerade an jemanden denken.»

«Es scheint keine sehr schöne Erinnerung gewesen zu sein.»

«Nein», erwidere ich, und es hört sich an wie ein Seufzen. «Nein, war es nicht.»

Leahs blutleeres Gesicht. Ihre geschlossenen Augen. Die furchtbare, furchtbare Wunde an ihrem Hals.

«Ist es okay für dich, wenn ich mit dir komme?»

Ich blicke auf. Haven hat sich ebenfalls ihre Sachen wieder angezogen. Mehrere Minuten scheinen vergangen zu sein – das passiert mir oft, wenn ich an Leah denke.

Mit ihrer zusammengerollten Matte auf den Knien sitzt Haven neben mir und sieht mich prüfend an.

«Kann ich mich einfach nachher bei dir melden?», frage ich. Es geht nicht, ich will nicht darüber reden, nie wieder. Nicht einmal mit Haven. «Mir ist heute doch nicht mehr nach einem Eis.»

«Natürlich.» Mit den Fingerspitzen streicht sie sacht über mein Knie, nur ganz kurz, kaum spürbar. «Wann immer du dich danach fühlst. Ich bin da.»

CAYDEN

«Was meinst du damit, du hast nicht vor, heute in die Kanzlei zu gehen?»

Jackson steht im Eingang zur Küche, und genau dort steht er mir im Weg, weil er keine Anstalten macht, ein Stück zur Seite zu treten.

«Was genau ist daran denn nicht zu verstehen?», erwidere ich.

«Es ist Montag. Du musst da nur für einen einzigen Nachmittag in der Woche hin. Findest du nicht, dass du es langsam übertreibst?»

Ich dränge ihn mit der Schulter zur Seite und steuere mit meinem Drink in der Hand das Sofa an. «Wieso fühle ich mich auf einmal, als würde ich mit meiner Mutter zusammenwohnen?»

«Cayden. Das ist doch nicht dein Ernst. Es ist nicht einmal Mittag. Soll ich dich gleich bei den anonymen Alkoholikern anmelden, oder warten wir damit, bis ich dich in deiner eigenen Kotze liegend finde?»

«Tu, was auch immer du nicht lassen kannst, Mum.» Ich stelle den Wodka Lemon auf dem Tisch ab und lasse mich auf die Polster fallen. Einen Arm in den Nacken gelegt, greife ich mit der freien Hand nach der Fernbedienung.

«Sieh dich doch mal an. Du driftest, Cay. Du besuchst vielleicht gerade mal die Hälfte deiner Vorlesungen, du datest immer mehr Frauen in immer kürzeren Abständen, du hast dir am frühen Vormittag einen Scheißdrink gemacht, und jetzt hast du nicht mal vor, heute zu *Thompson & White* zu gehen – das Einzige, was dir wirklich noch etwas zu bedeuten scheint, ist dein Training.»

«Ich achte eben auf meine Gesundheit.» Bei irgendetwas, das nach einer Verfolgungsjagd aussieht, unterbreche ich meine Zapperei und taste nach dem Glas. «Musst du nicht zur Uni?»

«*Thompson & White* kicken dich einfach wieder.»

«Na und?»

«Wie kann man nur so egoistisch sein?»

Überrascht sehe ich Jackson an.

«Du hast die Möglichkeit, bei einer so renommierten Kanzlei wie *T & W* Erfahrungen zu sammeln, obwohl du gerade mal so die Mindestvoraussetzungen dafür erfüllst – was denkst du wohl, wie viele gern an deiner Stelle wären? Deinetwegen bekommt jetzt niemand anderes die Gelegenheit.»

«Du meinst, es würde weltweit für Entsetzen sorgen, wenn bekannt werden würde, dass ich den Tag heute lieber hier vor dem Fernseher verbringe, statt für drei Stunden in die Kanzlei zu gehen?»

«Ich meine, dass du mal klarkriegen solltest, ob dieses Studium überhaupt dein Ding ist.»

«Okay, ich denke darüber nach.»

«Cayden.»

«Was denn noch? Geh mir nicht auf die Nerven, Jax.»

Jackson verdreht die Augen. «Ach verdammt ... mach doch, was du willst.»

«Kein Problem.»

Während Jackson über die Wendeltreppe nach unten verschwindet, setze ich mich bequemer zurecht. *Ob dieses Studium überhaupt mein Ding ist* – eins ist so gut wie das andere, wieso also nicht Anwalt werden? Seit Jackson Jura aufgegeben hat, um sich stattdessen auf seine zukünftige Laufbahn als Lehrer vorzubereiten, ist er auf einem Weltverbesserungstrip und versucht ständig herauszufinden, was *ich* eigentlich will. Mittlerweile tut es mir beinahe leid, dass es da bei mir nicht viel zu entdecken gibt. Ich träume nicht heimlich davon, Astronaut zu werden oder Tierarzt oder Feuerwehrmann. Anwalt ist okay. Die Bezahlung ist in Ordnung, soweit das überhaupt eine Rolle spielt, und es ist ein Job, in den ich ganz gut reinpasse, denke ich. Besser jedenfalls als vieles anderes, das Jackson bisher so vorgeschlagen hat. Das nächste Mal werde ich ihm sagen, ich gedenke, Glückskeksautor zu werden. Vielleicht gibt er dann eine Weile Ruhe.

Was die Drinks betrifft – ich stelle das Glas auf den Tisch zurück –, solange meine Hände nicht zittern, während ich mir den nächsten mixe, sehe ich kein Problem darin.

Eine halbe Stunde später stehe ich in der Küche und versuche, mich zwischen Schokolade und Chips zu entscheiden, als es an der Haustür klingelt. Das Gerät für die Funkvideo-Sprechanlage liegt auf der Fensterbank, und einen Klick später weiß ich, dass draußen Havens Freundin steht, wie auch immer sie noch hieß. Es ist die, die mich nicht mag. Könnte amüsant werden.

Statt sie über die Sprechanlage zu fragen, was sie will, gehe ich zur Treppe, und Sekunden später öffne ich schwungvoll die Haustür. Im selben Moment, in dem sie mich erkennt, verschränkt sie ablehnend die Arme vor der Brust.

«Hi. Ich will nur Haven abholen.»

Zuvorkommend trete ich zur Seite, und ohne mich auch nur noch ein einziges Mal anzusehen, geht sie an mir vorbei zur Wendeltreppe. Statt ihr zu folgen, steuere ich das Trainingszimmer an. Sie wird ohnehin gleich wieder hier unten auftauchen.

«Haven?», höre ich ihre gedämpfte Stimme. «Hallo?»

Ich setze mich ans Ende der Hantelbank und klemme die Füße hinter die gepolsterten Beinhalterungen. Nach dem Duschen heute Morgen habe ich mir ein T-Shirt und eine Sporthose angezogen, optimale Klamotten für eine kleine Runde Bauchmuskeltraining.

«Haven?»

Die Stimme klingt jetzt leiser, vermutlich hat Havens Freundin sich gerade in Jacksons leeres Zimmer gewagt. Kurz darauf höre ich ihre Schritte wieder die Stufen hinuntereilen, und im nächsten Moment erscheint sie im Türrahmen.

«Wo ist sie denn?»

«Keine Ahnung.» Ich spanne die Muskeln an und lehne mich auf der Bank zurück, ohne den Blickkontakt abreißen zu lassen.

«Aber wieso ...» Sie hält inne. «Hat Haven letzte Nacht nicht bei Jackson übernachtet?»

«Nicht dass ich wüsste.»

«Das ist ...» Ihr scheint etwas einzufallen, und sie verstummt. «Wieso lässt du mich dann nach ihr suchen?»

Ein weiteres Mal lehne ich mich zurück, halte die Spannung, dann richte ich mich auf. «Ich hätte es dir ja gesagt, aber du bist einfach zu schnell an mir vorbeigerannt.»

Sie scheint zu überlegen, wie ernst sie diese Antwort nehmen sollte, und ich achte sorgfältig darauf, meinen neutralen Gesichtsausdruck beizubehalten.

«Okay», sagt sie schließlich, «ich wollte dich nicht stören, sorry.»

«Hast du nicht.» Versuchsweise teste ich ein Lächeln, das unerwidert bleibt. Die Frau ist ein Eisklotz. «Soll ich Haven was ausrichten, falls sie später zusammen mit Jax hierherkommt?»

«Nein, musst du nicht, ich schreibe ihr eine Nachricht. Ich habe da etwas vergessen, fürchte ich.»

«In Ordnung.» Ich stehe auf und gehe ein paar Schritte in ihre Richtung, bis ich so nahe vor ihr stehe, dass ich ihre Augenfarbe erkennen kann. Ein helles Grüngrau. Sie ist alles in allem ziemlich durchschnittlich, abgesehen von ihrem seit einigen Wochen dunkelblauen Haar. Billige Klamotten, aber darin unterscheidet sie sich nicht von den meisten Menschen, die ich kenne. Einzig ihre Augen ... wenn sie mich ansieht, meine ich etwas darin zu erkennen, das mir bekannt vorkommt. Was ist es? Langeweile? Wut?

«Also, ich geh dann mal wieder.»

«Klar.» Jede Mühe wäre hier verschenkt, es ist nicht zu übersehen, dass sie nur darauf wartet, zu irgendeinem Vorschlag, der von mir kommt, nein sagen zu können. Das ist überhaupt der einzige Grund, aus dem sie noch immer im Türrahmen steht. Ich grinse sie an, und sie wappnet sich.

«Links von dir», sage ich.

«Was?» Verwirrt sieht sie zu mir auf.

«Die Haustür. Sie befindet sich links von dir.»

Auf ihren Wangen erscheint ein Anflug von Rosa. Ohne noch etwas zu erwidern, dreht sie sich um. Sekunden später wird die Tür nachdrücklich ins Schloss geworfen.

Rae. Sie heißt Rae.

Von oben ist das Summen meines Telefons zu hören. Wenn das mal nicht *Thompson & White* sind.

Im Trainingsraum schalte ich die Anlage ein, und in der nächsten Sekunde dröhnen *Rage Against The Machine* durch den Raum, so laut, als stünde Zack de la Rocha direkt neben mir.

Ich gehe zurück zu meiner Bank und klemme wieder die Füße hinter die Halterungen. Noch ein bisschen Training. Vielleicht auch ein bisschen mehr. Eben genug, um danach ein paar Stunden schlafen zu können.

3.

RAE

Verflixter Cayden.

Links von dir.

Er hat mich angegrinst, und ich war mir vollkommen sicher, dass gleich irgendetwas in Richtung *Hast du Lust auf einen Kaffee?* kommen würde. In Caydens Fall vermutlich eher: *Wollen wir zusammen duschen?* Und ich hätte sehr höflich *nein* gesagt.

Und dann – *links von dir.*

Als würde es nicht schon reichen, völlig vergessen zu haben, dass Haven gestern nicht bei Jackson übernachtet hat, weil sie mit ihrer Cousine Lucy für eine Chemieprüfung lernen wollte.

Immer noch genervt – mittlerweile allerdings mehr von mir selbst – steuere ich meinen Wagen durch Edmontons Univiertel. Haven und ich frühstücken montags meistens gemeinsam. Danach hat sie ihren ersten Kurs, und ich erledige den Wocheneinkauf für meine Mutter. Wenn ich mich beeile, schaffen wir es heute trotz meiner Vergesslichkeit noch.

Cayden stand gerade so dicht vor mir, dass ich Spuren des Duschgels an ihm riechen konnte, das er heute Morgen verwendet hat. Das und noch etwas anderes, Ungewöhnlicheres. Eine Weile grübele ich darüber nach. Irgendetwas, das er zum Frühstück gegessen oder getrunken hat? Pfefferminztee? Irgendwas mit Limone? Nein, das war es nicht, aber ich komm nicht drauf. Vermutlich war es irgendein schweineteures, exklusives Männerparfum.

Er hat sehr dunkle Augen und – noch erstaunlicher, wenn man seine Haarfarbe bedenkt – auch eher dunkle Augenbrauen. Ein seltsamer Gegensatz. Rein optisch ist er das komplette Gegenteil von mir: blondes Haar, schwarzes Haar, dunkle Augen, helle Augen, er eher groß, ich eher klein.

Und vermutlich ähneln wir uns auch darüber hinaus nicht allzu sehr. Ich würde jetzt zwar nicht von mir behaupten, die Herzlichkeit in Person zu sein, aber im Gegensatz zu ihm nehme ich Dinge ernst – und jetzt habe ich endgültig genug über einen Typen wie Cayden nachgedacht.

Ich biege in die Straße ein, in der Haven zusammen mit ihrer Tante – sie heißt Caroline – und deren Kindern Lucy und Sam lebt, und parke den Wagen direkt vor dem Haus. Es ist ein freundliches Anwesen, dunkelrot, mit weißen Fensterrahmen und zwei spitzen Giebeldächern. Ein riesiger Ahorn streckt seine Zweige bis fast über das Dach, zwischen den leuchtend hellgrünen Blättern blühen noch immer gelbgrüne Blütentrauben.

Caroline öffnet mir die Tür. Sie ist nicht viel größer als ich, ihr kastanienbraunes Haar fällt ihr bis knapp über die Schultern. Bei einem meiner letzten Besuche hat sie erzählt, dass sie es wachsen lassen will, doch die aktuelle Länge mache sie wahnsinnig.

«Hallo, Rae. Haven hat sich schon gefragt, wo du bleibst.» Sie strahlt mich an. Caroline kenne ich nur lachend – mit Sicherheit ist sie einer der herzlichsten Menschen in ganz Edmonton.

Haven, die mein Klingeln ebenfalls gehört hat, kommt gerade über die weiße Holztreppe aus dem ersten Stock zu uns hinunter.

«Hi», grüße ich gleich beide. «Sorry, dass ich so spät bin. Ich hatte völlig vergessen, dass du heute hier und nicht bei Jackson bist.»

«Du warst gerade bei Jackson?»

«Ja, also ... genau genommen habe ich nur Cayden getroffen. Jackson war nicht da.» Ich verdrehe die Augen. «Es war ein bisschen peinlich», füge ich mit einem halbherzigen Lachen hinzu.

«Ach, das ist doch nicht peinlich», mischt Caroline sich ein. «So etwas kann jedem passieren.» Sie tätschelt kurz Havens Schulter. «Bis nachher – habt einen schönen Tag, ihr beiden. Ich muss leider gleich wieder zurück an den Rechner. Ich habe in ein paar Minuten einen Telefontermin.» Ein kurzes Winken in meine Richtung, dann läuft sie durch die Diele, die von dem halbrunden Vorraum abgeht, und verschwindet hinter einer der Türen.

«Also los.» Haven hakt sich bei mir unter. «Oder? Du hast doch Lust, frühstücken zu gehen?»

«Klar.»

Wir haben seit Freitagnachmittag nicht miteinander gesprochen. Nach meinem überstürzten Aufbruch mitten in der Yogastunde hat Haven mir abends noch eine Nachricht geschrieben, in der sie gefragt hat, wie ich mich fühle und ob wir uns am Samstag mal wieder zu einem Filmabend bei Jackson treffen wollen. Ich saß im *Phoenix*, als ich das gelesen habe, und ich habe ihr zurückgeschrieben, dass ich es am Samstag nicht schaffe, wir uns aber ja am Montag zum Frühstück sehen.

Was für eine Antwort.

Genau so habe ich meine früheren Freundinnen nach und nach allesamt vertrieben. Ich weiß, Haven tickt da anders, aber ich habe gerade trotzdem das Bedürfnis, mich irgendwie zu erklären.

Auf dem Weg zum *Herbs & Beans*, einem veganen Café, in dem es neben Tee und Kaffee auch eine kleine, aber überaus leckere Auswahl an Kuchen und sogar Burger gibt, schweigen wir, und ich muss mich ab und zu durch einen schnellen Blick in Havens Gesicht vergewissern, dass es kein unangenehmes Schweigen ist. Erst als wir das Café erreicht und uns an einem runden Holztisch in einer der sonnenüberstrahlten Schaufensternischen niedergelassen haben, räuspere ich mich.

«Wegen Freitag», beginne ich und starre dabei aus dem Fenster. Ein paar Leute stehen auf der Straße, mit ziemlicher Sicherheit Studenten. Von hier aus sind es nur wenige Minuten bis zum Rutherford. Jeder, der uns gerade sehen würde, würde auch mich für eine Studentin halten. Dabei bin ich nur ein zielloser Mensch, der Kinokarten und Popcorn verkauft. «Also, wegen Freitag», wiederhole ich. «Das sah vermutlich etwas seltsam aus.»

«Was war denn los?»

«Ich musste an jemanden denken», sage ich, ohne zu wissen, wohin mich die nächsten Sätze führen werden. «Und das hat mich ein bisschen durcheinandergebracht.»

«Hi, ihr zwei. Wisst ihr schon, was ich euch bringen kann?»

Stacey, eine der Kellnerinnen hier, ist neben uns aufgetaucht.

«Ich nehme die Croissants mit Marmelade und dazu einen Zimt-Caramel-Macchiato», sage ich und lächle ihr flüchtig zu.

«Für dich dasselbe, aber mit Kräutertee, richtig?», wendet sie sich an Haven. Wir nehmen immer das Gleiche.

«Du hast ausgesehen, als hättest du Angst vor irgendetwas», nimmt Haven den Faden wieder auf, nachdem Stacey davongeeilt ist.

«Angst?» Ich schüttele irritiert den Kopf. «Nein, ich hatte keine ...» Oder vielleicht doch. Angst vor den Bildern, die manchmal ungewollt in mir aufsteigen. Die Therapie, die ich zwei Jahre lang durchgezogen habe, zweimal in der Woche, hat sie nicht zum Verschwinden gebracht. Normalerweise kann ich mich nur besser kontrollieren, so wie jetzt. «Es geht um eine Sache, die schon ziemlich lange her ist, und ...»

So lange auch wieder nicht. Drei Jahre. Was sind schon drei Jahre im Vergleich zu der Zeit, die ich ohne Leah sein werde? Nichts.

Haven greift über den Tisch hinweg nach meinen Fingern. Ihre Hand ist so warm, wie meine kalt ist. «Wenn du nicht darüber reden kannst, hier oder jetzt oder mit mir, dann warte lieber, bis es sich richtig anfühlt.»

«Einmal Zimt-Caramel-Macchiato und einmal Kräutertee.» Stacey tritt an unseren Tisch und stellt schwungvoll erst die Tassen, dann ein Bastkörbchen mit Croissants und abschließend einen Teller mit Marmelade und Margarine vor uns. «Lasst es euch schmecken. Kann ich euch gleich abrechnen? Ich muss heute früher weg, Zahnarzttermin.»

Haven hat sich zurückgelehnt, damit Stacey das Frühstück abladen kann, und kurz schließe ich die Augen, bevor ich einmal tief durchatme und nach meinem Portemonnaie greife. Wenig später wickele ich eines der Messer aus einer Serviette.

«Es ist nicht so, dass ich mit dir nicht darüber sprechen will, aber ...», beginne ich, nur um direkt nicht weiterzuwissen.

«Aber du willst einfach mit niemandem darüber sprechen», vervollständigt Haven meinen Satz, und auf mein knappes Nicken hin greift auch sie nach einem Messer.

«Ich wusste gar nicht, dass Jackson und Cayden ein eigenes Fitnessstudio haben», murmele ich, ein schwacher Versuch, unser Gespräch auf irgendetwas Alltägliches, irgendetwas Normales zu lenken.

«Ja, verrückt, oder?» Haven nippt vorsichtig an ihrer Tasse. «Aber das benutzen sie zumindest. Im Gegensatz zu dieser riesigen Küche. Als ich zum ersten Mal da gekocht habe, musste ich noch die Schutzfolien von der Dunstabzugshaube abziehen.»

Fast verschlucke ich mich an meinem Kaffee. «Ernsthaft?»

«Ernsthaft. Eigentlich brauchen sie nur den Kühlschrank. Und die Espressomaschine.»

«Zumindest von Jackson hätte ich ja mehr erwartet.»

«Ich glaube, wenn man mit Cayden zusammenwohnt, färbt das ein bisschen ab.»

«Scheint so.» Kurz mustere ich die beiden Glasschälchen mit Marmelade und entscheide mich für die hellere Sorte. «Kein Wunder, dass Cayden durchs Leben spaziert, als gehöre ihm die Welt. Wenn man es von klein auf gewohnt ist, dass man alles hinterhergetragen bekommt.»

«Ach, so oberflächlich ist er nicht. Am Anfang habe ich das auch gedacht, aber mittlerweile glaube ich, er ist nur ziemlich ... zurückhaltend.»

«Zurückhaltend?» Havens Einschätzung überrascht mich. Reden wir von dem gleichen Typen? Der Cayden, von dem ich spreche, war jedenfalls nicht zurückhaltend genug, um mich heute Morgen wenig galant auf die Tür hinzuweisen. «Der macht sich doch jedes Mal, wenn er den Mund aufmacht, über irgendetwas lustig.»

«Findest du?»

«Natürlich!» Man muss wohl Haven sein, um das in Frage zu stellen.

«Jackson ist mit ihm befreundet», sagt sie jetzt.

«Na ja, er wohnt bei ihm. Ist vermutlich Stockholm-Syndrom.»

«Nein, er betrachtet Cayden wirklich als seinen Freund. Er hat sich ja von den meisten Leuten aus seiner alten Clique distanziert, als er Jura aufgegeben hat, und ich war sicher, er würde auch ausziehen, aber ...» Haven zuckt mit den Schultern.

«Aber was?»

«Jackson hat mal gesagt, Cay sei anstrengend, aber er sei kein Arsch. Und Jackson hätte bestimmt einen Platz in einem Studentenwohnheim gekriegt, wenn er es versucht hätte.»

Darauf erwidere ich nichts. Ich mag Jackson, aber vor die Wahl gestellt, ein winziges Zimmer in einem überfüllten Wohnheim zu beziehen oder weiterhin in einer Luxusvilla mit eigenem Fitnessraum zu wohnen ... da nimmt man vielleicht auch jemanden wie Cayden in Kauf.

«Weißt du, was ich mir vorhin noch überlegt habe?», unterbricht Haven meine Gedanken, und ich höre auf, im Macchiato herumzurühren. «Es ist nur ein Vorschlag», erklärt sie zögernd, «... vielleicht nicht mal das, eher so etwas wie ein Gedanke. Und du musst dazu jetzt auch überhaupt nichts sagen, ich dachte mir nur, vielleicht wäre es ja eine Idee.»

«Was denn?» Es ist eher ungewöhnlich, dass Haven so um etwas herumschleicht. Normalerweise sagt sie ziemlich geradeheraus, was sie denkt.

«Wenn ich unsicher bin oder mit irgendetwas nicht klarkomme, muss ich raus. Richtig raus. Also, nicht nur ein bisschen frische Luft schnappen im Park oder so, sondern einfach mal eine Weile nichts anderes um mich haben als ... na ja – den Wald.» Fast schon entschuldigend lächelt sie mich an. «Aber ich bin da natürlich auch ein wenig schräg.»

«Bist du nicht», erwidere ich automatisch.

«Ich könnte meinen Vater fragen, ob du nicht für ein Wochenende in mein altes Zimmer ziehen könntest. Oder auch

länger, so lang, wie du eben magst. Wenn du nicht sofort los-
willst, käme ich auch mit.»

Ich starre Haven an. Ein Wochenende bei ihrem Vater, den
ich gar nicht kenne? In einer Blockhütte mitten im Wald?

«Zu verrückt, der Vorschlag?», fragt Haven nach einigen Sekunden.

«Na ja, ich weiß nicht ...»

«Denk drüber nach. Und falls du das Gefühl hast, du würdest
es gern ausprobieren, sag Bescheid. Manchmal hilft es, sich
einfach mal für eine gewisse Zeit aus allem herauszuziehen,
glaube ich. Und einfach nur ... na ja, auf sich zu hören. Ich kann
das im Wald ganz gut, aber vielleicht musst du auch ans Meer.»
Sie lacht und steckt sich das letzte Stück ihres Croissants in den
Mund.

Haven hat den Großteil ihres Lebens mitten im Jasper National Park verbracht, und ich kann mir gut vorstellen, dass es
sie dorthin zurückzieht. Als sie letztes Jahr die Wahrheit über
ihre Eltern erfuhr, war sie dort, und jetzt stelle ich mir vor,
wie sie damals durch den Wald lief, ganz allein. Vor meinem
inneren Auge sehe ich Haven auf einem verschlungenen Pfad
zwischen mächtigen Baumstämmen, ihr rotes Haar leuchtet
inmitten Dutzender Schattierungen von Grün. Wäre ich dort
... aber ich bin ein Stadtmensch. Immer schon gewesen. Das
Wildeste, was ich an Natur je zu sehen bekommen habe, ist der
Saskatchewan River, nachdem es besonders stark und lang an-
haltend geregnet hat. Und ich kann mir auch nicht vorstellen,
bei Havens Vater zu wohnen, selbst wenn Haven mitkommen
würde. Auf so engem Raum mit einem Menschen, den ich nie
zuvor gesehen habe? Auf keinen Fall.

«Rae?»

«Mh?» Die Tasse mit dem Macchiato auf halber Höhe, sitze

ich da, und erst jetzt wird mir bewusst, dass ich die Zeit mal wieder eingefroren habe. Keine Ahnung, wie lange Haven mich bereits mustert.

«Ich muss los, sonst komme ich zu spät zu meinem Kurs.» Sie schiebt den Stuhl zurück und steht auf. «Es wäre mit Sicherheit überhaupt kein Problem. Wir beide zusammen oder du allein, wie du magst. Wenn ich meinen Vater jetzt anrufe, könntest du zehn Minuten später losfahren, ganz einfach.»

Ganz einfach. Raus aus Edmonton. Rein in einen Wald. Ich. In einem Wald. Nur Bäume und sonst nix. Moos. Blätter. Himmel. Solche Dinge. Haven hat von Wasserfällen und Wapitis erzählt und von einem Puma namens Snoops. Dem möchte ich allerdings nicht begegnen.

«Ich lass dich mal nachdenken, ja?» Haven beugt sich vor und umarmt mich kurz. «Ruf mich an.»

In meinem Kopf fallen die Gedanken noch immer übereinander, während sie sich zwischen den Tischen des *Herbs & Beans* in Richtung Ausgang schlängelt. Fast alle sind besetzt, die Hintergrundkulisse aus Satzfetzen und Gelächter habe ich bisher ausgeblendet, doch jetzt fällt mir plötzlich auf, wie laut es hier drin ist.

In einem Wald wäre es still. Völlig still, und es würde ... na ja, nach Wald riechen, nicht nach Kaffee. Ob es dort, wo Haven groß geworden ist, anders riecht als in den Wäldchen im Flusstal des North Saskatchewan Rivers? Direkt nach unserem Umzug war ich mit meinen Eltern ein paar Mal dort unterwegs, weil sie auf erholsame Spaziergänge in der Natur bestanden haben. Mittlerweile besteht niemand mehr darauf.

Ich müsste ja gar nicht bei Havens Vater wohnen. Es gibt dort Campingplätze, ich könnte einfach ein bisschen wandern ...

Meine Mutter würde allerdings schon bei dem Gedanken

daran ausflippen. Ganz allein in einem Wald, was da alles passieren kann. Bestimmt wäre sie in der Lage, tausend Möglichkeiten aufzuzählen, wie ich mich dort verirren, verletzen oder mir den Hals brechen könnte. Giftschlangen. Grizzlybären. Fremde, denen man nicht trauen darf ...

Abrupt stehe ich auf. Was sollte es auch bringen. Ich bin nicht Haven. Man muss vermutlich wirklich in einem Wald aufgewachsen sein, um dort so etwas wie Frieden zu finden.

Wie gerade Haven laufe ich zwischen den Tischen hindurch in Richtung Ausgang.

Garantiert würde ich mir einfach nur Blasen laufen, und in meiner ersten Nacht würde das Zelt über mir zusammenbrechen, vorausgesetzt, ich bekäme ein Zelt überhaupt aufgebaut. Außerdem besitze ich nicht einmal ein Zelt.

Draußen empfängt mich das allgegenwärtige Geräusch fahrender Autos und eine Mischung aus Blumenduft und Abgasen. Die Straße ist gesäumt von hohen Bäumen mit braungrauer Rinde, zwischen den Blättern sind Blüten zu sehen. Unwillkürlich lege ich meine Hand auf die rissige Borke des Baums, der direkt vor dem *Herbs & Beans* steht. Es fühlt sich rau an und warm von der Sonne.

Einen kurzen Moment lang sehe ich mich selbst, und ich lasse die Hand wieder sinken. Hier stehe ich, wie so eine Art Baumflüsterin. Lächerlich.

Die Hände in den Taschen meiner Jeans versenkt, mache ich mich auf den Weg zu meinem Wagen. Mum hat mir eine meterlange Liste an Dingen mitgegeben, die ich besorgen soll, und ich werde jetzt sofort aufhören, darüber nachzudenken, was ich alles für eine Wandertour durch einen verflixten Wald benötigen würde.

CAYDEN

«Party geht immer, oder, Cay?»

Die Ironie in Jacksons Stimme ist nicht zu überhören, aber ja, Party geht immer. Und wenn man sich vor kurzem von seiner letzten Bettbeziehung getrennt hat, ist sie sogar mit so etwas wie einem Ziel verknüpft.

Als Jackson an meine Zimmertür geklopft hat, bin ich gerade dabei gewesen, die Knöpfe meines Hemds zu schließen. Keins der Dinger, die ich in der Kanzlei anhabe, sondern ein locker fallender Leinenstoff, der besser aussieht, wenn er über dem Bund der Hose hängt.

Jax hat sich in den einzigen Sessel im Raum fallen lassen und mustert mich, seit er hereingekommen ist. Ich ahne schon, dass eine weitere Folge von *Cay, sieh dich doch mal an* auf mich wartet. Wenn er so weitermacht, weiß ich bald wirklich nicht mehr, warum ich mich überhaupt gefreut habe, dass er vor einigen Monaten nicht ausgezogen ist.

«Willst du mit?» Ich schiebe mir meine Schlüssel in die Hosentasche. «Oder wartest du nur darauf, dich besonders herzlich von mir zu verabschieden?»

«Ich muss noch lernen.»

«Quatsch, du bist doch mit allem längst fertig.»

«Hast du überhaupt etwas für die Abschlussarbeiten in diesem Semester getan?»

«Selbstverständlich.»

«Ach.» Ganz kurz wirkt Jackson überrascht, dann ziehen sich seine Augenbrauen leicht zusammen. «Wenn du mir jetzt erzählst, dass du mit einer deiner Professorinnen im Bett warst ...»

«Ich war mit einer meiner Professorinnen im Bett.»

Jacksons Kiefer klappt nach unten, und er holt Luft.

«Jax. Krieg dich wieder ein. Das war ein Scherz», bremse ich ihn direkt wieder aus.

Wenn es doch oft schon ausreicht, nach dem Kurs ein paar besonders freundliche Worte mit der einen oder anderen Dozentin zu wechseln. Davon abgesehen bin ich nicht blöd. Ich weiß ziemlich genau, was ich an Arbeit irgendwo reinstecken muss, um mit dem Ergebnis zufrieden zu sein – dieses Wissen zieht sich durch mein Leben. Früh verinnerlicht. «Ich geh dann mal. Du kannst hier gern noch ein bisschen rumsitzen, wenn du willst. Sieh nur zu, dass du vor Mitternacht draußen bist, ich habe nicht vor, allein nach Hause zu kommen. Und ich steh nicht drauf, wenn mir dabei einer zuguckt.»

«Versteh schon.» Jackson seufzt doch tatsächlich, während er sich aus dem Sessel stemmt. «Dann viel Spaß.»

Ich bin noch immer ein wenig irritiert, während ich meinen Wagen aus der Garage fahre. Wenn Jax dieses moralische Augenrollen nicht bald wieder lässt, kommen wir um eine Diskussion nicht herum. Er hat schon immer alles ein wenig ernster genommen als die Leute, mit denen ich sonst so abhänge, abgesehen von Dylan vielleicht. Nur hat er früher nie den Moralapostel bei mir gespielt, und ich kann darauf auch verzichten. Immerhin bin ich um Eltern herumgekommen, die mir ständig Vorhaltungen machen – wenn sie auch sonst ziemlich scheiße waren –, da muss ich mir das jetzt nicht durch Jackson geben.

Die Party läuft bei Chase. *Hardy Party*, nennt er es. Bisschen albern, aber nicht ganz ungerechtfertigt, wenn man bedenkt, dass einige eigentlich für die letzten Prüfungen lernen müssten und Chase' Partys gern mal im alkoholbedingten Chaos enden.

Letzteres bedeutet, dass ich erste Kontakte geknüpft haben muss, bevor zu viele Drinks zu Fehlentscheidungen führen. Bei Allison ist mir deswegen nicht nur entgangen, dass sie mit Haven befreundet ist, ich habe auch nicht bemerkt, dass sie *sich schon länger Hoffnungen macht, mich mal näher kennenzulernen*, wie Haven mir das Tage später mitgeteilt hat. Man sollte meinen, Ally hätte mitgekriegt, dass ich nicht der Typ bin, der auf feste Beziehungen aus ist. Jackson würde das vermutlich kaum glauben, aber ich nehme nicht alles mit, was ich kriegen kann. Von Frauen, die denken, man sei nach einer gemeinsamen Nacht irgendwie zusammen, halte ich mich lieber fern, ganz egal, wie heiß ich sie finde.

Sex wird ohnehin völlig überbewertet. Es ist einfach eine Form von Spaß, ein Ausblenden der Realität, ein paar Stunden, in denen man sich nur auf den Körper eines anderen konzentriert – spontan fällt mir nichts ein, wo Geben und Nehmen sich so großartig die Waage halten. Im optimalen Fall haben beide was davon, und man kann es wiederholen, bis es entweder langweilig wird oder Gefühle dazwischenkommen. Warum man meint, sich in jemanden verlieben zu müssen, nur weil man mit ihm schläft, werde ich nie kapieren.

Chase wohnt im Westwing Tower in einem hellen, weitläufigen Studio mit einem spektakulären Blick auf Edmontons Downtown District. Allzu viele Studenten gibt es hier nicht, und nach dem Gesichtsausdruck des Portiers in der feudalen Empfangshalle zu schließen, wäre er froh, würde im Westwing ein allgemeines Studentenverbot herrschen. Sein Lächeln bleibt höflich, doch es wirkt ein bisschen eingefroren, als er mich unter Zuhilfenahme eines Schlüssels mit dem Lift hinauf ins richtige Stockwerk schickt, bemüht, dabei die Whiskyflasche in meiner Hand zu übersehen.

Sobald sich die Türen des Aufzugs wieder öffnen, dröhnen mir Musik und die Stimmen vieler Menschen entgegen, die dagegen anbrüllen. Die Tür zu Chase' Wohnung steht sperrangelweit offen, und jede Menge Leute drängen sich in dem mit dunkelblauem Teppich ausgelegten Vorraum herum. Gegenüber wohnt die ungefähr hundert Jahre alte Mrs. Roberts mit ihren Pudeln, zurzeit befindet sie sich allerdings in Europa. Besucht dort ihren Sohn, hat Chase erzählt und die Gelegenheit sofort genutzt, seine Partys noch etwas ausschweifender zu gestalten.

Mrs. Roberts hört zwar kaum noch etwas, ihre Hunde dafür aber umso besser, und wenn die zu heulen beginnen, hämmert kurz darauf der Portier gegen Chase' Apartmenttür. Er muss hämmern, um sich überhaupt bemerkbar zu machen, seinem Gesicht dagegen ist nicht der Hauch von Unwillen anzumerken, wenn er überaus ruhig und höflich darauf hinweist, dass Mrs. Roberts darum bitte, den Geräuschpegel zu reduzieren. Chase verspricht alles und kümmert sich anschließend einen Scheiß darum.

Dass Chase' Partys noch nie durch die Polizei aufgelöst worden sind, dürfte mit der Tatsache zusammenhängen, dass seinem Vater der Westwing Tower gehört. Kein Wunder also, dass Mrs. Roberts es vorzieht, wochenlang bei ihrem Sohn zu wohnen.

«Cay, hi!» Diane schlingt einen Arm um meinen Hals, kaum dass ich mich zwischen den eng beieinanderstehenden Grüppchen zur Tür hineingeschoben habe, und drückt mir einen Kuss auf die Wange, bevor sie wieder loslässt.

«Hallo, Diane.» Wo Diane ist, sind normalerweise auch Stella und Kaylee. Beide haben es mir noch nicht wirklich verziehen, dass ich Jackson vor einigen Monaten von einer Aktion erzählt habe, die gegen Haven gerichtet war und die Kaylee mir gebeichtet hat, während wir noch etwas miteinander hatten.

Diane hakt sich bei mir unter. «Wie geht's dir so? Kann es sein, dass du kaum noch in der Uni auftauchst?»

«Wie kommst du denn darauf?»

Suchend blicke ich mich nach Chase um. Der Anstand gebietet es, zumindest mal Hallo zu sagen, bevor ich mich an seinen Alkoholvorräten vergreife. Nicht nur auf der hohen Kücheninsel drängen sich Bitter Lemon und Tonic Water neben Gin, Wodka und Whisky, sondern auch auf der dahinterliegenden Arbeitsfläche stehen die Flaschen dicht an dicht, und ich wette, der Kühlschrank ist ebenfalls gut gefüllt.

«Was macht Jax so?», fragt Diane. «Kommt er auch noch?»

Ich beuge mich näher zu ihr, um sie besser zu verstehen, und stelle dabei meinen Whisky neben einen Tequila. «Der hatte keine Lust.»

Sie nickt nur, als habe sie nichts anderes erwartet. Hat sie vermutlich auch nicht.

«Wo ist Chase?», rufe ich.

«Keine Ahnung. Zuletzt war er auf dem Balkon, schau doch da mal nach.»

Gläser scheint es nirgendwo mehr zu geben, und nach einem Blick in den Kühlschrank mache ich mich mit einem Bier in der Hand auf die Suche nach Chase.

«Wir sehen uns bestimmt noch», ruft Diane mir hinterher.

Fast alle Gesichter hier sind mir bekannt, und nach links und rechts Grüße austauschend, arbeite ich mich bis zu dem riesigen Balkon vor, der sich die komplette Hauswand entlangzieht. Getöntes Glas trennt an beiden Enden Chase' Anteil von dem seiner Nachbarn, und es ist voll genug, um mich hier draußen eine halbe Minute lang in der beginnenden Dämmerung nach ihm umzuschauen, bevor ich ihn inmitten einer bereits ziemlich feuchtfröhlichen Gruppe entdecke.

«Cay! Hi! Wie läuft's, voll im Prüfungsstress?»

«Immer, und selbst?»

«Hab nur noch zwei Referate, kein Problem.»

Das ist nicht ganz richtig. Chase muss sich durch die meisten Kurse durchkämpfen, und ich persönlich würde mich niemals von ihm vertreten lassen, sollte es ihm tatsächlich jemals gelingen, sich bis zum Anwalt vorzuarbeiten. Trotzdem grinse ich jetzt nur und lasse mein Bier gegen sein Glas klirren, wobei ich einen genaueren Blick auf die Gruppe werfe, aus der Chase gerade einen Schritt herausgetreten ist. Ein paar Typen aus unserem Semester, noch einer in Motorradjacke, den ich nicht kenne und der sich bereits jetzt so in Schräglage befindet, dass er sich schwer auf den Schultern der Frau neben ihm abstützen muss.

Die Frau habe ich ebenfalls noch nie gesehen. Sie ist ziemlich attraktiv. Gute Figur, schlank, der tiefe Ausschnitt verspricht einiges. Ein dunkler Bob umrahmt ihr schmales Gesicht, ihr Alter ist schwer zu schätzen. Älter als ich auf jeden Fall ... vielleicht Ende zwanzig? In diesem Moment wirkt sie ein wenig genervt, was wohl mit dem Kerl zusammenhängt, der an ihr hängt wie ein fettes Faultier. Trotzdem schätze ich, dass die beiden nicht zusammen sind, denn sogar im Suff hält der Typ seine Hände von bestimmten Körperteilen fern, und ich schließe mit mir selbst eine Wette ab, wie lange sie sich noch als Klammerhilfe zur Verfügung stellt, nachdem sie jetzt mitbekommen hat, dass ich sie bereits ein paar Sekunden zu lang mustere. Wenn sie ihn abschießt, wäre das doch schon was – warum erst die halbe Party durchkämmen?

«... schon gesehen?»

«Bitte?» Chase' Frage ging an mir vorbei.

«Ob du Kaylee schon gesehen hast? Sie hat mich gefragt, ob du auch kommst.»

«Vermutlich nur, damit sie weiß, ob sie mir aus dem Weg gehen muss.»

Chase erwidert mein Grinsen, schüttelt aber den Kopf. «Mach dich lieber darauf gefasst, dass sie *reden* will.»

Darauf erwidere ich nichts. Unwahrscheinlich, aber nicht ausgeschlossen.

«Frauen, die reden wollen ...» Der Motorradjackentyp beginnt zu lachen. «Pass bloß auf. Worüber will sie denn mit dir reden, hä?»

Ich mustere ihn nur und nehme einen Schluck aus der Flasche. Der bekäme eine Antwort selbst dann nicht sortiert, wenn ich mir die Mühe machen würde. Die Frau neben ihm hebt die Schulter an und schüttelt ihn mit einer kurzen, harten Bewegung ab. Der Kerl beginnt zu schwanken, Chase bekommt ihn zu fassen, bevor er der Länge nach hinschlagen kann. «Suchen wir dir einen anderen Platz, okay? Irgendwo, wo du dich hinsetzen kannst», sagt er und verdreht dabei die Augen in meine Richtung. «Vielleicht im Fahrstuhl auf dem Weg nach unten», fügt er halblaut hinzu.

«Wer ist das überhaupt?», frage ich zurück.

«Keine Ahnung.»

Den noch immer vor sich hin lachenden Typen mitschleifend, drängt er sich zum Balkoneingang durch.

«Hi übrigens», lenkt die Frau meine Aufmerksamkeit wieder auf sich. «Ich bin Tessa.» Sie lächelt mich auf eine Weise an, bei der die anderen Typen mir kurz zunicken, bevor sie beschließen, sich woanders umzusehen.

«Hi, Tessa. Ich bin ...»

«Cayden. Hab schon von dir gehört. Nur Gutes, natürlich.»

«Beruhigend.» Ich lehne mich gegen die Balkonbrüstung, beide Ellbogen gegen die oberste Metallstange gestützt. «Was gibt es denn so über mich zu hören?»

«Du bist arrogant, nimmst nichts ernst und verlässt dich völlig auf dein gutes Aussehen. Außerdem bist du gefühllos, zynisch, oberflächlich und schießt die Frauen reihenweise ab – einmal im Monat opferst du eine Jungfrau.»

«Letzteres stimmt nicht.»

«Nur das Letzte?»

Ich leere die Flasche und lasse sie zwischen zwei Fingern locker am Hals baumeln. «Gibt's auch irgendwas über mich zu hören, das nicht ganz so gut ist?»

«Du sollst ziemlich begnadet im Bett sein.»

«Das ist natürlich furchtbar.»

«Ja, insgesamt eine ziemlich schreckliche Kombination.» Tessa tritt einen Schritt auf mich zu, nimmt mir die Flasche aus der Hand und stellt sie achtlos zu ihren Füßen ab. «Du hast Glück.»

«Inwiefern?»

«Dass mich das alles ziemlich anmacht.» Sie lächelt herausfordernd, und ich überlege nur kurz. Vor mir steht eine Frau, die quasi auf den Punkt gebracht hat, worauf sie sich mit mir einlässt, und die ebenso deutlich gemacht hat, dass sie sich gern darauf einlassen würde. Außerdem sieht sie heiß aus – das könnte doch der Beginn einer neuen, wunderbar oberflächlichen Beziehung werden. Als ihr Mund sich dem meinen nähert, bevor ich selbst die Initiative ergreifen kann, bin ich nur einen Moment lang überrascht, dann lege ich ihr eine Hand in den Nacken. Ihre Lippen öffnen sich sofort, und sie schließt dabei nicht die Augen.

«Wir könnten eigentlich direkt wieder gehen», murmelt sie.

Okay, so etwas habe selbst ich bisher nur ein paar Mal erlebt – und das war immer in Filmen. Aber irgendwoher müssen die Filmemacher ihre Inspirationen ja haben. Ich lege Tessa eine Hand auf den Rücken und dirigiere sie Richtung Tür.

«Cay – wo willst du ... nicht dein Ernst, oder?», ruft Chase, während Tessa mich einfach weiterzieht. «Das ist ein neuer Rekord!»

«War eine nette Party», erwidere ich und quittiere seinen hochgereckten Daumen mit einem kurzen Kopfschütteln. Aber er hat ja recht. Das geht sogar mir fast zu schnell – ich werfe einen Blick auf Tessas Hintern, über den sich der kurze, enge Rock spannt.

Fuck, nein.

Bereits im Fahrstuhl schiebt sie beide Hände unter mein Hemd, ihre warmen Finger streichen über meinen Oberkörper, kratzen leicht über die Brustwarzen, und als ihre Nägel mit sanftem Druck meinen Rücken wieder hinunterwandern und sie sich dabei gegen mich presst, bedaure ich es, dass Chase' Wohnung sich lediglich im siebzehnten Stock befindet.

«Du bist mit dem Wagen da?», raunt Tessa mir ins Ohr.

«Bin ich.»

«Der steht in der Tiefgarage, nehme ich an?» Das Lächeln auf ihren Lippen ist nicht schwer zu dechiffrieren.

Der Portier wartet bereits auf uns, als die Türen des Aufzugs sich öffnen. «Sie möchten zu Ihrem Wagen, Sir?», fragt er und kann dabei nicht verhindern, dass sein Blick über Tessas Ausschnitt gleitet.

«Will er», erwidert Tessa grinsend und greift mir direkt in den Schritt. In dieser Sekunde nur kaum merklich zusammenzuzucken, gehört zu meinen persönlichen Bestleistungen.

Ihre Hand liegt noch immer zwischen meinen Beinen, während der Lift sich schließt und seinen Weg nach unten wieder aufnimmt, und ihr Griff wird in dem Moment ein winziges bisschen fester, in dem sie mit der Zunge über meinen Hals fährt.

«Steht dein Wagen auch hier?», will ich wissen, als die Türen sich zur muffigen Kühle der Tiefgarage hin öffnen, und höre selbst, dass meine Stimme ein wenig heiser klingt.

«Ich bin mit Anthony gekommen», erwidert Tessa. «Wo steht dein Auto?»

Anthony. Okay – keine Ahnung, wer dieser Anthony ist, aber ich spanne niemandem die Freundin aus, selbst wenn diese wild darauf zu sein scheint. «Seid ihr zusammen?»

«Nein, er ist nur ein Freund.» Das letzte Wort betont sie auf eine Art, bei der ich mir zusammenreime, dass Tessas *Freunde* sie ähnlich gut kennenlernen dürfen wie mich meine *Freundinnen*. Das Geräusch ihrer Absätze hallt von den grauen Betonwänden wider.

Mein Wagen steht in einer Nische, das Licht der Neonröhren wird von einem Kombi auf der einen und einem Mercedes auf der anderen Seite weitestgehend abgeschirmt. Der Porsche scheint zwischen den beiden wuchtigen Gefährten mit den Schatten zu verschmelzen.

Ich öffne Tessa die Beifahrertür, und als ich einen Moment später selbst einsteige, lässt sie an ihrem Zeigefinger etwas Schwarzes vor meiner Nase hin und her schwingen, das ich erst auf den zweiten Blick als Slip erkenne. Unwillkürlich gleitet mein Blick über ihren engen Rock, und mit einem Ruck bringe ich die Innenbeleuchtung des Wagens zum Erlöschen, indem ich die Tür hinter mir schließe.

Im Lichtstreifen der flackernden Neonröhren schiebt Tessa das Stückchen Stoff in ihre Tasche und öffnet den Knopf meiner Hose. Ich packe ihr Handgelenk und erledige alles Weitere selbst. Kondome habe ich dabei, kurz spanne ich die Muskeln an, während ich mir die Hose samt Shorts von den Hüften streife. Dann zieht Tessa ihren Rock nach oben, legt ihr Bein über meine Oberschenkel und lässt sich auf mir nieder.

Es wird ein schneller, harter Fick, genau das, was wir beide wollen. Danach sackt sie zusammen, umschlingt meinen Hals mit beiden Armen und legt ihren Kopf auf meine Schulter. Minutenlang sitzen wir so da, meine Hände noch immer auf ihrem Hintern. Ich kann spüren, wie jeder meiner Muskeln sich weiter und weiter entspannt, und gleichzeitig kriecht das seltsam leere Gefühl in mir zurück, breitet sich in mir aus, bis nichts mehr von der Befriedigung, die der Sex hervorgerufen hat, übrig ist.

Tessa bewegt sich. «Übrigens bin ich mit Miles zusammen», murmelt sie und lacht leise. «Aber wir führen eine offene Beziehung – er würde dich mögen, garantiert. Sehr sogar. Er steht auf Typen, die aussehen wie du.»

Einige Sekunden verstreichen, in denen ich das soeben Gehörte einsortiere, und als mir das gelungen ist, fühle ich mich nicht nur ausgehöhlt, sondern auch noch irgendwie ... benutzt.

4.

 ## RAE

$\mathcal{E}$s ist Freitagabend, gerade habe ich geistesabwesend die letzte Popcorntüte gefüllt und stelle sie beiseite. Haven hat mir da eine Idee in den Kopf gesetzt, die ich einfach nicht mehr loswerde. In den letzten Tagen habe ich immer wieder darüber nachgedacht, und während ich jetzt meinen Platz hinter der Theke verlasse, um die Tür des *Phoenix* aufzuschließen, grübele ich einmal mehr darüber nach. Mittlerweile habe ich gedanklich eine halbe Tour ausgearbeitet, nur ich und ein Rucksack, mit dem ich mich quer durch den Jasper National Park durchschlage, jeden Tag mindestens zwanzig Meilen laufe, abends irgendwo mein Zelt aufstelle und über absolut nichts mehr nachdenke. Kein Mensch, mit dem ich mich unterhalten müsste, niemand, der etwas von mir erwartet, und sollte es mir zu einsam werden – was ich mir gerade nicht vorstellen kann –, rufe ich eben Haven an.

Die ersten Leute warten draußen bereits, vor der Kasse bildet sich direkt eine kurze Schlange. Ich verkaufe Tickets und Schokoriegel, Popcorn und Cola, ohne dass mein Gedankenstrom dabei wirklich abreißen würde.

Ich könnte mir danach den Banff National Park vornehmen. Erst einmal quer durch Jasper, dann Banff. Das Einzige, was ich vorab klären müsste, wäre, ob Philippe für mich nur einen Ersatz einstellen oder mich gleich komplett ersetzen würde. Aber selbst wenn Letzteres geschähe – es ist nur ein Job. Will ich mein ganzes Leben lang in einem Kino arbeiten und bei meinen Eltern wohnen?

Eben.

Vielleicht wäre das der Tritt, den ich offenbar benötige, um mein Leben wieder in den Griff zu kriegen. Natur im Übermaß soll doch sehr heilsam sein, oder? Ich könnte Yoga unter Bäumen machen, im sonnenwarmen Moos, eingesprüht mit genügend Insektenabwehrmittel, um dabei nicht von Kriebelmücken aufgefressen zu werden.

Bliebe allerdings das Problem, das Ganze irgendwie meiner Mutter schmackhaft zu machen. Sie würde vermutlich eher mitkommen, als mich eine solche Aktion allein durchziehen zu lassen, und in ihren Rucksack würde sie nicht nur ihr geliebtes Bärenspray packen, sondern auch Handfeuerwaffen, eine Machete und eine Bärenfalle.

Nein, Blödsinn. Sie würde es mir ausreden, ganz einfach. Mich an meinem schlechten Gewissen packen und mich überzeugen, dass mein Wunsch, den Jasper National Park zu durchwandern, ohnehin nur eine Art fixe Idee ist, etwas, woran ich mich gerade aufrichte, aber das ich nicht wirklich ernst meine.

«Hi. So sieht man sich wieder.»

Ich muss nur kurz nach seinem Namen kramen. Dunkle Haare, Schönling, nasser Fleck auf einem Kinositz. Igitt. Zane. Der Typ vor mir heißt Zane, und er ist ein Idiot. Heute hat er seine Freundin zu Hause gelassen.

«Einmal möglichst weit hinten bitte und außerdem eine mittlere Popcorn und eine Cola. Schön, dich wiederzutreffen.»

«Große, kleine oder mittlere Cola?», entgegne ich.

«Groß, natürlich.»

Er grinst, während er mir einen Schein rüberreicht, und er grinst immer noch, als er das Wechselgeld in Empfang nimmt. Außerdem ist er tatsächlich so dreist, dabei völlig offensichtlich meine Finger zu streifen.

«Viel Spaß», sage ich, ein Automatismus, für den ich mich in Zanes Fall unmittelbar darauf selbst verfluche, denn sein Grinsen verbreitert sich sogar noch. «Danke, den werde ich hoffentlich haben.»

Heute läuft *The Fog – Nebel des Grauens* aus dem Jahr 1980, und ich könnte mir vorstellen, dass Zane dieser Film besser gefällt als *Sommersby*.

Die Vorstellung ist nicht besonders gut besucht, kaum die Hälfte des Saals ist besetzt, und nach dem Film leert es sich, noch während der Abspann über die Leinwand flimmert. Die Süßigkeitenständer sind für morgen bereits aufgefüllt, und die Popcornmaschine ist geputzt, während ich darauf warte, dass auch die Nachzügler verschwinden, damit ich aufräumen kann. Es gelingt mir nur gerade eben so, nicht mit den Augen zu rollen, als Zane sich aus der Reihe derer herauslöst, die zum Ausgang laufen.

«Der war nicht schlecht», erklärt er, als sei seine Meinung für mich irgendwie von Bedeutung. «Überraschendes Ende. Und die Musik war gut.»

«Mh.» Ich gebe mir keine Mühe, Interesse zu heucheln, wieso auch. Er soll einfach gehen.

«Hast du den Film gesehen?»

«Schon vor Ewigkeiten.»

«Und wie hat er dir gefallen?»

«Weiß ich nicht mehr.»

«Welche Filme magst du denn so?»

Okay. Ich atme aus. So langsam ist mal Klartext angesagt.

Höflicher Klartext, denn Philippe ist heute im Vorführraum. «Zane, ich muss hier arbeiten.»

«Halte ich dich ab?»

Der letzte Besucher hat vor wenigen Sekunden die Schwingtür hinter sich zufallen lassen, und Zane steht mittlerweile als Einziger noch immer im Vorraum. Man sollte meinen, er könnte sich diese Frage also selbst beantworten.

«Ich muss dadrin jetzt aufräumen.»

«Soll ich dir helfen?»

«Nein.»

Meine Antwort kommt schnell und ist unmissverständlich, trotzdem sehe ich es in seinen Augen plötzlich glitzern. Herausfordernd verschränkt er die Arme und lehnt sich gegen den Glastresen. «Dann warte ich einfach hier auf dich.»

«Hör zu ...»

«Rae, schließt du ab, wenn du fertig bist?»

Philippe kommt die Treppe zum Vorführraum hinunter. Zane, der offensichtlich nicht damit gerechnet hat, es könne noch jemand außer uns beiden hier sein, hat im ersten Moment die Arme sinken lassen und sich aufgerichtet. Erleichtert greife ich nach dem blauen Müllsack. Jetzt wird er wohl endlich gehen. «Klar, mache ich.»

«In Ordnung, danke. Oben ist alles fertig, ich muss direkt los. Bis Montag dann!»

Entgeistert sehe ich Philippe hinterher, der winkend die Schwingtür aufstößt und Sekunden später verschwunden ist.

Na toll. Normalerweise kontrolliert er jeden Abend akribisch, ob für den nächsten Tag alles vorbereitet ist, aber ausgerechnet heute muss er es eilig haben. Zane hat Philippe ebenfalls nachgeschaut, doch jetzt dreht er sich zu mir um. Er wirkt, als müsse er sich das Lachen verkneifen.

«Du sollst abschließen», sagt er, und ich lasse den Müllbeutel wieder sinken.

«Das werde ich auch. Wenn alle gegangen sind. Also musst du jetzt nicht mal los?» Auffordernd nicke ich in Richtung Ausgang.

«Ach komm, warum bist du so zickig?»

Ich stehe ja auf Typen, die Desinteresse mit Zickigkeit gleichsetzen. Nicht. «Hau endlich ab», sage ich scharf. «Was braucht es eigentlich noch, damit du kapierst, dass du nervst?»

Zane hebt beide Hände. «Hey, entspann dich wieder. Blöde Kuh.»

Er dreht sich um und geht, und einen kurzen Moment noch sehe ich ihm durch die Glastür hinterher, bevor ich um den Tresen herumlaufe und mich beeile, die Tür hinter ihm zuzuschließen. Ich will nicht in Gefahr geraten, im Dämmerlicht zwischen den Sitzreihen plötzlich Zane gegenüberzustehen.

Nachdem ich fertig bin, entsorge ich die Abfalltüte in einer der Tonnen im Hinterhof, verschließe im Anschluss sorgfältig die schwere Metalltür, lösche alle Lichter, drehe den Hauptschalter ab und stopfe endlich den Schlüssel zurück in die Hosentasche, nachdem ich auch den Eingang verschlossen habe. Kurz nach elf – ich werde früh zu Hause sein.

Die Hände in den Jackentaschen vergraben, trete ich den Heimweg an. Auf den Straßen ist noch einiges los, immer wieder muss ich Leuten ausweichen, während meine Gedanken sich schon wieder davonstehlen, weg von den Autos und all den Leuten, die sich zwischen Hausreihen und Ladenfronten bewegen. In dieser Sekunde könnte ich auch in einem Zelt liegen. Oder davorsitzen. Vielleicht hätte ich mir ein kleines Lagerfeuer gemacht, irgendwo am Fluss. Oder an einem See. Haven hat erzählt, es gäbe wunderschöne Seen im Jasper National Park. Und Wasserfälle. Und sogar Gletscher.

Wie funktioniert das eigentlich, wenn man eine längere Tour plant – muss man wirklich alles mitschleppen, was man für die gesamte Zeit braucht? Wie läuft es mit der Verpflegung? Ich kann mir ja schlecht ein Reh schießen oder so. Selbst wenn man nur zwei Wochen unterwegs ist, kriegt man doch nie und nimmer alles dafür in einen Rucksack – man braucht ja auch noch einen Kocher und Geschirr und Schlafzeug, das Zelt nicht zu vergessen. Kann man zumindest Wasser aus irgendwelchen Bächen trinken? Oder gibt es auf den Campingplätzen so etwas wie kleine Supermärkte? Sonst käme ich mit dem Zeug, das ich einpacken würde, nicht mal für ein verlängertes Wochenende vom Fleck.

Die Straße mitsamt Verkehrsgeräuschen bleibt zurück, als ich zwischen zwei hohen Steinsäulen hindurch den Park betrete.

Es wäre im Jasper National Park vielleicht ein bisschen wie hier. Ein kleines bisschen. Der Geruch nach Gras und Holz, nur vereinzelt wären noch andere Leute unterwegs ... ach was, vereinzelt – niemand außer mir wäre unterwegs, und ich würde ... vielleicht eine Art Tagebuch führen. Jeden Abend alles aufschreiben, was an Gedanken aus mir herauswill, und am letzten Tag würde ich das Buch um Mitternacht verbrennen und die Asche Leah widmen.

Leah.

Angestrengt versuche ich, in die Stimmung zurückzufinden, in der ich war, bevor Leah sich dazwischengedrängt hat. Ich habe mich gut gefühlt, irgendwie in einer Art Aufbruchstimmung, und wenn ich sicher wüsste, dass dieses Gefühl auf mich in Jasper warten würde ... vielleicht könnte es mir doch gelingen, meine Mutter davon zu überzeugen, dass ein solcher Trip eine gute Idee wäre. Ich könnte mich jeden Tag bei ihr melden, morgens und abends, meinetwegen. Und gibt es nicht irgendeine App, mit der man jemanden übers Smartphone orten kann? Wenn ich das mit mir herumtragen würde ... es muss ja auch nicht gleich für drei Monate sein – vielleicht reichen ja vier Wochen. Oder drei.

Ich könnte mich auch auf zwei herunterhandeln lassen, und wenn meine Mutter dann selbst merkt, dass es so schlimm gar nicht ist, mich mal für ein paar Tage aus den Augen zu lassen, könnte man das Ganze ja vielleicht verlängern. Vorausgesetzt, ich finde dort überhaupt das, was ich mir davon verspreche. Sollte ich nur ziellos herumwandern, von Mücken zerstochen werden und mich ganz allein von meinen persönlichen Dämonen zerfetzen lassen, breche ich alles einfach ab und werte es als misslungenen Versuch, meine Vergangenheit in den Griff zu kriegen.

Das hat meine Therapeutin immer gesagt: Finde deinen eigenen Weg, mit den Ereignissen klarzukommen, es gibt dafür kein Rezept. Jeder muss es auf seine Art schaffen. Damals habe ich immer nur geantwortet, mein Weg sei es nun mal, bestimmte Erinnerungen einfach möglichst unangetastet zu lassen, und sie meinte irgendwann, dass ich möglicherweise nicht rechtzeitig bemerken würde, wenn diese Erinnerungen mich so weit ausgehöhlt hätten, dass ich zusammenbreche. Ungefähr zu diesem Zeitpunkt habe ich die Therapie abgebrochen. Zu deprimierend – ich meine: So etwas will doch keiner hören.

Das Geräusch von Schritten hinter mir dringt in mein Bewusstsein, weil sie schneller werden, und ich drehe mich um.

Zane? Aber ...?

Er prallt gegen mich, als habe er mich im Laufen nicht gesehen, nur dass sein Blick direkt auf mich gerichtet ist. Ich stolpere zurück, noch immer überrascht, dann schießt erst Angst in mir hoch, und danach kommt die Wut.

Es geht ganz schnell.

Als Zane mir nachsetzt, weiche ich ihm aus, schlage seinen Arm beiseite und verpasse ihm mit der flachen Hand einen so heftigen Stoß von unten gegen die Nase, dass sein Kopf nach hinten fliegt. Krav Maga. Hundertmal durchexerziert, immer beherrscht, immer ruhig, doch es funktioniert auch unter Adrenalin. Noch während er zurücktaumelt, springe ich hinter ihn, packe sein Kinn mit beiden Händen und nutze seinen eigenen Schwung, um ihn zu Fall zu bringen. Eigentlich hätte ich ihn dabei drehen sollen, doch Zane ist zu groß und ich zu klein, oder vielleicht läuft es in der Praxis eben doch nicht exakt so wie im Training, jedenfalls fällt er nur auf die Seite, nicht auf den Bauch. Mit meinem ganzen Gewicht schmettere ich ihm beide Knie ins Kreuz, bringe ihn dadurch zum Kippen, kralle die Hände in seine Haare, reiße ihn ein Stück weit hoch und stoße ihn, so fest ich kann, wieder mit dem Kopf auf die Straße zurück. Das Klatschen von Haut auf Asphalt befriedigt mich zutiefst. Dumpf stöhnt er auf, und ich komme auf die Füße, hole aus zu einem Tritt, der seinen verhassten Schädel hoffentlich zum Bersten bringen wird, und dann wird mir plötzlich klar, was ich da gerade tue, was jetzt gleich passieren wird, wenn ich ihn so an der Schläfe treffe, wie ich es vorhabe, und beinahe stürze ich selbst, als ich mich förmlich im Flug zurückreiße.

Was ... Herrgott, was mache ich denn?

Er ist ein verdammter Wichser, aber ich kann doch nicht ... ich kann doch nicht ...

Noch immer will ich zutreten, der Hass brennt so hell in mir, dass ich sicherheitshalber ein Stück zurückweiche.

Mühsam stützt Zane sich auf beide Ellbogen, betastet ungelenk seine Nase, von der aus Blut über sein Kinn zu Boden tropft, schwarze Schlieren im Licht der Parklaternen.

Er hat darauf geachtet, dass es keine Zeugen gibt, als er mich angegriffen hat, und so beobachte nur ich, wie er sich jetzt schleppend aufrichtet, mit dem Unterarm das noch immer herabströmende Blut in seinem Gesicht verteilend.

Dann entdeckt er mich, und das Monster in mir freut sich darüber, wie seine Augen sich weiten und er ein paar Schritte zurückstolpert, kopfschüttelnd, als könne er nicht glauben, was da gerade geschehen ist, oder vielleicht versucht er auch nur, die Benommenheit loszuwerden. Er dreht sich um, torkelt zurück in die Richtung, aus der er hinter mir hergekommen ist, und ich starre ihm eine Ewigkeit lang nach.

«Entschuldigung? Ist alles in Ordnung?» Ein Mann ist ein Stück von mir entfernt stehen geblieben und mustert mich. Besorgnis klingt in seiner Stimme mit.

«Alles okay», krächze ich.

«Sind Sie sicher? Brauchen Sie Hilfe?»

Er kommt näher, und jetzt bin ich es, die zurückstolpert. «Nein, alles okay, wirklich, ich … Es geht mir gut!»

Meine Beine fühlen sich seltsam steif an, als ich loslaufe, schneller werde, bis ich schließlich renne, ohne auf das zu achten, was er mir noch hinterherruft.

Oh Scheiße. Oh mein Gott. Was bin ich? Was bin ich bloß geworden?

CAYDEN

Jackson gegenüber habe ich über die Geschichte mit Tessa kein Wort verloren. Es ist nicht so, dass ich ihm normalerweise Rechenschaft darüber ablegen würde, wann ich mit wem ins Bett steige, aber im Allgemeinen achte ich auch nicht peinlich genau darauf, die betreffende Frau nicht zu erwähnen.

Das mit Tessa war allerdings ... creepy. Zumindest seit der Sekunde, in der sie ihren Freund Miles erwähnte und mich so unmittelbar, wie sie bei den anderen Dingen auch zur Sache gekommen ist, gefragt hat, ob ich mir einen Dreier vorstellen könne.

Und nicht nur das: Tessa kannte mich, zumindest meinen Namen. Die Beschreibung, die sie von mir abgeliefert hat, war auch nicht extrem weit hergeholt. Ich habe mich in meinem ganzen Leben noch nie um das Gerede gekümmert, das über mich die Runde macht, aber der Gedanke gefällt mir nicht, dass irgendjemand Tessa auf mich gebracht hat, jemand, der der Ansicht war, ich könne mich gut für ihre Wunschträume eignen.

Tja, falsch gedacht.

Von unten ertönen Geräusche. Jackson ist heute Vormittag nach einem ersten gemeinsamen Kaffee verschwunden. Er hat Sam, Havens Cousin, versprochen, an diesem Samstag am Baumhaus in deren Garten weiterzuarbeiten. Jetzt dreht sich ein Schlüssel im Schloss, und ich werfe einen Blick auf die Uhr. Sie haben echt den ganzen Tag daran herumgeschraubt. Augenblicke später knarzt die Wendeltreppe, und Jax erscheint im Wohnzimmer. «Hi. Hängst du immer noch oder schon wieder auf dem Sofa rum?»

«Hi, ich freu mich auch, dich zu sehen.»

Er wirft seine Jacke über die Sofalehne. «Ist irgendwas zu essen da? Sonst bestell ich was. Ich verhungere. Caroline war nicht zu Hause, und Lucy hat gekocht – allerdings nur für ungefähr zwei Personen, und wir waren zu fünft. Das hier lag übrigens im Briefkasten», bemerkt Jackson im Vorübergehen und legt dabei einen Umschlag auf den Tisch.

Einigermaßen perplex starre ich das Ding an. Das Kuvert ist dunkelrot und aus dickem Papier, und ich ahne irgendwie, von wem es kommt. Tessa weiß also auch, wo ich wohne. Klar. Sie ist wirklich creepy.

Jackson ist am eingeschalteten Fernseher vorbei zur Küche gelaufen, und ich höre ihn den Kühlschrank öffnen. «Es ist gar keine Briefmarke drauf», ruft er.

In den letzten Stunden bin ich überwiegend zwischen dem Trainingsraum und Netflix hin- und hergependelt. Eigentlich wollte ich Jackson fragen, ob er Lust hat, noch irgendwo was trinken zu gehen, doch jetzt drehe ich nur den Umschlag hin und her. Es ist nicht nur keine Briefmarke drauf, sondern auch weder Adresse noch Absender. In schwungvoller Schrift steht lediglich *Cayden* auf der Vorderseite zu lesen.

«Ich bestelle Sushi, willst du auch was?» Eine geöffnete Wasserflasche in der einen, sein Smartphone in der anderen Hand, kehrt Jackson zurück und lässt sich aufs Sofa fallen. «Von wem ist der denn?»

«Von Tessa», erwidere ich.

«Wer ist Tessa?»

«Keine Ahnung.»

«Du kriegst Briefe von einer unbekannten Tessa? Woher weißt du, dass der von ihr ist?»

«Nur so eine Vermutung.»

«Weißt du auch, was drinsteht?»

Ich werfe den Brief auf den Tisch zurück. «Ist mir egal.»

«Willst du ihn nicht lesen?»

«Nein.»

Fürs Erste hat Jackson das Sushi offenbar vergessen. Die Ellbogen auf die Knie gestützt, lehnt er sich vor. «Klingt nach einer interessanten Geschichte.»

«Ist es aber nicht.»

«Nein?»

«Nein.»

Die Sekunden verstreichen. «Soll ich ihn aufmachen?» Jackson nickt zum Brief hin.

Fast muss ich grinsen. Den Verfechter von Moral und Anstand in diesem Haus mal schlichtweg neugierig zu erleben ist auch eine Erfahrung. «Tu, was du nicht lassen kannst.» Ich wende mich wieder dem Fernseher zu.

«Okay ...» Es raschelt. «Ähm.» Jackson schiebt zurück, was auch immer er halb herausgeholt hat, und wedelt mit dem Umschlag in meine Richtung, bevor er ihn fallen lässt. «Sind Nacktfotos drin.»

«Von mir?»

«Von dir?», fragt Jackson entgeistert zurück.

«Wenn es keine Bilder von mir sind, kannst du sie entsorgen.»

«Warum sollten denn da bitte Nacktfotos von dir drin sein?»

Ich zucke mit den Schultern, doch wie zu erwarten, gibt sich Jackson damit nicht zufrieden. «Erzähl endlich, oder soll ich raten?»

«Jax ...»

«Erpresst dich jemand mit Nacktbildern von dir?»

«Glaubst du echt, ich würde mich mit so etwas erpressen lassen?»

«Also, was läuft dann?»

Aufseufzend schalte ich den Fernseher aus. «Ich habe auf Chase' Party mit Tessa gevögelt. In meinem Wagen. Danach hat sie mich gefragt, wie ich über Dreier denke und ob ich mir nicht vorstellen könne, mal in der Mitte zu sein – mit Tessa unter mir und ihrem Freund über mir.»

«Echt jetzt?»

«Ich hab nein gesagt.»

Jackson lässt sich in die Polster zurückfallen und starrt mich an. «Warum gibst du ihr dann deine Adresse?»

«Hab ich nicht.»

«Aber ...»

«Ich weiß es nicht, okay? Irgendwer muss ihr von mir erzählt haben.» Ich stehe auf, greife nach meinem leeren Glas und steuere nun meinerseits die Küche an. «Erklärt auch, warum sie so verflucht zielgerichtet war.»

«Offenbar giltst du als heißer Tipp, wenn man auf ein kleines Abenteuer aus ist», ruft Jackson mir nach.

Er grinst mich an, als ich mit einem neuen Wodka Lemon zurück ins Wohnzimmer komme, und mir ist kurz danach, ihm den Drink in den Kragen zu kippen. Wäre allerdings eine gottverdammte Verschwendung.

«Stört dich das etwa?», fragt Jackson nach einem Blick in mein Gesicht.

«Wenn du wissen willst, ob mich stört, dass Tessa nur auf Sex aus war, dann nein, das stört mich nicht.»

«Schon klar. Aber?»

«Was aber?»

«Komm schon, Cay, irgendwas nervt dich doch. Was ist es?»

«Keine Ahnung.»

«Stört es dich, dass du ausgesucht wurdest und nicht ausgesucht hast?»

«Nein.»

«Sicher?»

Eigentlich wollte ich mich wieder zu Jackson aufs Sofa setzen, doch jetzt überlege ich es mir anders. «Pass auf, ich habe ihr klargemacht, dass ich nichts mit einer Frau anfange, die mit jemandem zusammen ist. Das hat sie schon nicht sehr ernst genommen. Und jetzt wirft sie Briefe hier ein, obwohl sie weiß, dass ich kein Interesse an ihren Spielchen habe. Wie tickt die denn? Kommt mir vor wie in einem Psychofilm. Und ich kann ihr nicht mal sagen, dass sie damit aufhören soll, weil ich nicht mehr als ihren Vornamen kenne – ein bisschen wenig im Gegensatz zu dem, was sie über mich zu wissen scheint.» Ich drehe mich um und steuere mein Zimmer an.

«In dem Umschlag ist auch eine Telefonnummer», ruft Jackson mir hinterher.

Mit dem letzten Wort fällt meine Zimmertür ins Schloss, doch es dauert nur Sekunden, bis sie wieder geöffnet wird. «Sorry.» Jackson klopft gegen den Türrahmen. «Wolltest du jetzt eigentlich auch Sushi?»

«Ja, bestell mir was mit. Ganz egal, was.»

Er zögert. «Bist du okay?»

Gerade bin ich zum Fenster getreten, um den Vorhang zuzuziehen, jetzt drehe ich mich überrascht zu Jackson um. «Klar.»

«Man könnte bestimmt irgendwie rausfinden, wer mit dieser Tessa über dich geredet hat.»

«Wieso sollte ich mir die Mühe machen?»

«Keine Ahnung – weil es dich beschäftigt?»

«So sehr nun auch wieder nicht.»

Jacksons prüfendem Blick halte ich stand, weil ich meine, was ich sage. Nach einigen Sekunden zuckt er mit den Schultern. «Wahrscheinlich hast du recht – einfach nicht beachten. Wenn's klingelt, sind das die Sushi.»

Nachdem er gegangen ist, schließe ich mit einem letzten Ruck endgültig den Vorhang, bevor ich mich in meinem Zimmer umsehe. Ich fühle mich rastlos, habe aber keine Ahnung, wieso. Schade, dass ich jetzt nicht bei Vic anrufen kann. Und wäre mir auf Chase' Party nicht Tessa über den Weg gelaufen, hätte ich vielleicht eine andere Frau kennengelernt, bei der ich es jetzt versuchen könnte. Dieser Gedanke führt zu dem Entschluss, tatsächlich noch einmal auf einen Sprung ins *Knox* zu gehen, meiner bevorzugten Bar, wenn ich nicht darauf aus bin, bekannte Gesichter zu treffen. Im *Knox* finden sich im Allgemeinen Leute nach der Arbeit zusammen, um noch ein Bier zu trinken. Schon unter der Woche ist es dort deshalb recht voll, samstags allerdings pulsiert der Laden – gute Voraussetzungen.

Bis das Sushi geliefert wird, habe ich mich umgezogen. Sportklamotten aus, dunkles Hemd und dunkle Hosen an. In meinem Badezimmer streiche ich mir noch die Haare mit etwas Gel zurück und werfe einen letzten prüfenden Blick in den Spiegel. Okay.

Jackson hat in der Küche zwei riesige Edelstahlschüsseln mit Chips und Popcorn gefüllt und ist gerade dabei, das Sushi auf einem Teller zu arrangieren, als ich den Kopf durch die Tür stecke. «Sieht ja nach einem gehaltvollen Abendessen aus.»

«Haven und Rae kommen gleich vorbei, wir wollen uns einen Film ansehen. Was ist mit dir? Doch kein Sushi?»

«Nein, ich hab's mir anders überlegt. Ich hau noch mal ab. Was schaut ihr euch an?»

«*The Greatest Showman.*»

«Das ist dieser Zirkusfilm, oder?»

«Keine Ahnung. Rae hat ihn vorgeschlagen.»

«Na, dann viel Spaß. Grüß Haven von mir.»

«Mach ich. Bis später vielleicht.»

Noch von meinem Zimmer aus habe ich mir ein Uber bestellt, und als ich jetzt zur Haustür heraustrete, wartet es bereits am Straßenrand. In dem Moment, in dem ich mich auf die Rückbank sinken lasse, startet der Fahrer den Motor.

Noch immer angespannt sehe ich aus dem Fenster. Es ist halb zehn, und die Dämmerung beginnt, sich über Edmonton herabzusenken. Das Licht der Straßenlaternen scheint zu zittern, aber vielleicht ist es auch nur meine Unruhe, die diesen Eindruck auslöst.

Was ist denn los mit mir?

Doch die Sache mit Tessa?

Nein, das ist es nicht, aber ich bekomme auch nicht ansatzweise zu greifen, was dieses nervöse, beinahe schon gereizte Gefühl verursacht, das mich seit Tessas Brief im Griff hat.

Der Fahrer hält vor dem *Knox* mitten auf der Straße, und dass die Wagen hinter ihm hupend auf die andere Spur ausweichen, kümmert ihn nicht im Geringsten. Seelenruhig wartet er, bis ich der Rechnung per App noch das Trinkgeld hinzugefügt habe, und er steht immer noch da und redet mit irgendeinem Typen, als ich die schwarze Metalltür zum *Knox* öffne, wo mir Musik und Stimmengewirr entgegenschlagen.

Es ist ein riesiger Laden mit einer endlos langen Bar, dunkelrotem Mauerwerk und Lederstühlen vor dem Tresen. Kerzen auf Theke und Tischen sowie jede Menge altmodischer Leuchter an den Wänden sorgen für eine gewisse Behaglichkeit, die tropfenförmigen Edelstahllampen dagegen, die sich über dem Tresen entlangziehen, verhindern, dass alles spießig wirkt.

Sämtliche Tische sind besetzt, aber mein Ziel ist ohnehin einer der gepolsterten Barhocker, wo ich mich niederlasse und einen der Barkeeper auf mich aufmerksam mache.

«Einen Tom Collins», ordere ich und lehne mich leicht zurück, um mich umzusehen. Die Wahl ist schnell getroffen, schneller noch, als der Drink vor mir steht. Ganz in meiner Nähe sitzen drei Frauen vor bonbonfarbenen Cocktails, lachen ein bisschen zu laut und flirten mit dem Barkeeper vor ihnen, der gerade dabei ist, mehrere Gläser mit zerstoßenem Eis aufzufüllen. Sie kämen alle drei in Frage, am besten gefällt mir jedoch die Frau mit den dunklen Haaren ganz links, und weil sie spürt, dass ich sie mustere, blickt sie jetzt in meine Richtung. Ebenso schnell wie ich zuvor sie taxiert sie nun mich, dann lächelt sie. Sie hat ein herzförmiges Gesicht und trägt eine auffällige, schwarze Brille, und mich reizt bereits jetzt die Vorstellung, diese Brille vorsichtig beiseitezulegen. Als mein Drink vor mir abgestellt wird, nicke ich ihr zu, bevor ich den ersten Schluck nehme, und sie greift nach ihrem Glas und nickt zurück. Nur Minuten später sagt sie etwas zu ihren Freundinnen, rutscht vom Barhocker und verschwindet. Die beiden Frauen, die zurückgeblieben sind, mustern mich interessiert, aber fürs Erste kümmert mich das nicht weiter. Ich bin ziemlich sicher, dass die Dunkelhaarige gerade einen Abstecher zu den Spiegelwänden vor den Toiletten unternimmt und anschließend nicht zu ihrem Platz zurückkehren wird.

Warum mich jedoch plötzlich der Drang überfällt, wieder zu gehen, weiß ich nicht. Verflucht noch mal, gäbe es einen Schalter, um meinen blöden Kopf auszuschalten ... ich bestelle einen zweiten Drink.

«Hi, ich bin Emily. Bist du häufiger hier? Ich habe dich noch nie hier gesehen.»

Ich hatte recht.

«Hi, Emily.»

So einfach. Es geht alles immer viel zu einfach, aber ist das überhaupt wichtig? Ist überhaupt irgendwas wichtig?

Ich stehe auf, um Emily meinen Hocker zu überlassen.

Letzten Endes spielt doch absolut nichts in meinem Leben irgendeine Rolle.

5.

RAE

*D*ie Frage ist vielleicht gar nicht, ob ich *Lust* habe, eine Weile aus allem rauszukommen.

Die Frage ist wohl eher, ob ich mal eine Weile rauskommen *muss*.

Ich habe *The Greatest Showman* oft genug gesehen, um meinen Gesichtsausdruck mühelos den einzelnen Szenen anpassen zu können. Es fällt deshalb nicht weiter auf, dass ich nicht wie Haven und Jackson der Handlung folge, sondern vor meinem inneren Auge etwas ganz anderes sehe. In Endlosschleife rattert der Kurzfilm von gestern Abend durch meinen Kopf. Wenn ich mich nicht im letzten Moment zurückgerissen hätte ...

«Die Musik ist toll!» Haven ist offensichtlich hingerissen. Sie umarmt gerade ein Kissen und hat sich weit nach vorn gelehnt, als wolle sie gleich vom Sofa hüpfen und sich wie ein Kind direkt vor den Fernseher setzen. Jackson betrachtet sie mit diesem Blick, bei dem mein Herzschlag immer langsamer zu werden scheint, weil so viel Glück und so viel Liebe herauszulesen sind. Heute allerdings drängeln sich sofort wieder andere Gedanken dazwischen.

Zanes entgeisterte Miene und diese Wut in mir ... oh Gott, ich war so voller Wut, selbst jetzt kann ich sie noch spüren.

Als ich die Therapie damals abgebrochen habe, dachte ich,

es sei letzten Endes ganz allein meine Sache, wie ich mit allem klarkomme, aber vielleicht stimmt das gar nicht.

Vielleicht ist vielmehr wichtig, wie die Welt mit mir klarkommen kann. Und ob überhaupt.

Vielleicht sollte ich wirklich einfach ein paar Schritte zurücktreten, untertauchen, und zwar so lange, bis ich weiß, wie ich weitermachen will.

Und ob ich weitermachen kann.

Jetzt gerade habe ich Angst, es nicht zu können. Manchmal ist man vielleicht zu zerbrochen. Nicht alles lässt sich kitten, und wenn das eigene Innere aus Milliarden Scherben besteht, ist es schlichtweg unmöglich, kleinste Splitter wieder zusammenzufügen. Ich habe es versucht, ernsthaft versucht, doch in jedem einzelnen Fragment ließ sich Leahs Gesicht erahnen.

Oder war es meins?

«Rae?» Haven mustert mich.

Ich bemühe mich um ein Lächeln. «Ja?»

«Wir haben uns gerade gefragt, ob wir uns heute noch einen zweiten Film ansehen, oder wird es dir dann zu spät?»

Das ging mal wieder an mir vorbei, sowohl Havens Frage als auch die Tatsache, dass bereits der Abspann läuft, aber der Film war offenbar so gut, dass Haven meine Unaufmerksamkeit darauf schiebt. Ich werfe einen Blick auf die Uhr. Kurz nach Mitternacht. Mum beginnt gerade, sich Sorgen zu machen.

«Du könntest hier übernachten, wenn du magst», bietet Jackson an. «Es gibt ein Gästezimmer. Sogar mit Bad.»

«Ich weiß nicht ... Ich müsste das mal eben zu Hause klären.»

«Klar, frag deine Mutter», erwidert Haven mit größter Selbstverständlichkeit. Der überraschte Ausdruck, der kurz auf Jacksons Gesicht zu sehen ist, entgeht mir nicht. Im Gegensatz zu Haven, die immer alles mit ihrer Tante abspricht, verschwendet er im Allgemeinen keinen Gedanken an seine Eltern, wieso auch? Und vermutlich hat er bis gerade eben angenommen, dass ich das auch nicht tun würde. Ich stehe auf, um in der Küche ungestört telefonieren zu können.

«Warte.» Jackson erhebt sich ebenfalls. «Ich zeig dir mal das Gästezimmer.» An der Küche vorbei führt er mich in einen weiteren Flur und öffnet dort eine der Türen. «Das Bad ist direkt daneben.» Ein verlegenes Grinsen, dann lässt er mich allein. Vermutlich erkundigt er sich jetzt bei Haven, warum ich erst meine Mutter fragen muss, ob ich hier übernachten darf. Dazu wird sie ihm nicht viel erzählen können. Irgendwann rede ich mit Haven über alles, über wirklich alles. Glaube ich. Wenn nicht mit ihr, dann mit niemandem.

Das Zimmer ist für die Verhältnisse dieser Villa eher klein. Ein Doppelbett mit hellgrauen Laken steht vor der riesigen Fensterfront, die auch hier mal wieder die halbe Wand einnimmt. Sicher, alles ist hell und luftig dadurch, aber die Nachbarhäuser stehen echt nah – für mich wäre das nichts, auch wenn ich von hier aus nicht direkt in ein anderes Zimmer gucken kann.

Ich tippe Mums Nummer an und setze mich auf die Bettkante.

«Rae, hallo – wieso rufst du an? Ist alles okay?»

«Ja, sicher. Ich wollte dir nur Bescheid sagen, dass ich heute woanders übernachte.»

Ein kurzer Moment der Stille. «Woanders? Wo denn?»

«Bei Jackson. Havens Freund. Haven ist auch hier.»

Mum hat Jackson noch nicht kennengelernt, aber das ist wahrscheinlich nicht der einzige Grund, weshalb ich noch immer ihr Zögern spüren kann. Sie erträgt es einfach nicht, mich nicht unmittelbar um sich zu haben.

«Okay», sagt sie jetzt trotzdem, «dann wünsche ich dir noch viel Spaß – was macht ihr gerade?»

«Wir haben uns einen Film angesehen.»

«Ach ja, richtig. Dann also – wann bist du morgen wieder da?»

«Irgendwann nach dem Frühstück.»

«Gut. Gut, viel Spaß, Rae», wiederholt sie noch einmal. «Ich hab dich lieb.»

«Ich dich auch, Mum», erwidere ich und lasse Sekunden später das Telefon in meinen Schoß sinken. *Wo bist du? Was machst du? Wann bist du wieder zu Hause? Ich hab dich lieb, ich dich auch.*

Wahrscheinlich hätte ich dieses Gespräch problemlos im Beisein von Haven und Jackson führen können, doch irgendwie befürchte ich, dass man die Dringlichkeit und die Angst, die hinter jeder von Mums Fragen steht, sogar dann herausspüren kann, wenn man ihre Stimme nicht hört.

Wäre ich wirklich in der Lage gewesen, zuzutreten? Im letzten Moment habe ich mich gebremst, und es wäre schön, daran glauben zu können, dass ich zu so etwas gar nicht fähig wäre, aber … was, wenn doch?

Ich sollte Mum einfach von Zane erzählen und daraufhin für den Rest meines Lebens Hausarrest kriegen. Oder eben vielleicht …

Es klopft, und Haven steckt den Kopf durch die Tür. «Und? Bleibst du noch?»

«Ja … hör mal, Haven …» Ich stehe auf und zwinge mich sofort zum nächsten Satz. Jetzt keinen Rückzieher machen. «Du hast vielleicht recht mit dem, was du neulich gesagt hast. Ich glaube, ich muss wirklich mal eine Weile aus allem raus, und … würdest du mir helfen, so eine Wandertour zu organisieren?»

«Natürlich! Ich kann gleich morgen Vormittag meinen Vater anrufen. Wann willst du los? Wenn du nicht vor Ende Juli planst, könnte ich auch mitkommen.»

«Nein, ich will das allein durchziehen. Es ist ... du verstehst das nicht falsch, oder? Ich hab das Gefühl, es wäre gut, mal niemanden um mich zu haben, weil ich sonst ...» Ich gerate ins Stocken.

«Weil du sonst wieder abgelenkt wirst?»

Obwohl es das nicht ganz trifft, nicke ich einfach. Keine Ahnung, warum ich wirklich allein sein will. Ist ja auch nicht wichtig.

Nebeneinander kehren wir zum Wohnzimmer zurück. Jackson blickt uns entgegen, er hat die Popcornschale aufgefüllt.

«Okay, was wollen wir gucken?» Haven lässt sich neben ihn fallen und zieht die Beine unter sich. «Rae bleibt noch. Wir könnten aber auch gleich ein wenig planen, wenn du willst.»

«Ähm ...» Das geht mir jetzt zu schnell.

«Was können wir planen?», wirft Jackson ein.

«Raes Wandertour durch den Jasper National Park», erklärt Haven, und eine Sekunde lang wundere ich mich darüber, wie schnell aus einer vagen Idee plötzlich ein konkretes Vorhaben geworden ist.

«Eine Tour durch Jasper?» Jackson sieht mich an, als wundere er sich ebenfalls, und ich recke das Kinn vor. Kein Grund, mich erstaunt anzugucken. Warum sollte ich das nicht hinkriegen?

«Du könntest dir einiges an Zeug von mir ausleihen», fährt Jackson jedoch fort. «Falls dir noch was fehlt.»

«So ziemlich alles, fürchte ich», gebe ich zu. «Eventuell komme ich darauf zurück.»

Bevor Jackson antworten kann, sind Schritte auf der Wendeltreppe zu hören, und im nächsten Moment erscheint Cayden auf der Bildfläche. Mist, den habe ich ganz vergessen. Vielleicht war das mit der Übernachtung doch keine gute Idee.

«Hi.» Er stockt in der Bewegung, als er uns sieht, dann bringt er die letzten Stufen hinter sich.

«Hi», erwidert Jackson. «Mit dir hätte ich so früh nicht gerechnet.»

«Es ist nach Mitternacht», bemerkt Haven.

Cayden reagiert weder auf Jacksons noch auf ihren Kommentar. Er mustert uns mit einem Blick, bei dem ich mich unwillkürlich frage, was genau sich in dieser Sekunde wohl in seinem Kopf abspielt. Irgendwie sieht er sehr ... jung aus, finde ich. Verwirrt. Ist er überrascht, uns alle hier vor dem Fernseher vorzufinden? So ungewöhnlich ist das ja wohl nicht.

«Willst du dich zu uns setzen?», fragt Haven. «Es gibt noch Popcorn.»

Kurz scheint er zu überlegen, doch als er nur seltsam steif den Kopf schüttelt, wird mir klar, dass er einfach dem Gespräch ein wenig hinterherhinkt. Ist er betrunken?

«Ich glaube, ich bin zu fertig», sagt er, woraufhin Jackson, der sich gerade zur Chipsschüssel vorgebeugt hat, aufsieht und ein Seufzen von sich gibt. «Dann penn dich lieber aus.»

So vorsichtig, wie er gerade noch den Kopf geschüttelt hat, durchquert Cayden das Wohnzimmer. Sorgfältig setzt er einen Schritt vor den anderen und wirkt dabei angespannt und konzentriert. Höchstwahrscheinlich ist er wirklich betrunken.

Unmittelbar vor dem Sofa gleitet sein Blick noch einmal zu uns, bleibt an mir hängen, und ich atme langsam ein. Bisher kannte ich Cayden nur selbstsicher, spöttisch, unnahbar, doch jetzt sind seine Augen schwarze Löcher hinter weißblonden Haarsträhnen, und er wirkt seltsam verletzlich. Als würde er gleich auf die Knie sinken. Jeder Muskel in mir spannt sich an, ich bin kurz davor, aufzuspringen und ihn zu stützen, da geht er einfach weiter, verschwindet in dem Flur zu seinem Zimmer, ohne sich noch einmal umzudrehen.

Im Zurücklehnen atme ich aus.

Jackson scrollt sich durch das Streaming-Angebot, während Haven mich mustert. «Dir geht's gut, oder?»

«Ja, aber ...»

Aber was? *Aber hast du dir Cayden gerade mal genauer angeschaut?* Warum sollte ich das jetzt ansprechen? Nur weil ich ein paar Sekunden lang dachte, er sei ... er sei ...

«Also, planen wir jetzt deine Wandertour, oder gucken wir uns noch einen Film an?», fragt Jackson.

«Film», sage ich sofort. Solange ich nicht mit meiner Mutter gesprochen habe, kann ich mir jede Planung schenken.

«Wie wäre es mit einem Marvelstreifen?»

«Nein, lieber was Lustiges», entgegnet Haven.

«Die sind alle lustig.»

Ich sehe ihnen zu, wie sie beide lachend versuchen, die Fernbedienung an sich zu bringen, doch meine Gedanken sind noch immer bei Cayden.

Hätte ich Haven auf ihn ansprechen sollen, weil ich ein paar Sekunden lang dachte, in seinem Blick etwas zu lesen, das ich nur zu gut kenne? Weil es mir so oft im Spiegel entgegenschimmert?

Sollte dieser Eindruck nicht täuschen, kommt Cayden jedenfalls bei weitem nicht so gut mit sich klar, wie es für gewöhnlich den Anschein hat.

CAYDEN

Das Mädchen mit den blauen Haaren saß gestern Nacht auf dem Sofa, und sie hat mich angesehen, als wüsste sie, wer ich wirklich bin.

Gleißend hell breitet die Sonne ihre Strahlen über mein Bett, als dieser Gedanke so ungefähr das Erste ist, was das wattige Grau in meinem Schädel durchdringt.

Rae. So heißt sie.

Es ist gerade einmal kurz nach zehn, und ächzend strecke ich mich lang auf der Matratze aus. Mein Schädel pulsiert in Wellen.

Angestrengt versuche ich mich daran zu erinnern, was gestern Abend noch passiert ist. Ich war im *Knox*, so viel weiß ich, und da war diese Frau, Emma, glaube ich. Wir haben uns unterhalten, wir haben getrunken, und ... ich bin plötzlich gegangen. Einfach so. Irgendwas habe ich ihr erzählt, keine Ahnung mehr, was, und dann ... bin ich mittendrin gegangen.

Glasig mustere ich die Klamotten, die wirr neben meinem Bett liegen. Was habe ich mir dabei eigentlich gedacht? Nicht mehr viel, schätze ich. Ich bin ins *Knox* gegangen, um jemanden wie Emma kennenzulernen, aber letzten Endes habe ich mich nur mit Tom herumgetrieben. Zwei lächerliche Drinks, und das schießt mich so ab? Okay, es waren drei. *Und außerdem gibt es da noch die drei Wodka Lemon, die du zu Hause getrunken hast*, erklärt mir mein Hirn und klingt dabei ein bisschen wie Jax.

Halt die Klappe, Hirn.

Dann waren es eben ein paar Drinks zu viel, na und?

Ich richte mich auf und sinke sofort wieder zurück, als sich ein violetter Schleier vor meine Augen legt. Gott. So hinüber war ich ewig nicht mehr. Habe ich gestern eigentlich irgendwas gegessen? Eventuell nicht.

Das sollte ich dann wohl jetzt gleich mal tun, auch wenn ich keinen Hunger verspüre. Und mir die Zähne putzen.

Aber zuerst: das Projekt *In die Senkrechte kommen* angehen.

Wenig später in der Küche, mit dem Geruch von Espresso in der Nase und einer trockenen Toastscheibe im Magen, fühle ich mich nicht mehr ganz so verkatert. Die Kopfschmerzen sind allerdings noch da, mit jeder Bewegung scheinen sie sogar an Intensität zu gewinnen. Ich schließe die Augen und beiße dabei in einen zweiten Toast. Am besten, ich nehme eine Tablette, damit mir nicht demnächst der Kopf explodiert. Vorsichtig kauen, vorsichtig schlucken, vorsichtig die Espressotasse an die Lippen setzen.

«Guten Morgen», sagt jemand, und ich sehe auf.

Vor mir steht Rae, mit ungekämmtem, blauem Haar und einem weiten Shirt, das ich von Jackson kenne. Sie trägt Sneakersocken, aber keine Hosen, der Saum des T-Shirts reicht ihr bis über die Mitte der Oberschenkel. Direkt vor dem Durchgang zur Küche ist sie stehen geblieben und scheint nicht recht zu wissen, ob sie hereinkommen oder wieder gehen soll.

«Espresso?», frage ich.

«Ist Milch da?»

«Keine Ahnung.» Mit ein paar Schritten bin ich beim Kühlschrank. «Yep, du hast Glück.»

«Kann ich mir einen Milchkaffee machen?»

«Klar», erwidere ich und reiche ihr die Tüte.

Raes Blick streift mich nur kurz. «Wo sind hier Töpfe?»

«Hier.» Ich öffne eine Schublade in dem Schrank neben mir

und schließe sie wieder, nachdem Rae einen Topf herausgeholt hat.

Es piepst, als sie das Induktionsfeld aktiviert. Die Milch beginnt beinahe unmittelbar, Blasen zu werfen, und erst jetzt fällt ihr auf, dass sie sich im Vorfeld nicht um den Espresso gekümmert hat.

«Ist noch Kaffee da?», fragt sie und zieht automatisch den Topf zur Seite, während sie den Herd ausschaltet.

Wortlos nehme ich eine der kleinen Tassen, die kopfüber auf der Espressomaschine stehen, und rücke sie unter den Siebträger, den ich für meinen zweiten Espresso bereits wieder gefüllt hatte. Eine halbe Minute später stelle ich ihr erst das Tässchen mit dem dampfenden Inhalt und daneben eine noch größere Tasse hin, damit sie sich ihren Espresso-Milch-Mix machen kann.

«Danke.»

«Willst du die Milch aufschäumen?»

«Nein, nicht so wichtig.» Sie füllt Espresso und Milch in die große Tasse und mustert dann ratlos den Topf, in dem noch ein Rest zurückgeblieben ist.

«Lass ihn einfach stehen», sage ich. «Du kannst dir damit ja später noch einen zweiten machen. Brauchst du Zucker?»

«Nein.» Behutsam nimmt sie die Tasse in beide Hände und balanciert damit zurück zur Tür.

«Hör mal ...»

Rae dreht sich um und wartet vermutlich ähnlich gespannt wie ich selbst darauf, was ich noch zu sagen habe. Nix, eigentlich.

Ich muss wieder an diesen Blick denken, mit dem sie mich letzte Nacht angesehen hat. Als hätten wir uns über irgendetwas verständigt. Allerdings bin ich mir nicht sicher, worüber wir uns da ausgetauscht haben. «Was habt ihr euch gestern angesehen?»

Raes Augenbrauen wandern in die Höhe. Ja, ich finde diese Frage jetzt auch eher schwach, aber etwas Besseres ist mir in meinem aktuellen Zustand nicht eingefallen.

«*The Greatest Showman*. Und danach *Shazam*.»

Sie hat sehr schlanke Beine, und Jacksons Shirt spannt sich an Stellen, an denen es sich normalerweise nicht spannt. Mir fällt auf, dass sie auch ihre Fingernägel blau lackiert hat, und plötzlich frage ich mich, ob sie wohl die Augen schließt, wenn sie jemanden küsst. Oder geküsst wird.

Meine Kopfschmerzen treten in den Hintergrund.

Sie räuspert sich. «Kennst du einen der Filme?»

«Nein. Nur davon gehört. Waren sie gut?»

«Ja, schon. *The Greatest Showman* habe ich zum vierten Mal gesehen.»

«Okay, also sogar besonders gut.»

«Ich mag ihn», erwidert sie schlicht und trinkt einen Schluck.

Ihr Gesicht ist schmal, das Kinn beinahe spitz. Wären ihre Augen größer, könnte sie mit ihrer Haarfarbe direkt einem Anime entsprungen sein.

«Es kommt ein Song darin vor», sagt sie jetzt. «*This is me*, und ich finde …»

«Morgen.» Jackson taucht hinter ihr auf und schiebt sich gähnend vorbei. «Gut geschlafen, Rae?»

«Ja, danke.»

Sie sieht wieder zu mir, als Jackson die Kühlschranktür aufreißt und beim Hineinschauen die Haare an seinem Hinterkopf mit einer Hand noch etwas mehr durcheinanderbringt.

«Es ist eine ganz besonders berührende Szene», sagt sie.

«Hm?», erwidere ich, abgelenkt von Jackson, der den Kühlschrank zuwirft und jetzt den Siebträger aus der Espressomaschine dreht.

«Die Szene, in der dieser Song auftaucht.»

«Welcher Song?»

Rae öffnet den Mund und schließt ihn wieder. «Ach, egal.»

«Wir sollten irgendwo frühstücken gehen», wirft Jackson ein und beginnt Espressobohnen zu mahlen. «Willst du mitkommen, Cay?», ruft er gegen das Getöse des Mahlwerks an.

«Ja, warum nicht.»

Ich sehe Rae nach, die sich in diesem Augenblick langsam in Richtung Küchentür bewegt. Ihre blauen Haare leuchten auf, als sie dabei einen breiten Sonnenstreifen durchquert.

«Ich kann leider nicht», erklärt sie, sobald der Lärm der Kaffeemühle aufgehört hat. «Es ist schon ein bisschen spät, sorry, ich fahr jetzt erst mal nach Hause.»

Sie verschwindet um die Ecke, und als ich ihr hinterhergehe, schließt sie gerade die Tür des Gästezimmers.

«Haven ist bestimmt schon fertig mit Duschen», bemerkt Jackson, «und ich brauche nicht lang. Was ist mit dir? Ich schätze, wir könnten in etwa zwanzig Minuten los.»

«Ich hab's mir überlegt. Ich bleibe doch hier.»

«Echt? Es sind gerade mal noch drei Scheiben Toast da.»

«Reicht mir. Mehr vertrage ich heute Morgen eh nicht.»

Mit der Espressotasse in der Hand drückt Jackson sich an mir vorbei, so wie kurz zuvor an Rae. Er ist schon fast beim Sofa, da scheint ihm etwas einzufallen, und er kehrt zurück. «Vergiss es», sagt er leise.

«Was?»

«Rae. Vergiss es. Sie ist nicht dein Typ. Und du nicht ihrer.»

Betont gleichgültig zucke ich mit den Schultern.

«Außerdem ist sie Havens beste Freundin. Du hast schon das mit Ally verbockt.»

«Ich will nichts von Rae, wie kommst du überhaupt darauf?»

Für diese Bemerkung fange ich mir einen skeptischen Blick ein. «Umso besser. Demnächst macht sie sowieso eine längere Tour durch den Jasper National Park – und das war ja eher nichts für dich.» Grinsend zieht er ab, diesmal endgültig.

In der Küche beginne ich, mit einem feuchten Tuch die Espressomaschine zu säubern. Ich hasse Kalkränder auf dem glänzenden Edelstahl.

Rae will also durch den Nationalpark wandern? Allein oder zusammen mit Haven?

Wie auch immer, so hätte ich sie nicht eingeschätzt. Bisher habe ich sie durch und durch für einen Stadtmenschen gehalten.

Ich versuche, sie mir inmitten des endlosen Waldes vorzustellen, in dem ich vor etwa einem Dreivierteljahr hinter Jackson hergestapft bin, doch es will mir nicht gelingen. Könnte allerdings auch daran liegen, dass ich mich damals schon am ersten Abend gefragt habe, warum ich überhaupt mitgekommen bin. Eine Million Bäume, keinerlei Ablenkung und ein mieses Netz – ich kann nicht behaupten, dass ich wirklich begeistert gewesen wäre.

Wenn Rae jetzt tatsächlich eine solche Tour plant, brauche ich zumindest fürs Erste nicht weiter über sie nachzudenken.

Ich hätte mir vorhin nicht vorstellen sollen, wie Rae wohl aussieht, wenn sie jemanden küsst. Wieso ist mir das überhaupt eingefallen? Bei einer Frau, die null mein Typ ist, wie Jackson ganz richtig festgestellt hat?

Der Lappen landet im Spülbecken, und ich verlasse die Küche, um in meinem Zimmer unterzutauchen, bis alle gegangen sind.

Zu viele Fragen für einen verkaterten Sonntagmorgen. Die banale Antwort auf alle lautet wahrscheinlich, dass ich noch immer auf der Suche nach einer Emma bin, und weil sechs Drinks mich gestern Abend diese Mission kurz vor dem Ziel abbrechen ließen, kommt wohl auch jemand wie Rae in Frage. Das ist alles.

6.

RAE

*D*en ganzen Weg nach Hause ärgere ich mich darüber, Jacksons Frühstücksangebot ausgeschlagen zu haben, nur weil Cayden meinte, er würde mitkommen. Keine Ahnung, was mich in dieser Sekunde geritten hat – immerhin haben wir uns Sekunden zuvor in der Küche erstmalig ganz normal unterhalten. Und selbst wenn wir das nicht getan hätten: Haven ist meine Freundin, ich mag Jackson, es wäre nett geworden, und ich hätte Cayden zur Not einfach ignorieren können.

Warum also habe ich behauptet, ich müsse nach Hause?

Weil Cayden gestern Nacht so verflucht verloren aussah. Deshalb. Weil er etwas in mir berührt hat, das ich lieber ruhen lassen will, und weil ein banales Gespräch mit ihm in der Küche schwerer zu ertragen ist als jede seiner spöttischen Bemerkungen. Er redet anders, wenn es ihm nicht darum geht, ein Wortgefecht auszutragen. Irgendwie ruhiger. Weicher. Fast hätte ich ihm erzählt, was *This is me* mir bedeutet, ausgerechnet einem Typen wie Cayden. Dass er mir gar nicht richtig zugehört hat, ist dann mal wieder typisch für ihn gewesen, aber letztlich war es garantiert besser so. Er hätte es ohnehin nicht kapiert.

Die Gefahr, ihm versehentlich mehr von mir zu zeigen, als ich im Allgemeinen nach außen dringen lasse, wäre bei einem gemeinsamen Frühstück jedenfalls mit Sicherheit nicht gegeben gewesen. Im Beisein von Haven und Jackson hätte er sich so verhalten wie immer, und mir wäre es dadurch vielleicht sogar leichter gefallen, das Bild von letzter Nacht wieder nach hinten zu schieben.

Egal.

Letzten Endes spielt es keine Rolle. Und sollte ich jemals wieder in eine vergleichbare Situation kommen, werde ich mich von niemandem davon abhalten lassen, das zu tun, worauf ich Lust habe. Punkt.

Mit Cayden am Tisch hätte ich allerdings nicht über das Thema gesprochen, das mich gerade am meisten beschäftigt, nämlich wie ich meine Mutter davon überzeugen soll, einer Wanderung allein durch den Jasper National Park zuzustimmen. Und ich weiß jetzt schon, dass ich es nicht schaffen werde, gegen ihren Willen loszuziehen.

Vielleicht sollte ich doch erst einmal mit Haven zusammen eine bestimmte Strecke festlegen, eine, die sich in etwa zwei, drei Wochen locker abwandern ließe und bei der ich meiner Mutter zeigen kann, dass ich plane, Abend für Abend einen der öffentlichen Zeltplätze anzusteuern. Und wenn Haven ihr noch bestätigen würde, dass die offiziellen Wanderwege gar nicht so einsam sind, könnte es ja immerhin sein, dass Mum zumindest mal darüber nachdenkt. Jackson meinte sogar, es sei dort geradezu überlaufen. Okay, er sprach von den Athabasca Falls und nicht von einem gewöhnlichen Wanderweg, aber immerhin *gibt* es überlaufene Plätze im Jasper National Park. Wenn ich ihr dann noch versichere, mich regelmäßig zu melden ...

Allzu optimistisch bin ich trotz dieser Überlegungen nicht, als ich die Stufen zu unserer Veranda hinaufsteige und die Haustür aufschließe. Auf jeden Fall muss ich einen geeigneten Moment abwarten und ihr nicht mit dieser Idee kommen, wenn sie sich gerade mal wieder Sorgen macht. Ob ich warten sollte, bis Dad zwischen zwei Geschäftsreisen mal wieder etwas Zeit findet?

Doch auf ihn kommt es letztlich nicht an – sollte Mum dagegen sein, ist er es ebenfalls.

«Hallo, Rae.» Meine Mutter tritt aus der Küche, der ein himmlischer Duft entströmt.

«Hi.» Die Tür fällt hinter mir ins Schloss, und ich streife die Schuhe von den Füßen. «Brownies?»

«Brownies, ja. Möchtest du welche? Sie sind aber noch ziemlich warm.»

«Auf jeden Fall. Wenn sie noch warm sind, schmecken sie nur noch besser.»

Im Gästebad wasche ich mir die Hände, und als ich danach ins Esszimmer komme, stellt Mum gerade einen Teller schokoladenbestrichener Minikuchen auf den Tisch.

«Ich wollte noch einen Tee kochen, trinkst du eine Tasse mit?»

«Ja, klar.»

Mum blickt zur geöffneten Terrassentür in den Garten hinaus. Das Gras leuchtet hellgrün im strahlenden Sonnenlicht. «Wir könnten uns auch raussetzen.»

«Wenn du magst.»

Sie geht an mir vorbei in die Küche, wo ich höre, wie sie den Wasserhahn aufdreht, vermutlich um den Wasserkocher zu füllen. Sekunden später kehrt sie mit einem Lappen wieder und beginnt, den weißen Plastiktisch auf der Terrasse abzuwischen. Während sie noch damit beschäftigt ist, trage ich den Teller mit den Brownies nach draußen.

Tee. Brownies. Und beides im Garten, Mums Lieblingsplatz. Was willst du mir sagen, blödes Schicksal? Dass bereits jetzt der geeignete Moment gekommen ist? Ich wollte aber doch erst noch einmal mit Haven reden.

«Du bist früh zurück», ruft meine Mutter, die wieder reingegangen ist. «Hast du überhaupt schon gefrühstückt? Ich habe nicht vor zwölf mit dir gerechnet.»

«Nur einen Kaffee getrunken», erwidere ich und lasse mich auf einen der Klappstühle mit geblümten Polsterauflagen nieder.

Als Mum erneut zur Terrassentür hinaustritt, balanciert sie ein Tablett in den Händen, auf dem sich die Teekanne, zwei Tassen, Löffel und ein Zuckerschälchen befinden. «Ich dachte, du wolltest mit Haven und Jackson frühstücken?», fragt sie.

Ich schiebe den Kuchenteller beiseite, damit sie das Tablett abstellen kann. «Hat sich doch nicht so ergeben.»

«Wie geht es Haven? Ich musste gestern Abend an sie denken. Im Fernsehen kam eine Dokumentation über den Jasper National Park …»

Konzentriert schenke ich erst Mum, dann mir selbst heißen Tee ein.

«… und ich habe mir die ganze Zeit überlegt, wie unglaublich es sein muss, dort aufzuwachsen.»

Okay, Schicksal. Genug jetzt. Du verarschst mich doch.

«Wo genau hat Haven gewohnt? In der Nähe des Maligne Lake? Ich glaube, diesen See muss ich auch irgendwann noch einmal besuchen. Er strahlt eine solche Ruhe aus.»

«Haven hat den See ein paar Mal erwähnt. Ich glaube, allzu weit davon entfernt hat sie nicht gelebt.»

«Vielleicht sollten wir unseren nächsten Urlaub dorthin planen.»

Mum sagt das so, als hätten wir in den letzten drei Jahren regelmäßig Urlaub gemacht, und daran, wie plötzlich ein

Schatten über ihr Gesicht fällt, kann ich erkennen, dass ihr die Absurdität ihrer Aussage ebenfalls bewusst geworden ist.

«Irgendwann», fügt sie hinzu.

«Also ... weißt du, das ist ein komischer Zufall», setze ich an, greife mit beiden Händen nach meiner Teetasse und nippe an der noch immer viel zu heißen Flüssigkeit. «Genau so einen Urlaub im Jasper National Park plane ich gerade.» Im nächsten Moment verbrenne ich mir die Zunge, weil ich mich hinter der blöden Tasse verschanze, um Mum nicht ansehen zu müssen. Umsonst. Natürlich starrt sie mir geradewegs ins Gesicht, als ich die Tasse wieder absetze.

«Wie meinst du das?», fragt sie verwirrt. «Was soll das heißen, du planst einen Urlaub im Jasper National Park?»

«Na ja, einfach Urlaub. Ich dachte mir, ich sehe mir mal an, wovon Haven immer so schwärmt.»

«Aber ... warum?»

«Weil wir schon ewig nicht mehr weggefahren sind?»

«Ich weiß gar nicht, ob Dad in den nächsten Monaten Urlaub nehmen kann ...»

«Nein, ich meine: Ich habe vor, Urlaub zu machen. Allein. Ohne euch.»

«Ohne uns? Du meinst ... du willst mit Haven fahren?»

Hoffnung klingt in ihrer Stimme mit, aber ihrem Gesicht ist anzusehen, dass sie sich bereits aufs Schlimmste vorbereitet.

«Ich hatte eigentlich vor, ein paar Tage allein zu wandern.» Ein paar Tage. Ich bin ein elender Feigling. «Vielleicht auch ein wenig länger. Einfach um mal rauszukommen und um nachzudenken und ...»

«Rae, ich finde diese Idee an sich gut, aber – allein? Bist du sicher, dass das eine gute Idee ist?»

Mum ist so aufgewühlt, dass ihr nicht einmal der Widerspruch in ihrer Aussage auffällt. Eine gute Idee. Eine schlechte Idee. «Völlig allein in einem Wald, ohne jede Erfahrung, was solche Wandertouren angeht, und dann gleich für ein paar Tage? Das ist ...» Sie sucht nach Worten und rückt dabei das Tablett akkurat in die Mitte des Tischs. «Wir könnten das doch wirklich zusammen planen. Lass uns Dad fragen, wenn er wieder hier ist.»

Noch immer halte ich die Tasse vor meiner Brust, wie einen winzigen Schild, mit dem ich Mums zunehmende Verzweiflung von mir fernhalte.

«Ich würde das wirklich gern allein durchziehen», erwidere ich. «Ich glaube, ich brauche so etwas einfach. Kannst du vielleicht versuchen, das zu verstehen?»

«Natürlich. Natürlich, ich verstehe dich ja.» Mit beiden Händen streicht Mum jetzt über den Tisch, als läge dort eine Decke, die es glatt zu streichen gilt. «Ich verstehe dich, Rae. Aber ganz allein ... dieser Nationalpark liegt nicht gerade um die Ecke. Und er ist wirklich enorm riesig. Und ... es gibt Bären dort. Grizzlys und Schwarzbären und auch Pumas und ... also, ich weiß nicht», unterbricht sie sich selbst, und jetzt liegt auf ihrem Gesicht der Ausdruck, den ich am meisten fürchte. Sie denkt an Leah. «Es wäre mir lieber, wir würden so etwas als Familie planen.»

Als Restfamilie, denke ich.

«Und wenn du lieber nicht mit uns verreisen möchtest, was spricht denn dagegen, zumindest zusammen mit einer Freundin zu wandern? Und vielleicht erst einmal irgendwo hier in der Nähe? An einem Wochenende? Dad oder ich könnten euch fahren und auch wieder abholen, dann müsstet ihr nicht das Gepäck für die Übernachtung mitschleppen ...»

«Mum», sage ich.

«... und wenn ihr erst einmal etwas Erfahrung habt ...»

«Mum!»

Meine Mutter atmet einmal tief durch. «Es tut mir leid, Rae. Ich weiß, das ist nicht das, was du dir vorstellst, aber ... ich kann das einfach nicht gutheißen. Ich kann es nicht. Ich kann dich auch nicht davon abhalten, aber ich wünschte, du würdest es nicht tun.»

Langsam setze ich die Tasse ab, ohne sie loszulassen. «Es ist mir wichtig.»

«Aber wieso? Wieso muss es so etwas sein? Ich weiß, dass du nach etwas suchst, um ... um alles zu verarbeiten, Rae, aber ... wir könnten deine Therapeutin anrufen und sie fragen, was sie davon hält. Ob sie vielleicht eine andere Idee hat.»

«Ich bin seit fast einem Jahr nicht mehr bei ihr gewesen.»

Darauf erwidert Mum nichts, und ich frage mich plötzlich, ob sie dort in den letzten Monaten hin und wieder angerufen hat, um sich einen Rat zu meinem Verhalten abzuholen.

«Was, wenn ich dir verspreche, jeden Morgen und jeden Abend anzurufen?»

«Rae ...»

«Und ich bleibe nur auf den öffentlichen Wegen und übernachte auf den öffentlichen Campingplätzen.»

«Rae ...» Die Stimme meiner Mutter klingt zunehmend gequält.

«Ich lasse mir einen verdammten Mikrochip einpflanzen, mit dem du mich orten kannst!»

Mum zuckt zusammen, und ich schließe schuldbewusst die Augen. Kein Grund, sie so anzufahren. Ich weiß doch, worum es hier geht. Sie wird es mir nie erlauben, ganz einfach.

«Könntest du ...» Sie räuspert sich und setzt neu an. «Könntest du nicht vielleicht doch zusammen mit einer Freundin fahren? Oder mit einem Freund? Damit einer von euch Hilfe rufen kann, sollte irgendetwas passieren?»

In meinem Kopf hämmert es, während ich ihren Blick erwidere. Ich habe keine Freunde mehr, Mum, bis auf Haven und vielleicht Jackson. Und die beiden planen ab übernächster Woche eine vierwöchige Rundreise durch die USA, mit New York und den Niagarafällen und was weiß ich noch alles, und Haven könnte frühestens Anfang Juli mit nach Jasper kommen. Das wären noch über sechs Wochen. So lange wollte ich eigentlich nicht mehr warten. Aber wenn das Mums Bedingung ist ...

«Dann wärst du einverstanden? Wenn ich nicht allein fahren würde?»

Mum senkt den Blick. Trotzdem kann ich spüren, wie sie mit sich kämpft. Als sie wieder aufsieht, liegt so viel Angst in ihren Augen, dass ich die Lippen zusammenpresse und ihr versprechen möchte, sie niemals zu verlassen. Vielleicht ist es einfach noch zu früh.

«Dann wäre ich einverstanden», sagt sie.

Ihre Finger sind eiskalt, als ich nach ihnen greife, aber sie umschließt meine Hand so fest wie ich ihre.

CAYDEN

Obwohl ich mir eigentlich vorgenommen hatte, Sonntagabend noch einmal einen Abstecher ins *Knox* zu machen, bleibe ich an einer Serie kleben, mit der ich am frühen Nachmittag starte, und als ich irgendwann im Morgengrauen auf dem Sofa einschlafe, habe ich bereits die ersten zwei Staffeln gesehen. Ich werde wach, weil Jackson mich fragt, ob ich auch einen Kaffee will, lehne ab und verziehe mich in mein Zimmer, wo ich einmal mehr durch Jackson geweckt werde, der plötzlich neben meinem Bett steht.

«Cay! Es ist halb drei! Solltest du nicht mal aufstehen?»

Ich blinzele ihn im hellen Sonnenlicht an und fühle mich wie ein Vampir, dem man den Sargdeckel weggerissen hat. «Wieso denn?», murmele ich und drehe mich von ihm weg. Da schlafe ich endlich einmal mehrere Stunden am Stück, und dann muss er kommen.

«Weil du um drei bei *Thompson & White* sein musst? Oder steht das nicht mehr? Du hast zumindest erzählt, dass du die ersten beiden Semesterferienwochen jeden Nachmittag dort sein wirst. Musst du jetzt nicht mehr die Fehlstunden der letzten Wochen ausgleichen?»

Gott. Warum erzähle ich Jackson so was? Und warum steht er jetzt allen Ernstes neben meinem Bett wie früher eine meiner Nannys? Wobei die netter klangen als er.

«Cay! Was ist jetzt?»

«Ich geh nicht hin.»

«Wieso nicht?»

«Keine Lust.»

«Herrgott, Cayden ...»

«Verdammt, Jax!» Ich richte mich auf. «Ich geh morgen, okay? Nerv mich nicht! Du bist mein Mitbewohner, nicht mein Babysitter!»

«Du scheinst einen Babysitter zu brauchen», schnappt Jackson zurück.

«Ganz sicher nicht!»

«Ach, scheiße, dann flieg da eben raus.» Jackson dreht sich endlich zur Tür. «Sorry, dass ich angenommen habe, irgendwas an deinem ganzen Studium hätte noch eine Bedeutung für dich.»

«Entschuldigung angenommen.»

«Du kannst mich mal.»

«Verpiss dich.»

Für Jacksons Verhältnisse schlägt die Tür ungewöhnlich laut ins Schloss. Gereizt reibe ich mir mit beiden Händen die noch immer an mir klebende Müdigkeit aus dem Gesicht. So begrüßt man doch gern einen neuen Tag.

Im Badezimmer starre ich lange den unfassbar schlecht gelaunten Typen im Spiegel an. Seit wann trage ich eigentlich dieses T-Shirt? Ich glaube, darin habe ich schon vorletzte Nacht geschlafen, und mittlerweile scheint es mir reif für die Wäsche zu sein. Eine Runde trainieren könnte ich darin noch. Dann lohnt es sich wenigstens richtig.

Achte auf deinen Körper und achte auf deinen Geist.

Dieser Spruch stammt von meinem Vater. Den Geist mag ich gerade ein bisschen vernachlässigen, aber zumindest was den Körper betrifft, bin ich noch ansatzweise motiviert. Sich auszupowern lenkt immerhin eine Weile davon ab, wie bodenlos angeödet ich derzeit von allem bin. Das Studium. Die Kanzlei. Irgendwelche Leute und Partys und ständig wechselnde Frauen. Wobei Letzteres …

Jackson sitzt auf dem Sofa, telefoniert und beachtet mich nicht, als ich mir erst in der Küche eine Wasserflasche fülle und dann die Stufen der Wendeltreppe hinuntersteige.

Okay, Emma kam Samstagabend nicht gegen Tom Collins an, aber was heißt das schon? Mit der Nächsten läuft es wieder, fertig. Ist ja nicht so, dass auch der Sex immer gleich wäre – und falls ich irgendwann doch zu diesem Ergebnis kommen sollte, kann man ja immer noch was Neues ausprobieren.

Im Trainingsraum drehe ich die Musik an und schalte das Laufband auf mittlere Geschwindigkeit.

Vielleicht habe ich ja irgendwelche Vorlieben, die ich noch gar nicht kenne? Wieso nicht einfach alles einmal ausprobieren? Ich könnte gleich mit Tessas Vorschlag anfangen. Sie meinte, ihr Kerl sei heiß auf Typen wie mich.

Mit einem Tastendruck erhöhe ich die Geschwindigkeit.

Wer weiß, vielleicht stehe ich sogar darauf. Oder wie wäre es mit zwei Frauen? Gruppensex? Orgien? Swingerclub? Ich könnte in einen Sadomasoschuppen gehen und mich auspeitschen lassen, und was, verfluchte Scheiße, denke ich da eigentlich für einen abgefuckten Mist?

Demnächst wird es meine Lungen zerfetzen – mit Aufwärmen hat das hier nicht mehr viel zu tun. Trotzdem schalte ich noch eine Stufe höher, wische mir mit dem Unterarm den Schweiß aus den Augen und die Haare aus dem Gesicht.

Die Anstrengung ätzt jeden Gedanken aus meinem Hirn, und das ist gut so.

Knapp zwei Stunden später steige ich die Wendeltreppe wieder hinauf. Jackson ist nirgends zu sehen.

Gefühlt stürze ich mehrere Liter Wasser in mich rein und zerre mir bereits auf dem Weg zum Badezimmer das völlig durchgeschwitzte Shirt über den Kopf. Jeder Muskel ist überansprucht, doch es ist ein Schmerz, den ich gut leiden kann, ein stechendes Brennen, das sich im heißen Wasserstrahl der Dusche aufzulösen beginnt.

Unmittelbar nachdem ich mich mitsamt Smartphone auf dem Sofa niedergelassen habe, um den Abend durchzuplanen, erscheint Jackson wieder auf der Bildfläche, und misstrauisch werfe ich ihm einen Blick zu. Beruhigenderweise wirkt er wesentlich entspannter als am frühen Nachmittag.

«Ziehst du noch mal los?», will er wissen.

«Ja.»

«Was dagegen, wenn ich mitkomme?»

Überrascht halte ich in der Bewegung inne. Gerade habe ich festgestellt, dass *Thompson & White* versucht haben, mich zu erreichen, und diese Information beiseitegewischt, um Chase anzurufen. «Klar, warum nicht? Wenn's dich nicht stört, dass ich dich eventuell irgendwann sitzenlasse?»

Jackson schüttelt den Kopf. «Wo willst du denn hin?»

«Ich weiß noch nicht genau. Ins *Knox* oder ins *Terrys*.»

Das *Terrys* ist eher ein Pub als eine Bar, aber in beiden Läden trifft man Frauen, und mehr erwarte ich eigentlich nicht von dem Abend.

«Lass uns ins *Terrys* gehen. Wann willst du los?»

«Keine Ahnung – jetzt gleich? Ich wollte nur noch kurz was essen.»

«Hast du den ganzen Tag noch nicht, oder?»

Meine Wachsamkeit steigt wieder an. Er hat mich also immer noch auf dem Schirm. Wenn er jetzt nur mitkommt, um mir einmal mehr irgendwelche Vorträge zu halten ...

«Haben wir noch irgendetwas da, das man schnell in die Mikrowelle tun kann?» Jackson steht auf, um in die Küche zu gehen.

«Mir reicht ein Sandwich oder so was in der Richtung.»

Ich höre ihn im Eisfach kramen. «Linsen-Chili oder rotes Curry gäbe es noch.»

Mit viel gutem Willen könnte man annehmen, dass Jackson mich nicht gehört hat. Er steckt den Kopf zur Küchentür heraus und mustert mich fragend.

«Rotes Curry», seufze ich ergeben.

Eine halbe Stunde später haben wir gegessen, Jackson hat noch einige Minuten lang seine Kreditkarte gesucht, obwohl ich ihm sagte, ich könne ihm was leihen, dann hat er einfach den Fernseher ausgeschaltet und ist die Treppe hinuntergegangen. Zugegebenermaßen musste ich einen Augenblick überlegen, ob ich den Fernseher wieder einschalten soll.

Während der Fahrt mit Jacksons Wagen reden wir über seinen anstehenden USA-Trip und darüber, was Haven und er während ihrer Reiseetappen auf keinen Fall verpassen dürfen.

«Und geht in den Central Park», erkläre ich. «Plant dafür mindestens einen Tag ein. Aber lasst euch bloß keine Kutschfahrt aufschwatzen, die sind nur teuer, und ihr fahrt an allem vorbei, was ihr euch genauer ansehen solltet. Leiht euch lieber Fahrräder aus. Und seht nach, ob es abends irgendwo ein Konzert oder so was gibt.»

«*Strawberry Fields* steht auf der Liste.»

«Wer hat das draufgesetzt? Du oder Haven?»

«Ich.»

«Wusste gar nicht, dass du John-Lennon-Fan bist.»

«Na ja, was heißt Fan.»

«Was steht noch drauf?»

«Empire State Building, Edge Hudson Yards, One World Trade Center, und abends wollen wir zum Times Square. Und Haven will unbedingt noch ins MoMa.»

«Vergesst FAO Schwarz nicht.»

«FAO Schwarz?»

«Der beste Spielwarenladen der Welt.»

«Du empfiehlst einen Spielwarenladen?» Jackson lacht. «Was sollen wir da machen? Dir einen Teddy mitbringen?»

«Blödsinn.» Ich sehe zum Beifahrerfenster hinaus. So genau weiß ich gerade selbst nicht, warum ich Jackson ausgerechnet zu FAO Schwarz schicke.

«Du kennst New York, oder?», nimmt Jackson den Faden wieder auf.

«Meine Grandma hat dort gelebt. Ich habe bei ihr einige Sommer verbracht.»

«Wie alt warst du da?»

«Ich weiß nicht mehr, wie alt ich war, als ich zum ersten Mal da war. Aber beim letzten Mal war ich neun. Dann kam ich auf ein Internat und hatte keine Zeit mehr.»

«Nicht mal während der Ferien?»

«Es gab Sommerkurse.»

«Komisch.» Jackson wirft mir einen kurzen Blick zu, bevor er sich wieder auf die Straße konzentriert. «Ein Internat. Irgendwie bin ich immer davon ausgegangen, dass du auf einer ganz normalen Schule warst, aber klar, jemand wie du ...»

«Immer nur das Beste für jemanden wie mich, oder?» Ich gebe mir keine Mühe, die Ironie aus meiner Stimme herauszuhalten.

«Na ja, ist das schlecht?», fragt Jackson nach einer Weile. «Immerhin musst du dir über wenig Gedanken machen. Hey, dir gehört eine Villa.» Sein Grinsen gerät ein wenig schief.

Wir haben nie wirklich darüber gesprochen, doch mittlerweile ahnt er so einiges, nehme ich an.

«Mit diesen heiligen Händen gebaut», entgegne ich entsprechend sarkastisch und hebe die Arme.

«Ist doch egal, wer das Ding gebaut hat.»

«Ich hab das Ding auch nicht bezahlt.»

«Stört dich das?»

«Nein.»

Dass wir jetzt in die Straße einschwenken, in der sich das *Terrys* befindet, kommt mir nicht ungelegen. Jacksons Blick, den er mir auf meine Antwort hin zuwirft, stört mich nämlich durchaus. Wo liegt eigentlich sein Problem? Die Zeiten, als man mit ihm noch von Party zu Party ziehen konnte, ganz ohne tiefergehende Fragen und bedeutungsvolle Blicke, waren definitiv weniger anstrengend.

Zum *Terrys* gehören bewachte Parkplätze, einer der unbestreitbaren Vorteile dieses Ladens, und kurz darauf ziehe ich die schwere Tür zum Pub auf und lasse Jackson vorangehen.

Alles ist hier ein wenig kleiner und enger als im *Knox*, Holzstühle stehen vor der Bar und auch dicht nebeneinander an den schartigen Tischen. Lampen aus buntem Glas hängen von der niedrigen Decke, und das nussbaumfarbene Fischgrätparkett ist abgetreten und zerkratzt. Trotzdem ist das *Terrys* ein ziemlich angesagter Laden, weshalb es auch um diese frühe Uhrzeit bereits gut besucht ist.

Jackson zieht mich zu einem der Tische an der Wand, der gerade frei wird. Gutes Timing. Das Paar, das sich eben erhoben hat, scheint es eilig zu haben, eines der Gläser ist nur zur Hälfte geleert. Ausgehend davon, wie die Frau den Typen anstrahlt, der ihr in die Jacke hilft, haben sie jetzt etwas sehr viel Besseres vor.

Im Setzen sehe ich mich um. Diesen Blick möchte ich heute auch noch zugeworfen bekommen, und zwar nicht von Jackson.

«Lebt deine Grandma noch?»

«Bitte?» Aus dem Konzept gebracht, wende ich mich ihm wieder zu. «Meine Grandma? Nein. Nein, sie ist schon tot.»

«Das tut mir leid.»

«Sie war alt.»

«Na und?»

Ja. Na und. Bescheuertes Argument, Jackson hat schon recht. Sie hätte ja auch noch älter werden können. Vielleicht wäre ich dann nach meiner Internatszeit noch einmal bei ihr gewesen.

«Hi, was darf's für euch sein?»

Die Kellnerin neben unserem Tisch habe ich noch nie gesehen, scheint neu zu sein. Sie hat raspelkurze Haare und einen etwas zu breiten Mund, aber ein sympathisches Lächeln.

«Wir hätten gern ...» Jackson nimmt die Karte aus dem hölzernen Halter.

«Zwei Whisky», sage ich, und er schlägt die Karte wieder zu.

«Canadian Club, Black Velvet, Crown Royal oder Forty Creek?»

«Forty Creek. Trinkst du einen mit?»

Sie grinst. «Ich muss arbeiten.»

«Sorry, stimmt, das war nicht wirklich durchdacht – vielleicht später?»

Sie lacht, bevor sie zurück zur Bar geht und dabei prüfende Blicke in Richtung der anderen Tische wirft.

«Also ...» Jackson lehnt sich zurück. «Um noch mal auf das Thema Urlaub zu kommen – was planst du denn für die nächsten Wochen?»

«Nix.»

«Nix.»

«Ich lass das einfach auf mich zukommen», erkläre ich und hoffe, Jax kriegt den warnenden Unterton mit.

«*Thompson & White?*»

«Jax ...»

«Okay, taucht in deiner Planung nicht auf.»

«Wären sowieso nur zwei Wochen.»

«Musst du irgendwas vorbereiten?»

«Vorbereiten?»

«Anscheinend nicht.»

«Jax, lass es gut sein.»

«Wenn du nix auf dem Plan hast, könntest du doch eigentlich Rae bei ihrer Tour durch den Nationalpark begleiten.»

Ich starre Jackson an, als habe er mir einen Ausflug zum

Mond vorgeschlagen, und um ehrlich sein, finde ich beides ähnlich absurd. «Bitte was?»

«Rae plant eine Wandertour durch den Jasper National Park.»

«Ich weiß. Das hat du mir gestern erzählt.»

«Es gibt da allerdings das Problem, dass ihre Mutter dagegen ist.»

«Raes Mutter ist ... was?»

«Frag mich nicht. Irgendwie gelten da andere Regeln.»

«Ich frag ja gar nicht. Wie alt ist Rae noch gleich?»

«Zwanzig.»

«Sie ist zwanzig, und ihre Mutter verbietet ihr, eine Wanderung durch einen Nationalpark zu unternehmen?» Das Gefühl, dass das alles völlig absurd ist, verstärkt sich noch. «Und daran hält sie sich?»

«Anscheinend schon.»

«Warum fährt Haven nicht mit?»

«Wir sind in zehn Tagen erst einmal weg.»

«Na und? Reichen zehn Tage nicht?»

«Sie will mehrere Wochen unterwegs sein.»

Das klingt schon eher wieder nach Rae. Wenn, dann richtig.

«Ihr kommt ja auch irgendwann wieder zurück.»

«Ja. Aber erst einen Monat später.»

«Na und?» Abwehrend hebe ich eine Hand. «Dann wandern sie eben Weihnachten zusammen.»

«Optimale Zeit für mehrwöchige Wanderungen.»

«Oder nächstes Jahr, ist mir doch egal. Vergiss es, Jax. Auf keinen Fall geh ich da mit.»

«Wieso nicht?»

«Weil ich keine Lust habe, mehrere *Wochen* lang blöde Wanderwege abzulaufen.»

«Du hast doch eh nichts Besseres zu tun.»

«Der Whisky.» Die Kellnerin stellt zwei Gläser vor uns auf den Tisch, und das Lächeln, das sie mir dabei schenkt, ist vielversprechend.

«Danke – ich bin übrigens Cay. Und das hier ist Jax.»

«Freut mich.» Sie lächelt. «Marie.»

«Freut mich auf jeden Fall auch.»

Marie nickt uns noch einmal freundlich zu, bevor sie sich daranmacht, die anderen Drinks auf ihrem Tablett zu verteilen.

Ich hebe das Glas in Jacksons Richtung. «Was hast du noch gleich gesagt?»

«Dass du nichts Besseres zu tun hast», stellt er unbeeindruckt fest. Er lehnt sich ein Stück vor. «Du hängst doch echt nur rum. Das geht schon seit Wochen so. Noch viel länger eigentlich. Seit Ewigkeiten machst du gerade so das Nötigste fürs Studium und seit einiger Zeit nicht einmal mehr das. Dein Leben findet vor dem Fernseher oder in irgendeinem Bett statt.»

«Und warum sollte ich deiner Meinung nach in einen Wald fahren, wo es weder Serien noch Frauen gibt?»

«Weil ...»

«Abgesehen von Rae natürlich.»

«Ich denke ...»

«Hast du mir nicht gestern noch gesagt, ich solle die Finger von ihr lassen?»

«Sollst du auch.»

«Und weshalb willst du dann ausgerechnet mich zu ihrem Begleiter machen?»

«Haven meinte, bei Rae bestünde da keine Gefahr.»

«Wieso? Steht sie nicht auf Männer?»

«Doch, aber offenbar nicht auf dich.»

«Ah – das ist natürlich ein Grund, noch einmal einen solchen Spaß-mit-Scheißmoskitos-Trip anzugehen.»

Mittlerweile bin ich ernsthaft genervt. Wieso begleitet Jackson mich ins *Terrys*, nur um mir mit dieser völlig bescheuerten Idee zu kommen? Ich hätte doch Chase anrufen sollen.

«Ihr müsst ja nicht die ganze Tour zusammen machen. Es reicht schon, wenn du Raes Mutter erklärst, dass du mitkommst. Ob ihr danach getrennt lauft, ist eure Sache. Ich dachte nur, für dich wäre es ...»

«Du dachtest, ich wäre der geeignete Kandidat für ein weiteres Selbsterfahrungsding *made in Jasper*», stelle ich fest. «Aber nur weil du einiges verändert hast, nachdem du letztes Jahr aus dem verwunschenen Wald zurückgekehrt bist, muss das nicht jeder wollen, okay? Mein Leben gefällt mir, wie es ist. Erzählt doch einfach Raes Mutter, du würdest mitkommen.»

«Sie weiß, dass Haven und ich für vier Wochen weg sind.»

«Dann soll Rae eben irgendeinen anderen vorschieben.»

«So viele Freunde hat sie nicht.»

«Nicht? Wieso nicht? Nein, egal», ich hebe eine Hand. «Ich will es gar nicht wissen. Frag Dylan.» Jackson öffnet den Mund, und ich falle ihm direkt ins Wort. «Okay, Dylan würde nur mitmachen, wenn er tatsächlich vorhätte, mitzugehen. Dann frag Chase. Der macht alles, wenn du ihm dafür irgendwas Hochprozentiges in die Hand drückst. Verschone mich nur mit dieser Erleuchtungswanderungs-Idee, okay?»

«Du hast doch nur Angst.»

Jetzt wird's albern. «Klar, Jax. Das ist der eigentliche Grund. Du bist so weise. Wenn du jetzt noch die Güte hättest, mir mitzuteilen, wovor genau ich Angst habe? Dann könnte ich nämlich daran arbeiten, und das ist natürlich mein innigster

Wunsch. Ich schätze mal, meine größte Angst wäre, mich totzulangweilen.»

«Du kommst nicht mit dir selbst klar, wenn du dich nicht mit irgendetwas ablenken kannst.»

Eine Sekunde lang verschlägt es mir die Sprache. Dann stehe ich auf. «Es reicht. Wenn ich irgendwann einen Hobbytherapeuten brauche, sag ich dir Bescheid. Und bis dahin hörst du auf, mir dermaßen auf den Sack zu gehen, okay? Sonst würde ich nämlich vorschlagen, du suchst dir demnächst eine andere Wohnung.»

Schade um Marie und schade auch um den Whisky, den ich jetzt mit einem Schluck herunterkippe, bevor ich einen Schein auf den Tisch lege, aber irgendwann ist auch mal gut.

Jackson unternimmt keine Anstalten, mich am Gehen zu hindern, sondern mustert mich nur mit diesem Blick, als sei zufällig alles Wissen der Welt durch ihn geflossen. Echt nicht zu ertragen.

Ich laufe den ganzen Weg bis nach Hause, und ich brauche fast eine Stunde dafür. Meine Hoffnung, mich dabei wieder etwas abzuregen, erfüllt sich nicht, eher im Gegenteil. Die Wohnung ist dunkel, als ich die Eingangstür aufschließe, und ich frage mich kurz, ob Jackson zu Haven gefahren ist. Auf jeden Fall sitzt Mr. Allwissend garantiert nicht mehr im *Terrys* und flirtet mit der Kellnerin.

Einen Moment lang überlege ich allen Ernstes, zurückzufahren und bei Marie dort wieder anzuknüpfen, wo ich aufgehört habe, komme mir bei dem Gedanken allerdings selten dämlich vor.

Was also stattdessen? Es ist erst Viertel nach zehn. Dritte Staffel *Sherlock* und dazu einen zweiten Drink?

Nein.

Eine bessere Idee wäre wohl, den Spaziergang nach Hause als Aufwärmübung zu betrachten. Ich marschiere in mein Zimmer, um mir ein Shirt und eine Sporthose anzuziehen, bevor ich zurück nach unten gehe und die Tür zum Trainingsraum aufreiße.

Atmen. Nicht denken. Gewichte auflegen, mit beiden Händen nach der Stange über meinem Kopf greifen. Langsam herunterziehen, Spannung halten, dann genauso langsam wieder zurück. Arme nicht durchstrecken. Nicht denken. Nur atmen.

Sobald der Rhythmus gefunden ist, schaltet mein Kopf ab, und meine Konzentration richtet sich einzig und allein auf die saubere Ausführung der Bewegung. Die Zeit wird ein Fließen.

Zwei Dinge gleichzeitig unterbrechen den losgelösten Zustand, auf den ich hingearbeitet habe: Mein Telefon beginnt zu summen, und es läutet an der Haustür. Steht Jax draußen? Hat er schon einmal geklingelt, ohne dass ich es mitbekommen hätte? Ich lege die Gewichte ab, greife zum Smartphone, während ich gleichzeitig in die Diele hinaustrete, und in dem Moment, in dem ich die Haustür öffne und nicht Jackson vorfinde, sondern Tessa mich anlächelt und mir beide Arme um den Hals schlingt, habe ich die kühle Stimme meines Vaters im Ohr. «Cayden? Guten Abend. Du hast noch nicht geschlafen, nehme ich an?»

«Hi», murmelt Tessa auf der anderen Seite. «Ich dachte, ich schau mal vorbei.» Sie presst sich an mich, während mein Vater einfach weiterredet, ohne eine Antwort abzuwarten. In dieser Sekunde hätte ich auch keine, weder für ihn noch für Tessa. Was zur Hölle ...?

«Edward Thompson hat mich heute Nachmittag darüber informiert, dass du zum wiederholten Mal nicht wie vereinbart in der Kanzlei erschienen bist. Bist du krank?»

«Nein.»

Tessas Hände wandern unter mein Shirt, und ich drehe mich zur Seite, als sie Anstalten macht, mich zu küssen.

«Dürfte ich dann wohl erfahren, was dich davon abhält, *Thompson & White* mit deiner Gegenwart zu beehren?»

Er ist klar und deutlich zu verstehen, auch für Tessa, die sich mit einer Hand sowohl am Bund meiner Jogginghose vorbei-schlängelt als auch am Bund der Boxershorts darunter. Sie kichert, und ich packe ihr Handgelenk, bevor sie noch tiefer gleiten kann.

«Cayden?»

Tessa streckt sich in Richtung des Telefons. «Cayden ist gerade ziemlich beschäftigt damit, sich flachlegen zu lassen, könntest du vielleicht später noch mal anrufen?»

«Verflucht – Tessa!» Ich reiße mir das Handy vom Ohr, als habe es plötzlich zu glühen begonnen.

«Ja?»

Noch immer umklammere ich ihre Hand, die sich in meiner Hose befindet, und noch immer ist ihr Gesicht unmittelbar vor meinem. Sie küsst mein Kinn und sieht mir dabei in die Augen. «Ist das einer deiner Dozenten? Du könntest ihn fragen, ob er vielleicht vorbeikommen will.»

Eine Frostsekunde später zerre ich ihre Hand hervor und trete gleichzeitig einen Schritt zurück. Lächelnd verschränkt sie die Arme und lehnt sich gegen die Wand.

«Sorry», spreche ich wieder ins Telefon, ohne sie aus den Augen zu lassen. «Ich ...»

«Ich habe es mitbekommen», unterbricht mich mein Vater. Nichts an seiner Stimme hat sich verändert. «Da du gerade offensichtlich mit deinen Eskapaden beschäftigt bist, würde ich vorschlagen, wir reden morgen weiter. Ich bin ab zehn

Uhr abends erreichbar. Und Cayden, ich gehe davon aus, dass Mr. Thompson sich nicht noch einmal bei mir melden wird.»

«Klar.»

«Viel Spaß noch.»

Es tutet in der Leitung. Einen Moment mustere ich das Smartphone in meiner Hand, dann sehe ich auf. Tessa stößt sich von der Wand ab, und ich weiche nicht zurück, als sie auf mich zugeht.

«Entschuldige», sagt sie. «Es war nur ein Scherz. Wer war das?»

Ich atme einmal tief durch. «Du gehst jetzt besser.»

«Sicher?»

«Verschwinde.»

Das selbstsichere Lächeln auf ihren Lippen verblasst, als sie mir in die Augen sieht. Ohne ein weiteres Wort dreht sie sich um und geht, und ich sehe ihr nicht hinterher, als ich ihr folge, um die Tür zu schließen, die sie offen gelassen hat.

Noch immer umfasse ich das kühle Metall der Klinke, meine Stirn habe ich gegen die Tür sinken lassen, als mein Telefon einen Summton von sich gibt.

Wir sollten uns mal wieder treffen. Ich melde mich, sobald ich weiß, wann ich es einrichten kann.

Es ist eine Weile her, dass ich meinen Vater gesehen habe. Es war irgendwann im letzten Jahr. Er kam mich hier besuchen, trank einen Espresso, wir redeten über mein Studium, wobei mein Vater wie immer ganz selbstverständlich davon ausging, dass ich später für ihn arbeite und all die undurchsichtigen Geschäfte, in die er so verwickelt ist, reinwasche. Er blieb keine zwei Stunden. Meine Mutter hatte er «zu Hause gelassen», wie er mir erklärte, sie kümmere sich gerade um die Inneneinrichtung eines der Anwesen, das sie im Wechsel bewohnen.

Ich stand jede einzelne Sekunde während seines Besuchs kurz davor, ihm zu sagen, wie sehr ich ihn hasse, und er hat es nicht bemerkt. Er wäre so stolz auf mich, wüsste er, wie perfekt ich seine Lektionen noch immer umsetze.

Als Jackson nach Hause kommt, sitze ich vor der dritten Staffel *Sherlock*, den Kopf in die Hand gestützt, und wende den Blick nicht vom Bildschirm, als er im Wohnzimmer erscheint.

«Hi», sagt er und tritt neben das Sofa. «Hör mal, wegen vorhin ...»

«Haven kann Rae ausrichten, ich komme mit.»

Stille.

«Was?» Das Wort drückt puren Unglauben aus. «Wieso das jetzt?»

Noch mehr Sekunden verstreichen, während ich einen Schluck direkt aus der Ginflasche nehme und geistesabwesend darüber nachdenke, wie viele davon sich in einem Rucksack unterbringen ließen.

«Ich hab einfach nichts Besseres zu tun.»

7.

 RAE

$\mathcal{G}$estern Abend nach der Vorstellung habe ich mit Maverick noch lange über meine Idee gesprochen, einen Rucksack zu packen und damit loszulaufen. Deutlich weiter ist meine bisherige Planung noch nicht gekommen, aber im Moment sieht es ohnehin nicht danach aus, als müsse ich mir um Details Gedanken machen. Vielleicht fahre ich ja mit Haven zusammen für ein paar Tage nach Jasper, sobald sie aus den USA zurück ist, aber das ist einfach nicht das, was mir ursprünglich vorschwebte.

Maverick war überraschenderweise Feuer und Flamme. Ich kenne ihn als gemütlichen Typen, der sich gern mal an den Schokoriegeln vergreift und in aller Ruhe Computerspiele zockt, während er im Filmvorführraum sitzt und nur gelegentlich aufsieht, um sich zu vergewissern, dass alles in Ordnung ist. Er trägt ausschließlich Chucks, immer dieselben völlig abgelaufenen, knöchelhohen Dinger, und riesige Hoodies, die ihn noch runder wirken lassen, als er ohnehin schon ist.

«Wenn ich mir das leisten könnte – ich käme sofort mit!», hat er gesagt, nachdem er sich eine gute halbe Stunde lang darüber ausgelassen hat, wie großartig es sein muss, einfach alles hinter sich zu lassen und mal für eine Weile den Kopf völlig frei zu bekommen. Völlig frei. Von allem.

Ich gebe zu, er hat mich weiter angefixt.

Auf meinen vorsichtigen Einwand, dass eine solche Tour ja kaum sehr teuer sei, hat er allerdings abgewinkt. Immerhin habe er gleich zwei Jobs, den im Kino und einen weiteren in einem Computerladen, und mit beidem könne er nicht mal so eben für mehrere Wochen aussetzen.

Ich war allen Ernstes drauf und dran gewesen, Maverick vorzuschlagen, mich zu begleiten, und war fast ein wenig enttäuscht. Dabei will ich ja nicht mal, dass jemand den ganzen Weg hinter mir herläuft.

Aber ich will auch nicht jeden Morgen ewig an die Decke starren, bevor ich mich zwinge aufzustehen.

Irgendwas muss sich ändern, ich weiß nur nicht, wie ich es angehen soll. Doch irgendwas studieren? Was auch immer? So wie Haven Umweltwissenschaften vielleicht. Oder würde ich eine gute Lehrerin abgeben?

Nein. Mit Sicherheit nicht. Von uns beiden war schon immer Leah die Geduldigere.

Leah.

Fluchend drehe ich das Wasser in der Dusche an, und der harte Strahl treibt den Schmerz zurück, der sich zum einmillionsten Mal in meinem Schädel ausgebreitet hat.

Es ist normal, dass es sich manchmal so anfühlt, als sei das alles gestern erst geschehen, hat meine Therapeutin mal gesagt. Das könne immer wieder vorkommen, mein ganzes Leben lang.

Ich rutsche an den warmen, nassen Fliesen herunter, verschränke die Arme um meine Beine und lege die Stirn auf meine Knie.

Aber das schaffe ich nicht. Ich werde irgendwann verrückt werden, wenn ich immer wieder an Leah denken muss, wie sie in den letzten Minuten, in denen ich sie lebendig sah, vor mir stand. So aufgekratzt. So voller Vorfreude. Und dann so wütend auf mich, weil ich ihr sagte, dass ich doch nicht mitgehen würde.

Hätte ich nicht die Hausarbeit für Englisch wochenlang vor mir hergeschoben, hätte ich nicht am Abend vor der Abgabe die Nacht durcharbeiten müssen. Und genau das tat ich – bis plötzlich meine Mutter zu schreien begann und ich aufsah und feststellte, dass die dunkle Nacht draußen vor dem Fenster in flackerndes, blaues Licht getaucht war.

Leah. Scheiße, Leah, wo bist du? Wo bist du jetzt? Kannst du mir nicht ein Zeichen geben? Ich war so sicher, in den ersten Tagen und Wochen danach, du würdest mir ein Zeichen geben, aber du hast es nicht getan.

Etwas in mir möchte ausbrechen, möchte explodieren, doch ich sitze nur da und lasse das heiße Wasser auf meinen Kopf niederprasseln, so lange, bis das Gefühl vorüber ist, bis ich alles wieder vergraben habe und ich aufstehen, das Wasser abdrehen und mich abtrocknen und anziehen kann.

Mum ist schon weg, als ich nach unten in die Küche komme, sie arbeitet halbtags in einer öffentlichen Bibliothek. Auf dem Esstisch liegt ein Zettel, so wie jeden Morgen. Ich weiß, was darauf geschrieben steht. *Ich hab dich lieb.*

Es sind immer dieselben Worte, aber nie derselbe Zettel.

Mit einer Schale Cornflakes und einem Orangensaft trotte ich wieder nach oben in mein Zimmer. An den meisten Tagen lese ich morgens und gehe gegen halb drei ins *Phoenix*, um mir die Nachmittagsvorstellung anzusehen. Philippe ist der Ansicht, Maverick und ich müssten jederzeit auf alle Fragen zu den Filmen, die bei uns laufen, Auskunft geben können, aber es ist auch nicht so, dass er mich zwingen müsste. Nachmittags ist kaum etwas los, es sei denn, wir zeigen einen Kinderfilm. Ich sitze gern im halbleeren Saal allein in einer Reihe und tauche für zwei Stunden in andere Welten und andere Personen ein.

Als mein Telefon klingelt, habe ich die Cornflakesschale und das Glas gerade auf den Schreibtisch gestellt. Es ist Haven, und ich ziehe mir meinen Stuhl zurecht.

«Hallo, Rae.»

«Hi. Ich frühstücke gerade und will nicht, dass meine Cornflakes aufweichen. Du bist also gewarnt.» Ich tauche den Löffel in die Milch. Es ist eklig, wenn alles matschig wird. Auf einer Wandertour hätte ich es mit meinen etwas heiklen Essgewohnheiten bestimmt nicht leicht.

«Kein Problem. Ich wollte sowieso nur fragen, ob du zu Hause bist.»

«Ja, wieso?»

«Dann komme ich gleich mal vorbei, ist das okay?»

«Klar ... stimmt was nicht? Was macht eure Reiseplanung? Ich dachte, du und Jackson verbringt die Woche damit, eure Tour vorzubereiten.»

«Wir liegen gut in der Zeit. Aber jetzt geht es erst einmal um deine Tour.»

«Um meine ... was ist mit meiner Tour?»

«Die könnte stattfinden.»

«Wie meinst du ...?»

«Ich bin in zwanzig Minuten bei dir.»

Sie legt auf, und überrumpelt starre ich auf das Smartphone in meiner Hand. Meine Tour könnte stattfinden? Wirklich? Das kann nach unserem Gespräch gestern Vormittag im *Herbs & Beans* eigentlich nur bedeuten, dass sie jemanden aufgetrieben hat, der ebenfalls einen Wanderurlaub plant. Wen hat sie gefragt? Ich kenne ihre Freunde aus der Uni kaum, abgesehen von Allison. Ob es Ally ist? Mit Ally zusammen könnte ich mir das Ganze sogar vorstellen. Irgendwie. Sie ist nicht der Typ, der sich ständig unterhalten muss.

Bis Haven endlich an der Haustür klingelt, bin ich ziemlich nervös, und die Cornflakes sind doch matschig geworden. Außer Ally kommt eigentlich niemand in die engere Auswahl. Mit irgendjemandem, den ich gar nicht kenne, werde ich mit Sicherheit nicht tage- oder sogar wochenlang herumwandern.

«Hi!» Haven lächelt, trotzdem finde ich, dass sie ein wenig angespannt wirkt. Oder bin ich das?

«Fertig mit Essen?», will sie wissen, während sie an mir vorbei die Diele betritt und auf die Treppe zugeht.

«Ja, wieso fragst du? Magst du noch was frühstücken?» Hinter ihr her steige ich die Stufen hinauf.

Haven lacht. «Es ist halb zwölf. Eher nicht.» Sie öffnet meine Zimmertür und steuert das Bett an. Dort sitzen wir immer, wenn sie bei mir ist, Haven zwischen den Kissen am Fußende und ich zwischen den Kissen am Kopfteil.

«Okay.» Ich lasse mich ihr gegenüber auf die Matratze fallen. «Meine Tour könnte also stattfinden. Du hast eine Freundin gefragt, ob sie mich begleitet, damit meine Mutter aufhören kann, sich Sorgen zu machen, stimmt's?» Nicht dass sie deshalb wirklich aufhören würde, sich Sorgen zu machen.

«Stimmt beinahe.»

«Wen? Ally?», frage ich hoffnungsvoll.

«Ally ist seit gestern in Frankreich. Nein, ich habe mit Jackson darüber geredet, und ... er hat Cayden vorgeschlagen.»

Stille breitet sich aus.

Cayden.

Cayden?

Nicht einmal im Traum!

Schockiert starre ich Haven an. «Das ist nicht dein Ernst. Du hast Jax hoffentlich ausgelacht, oder?»

Haven schüttelt bedächtig den Kopf. «Es ist so – Jackson macht sich seit einiger Zeit Gedanken um Cayden und ...»

«Moment mal – Jackson macht sich Sorgen um Cayden, und deshalb soll ich mich jetzt mit ihm herumschlagen? Du hast gesagt, ich soll diese Wanderung machen, um mal aus allem rauszukommen!»

«Ich weiß ...»

«Und jetzt fragst du mich, ob ich mit *Cayden* losziehe?»

«Weil ich dachte ...»

«Auf gar keinen Fall.»

Haven sieht schuldbewusst aus. Das Lächeln ist aus ihrem Gesicht verschwunden, während sie eines der Kissen zusammenknautscht. «Jackson dachte sich, dass ihr ja gar nicht zusammen laufen müsst. Aber wenn deine Mutter das denken würde ...»

«Wenn ich meiner Mutter sage, dass jemand mitkommt, dann weil derjenige mitkommt. Ich lüge nicht.»

«Ja, das hab ich ihm auch gesagt.»

«Warum tust du dann so, als sei Cayden eine Option? Mit dem würde ich nicht mal gemeinsam über die Straße gehen.»

«Wieso nicht?» Haven sieht tatsächlich so aus, als sei sie ernsthaft interessiert an meiner Antwort.

«Weil ...» Ich kann immer wieder nicht fassen, wie blind sie ist, was Cayden betrifft. «Weil er ein Egomane ist, der ungerechterweise gleich zwei Vorteile hat: Er sieht gut aus, und seine Eltern sind stinkreich. Ich mag solche Leute nicht.»

«Du magst ihn nicht, weil er gut aussieht?»

«Nein! Mir ist völlig egal, wie er aussieht. Ich mag ihn nicht, weil er so wahnsinnig viel Glück in seinem Leben hat, aber absolut nichts daraus macht. Stattdessen verhält er sich meistens wie ein Arsch. Wie kann man so jemanden bitte mögen?»

«Du kennst ihn nicht sehr gut.»

«Ich will ihn auch nicht gut kennen.»

«Aber du kennst mich, oder? Ziemlich gut sogar. Und du kennst Jackson, wenn auch nicht ganz so gut. Und glaubst du echt, ich würde dir das hier vorschlagen, wenn Cayden wirklich so wäre, wie du ihn siehst?»

«Haven.» Ungeduldig seufze ich auf. «Nimm's mir nicht übel, ja? Aber du hast eine sehr eigenwillige Art, Leute zu sehen.»

«Wie meinst du das?»

Ich beuge mich vor. «Du blendest manchmal alles aus, was nicht in dein Bild von einem Menschen passt. Ich finde das nett, aber es ist auch ... na ja ... naiv.»

Haven mustert mich lange. Dann streckt sie die Beine aus, bis ihre Waden neben meinen aufgestützten Knien liegen. «Was übersehe ich an Cayden?»

«Zum Beispiel dass er ... sich immer nur über alles lustig macht.» Kurz denke ich an unser Gespräch in der Küche. «Meistens. Und dass er sich eigentlich für niemanden wirklich interessiert. Er ist total oberflächlich und hat ständig neue Bettgeschichten laufen, und alles, was ihm wichtig ist, ist sein Aussehen.»

Überrascht zieht Haven die Brauen in die Höhe. «Du denkst, ihm ist wichtig, wie er aussieht?»

«Der Typ hat ein Fitnessstudio in seinem Haus. Und wenn man ihn nicht gerade auf einer Party sieht oder wie er von einer Party kommt oder zu einer Party geht, dann trägt er Sportklamotten und macht Klimmzüge.»

«Okay. Du hast mir gesagt, wie du ihn siehst, und jetzt sage ich dir, wie ich ihn sehe. Und ich will damit nicht behaupten, ihn gut zu kennen – das tue ich nämlich nicht. Ich glaube, es gibt fast niemanden, der ihn wirklich gut kennt, nicht einmal Jackson. Aber er war zusammen mit Dylan der Einzige, der Jackson unterstützt hat, als er sich entschieden hat, das Jurastudium aufzugeben. Und er war immer da, wenn es darauf ankam, und er ... ich habe das Gefühl, dass er jemand ist, der mit etwas kämpft. Ich weiß nicht, was das ist – ich weiß das übrigens auch bei dir nicht.» Unwillkürlich öffne ich den Mund, um irgendetwas zu sagen, was auch immer, aber Haven kommt mir mit einer Frage dazwischen. «Was genau hat er denn gemacht, dass du ihn so schrecklich findest?»

«Er hat ... weil er eben ...» Ich schüttele den Kopf. «Jetzt tu nicht so, als sei er einfach nur ein netter, unverstandener Kerl, okay? Jeder hat irgendwelche Probleme, und ja, ich auch, aber deshalb verhalte ich mich ja wohl nicht total mies. Er nimmt einfach nichts ernst!»

«Er nimmt sich selbst nicht ernst.»

«Sorry, Haven, aber ich bin einfach nicht so der alles verzeihende Mensch, nur weil jemand mit einer traurigen Vergangenheit herumwedelt.»

«Tut er das?»

«Nein. Aber das tust du gerade. Warum eigentlich? Warum ist es dir so wichtig, dass ich meine Wandertour ausgerechnet mit Cayden zusammen antrete?»

Bisher hat Haven den Blickkontakt kein einziges Mal unterbrochen, jetzt schaut sie zum Fenster, und als sie mich wieder ansieht, wirkt sie ein wenig hilflos. «Ich weiß es gar nicht so genau», sagt sie. «Ich habe einfach das Gefühl, es wäre gut.»

«Ach, Haven.» Ich atme aus. «Es tut mir leid, aber ich glaube wirklich nicht, dass das funktionieren würde.»

Sie nickt. «Okay. Schade.»

Ein paar Sekunden lang sitzen wir schweigend da.

«Wie weit seid ihr denn jetzt eigentlich mit eurer Urlaubsplanung?», frage ich schließlich. «Was steht bei euch nach den Niagarafällen auf dem Programm?»

Während Haven mir den Gefallen tut und zu erzählen beginnt, bemühe ich mich, ihren Worten zu folgen und nicht darüber nachzudenken, wie es wohl wäre, mit jemandem wie Cayden tagelang durch einen Wald zu laufen.

«Was hat Cayden eigentlich dazu gesagt?», unterbreche ich Haven mitten im Satz und fühle mich im selben Moment unhöflich und peinlich berührt zugleich. Nachdem ich mehr als deutlich gemacht habe, dass ich mir eine Wandertour mit Cayden nicht vorstellen könnte, sollte es mich auch nicht interessieren, wie er das sieht.

«Er hat gesagt, er würde mitkommen.»

«Was?» Hätte Haven geantwortet, Cayden lache immer noch über diese Idee, würde ich nicht nachhaken, aber ... «Das hat er echt gesagt?»

«Hat er.» Sie wartet einen kurzen Moment, bevor sie fragt: «Ändert das etwas?»

«Nein», erwidere ich. «Nein, natürlich nicht.»

CAYDEN

Eigentlich habe ich diesem Filmabend nur zugestimmt, weil Rae dabei ist. Rae, die offenbar ziemlich klar zum Ausdruck gebracht hat, dass sie nicht mit mir auf eine blöde Wanderung will, selbst wenn sie ohne mich darauf verzichten muss und ich weit und breit die einzige Alternative darstelle.

Und ich dachte in offenbar grandioser Selbstüberschätzung,

es sei allein meine Entscheidung, ob wir gemeinsam losziehen oder nicht.

Auch mal spannend, und ich gebe zu, ich bin neugierig. Neugierig darauf, mir die Frau noch einmal etwas genauer anzusehen, mit der ich mich bei unserem letzten Zusammentreffen immerhin ganz normal unterhalten habe. Zumindest war das mein Eindruck. Ihrer offenbar nicht.

Als es an der Haustür klingelt, steigt Jackson die Wendeltreppe hinunter, um Rae und vor allen Dingen Haven in Empfang zu nehmen, während ich mir eine weitere Handvoll Chips in den Mund schiebe und über die Filmauswahl nachdenke. Diesmal haben die drei sich von vornherein auf zwei Streifen geeinigt, und Rae wird im Anschluss wieder hier übernachten.

Wenn es nach mir gegangen wäre, hätten wir uns einfach die dritte Staffel von *Jessica Jones* angesehen. Leider geht es nicht nach mir, weshalb mit *A Star Is Born* und *Der Club der toten Dichter* eine einigermaßen aktuelle Schnulze und ein uraltes Drama auf dem Programm stehen, von Letzterem habe ich bisher noch nicht einmal gehört. Ich habe mir die Kurzinfos zu beiden Filmen angesehen und hätte weder den einen noch den anderen auch nur in die engere Wahl genommen. Natürlich hat Rae sie vorgeschlagen – ich wette, mit Serien kann sie nichts anfangen.

«Hi.»

Sie ist die Erste, die über die Wendeltreppe ins Wohnzimmer kommt, und ich erwidere ihr eher knappes Lächeln mit einem breiten Grinsen.

«Hi. Wie geht's?»

«Gut.»

Sie sieht sich um, als bereue sie, nicht auf Haven und Jackson gewartet zu haben, aber klar, wer will schon Däumchen drehend danebenstehen, wenn zwei Leute sich küssen. Ihre blauen Haare fallen über ihre nackten Schultern. Sie trägt ein enges Spaghetti-Top zu einer abgeschnittenen Jeans, und ich wette, ihre knöchelhohen Boots stehen unten bei der Haustür. Rae ist eindeutig nicht der Typ Frau, der Riemchensandalen tragen würde.

«Mit welchem Film fangen wir an?» Ich setze mich in die Ecke des L-förmigen Sofas, auf den Platz, auf dem ich immer sitze. «Liebestragödie oder Internatstragödie?»

«Mir egal. Was wäre dir lieber?»

«Bringen wir als Erstes das Liebesdrama hinter uns.»

Rae, die gerade noch ein wenig unschlüssig vor dem Sofa stand, setzt sich ans äußere Ende der längeren Seite.

Jeez, sie mag mich wirklich.

«Gibt's heute nirgendwo Partys?», fragt sie.

«Keine Ahnung.» Ich beuge mich vor, um an die Chips zu kommen. «Wieso? Wenn dir mehr nach Party wäre, treibe ich irgendwo bestimmt etwas Passendes für uns auf.»

Sie zieht die Schale mit den Tortillas näher zu sich heran, und während sie gleichzeitig nach einem der danebenstehenden Dips greift, wird ihr Lächeln plötzlich besonders liebenswürdig. «Danke für das Angebot, aber nein. Überfordern dich Tragödien emotional? Wir könnten uns stattdessen auch irgendeinen netten Tierfilm ansehen.»

«Gute Idee. Solange sich dabei niemand verliebt, kann es eigentlich nur besser werden.»

«Entschuldige, hätte ich gewusst, dass du dir bei Kussszenen die Augen zuhältst, hätte ich Paddington Bär vorgeschlagen.»

«Fürs nächste Mal weißt du Bescheid», lasse ich ihr Gestichel ins Leere laufen, was Rae dazu bringt, die Augen zu verdrehen.

Vielleicht hätte sie darauf noch etwas erwidert, doch in diesem Moment kommen Jackson und Haven nach oben.

«Hi, Cayden», ruft Haven. «Schön, dass du auch mal dabei bist.»

Na, diese Freude teilen hier garantiert nicht alle.

«Habt ihr schon entschieden, was wir als Erstes gucken?» Haven lässt sich zwischen Rae und mich fallen.

«Cay will zuerst *A Star Is Born* sehen», erwidert Rae. «Er mag Liebesfilme.»

Die Tatsache, dass Haven mit Ironie noch immer nicht besonders gut klarkommt, obwohl sie mittlerweile seit acht Monaten in Edmonton lebt, führt dazu, dass nur Jackson die Augenbrauen hebt und mir einen irritierten Blick zuwirft.

«Absolut», bestätige ich. «Und sollte ich mittendrin einschlafen, weckt mich, damit ich nicht die besten Szenen verpasse.»

Jacksons Brauen senken sich wieder. «Okay, was wollt ihr trinken? Cola, Wasser, Bier?»

«Oder Drinks, die dazu beitragen, die heutige Filmauswahl noch mehr genießen zu können?», ergänze ich und grinse Rae an, die mir nur einen giftigen Blick zuwirft.

«Wasser», sagt Haven, und Rae schließt sich an.

«Ich mach mir selbst was zurecht», beschließe ich und folge Jackson in die Küche, der sich dort ein Bier aus dem Kühlschrank nimmt. Wasser steht selbstverständlich bereits im Wohnzimmer – wird ja bestimmt ein mitreißender Abend. Kurz überlege ich, ob ich wirklich unbedingt dabei sein will, bevor ich mir einen Wodka Lemon mixe und zu meinem Platz zurückkehre. Doch, ja. Eventuell sieht Rae das nicht so, aber ich finde den Schlagaustausch zwischen ihr und mir eigentlich ganz lustig.

Wie erwartet zieht *A Star Is Born* alle Register auf der großen Schnulzendrama-Skala. Von Liebe auf den ersten Blick über Verzweiflung, langen Diskussionen und großer Aufopferung ist alles dabei.

«Oh nein», flüstert Haven, als der abgehalfterte Musiker schließlich in der Garage verschwindet, und kramt nach Taschentüchern, während mit einem letzten Lovesong noch einmal auf die Tränendrüsen gedrückt wird.

Rae weint nicht, aber ich nehme nicht an, dass sie diesen Film ausgewählt hat, weil es ihr darum geht aufzuzeigen, welche Stereotype bei solchen Geschichten immer und immer wieder auftauchen. Haven hat den Kopf gegen Raes Schulter gelegt, rotes Haar vermischt sich mit blauem, während Jackson ähnlich unbeeindruckt wie ich dabei ist, die letzten Chips zu eliminieren.

«Oh Gott, wie traurig», fasst Haven zusammen. «Ich hatte so auf ein gutes Ende gehofft. Wie fandet ihr ihn?»

Jackson räuspert sich, greift nach der leeren Chipsschüssel und steht auf. «Jo», sagt er und beweist damit geradezu unfassbares diplomatisches Geschick.

«Du mochtest ihn nicht?», ruft Haven ihm hinterher.

«Doch, er war schon okay», entgegnet Jackson und verschwindet in der Küche, wo man ihn herumraschen hört.

«Und du? Wie gefiel er dir?», wendet Haven sich an mich.

«Na ja. Er war jetzt nicht sonderlich überraschend.»

«Aber darum geht es nicht», mischt Rae sich ein. «Die Lebensgeschichten von zwei Menschen müssen nicht unbedingt überraschend sein, damit sie einen bewegen.»

«Was bewegt dich denn daran?», will ich wissen und meine diese Frage ehrlich.

«Ich glaube, der Kampf zwischen dem, was man fühlt, und

dem, wovon man denkt, dass es richtig ist», sagt Rae überraschenderweise genauso ehrlich. «Und wie sehr es einen zerreißt, wenn man das nicht zusammenkriegt, und ... na ja ... wie wenig man dagegen tun kann, wenn man sich wirklich verliebt.»

«So wie ich das sehe, ist die Frau in dem Film die ganze Zeit eher ihrem Gefühl gefolgt», sage ich. «Und bei dem Typen war es wohl mehr ein Kampf zwischen dem, was er fühlte, und seiner Sucht. Davon abgesehen halte ich es nicht gerade für den größten Liebesbeweis aller Zeiten, in eine Garage zu gehen und ...»

«Ja, klar», unterbricht mich Rae und sieht etwas verkniffen aus. «Sie war mental stärker als er, schon allein weil er körperlich so kaputt war, aber sie haben doch beide ständig mit dem gekämpft, was sie füreinander empfinden, und dem, was sie karrieremäßig wollten.»

«Sie wussten beide ganz genau, was sie füreinander empfinden, und sie wussten auch, wie viel sie dem anderen bedeuten. Das hätten sie locker mit ihrer Musikerlaufbahn in Einklang bringen können. Das eigentliche Problem war doch, dass seine Karriere zu Ende war, er deshalb zu viel getrunken hat und sie durch seine Sucht nicht mit runterziehen wollte.»

Ich mustere kurz den Inhalt des Glases in meiner Hand, bevor ich den Rest darin austrinke. Nett. In einem Film wäre das jetzt eine Schlüsselszene. Allerdings glaube ich nicht, dass es allzu viele Parallelen zwischen der Filmfigur Jack und mir gibt, weder was seine verlorenen Ziele noch was seinen Alkoholkonsum betrifft. Mag sein, dass ich mehr trinke als andere, aber die totale Volldröhnung gebe ich mir fast nie. Andererseits bekommen angehende Alkoholiker es vermutlich höchst selten mit, dass sie sich bereits auf einer Art Vorstufe befinden.

«Du hast recht», räumt Rae ein, und erstaunt sehe ich auf. «Eigentlich war seine Sucht das größte Problem. Sonst hätte es vielleicht ganz gut geklappt zwischen den beiden.»

Bevor mir eine Antwort einfallen kann, kehrt Jackson mit der neu gefüllten Chipsschüssel und einem zweiten Bier zurück. «Ich wäre dann bereit für den nächsten Film.» Er stellt die Chips ab, setzt sich neben Haven und legt eine Hand auf ihren Oberschenkel, die sie mit ihrer umfasst.

«Moment, ich brauche auch noch was zu trinken.» Es fühlt sich latent trotzig an, aber ein zweiter Drink ist ja nun mit Sicherheit nicht gleich der Beginn einer traurigen Abwärtsspirale.

Eine halbe Stunde später unterdrücke ich ein allzu auffälliges Gähnen und werfe einen dezenten Blick auf die Uhr. Das ist ein verdammter Kinderfilm. Unsichere Jugendliche, die durch ihren Lehrer zu mehr Selbstvertrauen ermutigt werden, und das ausgerechnet durch Gedichte – allerdings scheine ich der Einzige zu sein, bei dem die Story nicht verfängt, selbst Jackson hat das Kauen eingestellt.

Dann allerdings rückt die Geschichte des Jungen Neil Perry stärker in den Vordergrund, und ich brauche keinen Psychologen, der mir erklären würde, warum sich meine Brust zunehmend enger anfühlt. Ein diktatorischer Vater, der seinem Sohn mit der Militärakademie droht – das ist mal eine fucking Parallele. Obwohl ich die ganze Zeit die billigen Mittel aufzählen könnte, mit denen der Film aufwartet, um emotionale Knöpfe zu drücken, bleibt an seinem Ende ein dumpfer Druck in mir zurück. Meiner Meinung nach hat Neil die Waffe gegen den Falschen gerichtet.

«Den fand ich sogar noch besser als den ersten.» In Havens Stimme liegt etwas beinahe Andächtiges.

«Das ist einer meiner Lieblingsfilme», sagt Rae. Herausfordernd sieht sie mich an. «Hat er dir auch nicht gefallen?»

Ich sehe kurz zu Haven, die sich in Jacksons Arme schmiegt, bevor mein Blick zurück zu Rae wandert. «Doch, war okay.»

Meine kaputte Beziehung zu meinem Vater ist mir bewusst, und im Allgemeinen belastet sie mich nicht wirklich. Ich war nur auf einem Internat, nicht ansatzweise vergleichbar mit Militärdrill, und dort bin ich gelandet, bevor irgendwelche Träume dadurch hätten zerstört werden können, aber ...

Ich stehe auf, greife nach meinem Glas und gehe ohne ein weiteres Wort in die Küche.

Gerade noch hatte ich vor nachzuschenken, stattdessen stehe ich jetzt neben dem Kühlschrank und starre das blöde Glas an. Nur ein winziger Rest Flüssigkeit ist darin zurückgeblieben. Ich wünschte, es wäre schon voll, dann müsste ich jetzt nicht mit mir selbst kämpfen, ob ich es wieder füllen soll oder nicht.

Es war nur ein Film für Kinder und Jugendliche, erklärt mir mein Hirn. Mit Carpe-diem-Kalenderblattsprüchen, Herrgott.

Mein Vater wird demnächst irgendwann hier auftauchen. Würde ich ihm den Film zeigen, würde er auch Parallelen ziehen?

Fuck, nein. Würde er nicht.

8.

RAE

Ich liebe Haven, und ich mag Jackson, aber sobald die beiden sich küssen, ziehe ich es vor, woanders zu sein, und das ist der Grund, aus dem ich jetzt aufstehe und mit der leeren Wasserflasche hinter Cayden her in die Küche gehe. Sollte er irgendwann mal wieder bei einem Filmabend dabei sein, darf er sich aussuchen, was wir uns ansehen, und ich werde den ganzen Abend mit gelangweiltem Gesicht dasitzen, das steht mal fest. Einer wie er entscheidet sich vermutlich für *Night Of The Living Dead*, da dürfte mir das nicht weiter schwerfallen.

Als er mich hereinkommen hört, dreht er sich um, und erschrocken halte ich in der Bewegung inne. Er sieht aus, als könne er die Hauptrolle in einem solchen Film übernehmen. Seine ohnehin eher helle Haut wirkt beinahe weiß und seine dunklen Augen so leer, dass ich mich unwillkürlich frage, ob er gerade eine schreckliche Nachricht erhalten hat.

«Alles okay?», rutscht es mir heraus.

Es dauert ein paar Sekunden, bis der sonst so schlagfertige Cayden eine Antwort auf diese simple Frage findet.

«Sicher», sagt er schließlich, eine Antwort, die nicht ansatzweise zu seinem Gesichtsausdruck passt, genauso wenig wie das Lächeln, um das er sich jetzt bemüht.

«Ist was passiert?», hake ich nach. «Du siehst … irgendwie nicht gut aus.»

«Ich hätte nie gedacht, dass du jemand bist, der einen Menschen nach seinem Äußeren beurteilt», erwidert er, und ich bin fast erleichtert. Das klingt schon wieder nach dem Cayden, den ich kenne.

Noch immer allerdings wirkt er so, als habe ich ihn gerade aus einem Albtraum geweckt, und weil ich ihn so weder einfach stehenlassen noch ein drittes Mal nachfragen will, gehe ich an ihm vorbei und öffne den Kühlschrank. Sinnlose Übersprungshandlung, und ich spare mir die Mühe, etwas herauszuholen.

Cayden ist mir mit seinem Blick gefolgt. Langsam kehrt wieder etwas Farbe in sein Gesicht zurück.

«Suchst du was?»

«Nein, ich …»

Ich weiß genau, dass dich irgendwas gerade total aus der Fassung gebracht hat, und ich wüsste gern, was das war.

Keine Antwort, die man einem Typen wie ihm geben möchte. Zu viele Steilvorlagen. Und außerdem klingt es einfach nur neugierig.

«Habt ihr irgendwo Saft?», frage ich.

Mit zwei Schritten tritt Cayden zu mir und wirft einen Blick in den Kühlschrank. Statt ebenfalls hineinzuschauen, starre ich auf seine Brust, und als mir das bewusst wird, sehe ich auf. Cayden erwidert meinen Blick.

Es ist ein seltsam intimer Moment. Das helle Haar, das ihm in die Stirn fällt, wirkt zart und fedrig, und mich überkommt die absurde Sehnsucht, es ihm aus dem Gesicht zu streichen, nur um zu erfahren, ob es sich so weich anfühlen würde, wie es aussieht.

In seinen Augen jedoch schimmern noch immer Spuren der

Qual, die vor wenigen Minuten in Wellen von ihm ausging, und mir fällt plötzlich das Atmen schwerer, weil ich dieses Gefühl so gut kenne. Die meisten Menschen nähern sich in ihrem ganzen Leben einem solchen Gefühl nur sehr selten an, und das ist gut so. Die Welt wäre ein sehr hoffnungsloser, grauer Ort, würden alle ihr Leben so dicht neben einem Abgrund leben. Cayden jedoch tut es. Und ich bin fast sicher, spätestens in diesem Moment erkennt er, dass wir das gemeinsam haben.

«Hier wäre Orangensaft», sagt er.

«Bitte?»

«Wir haben Orangensaft. Danach hast du gerade gefragt.»

Das habe ich wohl. «Nehme ich.»

Als er eine Flasche aus dem Kühlschrank nimmt und sich abwendet, um ein Glas zu holen, atme ich einmal tief durch.

So ein Quatsch. Ich muss aufhören, solchen Blödsinn zu denken. Cayden und ein Leben am Abgrund, haha. Ich bin nicht so arrogant anzunehmen, dass jemand aus einem schwerreichen Elternhaus, der noch dazu so aussieht wie Cayden, tatsächlich keine ernsthaften Probleme haben könnte, aber ... Moment.

Ich bin es offenbar doch.

Alles Geld der Welt könnte nicht wiedergutmachen, was in mir zerbrochen ist, seit Leah nicht mehr da ist. Und was mein Aussehen damit zu tun haben sollte – *lächerlich, Rae.*

Innerlich leiste ich Abbitte bei dem Kerl, der mir gerade mit forschendem Blick einen Orangensaft vor die Nase hält.

«Doch keinen Saft?», fragt er im selben Moment, in dem ich nach dem Glas greife.

«Bist du eigentlich ein Einzelkind?», will ich wissen.

Kurz ziehen sich seine Brauen irritiert zusammen, bevor sein Gesicht sich wieder entspannt und er so glatt und perfekt aussieht wie immer. «Ja.»

Die nächste Frage, die mir auf der Zunge liegt, verkneife ich mir. *Schon immer gewesen?* Es wäre eine bescheuerte Frage.

Jackson kommt in die Küche, an seiner Hand folgt ihm Haven, und ich trete automatisch ein Stück von Cayden zurück.

«Wir verziehen uns mal. Rae, brauchst du noch irgendwas? Wo die Handtücher sind, weißt du ja.»

Ich schüttele den Kopf. «Alles okay.»

«Dann gute Nacht.» Jackson wendet sich bereits wieder der Tür zu, aber Haven bleibt stehen.

«Und ihr? Guckt ihr noch einen Film?», fragt sie.

«Nein, ich denke, ich gehe auch ins Bett», erwidere ich, während Cayden nur mit den Schultern zuckt.

«Mal schauen», sagt er unverbindlich. «Sind ja noch Chips übrig.»

«Wir frühstücken morgen zusammen, oder?», will Haven noch wissen. «Wann musst du los, Rae?»

«Ich habe keine feste Zeit, wir können gern zusammen frühstücken.»

«Schön, dann schlaf gut», sagt Haven. «Gute Nacht, Cayden.»

«Nacht.»

Als wir wieder alleine sind, hat die Atmosphäre sich verändert. Habe ich Cayden vor wenigen Minuten tatsächlich gefragt, ob er ein Einzelkind sei? Ich möchte über mich selbst den Kopf schütteln.

Mit wenigen Schlucken trinke ich mein Glas leer und stelle es ins Spülbecken.

Selbst wenn Cayden und ich etwas gemeinsam haben sollten, sind die Schatten, die uns verfolgen, garantiert nicht dieselben.

«Okay, dann sag ich auch mal gute Nacht.» Ich schiebe die Hände in die Taschen meiner Jeans. Was für eine umständliche Einleitung. «Bis morgen.»

Mit den letzten Worten marschiere ich zur Küche hinaus, sein «Gute Nacht» erklingt in meinem Rücken.

Als ich wenig später im Bett liege, das Licht bereits gelöscht, drängt sich mir noch einmal das Bild von ihm in der Küche auf, sein blasses Gesicht, der seltsam verstörte Ausdruck in seinen Augen. Es kann eigentlich nur der Film gewesen sein. Nach *A Star Is Born* war noch alles in Ordnung, aber *Der Club der toten Dichter* muss ihn an irgendetwas erinnert haben.

Ich zermartere mir den Kopf darüber, in welcher Figur Cayden sich wiedergefunden haben könnte, oder vielleicht auch nur einen Teil von sich. Aber all diese unsicheren, angepassten Schüler ... er ist doch das totale Gegenteil davon.

Vielleicht interpretiere ich doch zu viel in die Situation hinein. Nur dieser Blick ...

Mir fallen die Augen zu, und noch immer sieht Cayden mich an.

Als ich die Augen wieder öffne, fällt Mondlicht in das Zimmer. Da war ein Geräusch.

Im ersten Moment weiß ich nicht, wo ich bin, zu dicht hängt der Schlaf noch über mir. Dann wird mir bewusst, dass ich bei Jackson übernachte, bei Jackson und Cayden, und irgendetwas war mit Cayden los.

Wieder dieses Geräusch, bei dem meine Müdigkeit sich noch ein Stück weiter zurückzieht. Jemand weint.

Mit angehaltenem Atem liege ich da.

Da ist es wieder.

Ein unterdrücktes Schluchzen. Oder ein Seufzen?

Im nächsten Moment bin ich aus dem Bett gesprungen und zur Tür geeilt. Irgendjemand braucht Hilfe. Cayden?

Barfuß tapse ich durch die Diele an der dunklen Küche vorbei, doch im Wohnzimmer leuchtet der Fernseher ... der Fernseher. Natürlich. Ich Idiotin.

Es weint tatsächlich jemand, genau genommen scheint es sich eher um eine Art Nervenzusammenbruch zu handeln, aber meine Hilfe wird definitiv nicht gebraucht. In kurzen Shorts und einem Shirt stehe ich nur ein paar Meter von Cayden entfernt, der sich gerade weiß der Himmel was für einen Film reinzieht. Auf jeden Fall wird darin rumgeheult.

«Was machst du denn hier?» Er mustert mich überrascht.

«Ich habe ...» Vage nicke ich zum Fernseher hin. «Ich habe jemanden weinen gehört.»

«Sorry, ich wollte dich nicht wecken.» Cayden greift nach der Fernbedienung, die neben ihm auf dem Sofa liegt, und schaltet den Ton leiser.

«Schon okay.» Verlegen verschränke ich die Arme vor der Brust. «Hätte ich mir ja denken können. Es war nur so ... ich habe geschlafen und ...» Abrupt klappe ich den Mund wieder zu.

Und ich habe von dir geträumt. Du hast geweint.

Da hat sich wohl einiges vermischt.

«Ich geh dann mal wieder ins Bett.»

«Okay.»

«Wie viel Uhr ist es eigentlich?»

«Halb vier.»

Obwohl ich mich bereits zum Gehen gewandt habe, bleibe ich jetzt wieder stehen. «Halb vier? Und du bist noch wach?»

«Ich gehe ins Bett, wenn ich müde werde.» Gerade eben hat er noch halbherzig das Geschehen auf dem Bildschirm verfolgt, jetzt jedoch lächelt er und sieht mich an. «Ich werde nur nicht sehr schnell müde.»

Warum ich als Nächstes genau sage, was mir in den Sinn

kommt, verstehe ich nicht einmal in dem Moment, in dem ich es ausspreche. «Und du weinst auch nie, oder?»

Cayden mustert mich. Das Licht des Fernsehers erreicht mich kaum, und trotzdem habe ich das Gefühl, dass ihm keine Regung auf meinem Gesicht entgeht.

«Nie.» Ein Hauch von Spott taucht in seiner Stimme auf. «Was soll es auch bringen?»

«Ich weine auch nie.»

Vielleicht träume ich noch immer. Kaum vorstellbar, dass ich ein solches Gespräch gerade ausgerechnet mit Cayden führe. Ich balle die Hände zu Fäusten, bereit, mich umzudrehen und zurück ins Gästezimmer zu gehen, doch ich kann mich nicht bewegen, solange er meinen letzten Satz nicht kommentiert hat. Vielleicht lacht er. Dann kann ich ihn weiter scheiße finden und werde garantiert nie wieder von ihm träumen.

«Warum willst du nicht, dass ich mit nach Jasper komme?», fragt er.

Jetzt bin ich es, die lange Sekunden braucht, um eine Antwort zu finden. «Ich kann mir nicht vorstellen, dass das was für dich ist.»

«Aber für dich ist es was?»

«Weiß ich nicht.»

Er nickt. Dann schaltet er den Fernseher aus, und nach ein paar Sekunden erobert das silberfarbene Mondlicht die Schatten.

«Willst du denn wirklich mitkommen?», frage ich, und wenn bisher schon Realität und Wirklichkeit ineinander überzugehen schienen, so wird es jetzt völlig surreal, als Cayden aufsteht und auf mich zugeht.

«Ja.»

Verrückt. Das ist alles einfach verrückt.

«Also ...» Ich fahre mir mit den Händen über die Oberarme. «Dann komm eben mit.»

«Okay», sagt er.

Keiner von uns lächelt. Es fühlt sich an, als hätten wir gerade einen Pakt miteinander geschlossen.

«Also gut ...» Zögernd trete ich ein paar Schritte zurück. «Vielleicht schläfst du ja doch noch ein wenig.»

Ich drehe mich um und laufe zum Gästezimmer, um nicht stattdessen die Hand nach seinem Gesicht auszustrecken.

CAYDEN

Direkt nach Rae bin ich ebenfalls in mein Zimmer gegangen, und obwohl ich nicht gleich einschlafen konnte, war es nicht dieses rastlose Hin-und-her-Wälzen, das ich sonst von mir kenne. Es gab ja genügend, worüber ich nachdenken musste. Ob ich für eine längere Tour noch irgendetwas besorgen muss zum Beispiel. Für die Wanderung mit Jackson habe ich letztes Jahr ein ultraleichtes Zweimannzelt gekauft, doch ich nehme nicht an, dass Rae mit mir darin übernachten wollen wird. Also brauche ich ein neues Zelt. Und andere Schuhe. Die festen Stiefel waren etwas übertrieben, leichtere Trekkingschuhe hätten es auch getan. Der Kocher kam von Jackson, aber es dürfte kein Problem sein, sich die Sachen, die er damals besorgt hat, auszuleihen.

Und warum habe ich eigentlich noch immer das Gefühl, dass Rae etwas von mir weiß, das sie gar nicht wissen dürfte?

Vor dem Fenster ist bereits Vogelgezwitscher zu hören, da schlafe ich doch noch ein, und als ich um kurz vor halb zehn erwache, fühle ich mich fast ausgeruht.

Das Erste, was mir wieder in den Sinn kommt, ist, dass ich ausgerechnet mit Rae demnächst eine Tour durch den Jasper National Park antreten werde, und als Nächstes vermischen sich Erstaunen, Irritation und eine Art gespannter Erwartungshaltung zu einem mehr als schrägen Gefühl, das mich direkt aus dem Bett und unter die Dusche treibt.

Ob Rae sich in dieser Sekunde ebenfalls fragt, was da letzte Nacht wohl über sie gekommen ist?

Die anderen sitzen bereits um den runden Bistrotisch herum, der in unserer Küche selten benutzt wird, und es duftet nach Pancakes und Ahornsirup, als ich mit noch feuchten Haaren dazustoße. «Morgen.»

«Guten Morgen», kommt es zurück. Jackson fügt hinzu: «Falls du deinen Espresso mit Milch willst, auf dem Herd steht noch ein Rest. Die dürfte noch halbwegs warm sein.»

«Alles klar.»

Nachdem ich einen Finger in die weiße Flüssigkeit getunkt habe, schalte ich das Kochfeld noch einmal ein und fange an, Espressobohnen zu mahlen, nachdem die Milch sich wieder erhitzt hat.

«Wie hast du geschlafen?», ruft Jackson.

Ich warte, bis das Mahlwerk schweigt, bevor ich ihm antworte. «Wie immer.»

«Wie immer gut oder wie immer schlecht?»

Es knackt, als der Siebträger in der Espressomaschine einrastet. «Wie immer ganz okay.»

Minuten später setze ich mich zu den anderen. Jackson starrt mich auf eine Weise an, die mich wachsam werden lässt.

«Was ist?»

«Rae hat gerade erzählt, dass ihr jetzt doch gemeinsam die Jasper-Tour angeht.»

Vollendete Tatsachen. Okay. Rae mustert mich gespannt, und ich lasse mir Zeit dabei, großzügig Sirup über meinen Pancake zu verteilen. «Stimmt», sage ich schließlich. Eine geradezu erstaunlich brillante Erwiderung. Wer weiß, wie sie ausgefallen wäre, hätte ich nicht so lange darüber nachgedacht.

«Ich finde das gut.» Haven ertränkt den Pancake auf ihrem Teller in dieser Sekunde ebenfalls in Ahornsirup. «Wann fahrt ihr los?»

Mein Blick wandert zu Rae. Sie hat ihre blauen Haare zu einem wirren Knoten zusammengewickelt, von dem jede Menge einzelner Strähnen in alle Richtungen abstehen.

«Darüber haben wir noch nicht gesprochen. Aber vielleicht am Wochenende?» Raes Augen streifen kurz mein Gesicht, bevor sie sich wieder ihrem Pancake widmet.

«Dann starten wir ja zeitgleich», stellt Haven fest. «Und vielleicht kommen wir auch gleichzeitig wieder zurück.»

Vier Wochen Wandern? Unwahrscheinlich.

«Ja, vielleicht», sagt Rae, und jetzt bin ich es, der sie anstarrt. Sie will wirklich aufs Ganze gehen. Bis zu dieser Sekunde bin ich trotz Jacksons Bemerkung, Rae plane eine mehrwöchige Tour, von einer Woche ausgegangen, maximal zwei.

Jackson grinst. Der Depp.

«Rae, sollen wir gleich mal gucken, was du noch alles brauchst?», fragt Haven.

«Eigentlich ist ja alles da», meint Jackson.

«Bis auf Zelte», sage ich.

«Wieso? Wir haben doch ... ach ja», unterbricht er sich selbst. «Ja, Zelte wären wohl gut. Aber alles andere haben wir noch vom letzten Jahr hier rumliegen.»

«Na dann – ich besorge die Zelte, dann können wir los. Vielleicht so in drei Stunden?» Ich grinse Rae an.

«Okay», geht sie auf meinen nicht sehr geistreichen Spruch ein. «Wir treffen uns bei mir – ich fahre. In dein Sportwägelchen passt ja nix rein.»

«Da muss nur das reinpassen, was du auf dem Rücken tragen kannst. Oder hast du vor, die Tour über mit dem Auto neben mir herzufahren?»

«Wäre vielleicht nicht die schlechteste Idee. Ich könnte dann ab und zu für vierzig Meilen Abstand zwischen uns sorgen.»

«Und du könntest auch schnell wieder nach Hause, wenn es dir zu anstrengend wird», erwidere ich und schiebe einen zweiten Pancake auf meinen Teller. «Oder du Angst kriegst.»

Vordergründig ganz auf mein Frühstück konzentriert, sehe ich aus den Augenwinkeln Raes Kopf in die Höhe rucken.

«Ich könnte dich dann auch schneller ins nächste Krankenhaus bringen, wenn du in Giftsumach rennst.»

«Es gibt eigentlich keinen Giftsumach in ...», setzt Haven an.

«Du könntest auch im Wagen schlafen, wenn's mal regnet», sage ich. «Ist bestimmt angenehmer.»

«Ja, und ich könnte dir vom Auto aus hinterherwinken, wenn dein Zelt im strömenden Regen einen Abhang hinunterrutscht.»

«Vergiss nicht, das zu filmen.»

«Auf keinen Fall.»

Wir starren uns an.

«Klingt doch alles sehr lustig.» Jackson trinkt einen Schluck Kaffee. «Ich wünschte, ich könnte dabei sein.»

Auf diese Bemerkung hin zucken Raes Mundwinkel, und sie wendet den Blick ab, um ihre Pancakes anzugrinsen.

«Also gut», sage ich. «Freitag? Acht Uhr bei dir? Dann sind wir gegen Mittag in Jasper und haben genug Zeit, den ersten

Campingplatz zu erreichen.» Zugegebenermaßen fühle ich mich ein wenig wie ein alter, erfahrener Hiker, während ich diesen Vorschlag mache, dabei habe ich lediglich noch Jacksons Worte im Kopf, der sich bei der geplanten Wanderung im letzten Spätsommer um derlei Dinge Gedanken gemacht hat. Dieses Mal muss ich das wohl selbst tun – mich dabei auf Rae zu verlassen, scheint mir zum einen nicht unbedingt klug zu sein, zum anderen ließe das mein Stolz nicht zu. Sobald ich mit Jackson wieder allein bin, werde ich mit ihm eine Packliste anlegen.

«Ihr solltet die Wege von Zeltplatz zu Zeltplatz rund um Jasper planen und alle paar Tage in der Stadt eure Vorräte aufstocken», sagt Haven.

«Ich dachte, das kann man auch auf einem der Campingplätze erledigen.» Rae schiebt ihren Teller zurück.

«Nein, da findest du kaum etwas. Und nachdem ihr beide Anfänger seid, würde ich euch wirklich nicht empfehlen, irgendwelche Extremmärsche bis nach Banff runter zu unternehmen.»

Rae wirkt ein wenig ernüchtert. «Aber darum ging es doch, ums Wandern.»

«Ihr könnt doch trotzdem wandern, nur eben nicht die ganze Zeit in eine Richtung», gibt Haven trocken zurück.

Ich weiß, dass sie das nicht ironisch meint, muss aber dennoch lachen.

«Das ist irgendwie nicht dasselbe.» Rae dagegen wirkt ganz und gar nicht belustigt. «Irgendwie dachte ich, wir würden auf ein Ziel hinlaufen.»

«Na ja ... dein Ziel könnte ja sein, ein paar Wochen in einem Wald zu leben – das wird schon eine Umstellung werden», erklärt Haven vorsichtig.

«Für mich ist das eindeutig Ziel genug», werfe ich ein und lasse Raes «Ja, für *dich*»-Blick an mir abprallen.

«Mal sehen», sagt sie unverbindlich, und irgendwie ahne ich, dass sie gerade dabei ist, gedanklich zusätzliche Herausforderungen einzubauen. Nachtwanderungen oder so etwas.

«Auf jeden Fall solltet ihr nicht abseits der Campingplätze übernachten», erklärt Haven jetzt, als hätte sie meine Gedanken gelesen. Bezeichnenderweise sieht sie mich dabei an, und natürlich denkt sie gerade an die Bärenbegegnung, die Jackson und ich bei unserer ersten Übernachtung im Jasper National Park am Horseshoe Lake hatten.

«Oder dreckiges Geschirr vor dem Zelt liegen lassen», ergänzt Jackson dann auch grinsend.

«Das schon gar nicht», bekräftigt Haven.

«Ach komm, Haven, wird diese Bärensache nicht ein wenig aufgebauscht?» Jedes Wochenende fahren massenhaft Leute in die Nationalparks – wären Bären wirklich so gefährlich, müsste da doch viel mehr passieren. «Die hauen doch ab, wenn sie Menschen kommen hören.»

«Viele, ja, aber nicht alle. Jeder Bär hat seinen eigenen Charakter, und was manche verscheucht, lockt andere an. Und jetzt im Frühjahr sind sie aggressiver als sonst, weil sie nach dem Winter hungrig sind. Falls Gebiete wegen Bären gesperrt sind, solltet ihr das unbedingt beachten.»

«Du klingst wirklich schon wie die perfekte Rangerin.» Wenn ich mir um irgendetwas keine Gedanken mache, dann um Bären. Die anderen scheinen schon fertig zu sein, doch ich greife noch mal zu den Pancakes.

«Es gibt immer wieder Zwischenfälle. Einmal hat ein Schwarzbär einem Mann das Gesicht weggerissen.»

Die Tatsache, dass Haven niemals nur Sprüche macht, führt

dazu, dass ich in der Bewegung innehalte und meine Gabel unmittelbar vor meinem bereits geöffneten Mund zum Stillstand kommt.

«Das war aber nicht in Jasper, sondern irgendwo in Alaska», fügt sie hinzu. «Und der Mann hat es überlebt.»

Ein Teil meines Hirns bemüht sich um die visuelle Untermalung von Havens Worten, während ein anderer Teil versucht, genau das zu verhindern.

«So etwas darfst du Cay nicht erzählen, Haven.» Rae lächelt ein bisschen boshaft. «Alles okay, Cayden? Du kannst ja jederzeit nach Hause fahren, wenn du Angst kriegst.»

Haven mustert uns, als versuche sie zu entscheiden, ob es wirklich eine gute Idee ist, Rae und mich zusammen losziehen zu lassen, doch als sie gerade zu einer Bemerkung ansetzt, räuspert sich Jackson.

«Ich würde sagen, ihr besorgt erst mal Zelte.» Die Hände im Nacken verschränkt, sitzt er da, beide Beine lang von sich gestreckt. «Das Gesicht abbeißen lassen könnt ihr euch dann immer noch.»

Rae erhebt sich. «Ich glaube, zuallererst muss ich das alles erst mal mit meiner Mutter klären.» In dem Blick, den sie mir jetzt zuwirft, liegt nicht einmal mehr ein Hauch von Spott. «Und dazu werde ich wohl deine Hilfe brauchen.»

9.

RAE

$\mathcal{M}$it den anderen am Frühstückstisch zu sitzen und über diese Wanderung zu sprechen, hat mich vorübergehend vergessen lassen, dass die Tour vielleicht niemals zustande kommt. Nämlich dann, wenn es mir nicht gelingt, Mum von der ganzen Geschichte zu überzeugen.

Ich könnte natürlich trotzdem fahren, ja.

Aber ich würde es nicht tun.

Sie hat gesagt, sie wäre einverstanden, wenn ich nicht allein losziehe, und direkt vor mir sitzt quasi meine Eintrittskarte in den Nationalpark: Cayden. Gutaussehend, bisweilen unerträglich, und irritierenderweise spreche ich mit ihm nachts über Dinge, über die ich sonst mit niemandem spreche. Was er wohl dachte, als ich gesagt habe, ich würde nie weinen?

Gerade hat er sich den letzten Rest seines Pfannkuchens in den Mund geschoben und erhebt sich nun kauend. Er macht ein undefinierbares Geräusch, schluckt und greift nach seinem Teller. «Kein Problem. Wann willst du das angehen?» Während er die Klappe der Spülmaschine aufreißt, sieht er mich an.

«Jetzt gleich? Es ist Sonntag, meine Mutter ist zu Hause, und bevor ich nicht weiß, ob die Tour für sie okay ist, brauchen wir eigentlich gar nicht weiter darüber zu reden.»

Cayden wirft einen Blick zu Jackson hinüber, und mir ist

vollkommen klar, was die beiden gerade denken. Egal. In diesem Augenblick werde ich mit Sicherheit niemandem erklären, warum es mir wichtig ist, dass meine Mutter zustimmt.

Ein anderer Gedanke schießt mir durch den Kopf. «Hast du denn Zeit?» Plötzlich fühle ich mich nicht mehr nur angespannt, sondern zusätzlich noch verlegen. Ihn jetzt einfach so damit zu überfallen, war vielleicht doch etwas unverschämt.

«Klar», entgegnet er jedoch und schiebt die Hände in die Taschen. «Was muss ich tun?»

Vordergründig locker zucke ich mit den Schultern. «Du musst ihr nur sagen, dass wir die Wanderung zusammen machen werden.»

«Das ist alles? Sonst nichts?»

«Sonst nichts.»

«Muss ich dabei einen Anzug tragen?»

Dieses Grinsen auf seinem Gesicht – wieso nimmt er eigentlich nie etwas ernst? Allerdings kann er ja auch nicht wissen, welche Bedeutung das alles für meine Mutter hat. Oder für mich.

«Es ist okay, wenn du bleibst, wie du bist. Zumindest was die Klamotten betrifft», füge ich unüberlegt hinzu.

«Du meinst, ansonsten sollte ich lieber nicht so sein, wie ich bin? Okay.»

Er richtet sich auf und nimmt die Hände aus den Taschen. Auf seinem Gesicht erscheint ein geradezu unfassbar liebenswürdiger Ausdruck. Allein sein Lächeln würde vermutlich die meisten Menschen dazu bringen, ihm jedes Geheimnis anzuvertrauen. Wenn er so vor meiner Mutter steht, muss ich mir keine Gedanken mehr über die Wandertour machen.

Hat er letzte Nacht auch so gelächelt? Ich glaube nicht.

«Wie heißt deine Mutter?», fragt er.

«Was?»

«Wie deine Mutter heißt?»

«Ähm ... sie heißt ... meine Mutter heißt Bian. Meine Ur-großmutter kommt aus Vietnam», füge ich erklärend hinzu.

«Also, dann ... Bian.»

Cayden sieht mich an, um sich zu vergewissern, ob er den Namen richtig ausspricht. Noch immer bin ich völlig perplex über die Veränderung, die sich gerade vor meinen Augen abgespielt hat.

«Hi, Bian, ich bin Cayden.» Er kommt auf mich zu und streckt mir mit einem so herzlichen Lächeln die Hand entgegen, dass ich sie automatisch ergreife. Warm schließen sich seine Finger um meine. «Ich freue mich, dich kennenzulernen, das war längst mal überfällig, oder? Rae und ich kennen uns ja schon eine Weile, aber für dich ist es bestimmt wichtig zu wissen, wer da abends das Zelt deiner Tochter aufbaut. Wow, ein tolles Haus übrigens.»

Erst nach einigen Sekunden wird mir bewusst, dass ich mit geöffnetem Mund dastehe. Und dass meine Hand noch immer in Caydens liegt. Hastig ziehe ich sie zurück.

«Ich kann mein Zelt selbst aufbauen», erwidere ich schwach. «Und du musst nicht so dick auftragen. Sei einfach ganz normal.»

Das Ding ist, dass sogar ich gerade Schwierigkeiten hatte, ihm nicht jeden Satz abzunehmen. So vertrauenerweckend und charmant hat er noch nie auf mich gewirkt, er war so unfassbar ... sympathisch.

Gruselig.

Was für ein begnadeter Schauspieler. Darüber, dass in dieser Sekunde der übliche leicht spöttische Ausdruck in sein Gesicht zurückkehrt, bin ich tatsächlich dankbar. Da weiß ich doch zumindest, woran ich mit ihm bin. Oder?

Weiß ich das?

Himmel, kann man das bei einem Menschen wie Cayden jemals wirklich wissen?

«Was denn jetzt?», unterbricht er meine Gedanken. «Soll ich wie immer sein, oder soll das mit dieser Tour was werden?»

«Du sollst ...»

«Das war doch toll!»

Dass Haven noch zusammen mit Jackson am Tisch sitzt, habe ich in den letzten Minuten glatt vergessen.

«Ich fand das jedenfalls sehr nett.»

«Absolut», stimmt Jackson zu. «Und nachdem deine Mutter ja nicht weiß, dass Cayden normalerweise so ungefähr das Gegenteil von nett ist, Rae, wird sie bestimmt begeistert von ihm sein.»

«Wieso bin ich nicht nett? Ich finde mich ziemlich nett.» Cayden hat wieder seine vorhergehende Pose eingenommen und lehnt mit den Händen in den Taschen an der Arbeitsplatte, doch noch immer sehe ich ihn vor mir, wie er mich anlächelt; auf eine Art anziehend, die völlig neu für mich war. Das muss ich mir merken. Wie perfekt dieser Mann sich verstellen kann.

«Klärt ihr das mit deiner Mutter also jetzt?» Haven beginnt damit, die restlichen Teller zusammenzustellen. Sie mustert erst mich, dann Cayden.

«Wegen mir können wir das gleich erledigen», sagt der, und ich atme einmal tief durch.

«Okay, dann los.»

Ich bin nicht mit dem Auto da, also nehmen wir Caydens Wagen. Es ist das erste Mal in meinem Leben, dass ich in einem Sportwagen sitze, und es ist um Längen bequemer, als ich mir das vorgestellt habe. Das weiche Leder scheint sich richtiggehend an mich heranzukuscheln. Man sitzt allerdings so tief, dass man gefühlt kaum über den Bordsteinrand gucken kann.

«Es gibt also nichts, was ich besser noch wissen sollte?», fragt Cayden, ohne den Blick von der Straße zu nehmen. «Irgendetwas, das ich auf keinen Fall erwähnen darf, zum Beispiel?»

«Nein. Du musst nur sagen, dass du dabei bist, mehr nicht.»

«Und sollte deine Mutter von der ganzen Idee trotzdem nichts halten, ist die Sache gestorben?»

Gestorben. «Genau», erwidere ich gepresst und habe plötzlich fast zu wenig Luft für dieses einzelne Wort.

Cayden wirft mir einen prüfenden Blick zu, und ich versuche mich an einem möglichst gleichmütigen Gesichtsausdruck. Was Schauspielerei betrifft, ist Cayden mit Sicherheit nicht zu schlagen, aber ich bin auch nicht schlecht.

«Warum?», fragt er jetzt.

«Wie – warum?»

«Warum würdest du alles knicken, nur weil deine Mutter nicht einverstanden ist?»

Er betont das Wort *Mutter* auf eine Art, die mich stört.

«Na ja, es ist nun mal meine Mutter. Mir ist es wichtig, dass es ihr damit gutgeht, auch wenn dir so was eher egal zu sein scheint.»

Ich stelle mich auf eine sarkastische Erwiderung ein, doch die bleibt aus.

«Hier jetzt rechts, die Straße fast ganz runter,und dann noch mal rechts. Da kannst du dann gleich halten», sage ich schließlich.

Kurz darauf steige ich aus, bevor Cayden mir die Tür öffnen kann, und mustere ihn unauffällig, während er um den Wagen herum auf mich zutritt. Er trägt ein helles Shirt über einer grauen, perfekt geschnittenen Hose, sein Interesse gilt in diesem Moment unserem Haus, und er bekommt nicht mit, dass ich gerade abzuwägen versuche, wie er wohl auf Mum wirken wird. Er sieht locker aus und trotzdem auf eine ganz natürliche Art elegant. Vertrauenswürdig. Ein Typ, der mit sich und der Welt im Reinen ist.

Wobei ich glaube, dass Letzteres nicht stimmt.

Warum will Cayden mich eigentlich bei dieser Tour begleiten? Er hat nur gesagt, er würde gern mitkommen, aber ich habe ihn nicht gefragt, wieso eigentlich.

«Nette Gegend.»

«Mich musst du von nix überzeugen.»

«Ich meine das so.» Er tritt die Stufen zur Veranda hinauf und schaut sich nach mir um, als ich ihm nicht gleich folge. «Also?»

Plötzlich entschlossen, dränge ich mich an ihm vorbei. Letzten Endes kann mir völlig egal sein, warum es Cayden für mehrere Wochen in einen Wald zieht. Vielleicht treibt ihn nur die Langeweile.

In dem Moment, in dem ich die Haustür aufschließe, wird mir bewusst, dass ich Mum vielleicht auf dieses Treffen hätte vorbereiten sollen. Abgesehen von Haven habe ich schon seit Ewigkeiten niemanden mehr mit nach Hause gebracht, und einen Typen schon gar nicht. Früher haben mich meine Freundinnen ganz selbstverständlich ohne jede Ankündigung besucht, aber diese Zeiten sind lange vorbei.

«Mum?», rufe ich. «Ich bin wieder da – ich habe jemanden mitgebracht.» Verdammt – wie klingt das denn? Als hätte ich einen Hund von der Straße aufgelesen.

Cayden bemerkt die Unnatürlichkeit dieser Äußerung ebenfalls. Überrascht schaut er mich an. «Das machst du nicht so oft, oder?», fragt er.

Im nächsten Moment erscheint meine Mutter im Hausflur und enthebt mich dadurch einer Antwort.

«Hallo.» Auch ihr ist die Überraschung anzusehen, wodurch sie Caydens Bemerkung bestätigt. «Damit hätte ich jetzt nicht gerechnet.»

Okay, jetzt ist es offiziell – ich bringe niemals Freunde mit.

«Tut mir leid», höre ich neben mir.

Er tut es wieder. Cayden hat sich in jemanden verwandelt, der meiner Mutter mit einem Lächeln, in dem ein Hauch Reue mitzuschwingen scheint, die Hand entgegenstreckt.

«Es war eine ganz spontane Entscheidung. Ich bin Cayden Terrell.»

«Freut mich, dich kennenzulernen, Cayden, ich bin Bian – ich wünschte, meine Tochter hätte mir vorher Bescheid gesagt, dann hätte ich ...» Die Handbewegung, mit der sie jetzt auf alles und nichts zeigt, macht mir klar, wie überfordert sie gerade ist. Oder ahnt sie schon etwas? «Dann hätte ich ein wenig aufgeräumt.»

Spätestens jetzt dürfte auch Cayden merken, dass meine Mutter ziemlich durcheinander ist. In diesem Haus ist immer alles aufgeräumt – genau genommen ist Putzen für meine Mutter nach Kochen und Backen seit fast drei Jahren zu ihrer Hauptbeschäftigung geworden, wenn sie zu Hause ist.

«Aber nicht wegen mir.»

Sein Lächeln ist jetzt verständnisvoll, fast schon freundschaftlich. Als würden meine Mutter und er sich schon ewig kennen. Und Mum ... sie hat überhaupt keine Chance. Offensichtlich fasziniert lächelt sie zurück, und ich muss mich enorm zusammenreißen, um die Harmonie zwischen den beiden nicht durch irgendeine bissige Bemerkung zu zerstören. Ich will ja, dass Cayden sich Mühe gibt. Er soll Mum davon überzeugen, dass eine Wanderung mit ihm durch den Jasper National Park nichts wäre, über das man sich Sorgen machen müsste. Und trotzdem stört es mich, dass meine Mutter bereits angesichts seines ersten Lächelns zu kapitulieren scheint. Wenn sie wüsste, dass Cayden der größte Frauenaufreißer in der Geschichte Edmontons ist.

«Wollt ihr nach oben, Rae? Oder was habt ihr vor?»

«Wir gehen gleich hoch, aber eigentlich wollten wir vorher kurz mit dir sprechen.»

Cayden ist nichts anzumerken angesichts der Tatsache, dass ich ihn gerade dazu verdonnert habe, nach dem Gespräch mit meiner Mutter noch mit auf mein Zimmer zu kommen. Aber er kann hier ja nicht nur aufkreuzen, meine Mutter bequatschen und wieder verschwinden.

«Das habe ich mir fast gedacht.» In Mums Stimme schwingt ein leichtes Seufzen mit. Nicht einmal Cayden ist in der Lage, sie wundersamerweise all ihre Bedenken vergessen zu lassen. Beruhigend.

«Setzen wir uns doch ins Wohnzimmer. Möchtest du etwas trinken, Cayden?»

«Ein Wasser, wenn es keine Umstände macht.» Er löst sich von meiner Seite und folgt meiner Mutter ganz selbstverständlich in die Küche. «Leitungswasser reicht völlig.»

Ich stehe neben den Garderobenhaken wie bestellt und nicht abgeholt. Aus der Küche höre ich Cayden noch etwas sagen, dann lacht meine Mutter, und ich möchte mir an die Stirn greifen.

Wieso um alles in der Welt bemerkt sie denn nicht, dass er sie gerade mit Leichtigkeit um den Finger wickelt?

Und warum stelle ich diese blöde Frage überhaupt – sogar ich habe vorhin einfach seine Hand ergriffen, obwohl ich von der ersten Sekunde an *wusste*, dass er eine Show abzieht.

Ergeben gehe ich in unser Wohnzimmer, meine Mutter und Cayden folgen unmittelbar aus der Küche heraus. Er balanciert ein Tablett vor sich her und grinst mich an, als sei er der Kellner in einem Café. *Hi, ich bin Cayden, was kann ich für dich tun?*

«Einfach auf den Tisch, genau.» Mum schiebt eine Zeitschrift zur Seite, um Platz für das Tablett zu machen. Ein Krug Wasser steht darauf, und es schwimmen sogar Limonenscheiben darin. Sie füllt die drei Gläser, die Cayden ebenfalls hereingebracht hat, und setzt sich dann auf einen der beiden cremeweißen Sessel. Cayden lässt sich mitten auf dem Sofa nieder, und ich entscheide mich für den Platz rechts neben ihm, statt den zweiten Sessel zu wählen. Sobald ich mich gesetzt habe, kommt mir das übertrieben vor – es geht hier ja nicht um einen Antrag, sondern nur darum, Cayden meiner Mutter als Wanderbegleitung vorzustellen. Allerdings wäre es bescheuert, jetzt den Platz noch mal zu wechseln.

«Also.» Mum seufzt bei dieser Eröffnung nicht noch einmal, sieht aber so aus, als würde sie gern. «Ich nehme an, ihr zwei werdet demnächst gemeinsam zum Jasper National Park aufbrechen.» Sie schaut zu mir. «Ich muss ehrlich sagen, ich hätte nicht gedacht, dass du so schnell jemanden auftreiben würdest, der bereit ist, mitzukommen.»

«Es war ein Zufall.» Cayden sitzt entspannter da als meine Mutter und ich zusammen. «Ich hatte so eine Tour ohnehin mal wieder geplant – mit einem Freund zusammen war ich schon letztes Jahr im Jasper National Park, hab mir da aber den Fuß verstaucht und musste deshalb abbrechen.»

«Das tut mir leid ... wie ist das denn passiert?», will meine Mutter wissen.

Mit hundertprozentiger Sicherheit wird Cayden jetzt keinen Bären erwähnen, also verfolge ich nur zunehmend beeindruckt, wie er meine Mutter mit jedem Satz mehr und mehr für sich einnimmt.

Er erzählt, wie er morgens aus dem Zelt kam und noch im Halbschlaf über eine der Zeltschnüre stolperte. Kein Wort über Jackson, der drauf und dran war, die Klippen runterzuspringen, und auch nicht die leiseste Andeutung, dass die beiden verbotenerweise wild gecampt haben.

Stattdessen erwähnt er beiläufig die Postkartenidylle des Horseshoe Lake und welchen Eindruck die Umgebung auf ihn gemacht habe. Diese Weite, diese Stille – meine Mutter nickt ein ums andere Mal, mittlerweile liegt ein leicht verklärter Ausdruck auf ihrem Gesicht.

«Ein Elch ist uns auch noch begegnet – ich wünschte, ich hätte ein Foto davon. Aber ich war zu überrascht, und er war dann auch zu schnell wieder verschwunden.»

«Ein Elch? Wirklich?», werfe ich ein. «Das hast du nie erzählt.»

Noch während ich das sage, wird mir bewusst, dass Cayden und ich uns ja auch noch nie über seinen kurzen Aufenthalt im Nationalpark unterhalten haben – alles, was ich darüber weiß, habe ich von Haven oder Jackson erfahren.

«Er stand nicht weiter von mir entfernt als von hier bis zur Haustür. Ich hab sogar noch mein Smartphone rausgeholt, aber er war so schnell wieder weg – eine solche Geschwindigkeit würde man so einem riesigen Tier gar nicht zutrauen.»

«Neulich habe ich ein Dokumentation über den Jasper National Park gesehen», beginnt meine Mutter, und Augenblicke später unterhalten sie sich so angeregt über irgendwelche Seen und Wasserfälle und die unglaubliche Größe und Weite und Schönheit der Landschaft, als habe meine Mutter ihr Wissen nicht nur aus dem Fernsehen und Cayden die Wandertour im letzten Jahr nicht nach einem Tag abgebrochen.

Er macht das gut. Hört zu und geht auf das ein, was Mum erzählt. Eindeutig keiner von diesen Leuten, die im Geiste bereits Sätze formulieren und nur darauf warten, dass ihr Gegenüber mal Luft holen muss, um das Gespräch wieder an sich zu reißen. Auch wenn das zu seiner augenblicklichen Rolle gehört – man muss das ja trotzdem erst einmal können.

Mum scheint jedenfalls vorübergehend vergessen zu haben, warum Cayden in unserem Wohnzimmer sitzt. Wir bekommen selten Besuch, und es ist nicht zu übersehen, dass es ihr Spaß macht, sich einfach mal wieder unbeschwert mit jemandem zu unterhalten. Ich würde sagen, die Wandertour ist beschlossene Sache.

«Also gut», fasst meine Mutter dann auch kurz darauf zusammen. «Ich muss zugeben, dass mir nicht wirklich wohl bei dem Gedanken war, dass Rae allein durch die Wildnis ziehen will. Es kann ja doch immer etwas Unvorhergesehenes passieren.» Sie sagt das zu Cayden, wendet sich dann jedoch mir zu, während ich noch dabei bin, die Gedanken abzuwehren, die aufgrund der *unvorhergesehenen Dinge* in mir aufsteigen wollen. «Aber wenn ihr diese Wanderung jetzt gemeinsam macht, ist das in Ordnung für mich.» Sie lächelt ein wenig unglücklich. «Auch wenn ich mir wohl trotzdem Sorgen machen werde.»

«Würde es vielleicht helfen, wenn wir jeden Tag zu einer festen Zeit anrufen?», höre ich Cayden sagen, und der Blick meiner Mutter richtet sich wieder auf ihn. Ich sehe, wie sich ihre Finger ineinander verhaken, und weiß plötzlich, was sie als Nächstes sagen wird.

«Mum …»

«Das wäre nett, ja. Es tut mir leid, Cayden, ich wünschte, ich könnte in dieser Hinsicht gelassener sein, aber Rae hat dir ja sicher von Leah erzählt …»

Oh Gott, nein, ich habe niemandem von Leah erzählt! Und Cayden schon gar nicht!

«… und es fällt mir immer noch schwer …»

«Mum, es ist okay. Wir müssen nicht darüber reden.» Ich springe auf, ohne zu wissen, was ich als Nächstes tun soll. Meiner Mutter den Mund zuhalten vielleicht.

Mum starrt mich an, dann senkt sie den Kopf und scheint ihre Hände zu mustern, deren Fingerknöchel sich weiß abzeichnen. Ganz kurz nur sehe ich Cayden an, und wenn ich noch einen letzten Beweis gebraucht habe, dass er jederzeit in der Lage ist, die perfekte Maskerade aufrechtzuerhalten, dann bekomme ich ihn jetzt. Nur für den Bruchteil einer Sekunde erkenne ich einen Hauch Verwirrung auf seinem Gesicht, vielleicht nur weil ich dieses Gesicht mittlerweile so oft zu analysieren versucht habe, dann ist darin nicht mehr zu lesen als Verständnis. Mitgefühl.

Fuck, Cayden, du hast keine Ahnung, was hier gerade abgeht, aber du siehst aus, als wärest du der engste Vertraute meiner kaputten Familie!

Mum räuspert sich. «Nein», sagt sie und schüttelt leicht den Kopf. «Nein, du hast recht, Rae, entschuldige. Wir müssen darüber an dieser Stelle selbstverständlich nicht reden.»

Sie lächelt tapfer und macht eine unbekümmerte Handbewegung, als schiebe sie alles zur Seite. Im Gegensatz zu Cayden, der für seine Leistung gerade den dritten Oscar erhält, ist sie eine hölzerne Laiendarstellerin, und ich liebe sie gerade so sehr, dass meine Brust zu schmerzen beginnt.

«Wann wolltet ihr denn aufbrechen?», fragt sie.

In meinem Kopf ist zu viel Chaos, um antworten zu können, aber selbstverständlich übernimmt Cayden.

«Nächstes Wochenende. Das Meiste, was wir brauchen, haben wir schon, es fehlen nur noch ein paar Kleinigkeiten, die wir besorgen müssen.»

«Gut, dann ...» Meine Mutter erhebt sich, Cayden ebenfalls. Zu dritt stehen wir um den niedrigen Tisch herum, und ich weiß, dass meine Mutter jetzt irgendwohin gehen und weinen will. «... ist ja fürs Erste alles geklärt», beendet Mum ihren Satz. «Cayden, bleibst du später zum Essen?»

«Nein, so lange hat er leider keine Zeit», werfe ich dazwischen, weil ich absolut keine Ahnung habe, wie Cayden diese Frage beantworten würde. Aber mit Sicherheit will ich nicht mit ihm und Mum später zusammen essen. Genau genommen möchte ich in dieser Sekunde nicht mal, dass er noch mit in mein Zimmer kommt, aber das wird sich wohl nicht verhindern lassen.

«Gut, dann ... es war sehr schön, dich kennenzulernen.» Mums Augen schwimmen mittlerweile in Tränen, doch ihr ist anzuhören, dass dieser Satz nicht nur eine Floskel ist. Sie fand es wirklich schön. Weil ich so nette Freunde habe, die ich sogar mit nach Hause bringe, und weil diese netten Freunde im Wald auf mich aufpassen werden und weil Cayden einfach so verflucht perfekt ist.

Keine Ahnung, warum, aber in diesem Moment bin ich kurz davor, ihr zu sagen, dass Cayden alles andere als ein guter Freund von mir ist. Plötzlich frage ich mich, ob diese ganze blöde Tour es überhaupt wert ist, sie das glauben zu lassen.

Aber natürlich kann ich Mum das nicht sagen – ich würde es stattdessen gern Cayden entgegenschleudern, der irritierenderweise so betroffen aussieht, dass ich meinen Kopf gegen seine Schulter lehnen und mich von ihm trösten lassen möchte – halt!

Ich muss es *mir* sagen.

Komm wieder runter, Rae.

Du kennst Cayden, du weißt, wie er wirklich tickt.

Wenn wir gemeinsam unterwegs sind, wird es keinen Grund für ihn geben, sich derart zu verstellen. Mum ist schließlich nicht dabei. Und dann können wir wieder ganz normal miteinander umgehen, und wenn ich bisher dachte, das sei anstrengend, dann weiß ich jetzt zumindest, dass es tausendmal anstrengender wäre, würde Cayden mich irgendwo im Jasper National Park genauso ansehen, wie er mich jetzt gerade ansieht.

«Okay, wir sind oben», sage ich, greife nach Caydens Arm und ziehe ihn mit mir.

CAYDEN

Rae hat dir ja sicher von Leah erzählt.

Der Griff um meinen Arm ist erstaunlich fest, ich müsste ruppig werden, um Rae in diesem Moment abzuschütteln. Aber warum sollte ich das tun? Ich lasse mich mitzerren, die Holztreppe in den ersten Stock hinauf und von dort in Raes Zimmer, in dem das Bett ungemacht ist und Bücher auf dem Boden liegen. Noch mehr Bücher befinden sich in einem großen Regal neben einem Schreibtisch, der im Vergleich zum Rest des Zimmers so ordentlich wirkt, als säße sehr selten jemand daran.

Was macht Rae eigentlich, wenn sie sich nicht mit Jackson und Haven Filme ansieht?

Und spreche ich sie auf Leah an oder nicht? Ausgehend von ihrer Reaktion gerade im Wohnzimmer, wäre es wohl das Letzte, was sie will.

Erstaunlich behutsam schließt sie jetzt die Tür, und ihre Hand, mit der sie meinen Arm umklammert, sinkt herab.

«Frag einfach nicht», sagt sie.

Ich betrachte den Abdruck ihrer Finger auf meiner Haut.

«Okay.»

«Ich will darüber nicht reden.»

«In Ordnung.»

Sie atmet aus, als hätte sie bisher die Luft angehalten. Ihr Gesicht wirkt so angespannt, die Haut ist so blass, wie ich es noch nie an ihr erlebt habe.

Ich tippe darauf, dass Leah ihre Schwester ist.

War.

Autounfall? Oder irgendeine Krankheit? Vermutlich ist es sehr plötzlich geschehen, sonst hätte Raes Mutter kaum solche Angst, Rae aus den Augen zu lassen.

«Also ...» Rae sieht sich um, wie um sich zu entscheiden, womit wir jetzt die nächste Stunde füllen. Etwa so lange, schätze ich, sollten wir es hier zusammen aushalten, um glaubwürdig rüberzubringen, dass sie und ich als gute Freunde eine gemeinsame Wandertour starten werden. Und so wie ich ihre Mutter gerade kennengelernt habe, möchte ich nichts tun, um den Eindruck, den sie von mir gewonnen hat, wieder zu zerstören.

Ich rücke mir den Schreibtischstuhl zurecht und setze mich. «Also.»

Rae lässt sich mir gegenüber zwischen die zerwühlten Decken des Betts nieder.

«Wieso kannst du das so gut?», will sie wissen.

«Was?»

«Schauspielern.» Sie macht es sich im Schneidersitz bequem. Nur kurz werfe ich einen Blick auf ihre Beine, und das auch nur, weil sie diese kurzen, abgeschnittenen Jeans von gestern trägt. «Das ist fast schon ... na ja, unheimlich.»

«Keine Ahnung.»

So gut schauspielern zu können, verhindert in diesem Moment auch, dass Rae die Lüge durchschaut. Ich weiß sehr genau, warum ich meine Fähigkeiten in dieser Hinsicht immer weiter ausgebaut habe.

«Kennst du *Jessica Jones*?», fragt sie unvermittelt.

«Die Serie? Klar.»

«Da gibt es in der ersten Staffel diesen Typen, der anderen Menschen seinen Willen aufzwingen kann ...»

«Jetzt übertreib mal nicht.»

Rae lacht auf. «*Kilgrave*. So hieß er.»

Natürlich weiß ich, wie der Typ hieß. Die erste Staffel von *Jessica Jones* gehört zum Besten, was ich in dieser Richtung gesehen habe, und ich mag Kilgrave. Weil er eine so zerbrochene Figur in so vielen unterschiedlichen Grautönen ist und nicht nur der klassische Antagonist in einem Schwarz-Weiß-Schema. Aber möchte ich ausgerechnet mit Kilgrave verglichen werden? Ganz sicher nicht. Nur woher sollte Rae das wissen?

«Besser wäre der gerade auch nicht gewesen», redet sie weiter. «Meine Mutter hätte vermutlich nicht einmal mehr etwas dagegen, wenn wir morgen eine Wüstenexpedition starten würden. Sie mag dich.»

Ihre letzten Worte klingen irgendwie vorwurfsvoll.

«Sollte sie das nicht?»

«Doch, klar. Aber ich lüge meine Mutter normalerweise nicht an.»

«Hast du doch auch nicht.»

«Doch. Doch, natürlich hab ich das. Sie denkt jetzt, wir sind Freunde.»

Ich verschränke die Hände im Nacken und lehne mich zurück. «Sag mir einfach das nächste Mal vorher, dass sie das nicht denken soll. Es wäre dann allerdings schwieriger geworden.»

Rae grinst und klemmt sich die kinnlangen Strähnen, die ihr ins Gesicht fallen, hinter die Ohren. «Wahrscheinlich hättest du sie trotzdem rumgekriegt.» Kurz presst sie die Lippen zusammen, dann richtet sie sich ein Stück weit auf. «Okay, Freitag. Wir fahren um acht Uhr los. Ich nehme auf jeden Fall meinen Wagen. Willst du mitfahren, oder nimmst du deinen eigenen?»

«Ich weiß nicht, wo man in Jasper für längere Zeit gleich zwei Wagen stehen lassen kann. Letztes Jahr haben wir Jacksons Auto bei einem Typen geparkt, den meine Eltern kennen. Ich schätze mal, dass wir uns dort wieder unterstellen dürfen, aber der hat keinen Platz für zwei.»

«Das heißt also?»

«Wir sollten mit nur einem Wagen fahren. Mir egal, mit welchem. Wenn du unbedingt deinen nehmen willst, fahre ich mit.»

«Okay. Damit wäre das geklärt. Wir brauchen Zelte, hast du heute Morgen gesagt. Was noch?»

Ich gehe mit Rae alles durch, was Jackson vor einigen Monaten mit mir durchgegangen ist. Schlafsäcke, Isomatten und Rucksäcke sind schon vorhanden, aber neben dem Zelt sind gute Schuhe wichtig und auf jeden Fall ein Schwung geeigneter Klamotten.

«Was spricht gegen Jeans und T-Shirts?»

«Viel zu schwer», erwidere ich. «Und Jeans trocknen auch schlecht. Außerdem brauchst du noch warme Sachen und Regenzeug. Und eine Trinkflasche. Die kannst du auch von Jackson haben. Sonnenbrille. Da kommt schnell einiges an Gewicht zusammen. Das Kochzeug müssen wir ja auch noch mitschleppen, wenn wir nicht immer abends zum selben Campingplatz zurücklaufen.»

Rae schreibt mit, und obwohl sie sich um vieles gar nicht mehr kümmern muss, wird es doch eine ziemlich beachtliche Liste.

«Wow, das wird teuer», murmelt sie irgendwann.

Einmal mehr denke ich darüber nach, was Rae so macht. Verdient sie eigenes Geld? Haven hat mal erwähnt, dass Rae nicht studiert, aber den ganzen Tag zu Hause sitzen wird sie ja wohl auch nicht.

«Ist das ein Problem?», frage ich.

«Na ja.» Sie sieht auf. «Ich arbeite abends im Kino, abgesehen von den Samstagen. Reich wird man dadurch nicht.»

In einem Kino. Irgendwie passt das zu ihr und irgendwie auch nicht. Würde ich in diesem Moment *Sonst machst du nichts?* sagen, wäre sie sauer, so viel steht fest.

«Seit wann arbeitest du da?»

«Seit fast zwei Jahren. Wir sind von Winnipeg aus hierhergezogen, nachdem ich mit der Highschool fertig war. Und ich hab mir dann diesen Job gesucht.»

Auf mein Schweigen hin redet sie hastig weiter. «Der ist jetzt nicht besonders anspruchsvoll, weiß ich selbst, aber ich mag ihn trotzdem. Irgendwann mach ich was anderes.»

«Was denn?»

«Wenn ich das wüsste, würde ich es schon machen. Und was machst du so? Du studierst Jura, hab ich gehört.»

«Stimmt.»

«Dann wirst du vermutlich mal Anwalt.»

«Anzunehmen.»

«Du wirst bestimmt gut, Kilgrave.»

Ich weiß, Rae denkt an Kilgrave, den Manipulator, deshalb wohl auch der etwas bittere Unterton. Das ist nicht sehr schmeichelhaft, aber damit kann ich leben. Ungünstig nur, dass mir zu Kilgrave eine ganz andere Parallele einfällt – seine Gefühle sind sein Untergang.

Meine habe ich allerdings im Griff.

«Ich muss dann mal los.» Ich stehe auf. «Ruf mich an, wenn du noch etwas wissen willst.»

«Ich könnte auch einfach Haven fragen.»

«Könntest du auch.»

«Außerdem hab ich deine Nummer gar nicht.»

Sie zieht ihr Smartphone aus der Tasche. Langsam tippt sie die Zahlen ein, die ich ihr diktiere. Sekunden später vibriert es in meiner hinteren Hosentasche.

«Das war ich.» Rae nickt. «Telefonieren wir Mittwochabend, um uns noch mal kurz abzustimmen?»

«Okay.» Bereits an der Tür drehe ich mich noch mal um. «Soll ich einfach gleich zwei Zelte kaufen? Im Gegensatz zu dir muss ich sonst kaum etwas besorgen. Dann hättest du einen Punkt weniger auf der Liste.»

«Das wäre nett – ich zahle das aber.»

«Schon klar.»

Sie macht keine Anstalten aufzustehen, um mich hinunter zur Haustür zu begleiten, und ich habe auch nicht damit gerechnet. Wie sie da auf ihrem Bett sitzt, wirkt sie seltsam verloren. Ich muss an letzte Nacht denken und daran, dass sie mich fragte, ob ich ein Einzelkind bin.

Seit Raes Mutter ihn ausgesprochen hat, hallt der Name *Leah* in meinem Hinterkopf. Leah ... große Schwester? Kleine Schwester? Warum hat Rae mich gefragt, ob ich ein Einzelkind sei? Hat sie nach irgendwelchen Gemeinsamkeiten zwischen uns gesucht? Aber warum fragt sie ausgerechnet nach Geschwistern, obwohl ihre Schwester mit allergrößter Wahrscheinlichkeit nicht mehr lebt? Denkt sie, in meiner Familie könne etwas Ähnliches passiert sein?

Sie steht auf und verschränkt die Arme vor der Brust. «Was ist?»

«Hm?»

«Worauf wartest du noch? Überlegst du es dir gerade doch anders?»

Sie fragt das in einem scherzhaften Ton, doch dahinter kann ich ihre Unsicherheit spüren.

«Nein, wieso sollte ich? Es ist nur ...» Ich schüttele den Kopf. «Egal. Wir hören uns am Mittwoch.»

Bian kommt aus dem Wohnzimmer, als ich die Treppe hinunterlaufe. «Cayden ... du gehst schon? Komm gut nach Hause. Es war nett, dass du hier warst.»

Jackson hat mir mal erzählt, dass er sich immer wie siebzehn gefühlt hat, wenn er Haven besuchte und zunächst einmal mit Caroline, Havens Tante, smalltalken musste, und jetzt verstehe ich ziemlich genau, was er damit meinte. Es ist eine Weile her, dass ich irgendetwas mit den Eltern von meinen Dates zu tun hatte.

Und mit Rae hatte ich nicht mal ein Date.

Ich verabschiede mich freundlich und bin gerade an meinem Auto angekommen, als ein Signalton mich das Smartphone aus der Tasche ziehen lässt. Eine Nachricht von meinem Vater.

Nächsten Samstag, 8.00 pm

Es dauert ein paar Sekunden, bevor ich zu der Entscheidung komme, darauf nicht mehr als ein knappes *OK* zu erwidern.

Am Samstag bin ich bereits nicht mehr hier, aber es reicht sicher, wenn ich ihm Donnerstagabend mitteile, dass er seinen Flug stornieren kann. Am Ende kommt er sonst früher.

Ich flüchte vor meinem eigenen Vater, wie lächerlich ist das denn? Und es wird mir nicht einmal etwas nutzen, denn ich kann ja schlecht für immer in einem bescheuerten Wald herumhängen. Will ich auch gar nicht.

Genauso wenig wie brav jeden Nachmittag in die Kanzlei von *Thompson & White* traben. Aber genau dort war ich in den letzten Tagen an jedem verdammten Nachmittag, und Rae wäre garantiert noch viel beeindruckter von meinen Schauspielfähigkeiten, wüsste sie, wie zufrieden sie dort jetzt wieder alle mit mir sind.

Meine Hoffnung ist, dass ich meinem Vater nach einer Auszeit ein wenig gelassener entgegentreten kann, als mir das jetzt möglich wäre. Keine Ahnung, warum, vielleicht ist es doch der Alkohol oder zu wenig Schlaf, oder ich bin einfach seit Wochen besonders schlecht drauf, aber aktuell könnte ich meinen Vater nicht ertragen. Allein mir vorzustellen, ihm gegenüberzustehen, löst Übelkeit in mir aus.

Das ist sehr geil. Ich bin ein dreiundzwanzigjähriger Typ mit einem riesigen Vaterkomplex. Vielleicht sollte ich Jackson ein paar Details verraten, sein Hobbypsychologen-Ich würde vor Freude weinen.

Oder vielleicht sollte ich es wie der Typ aus *Der Club der toten Dichter* machen. Und vorher würfele ich einfach aus, wer von uns dran glauben muss: mein Vater oder ich.

10.

RAE

Ich lasse mich in einem Outdoorladen beraten und versetze einen Verkäufer kurzzeitig in Ekstase, weil der Berg, der sich auf dem Verkaufstisch ansammelt, größer und größer wird. Letzten Endes muss ich ihn dann doch wieder ein wenig ernüchtern, denn ich bringe es nicht übers Herz, alles zu kaufen, was der Wanderprofi für notwendig hält. Mein angespartes Geld würde zwar reichen, doch meine Stimme der Vernunft – die ich feiere, nachdem ich den Laden verlassen habe – rät mir, den Jasper-Trip erst einmal durchzuziehen, bevor ich Dinge kaufe wie einen wasserdichten Poncho, wenn sich doch schon eine Regenjacke irgendwo in dem Berg befindet – oder so was wie wasserfeste Sturm-Zündhölzer. Nachdem Haven mich aus meinen Extremwandervorstellungen geholt hat, sehe ich das Ganze mehr als Abenteuerurlaub im Wald und fühle mich nicht mehr, als müsse ich eine Tour bis ans Ende der Welt und zurück planen.

Aufschwatzen lasse ich mir allerdings ein Schlangenbiss-Set, einen Minikompass und ein seltsames Gerät, das man auf der einen Seite als Löffel, auf der anderen als Gabel verwenden kann. Auf dem Heimweg frage ich mich, ob Cayden mich mit seiner Warnung, auf jeden Fall Gewicht zu vermeiden, etwas irre gemacht hat.

Das frage ich mich allerdings nur, bis alles, was ich mitnehmen will, auf einem Haufen in der Mitte meines Zimmers liegt. Ich weiß ja nicht, wie groß Jacksons Rucksack ist, aber entweder ist er so klein, dass da niemals alles reinpasst, oder so riesig, dass ich ihn niemals tragen können werde. Obwohl noch Schlafsack und Isomatte fehlen, türmt sich das Zeug gefühlt bis zur Höhe meines Bauchnabels.

Als ich Cayden am Mittwochabend vom *Phoenix* aus anrufe, ist das so ungefähr das Erste, was ich ihm erzähle.

«Okay, ich gehe mal davon aus, dass ich das Kochzeug bei mir unterbringen muss», erwidert er darauf, und ich höre das Lachen aus seiner Stimme heraus.

«Nein! Ich nehme davon die Hälfte. Aber vielleicht kannst du mir beim Packen helfen und mir sagen, was ich nicht unbedingt brauche. Immerhin hast du so eine Tour schon mal gemacht. Oder zumindest angefangen.»

«Okay, ich komm morgen vorbei.»

«Vielleicht gegen drei?»

«Da muss ich arbeiten. Sagen wir sieben?»

«Da muss ich arbeiten.» Ein letztes Mal, bevor ich am nächsten Morgen mit Cayden zusammen nach Jasper aufbrechen werde. Philippe war alles andere als begeistert darüber, aber wenigstens hat er mich nicht rausgeschmissen.

«Dann vielleicht morgen Vormittag? Zehn? Elf?», versuche ich es neu.

«Na gut.» Begeistert hört Cayden sich nicht an.

«Erzähl mir jetzt nicht, dass du um diese Zeit normalerweise noch schläfst. Wir wollen am Freitag um acht Uhr los, und das war dein Vorschlag.»

«Erzähl ich ja auch nicht.»

«Okay, dann sehen wir uns morgen. Könntest du bitte alles

mitbringen, was noch in meinen Rucksack gehört? Und den Rucksack selbst auch?»

«Nein, ich hatte eigentlich vor, zehnmal hin- und herzufahren, um alles einzeln bei dir vorbeizubringen.»

«Ja, das dachte ich mir, deshalb sage ich es ja.»

Irgendwie mag ich es, wenn Cayden auf meine Worte hin lachen muss. Ich beginne offenbar, so etwas wie einen äußerst schrägen Ehrgeiz zu entwickeln, mit seinen spöttischen Kommentaren mithalten zu können.

Den restlichen Abend über sortiere ich die Wandersachen hin und her, und als ich ansatzweise zufrieden mit dem Stapel bin, den ich mitnehmen will, fällt mir auf, dass die Regenjacke noch über meinem Schreibtischstuhl hängt.

Cayden verschlimmert das Elend am nächsten Morgen noch. Neben Zelt, Schlafsack und Isomatte hat er außerdem eine riesige Trinkflasche dabei, den Rucksack samt Regenschutz, zwei schnelltrocknende Handtücher und jede Menge Küchenzeugs. Plastikteller, Kombitöpfe, einen zusammenklappbaren Kocher, Gaskartuschen – als er mich dann auch noch fragt, ob ich an Sonnencreme, Toilettenpapier und eine Taschenlampe gedacht hätte, muss ich mich erst einmal aufs Bett setzen.

«Und Mückenspray», fügt er hinzu. «Du brauchst auf jeden Fall Mückenspray.»

Ich habe nicht mal Shampoo eingepackt. Wie blöd kann man eigentlich sein, alles, was man mitnehmen möchte, erst am Tag vor der Abreise zu überprüfen? Wenigstens habe ich heute noch Zeit, die fehlenden Dinge zu besorgen. Bleibt die Frage, wie ich alles verstaut kriege.

«Nachher besorge ich noch einen Essensvorrat», erklärt Cayden in meine Gedanken hinein, und mit einem Aufstöhnen lasse ich mich nach hinten fallen.

«Verflucht.»

«Was?»

«Essen. Essen brauche ich ja auch noch.»

«Wäre gut. Oder du verknüpfst das Ganze mit einer Fastenkur, auch eine Möglichkeit.»

Aktuell ist mir nicht danach, auf diese Bemerkung eine passende Antwort zu finden. Weil ich es Sekunden später klappern höre, sehe ich auf. Cayden hat sich auf den Boden gesetzt und ist dabei, Stück für Stück mein Zeug im Rucksack zu verstauen.

«Wieso brauchst du gleich sieben T-Shirts?»

«Na ja, zum Wechseln.»

«Besser wäre ein langes Shirt und ein kurzes Shirt und vielleicht *eins* zum Wechseln.»

«Dann wirf die anderen raus.»

Ich erkenne zu spät, welchen Stapel er als Nächstes auseinandernimmt.

«Wie viele Unterhosen sind das? Zwanzig?»

«Zehn!» Ich springe auf und reiße ihm die Wäsche aus der Hand. «Erzähl mir jetzt nicht, zwei würden reichen.»

«Wenn du schnelltrocknende kaufst, kannst du jeden Tag eine waschen und eine tragen.»

«Cayden!»

«Was denn? Haben Jackson und ich letztes Jahr auch so geplant. Hast du eigentlich Badezeug eingepackt?»

«Nein.»

«Irgendeinen Sonnenschutz für den Kopf?»

«Ich bleib zu Hause.» Mit meinen Unterhosen im Arm gehe ich zum Bett zurück und lasse mich bäuchlings drauffallen, um mein Gesicht im Kopfkissen zu vergraben.

«Ich gehe einen größeren Rucksack kaufen», höre ich Cayden sagen.

«Einen noch größeren Rucksack kriege ich niemals durch die Gegend geschleppt.» Durch das Kissen klingt meine Stimme ein wenig dumpf.

«Ich meine für mich. Ich packe einfach alles ein, und dann besorge ich noch irgendwas, womit ich dich hinterherziehen kann.»

Ich stütze mich auf die Unterarme, um ihn ansehen zu können. Er sitzt neben dem Rucksack, die Arme um die angewinkelten Beine geschlungen, und grinst auf diese Art, auf die nur er grinsen kann.

«Okay, so machen wir das», entgegne ich. «Dann pack ich auch noch meine Fotoausrüstung ein.»

Cayden lacht auf. «Du besitzt eine Fotoausrüstung?», fragt er dann.

«Nein.»

«Nachdem du den hundertsten Baum fotografiert hast, dürfte es eh etwas langweilig werden.»

«Als ob es da nur Bäume zu fotografieren gäbe – hast du meiner Mutter nicht irgendetwas von einem Elch erzählt?»

«Na ja, ein einziger Elch, der sich zu schnell vom Acker gemacht hat, um ihn zu erwischen.» Er sieht hinter sich, rutscht an das Bücherregal heran und lehnt sich dagegen. «Ansonsten könntest du mit einem guten Makroobjektiv natürlich jede Menge faszinierender Porträtaufnahmen von Stechmücken machen. Oder eben Selfies.»

«Warum willst du eigentlich mitkommen?» Wenn dieser Moment kein guter ist, um Cayden danach zu fragen, dann weiß ich auch nicht. «Wo du doch jetzt schon weißt, dass du alles langweilig finden wirst?»

Eben hat er noch gelächelt, und jetzt lächelt er immer noch, aber anders. So langsam durchschaue ich dich, Cayden Terrell.

«Braucht es dafür irgendeinen besonderen Grund? Warum planst du diese Tour?»

Innerhalb von Sekunden scheint die Luft in meinem Zimmer sich zu verdichten. Cayden hat seine Gründe. Ich habe meine Gründe. Und wir wollen beide nicht darüber sprechen. Optimale Voraussetzungen, um in den nächsten Wochen Tag und Nacht aufeinanderzuhängen.

«Gut, ich fahr dann wohl mal Einkaufen, bevor ich zu *Thompson & White* muss.» Cayden steht auf.

«*Thompson & White*? Ist das nicht eine Anwaltskanzlei? Was willst du denn da?»

«Arbeiten.»

Das hätte ich mir jetzt auch denken können.

«Was hältst du davon, wenn ich dich heute Abend im Kino abhole, und wir packen danach gemeinsam die Rucksäcke fertig? Wo arbeitest du denn?»

«Im *Phoenix*. Aber heute ist Spätvorstellung. Da komme ich erst gegen zwei raus.»

«Du wirst also erst so um drei im Bett liegen, willst aber morgen früh um acht losfahren?»

«Genau.»

«Klingt gut. Organisiert.» Er öffnet meine Zimmertür. «Dann werfen wir einfach alles in dein Auto und packen in Jasper zur Not noch mal neu.»

«Klingt gut», wiederhole ich. «Organisiert.»

Ich sehe Caydens Lächeln noch vor mir, lange nachdem die Tür sich hinter ihm geschlossen hat. Sein rechter Mundwinkel zieht sich dabei ein kleines Stückchen höher als der linke. Was einem alles so auffällt, wenn man jemanden nur oft genug mustert. Ich würde ihn gern mal richtig lachen sehen. So richtig. Nicht nur dieses kurze Auflachen, weil er lustig findet, was ich gerade gesagt habe, und schon gar nicht nur dieses spöttische Grinsen. Einfach mal ein Lachen, weil ihn irgendetwas begeistert. Weil er sich freut. Seltsamerweise kann ich mir gerade nichts vorstellen, das Cayden dazu bringen könnte. Ob ihn im Jasper National Park irgendetwas so mitreißen kann?

Unwahrscheinlich, so wie er darüber spricht.

Ich klettere von der Matratze, um herauszufinden, ob es mir nicht doch gelingt, Jacksons Rucksack zu packen.

Und dabei versuche ich noch immer, mir einen befreit lachenden Cayden vorzustellen.

CAYDEN

Tütensuppen. Ich kaufe Tütensuppen, ultradünne Spaghetti, Milchpulver, Instantkaffee, Nüsse und Trockenobst. Außerdem Reis, Salz, getrocknete Früchte und Trockenfleisch. Haferflocken. Energieriegel. Und überhaupt alles, was Jackson beim letzten Mal auch gekauft hat.

Danach fahre ich mit jeder Menge Tüten auf dem Rücksitz zu *Thompson & White*, kehre dort den perfekten Anwaltsanwärter raus und mache am frühen Abend noch einmal einen Abstecher in ein Outdoorgeschäft, um ein paar Dinge für Rae zu besorgen. Sich ein bisschen als Retter in der Not aufspielen kann nicht schaden. Ich ertappe mich auf dem Heimweg bei dem Gedanken an eine dankbar lächelnde Rae, die meinem Vorschlag, sich einen Schlafsack zu teilen, ausgesprochen offen gegenübersteht.

Blödsinn. Finger weg von Rae. Das muss mir Jackson nicht noch einmal sagen, das sage ich mir auch selbst.

Erstens werde ich es ja wohl hinkriegen, mal für ein paar

Wochen auf Sex zu verzichten. Und zweitens bin ich mir hundertprozentig sicher, dass Rae mit einer unverbindlichen Beziehung nichts anfangen könnte. Ansonsten würde ich den ersten Punkt wohl ignorieren und es mal bei ihr versuchen. Outdoorsex. Wenn man sich Moskitos, Ameisen und sonstigen Kleinmist wegdenkt, hätte das schon was.

Jackson ist nicht da. Von ihm habe ich mich bereits am Nachmittag verabschiedet. Der Flieger, mit dem er und Haven zu ihrem USA-Trip aufbrechen, startet morgen früh bereits gegen sieben Uhr, und er übernachtet bei Haven.

«Viel Spaß», hat er mir gewünscht, doch als ich jetzt nach kurzem Nachdenken noch Kondome ganz nach unten in den Rucksack stecke, bin ich mir ziemlich sicher, dass er diese Art von Spaß nicht im Sinn gehabt hat.

Ich ja auch nicht. Nicht mit Rae. Aber es wird ja dort wohl irgendwo auch andere Frauen geben, und die Dinger wiegen ja nix. Nicht so viel wie das Zweimannzelt jedenfalls, das sich ebenfalls in meinem Rucksack befindet. Ich meine – wieso hätte ich mir noch ein Einzelzelt besorgen sollen, wenn ich genauso gut das benutzen kann? Auf die paar Gramm Unterschied kommt es mit Sicherheit nicht an.

Als ich alles gepackt und nach unten in den Hausflur gestellt habe, ist es gerade einmal zehn Uhr. Mir fällt ein, dass ich meinem Vater noch Bescheid sagen muss, und über die Worte, die ich dafür wähle, denke ich nach bis halb elf, dann gebe ich es auf. Egal, was ich schreibe, er wird sowieso anrufen.

In der Küche mixe ich mir einen Drink, dann werfe ich mich aufs Sofa und schicke die vorbereitete Nachricht ab.

Wir müssen unser Treffen verschieben. Ab morgen bin ich für mehrere Wochen unterwegs. Ich melde mich, wenn ich wieder da bin.

Ich hab den Wodka Lemon noch nicht einmal zur Hälfte getrunken, da summt das Smartphone, das ich neben mich gelegt habe. Ein paar Sekunden lang starre ich es an, bevor ich den Rest meines Drinks herunterkippe und das Telefon in die Hand nehme.

«Hi, Dad.»

«Was genau meinst du mit *Du bist unterwegs*?»

«Damit meine ich, dass ich ein paar Wochen Urlaub machen werde. Es ist noch nicht sicher, wann ich wieder zurück bin.»

«Das ist keine ausreichende Erklärung, Cayden.»

«Ich geh wandern. Meine Semesterferien dauern bis September. Irgendwann vorher bin ich wieder da.»

Stille. Mein Vater setzt Schweigen gern als Waffe ein, und auch diesmal hat sich meine Pulsfrequenz vermutlich verdoppelt, bevor er endlich weiterspricht. «Was genau soll das werden? Ist das irgendeine Art von Aussteigerprovokation?»

«Es ist einfach nur ein Urlaub.»

«Urlaub? Statt bei Edward Thompson weitere Erfahrungen zu sammeln?»

«Das habe ich in den letzten zwei Wochen getan.»

«Es ließe sich problemlos verlängern.»

«Das will ich aber nicht.»

Mein Vater atmet vernehmlich ein. «Cayden, du wirst hier jetzt keine spätpubertäre Revolution starten.»

«Ich bin dreiundzwanzig. Und ich mache lediglich Urlaub.» Krieg dich einfach wieder ein, du Arsch.

«Planst du diesen Urlaub zusammen mit der Frau von neulich?»

«Was?»

«Ob du gedenkst, deinen Urlaub mit der Frau zu verbringen, die mir mitgeteilt hat, dass ihr gerade dabei seid, es miteinander zu treiben?»

Normalerweise ist mir kaum etwas peinlich. Wenn es um Sex geht, schon gleich gar nicht. Aber meinen Vater diesen Satz mit seiner üblichen kühlen Geschäftsstimme aussprechen zu hören, lässt Hitze in mir aufsteigen.

«Ich wüsste nicht, inwiefern das für dich relevant sein könnte.»

«Ich erwarte, dass du dich auf dein Studium konzentrierst und nicht auf irgendwelche Flittchen.»

Klar. Solange Mr. Terrell seinen Sohn zum Staranwalt heranzüchtet, der später exklusiv für ihn arbeiten wird, darf es daneben keinerlei Ablenkung geben. Eine Spur Genugtuung glimmt in mir auf, darüber, dass er keine Ahnung hat, wie wenig mich seine Forderung interessiert. Am liebsten würde ich unser absurdes Gespräch an dieser Stelle einfach unterbrechen, doch ich habe so meine Erfahrungen mit den Reaktionen meines Vaters gemacht, sobald ich versuche, etwas Unangenehmem auszuweichen.

«Die Frau ist nicht dabei», erwidere ich gepresst und hasse mich dafür, seine fucking Frage überhaupt zu beantworten.

«Du hast vor, allein zu wandern? Eine Pilgerreise? Selbsterfahrungsmärchenrunde?»

Seinen Sarkasmus hasse ich sogar noch mehr als sein unpersönliches Geschäftsgetue. Mit seiner Unpersönlichkeit komme ich mittlerweile hervorragend klar, sein Spott allerdings öffnet zuverlässig ein Ventil zu meiner dauerschwelenden Wut, und das ist nicht besonders gut.

«Ich mache Urlaub», wiederhole ich stur und leiser, als ich es tun würde, wenn nicht mein Vater am anderen Ende der Leitung wäre. «Allein. Einfach so. Weil Leute hin und wieder Urlaub machen.»

Von Rae muss er nichts wissen. Das ist besser für alle.

Das Schweigen, das sich auf meinen letzten Satz hin ausbreitet, dauert diesmal so lang an, bis ich kurz davorstehe, irgendetwas erklären zu wollen, was auch immer. Ich fand es schon immer am unerträglichsten, nicht zu wissen, welche Ideen mein Vater in seinem Psychopathenhirn gerade entwickelt.

«Gut», sagt er plötzlich. «Du meldest dich, sobald du wieder da bist. Ich erwarte, dass wir uns noch einmal sehen, bevor dein Semester startet. Viel Spaß beim Wandern.»

Er legt auf, bevor ich noch etwas erwidern kann, und mit einem Aufatmen werfe ich das Smartphone auf die andere Seite des Sofas.

Fuck! Verdammt noch mal – Fuck!

Mit beiden Händen fahre ich mir übers Gesicht, schiebe die Haare so heftig nach hinten, dass ich spüre, wie einige sich an den Wurzeln lösen.

Wahrscheinlich würde mir niemand anmerken, wie sehr mich jeder Kontakt mit meinem Vater aus dem Gleichgewicht bringt, der mich Augenblicke später dabei beobachten könnte, wie ich mir sorgfältig einen zweiten Drink mixe. Die Oberfläche der Flüssigkeit in meinem Glas ruht spiegelglatt, als ich es anhebe, um einen ersten Schluck zu nehmen.

Vielleicht würde Rae es mitkriegen.

So wie sie mich manchmal ansieht ... plötzlich meine ich zu wissen, warum sie mich in dieser einen Nacht gefragt hat, ob ich ein Einzelkind bin. Warum sie Gemeinsamkeiten zwischen uns vermutet. Sie erkennt etwas in mir wieder, etwas, das heftig genug ist, um sie an den Tod ihrer Schwester zu erinnern. Vielleicht hat sie in diesem Moment gedacht, ich hätte auch jemanden verloren.

Ich trinke das Glas in einem Zug leer und greife erneut nach der Flasche.

Aber da täuschst du dich, Rae. Ich habe niemanden verloren. Höchstens mich selbst.

Wäre das tragisch? Irgendwie von Bedeutung?

Nach dem dritten Drink lasse ich das Bitter Lemon weg.

RAE

*C*aydens Gesicht wirkt etwas wächsern, als er mir Freitagmorgen die Tür öffnet. Die frühe Uhrzeit scheint ihm nicht wirklich zu bekommen.

Mum hat es sich nicht nehmen lassen, mir noch ein Frühstück zu machen und sich mit mehreren Umarmungen und vielen Ratschlägen von mir zu verabschieden, und deshalb ist es bereits Viertel nach acht, als wir Caydens Sachen in mein Auto laden.

Man könnte meinen, er habe schon einige Fernwanderungen hinter sich gebracht. Er trägt helle Hosen mit Reißverschlusstaschen und dazu ein graues T-Shirt, das eng an seinem Oberkörper sitzt und garantiert atmungsaktiv ist und ultraschnell trocknet oder was weiß ich. Natürlich ist er mal wieder die Perfektion in Person, bis hin zu den silberblonden Haarsträhnen, die ihm in die Stirn fallen – muss interessant sein, so auszusehen, dass bei deinem Anblick Herzchen in den Augen aller aufleuchten.

Das Einzige, was am derzeitigen Bild des Vorzeigewanderers nicht ganz stimmig ist, ist wohl, dass alles etwas zu neu wirkt – mit diesen Trekkingschuhen ist auch Cayden garantiert noch keine fünf Meilen gelaufen.

Er setzt sich neben mich auf den Beifahrersitz, sinkt ein Stück nach unten und schließt ein paar Minuten später die

Augen. Für seine Verhältnisse ist er die ersten Stunden der Fahrt erstaunlich schweigsam. Nicht einmal die Tatsache, dass er im Fußraum eine leere Timbits-Schachtel und mehrere alte Kaffeebecher zur Seite schieben musste, hat ihn dazu gebracht, irgendeine Bemerkung fallenzulassen. Dabei würde man in seinem Wagen mit Sicherheit nicht mal ein verirrtes Weingummi finden. Schon gar nicht mit Staub dran.

Zuerst nahm ich an, er würde schlafen, bis er mich plötzlich, noch bevor wir Edmonton hinter uns gelassen haben, gefragt hat, ob ich an meine Krankenkassenkarte gedacht hätte.

Habe ich nicht, aber die befindet sich ohnehin immer in meinem Portemonnaie.

Erst kurz vor Edson räuspert er sich wieder. «Soll ich mal übernehmen?»

«Musst du nicht.»

«Muss ich nicht, könnte ich aber.»

«Schlaf lieber. Du siehst aus, als könntest du etwas Schlaf vertragen.»

«Das täuscht.» Es raschelt im Fußraum, als er die Beine ausstreckt. «Hätte nicht gedacht, dass ich die Schuhe schon jetzt brauchen kann.»

«Was meinst du?» Irritiert werfe ich ihm einen schnellen Blick zu.

«Der Verkäufer meinte, knöchelhohe Schuhe seien sinnvoll, weil der Fuß darin mehr Halt habe. Und außerdem wäre man so sicherer vor Bissen.»

«Bissen?»

«Schlangen und was weiß ich für Viecher.»

«Aber ...» Endlich funken in meinem Hirn ein paar Synapsen. «In meinem Auto leben keine Viecher!»

«Nein, bestimmt nicht.» Es raschelt schon wieder, als Cayden sich jetzt umdreht und die Rücksitze begutachtet. «Allerdings bin ich mir nicht so sicher, ob du es mitbekommen würdest, wenn es hier drin Mäuse gäbe.»

Ich habe noch darüber nachgedacht, zumindest den ganzen Verpackungsmüll in eine der ebenfalls in meinem Auto herumliegenden Tüten zu stopfen und zu entsorgen. Blöderweise habe ich es wieder vergessen.

«Du könntest auch nach Jasper laufen, wenn du Angst vor Mäusen hast.»

«Ach, passt schon. Ich habe ja die knöchelhohen Schuhe.»

«Ich werfe dich trotzdem raus, wenn du nicht die Klappe hältst.»

«Ernsthaft?»

Aus den Augenwinkeln bekomme ich mit, dass er mich ansieht, und ganz automatisch erwidere ich seinen Blick. Eine Sekunde lang kriegt er mich mit diesem Hauch von Schuldbewusstsein in seinem Gesicht, während es in seinen dunklen Augen funkelt, dann richte ich meine Aufmerksamkeit wieder zurück auf die Straße.

«Ernsthaft, Kilgrave.»

«Okay, bin still.»

Eine halbe Minute verstreicht, dann bewegt sich Cayden, und es raschelt im Fußraum.

Kurz darauf raschelt es noch einmal.

Dann noch mal.

«Cayden!» Ich will es empört ausrufen, muss aber leider lachen. «Hör sofort auf damit! Sonst musst du hier aufräumen!»

«Mach ich glatt.»

«Auf gar keinen Fall.» Ich strecke ihm die Zunge heraus und fühle mich im selben Moment bescheuert deshalb. «Wie lange, hast du gesagt, laufen wir zum ersten Zeltplatz?»

«Wenn wir den *Whistlers Campground* nehmen, eine knappe Stunde. Ein Stück weiter liegt der Wapiti Campingplatz, und danach käme Wabasso. Aber dort gibt es keine Duschen.»

In der nächsten halben Stunde diskutieren wir die Vorzüge von Sanitäranlagen und einer geregelten Stromversorgung und die Frage, ob der Wabasso Campingplatz vielleicht weniger überlaufen sein könnte, bevor wir uns schließlich für den *Wapiti Campground* als vorläufigen Ausgangspunkt entscheiden. Nicht nur die Duschen, sondern auch die Tatsache, dass er keine zwei Stunden von Jasper entfernt liegt, geben den Ausschlag. Ich will erst einmal ausprobieren, wie ich mit dem Rucksack zurechtkomme, und meine neuen Schuhe sollten auch noch ein wenig eingelaufen werden, bevor ich damit Tagesmärsche angehe.

In Jasper regelt Cayden alles mit dem Mann, in dessen Vorgarten wir meinen Wagen parken dürfen, während ich meiner Mutter eine Nachricht schreibe, dass wir gut angekommen sind, und nach einem letzten Check, ob wir nichts Wichtiges im Auto liegengelassen haben, machen wir uns tatsächlich auf den Weg.

«Schaffst du das mit dem Rucksack?», vergewissert sich Cayden, nachdem er mir geholfen hat, das Ungetüm auf meine Schultern zu wuchten, und ich dabei einen Schritt zur Seite gestolpert bin.

«Klar.» Im Leben nicht würde ich zugeben, dass ich mich gerade fühle, als befände sich eine volle Badewanne auf meinem Rücken.

«Wir könnten noch ein bisschen was umpacken.»

«Wenn ich das richtig sehe, schleppst du ohnehin schon das ganze Kochzeugs. Ich krieg das schon hin.»

«Na gut.» Zweifelnd mustert er mich. «Lauf am besten vor mir, damit ich es mitbekomme, falls du zusammenbrichst.»

Dieser Satz sorgt dafür, dass ich die ersten Meilen in einem wesentlich strammeren Schritt hinter mich bringe, als es mir beim Aufsetzen des Rucksacks noch möglich erschien.

Bereits auf der Fahrt hierher haben mich die zunehmend dichter stehenden Baumriesen beeindruckt, und als bewaldete Hügel und Berge am Horizont auftauchten, beschlich mich eine erste schwache Ahnung von der unfassbaren Größe des Nationalparks.

Doch nachdem wir Jasper über die Hazel Avenue hinter uns zurücklassen und auf einem Wanderweg, der am Icefields Parkway entlangführt, in Richtung des Wapiti Campingplatzes laufen, packt mich irgendwann das Gefühl, mit jedem weiteren Schritt alles, was mein Leben bisher ausgemacht hat, einfach abstreifen zu können. Habe ich mich anfangs noch zwingen müssen, forsch voranzuschreiten, scheint es jetzt auf einmal leichter zu gehen. Obwohl ein paar Meter rechts von uns immer wieder Autos vorbeifahren, meistens langgezogene Camper, fühle ich mich, als sei ich einen kleinen Schritt zur Seite getreten und in einer völlig neuen Welt gelandet. Auf eine gewisse Art ist es befreiend, nur mit einem Rucksack auf dem Rücken, in dem sich alles befindet, was ich hier im Nationalpark brauche, einfach weiter und immer weiter zu laufen. Es riecht nach Wald, nach Nadelbäumen, Erde und moderndem Holz, und ich stelle mir vor, dass ich einen mikroskopisch kleinen Fleck auf einer Weltkarte erstmalig für mich erobere.

Unter meinen Füßen knirschen die Steinchen des schmalen Pfades, und weder Cayden noch ich sagen auch nur ein einziges Wort, bis wir die *Jasper House Lodge* erreichen, offensichtlich eine Bungalowanlage.

«Direkt gegenüber ist der *Whistlers Campground*», merkt Cayden an. «Der Wapiti Zeltplatz liegt noch ein Stück weiter.»

Wegen mir könnten wir auch noch viel länger als nur ein Stück weitergehen. Ich fühle mich seltsam leicht, und der Rucksack auf meinem Rücken ist mir mittlerweile beinahe egal.

«Wie lange würden wir noch gleich bis zum Wabasso Campingplatz laufen?», will ich wissen.

«Ich schätze mal, etwa knapp drei Stunden. Mit den Rucksäcken vermutlich etwas länger.»

Es ist halb drei. Ich sehe Cayden an. «Wollen wir?»

«Lass uns lieber erst mal hier nach einem Platz fragen und die Zelte aufbauen. Wenn dann noch Zeit ist, können wir ja immer noch die Gegend erkunden. Ohne das Gepäck auf dem Rücken.»

Er hat recht, wie ich zugeben muss.

Immer wieder zweigen Trampelpfade von dem Wanderweg ab, auf dem wir uns befinden, und ich frage mich, wo die alle hinführen. Wie lange man wohl laufen würde, bevor die Pfade ihr unbekanntes Ziel erreichen? Haven würde es vermutlich wissen. Ich stelle mir vor, dass sie hier jeden Winkel und jeden Schleichweg kennt – sie an unserer Stelle hätte diesen Weg an der Straße garantiert längst verlassen und wäre jetzt irgendwo mitten im Wald unterwegs.

Cayden zieht sein Smartphone hervor.

«Was machst du?», frage ich, als er beginnt, etwas einzutippen.

«Es gibt da eine App, die Jackson und ich letztes Jahr benutzt haben.»

Er hält mir das Display unter die Nase, und im ersten Moment erkenne ich nichts außer einem lilafarbenen Netz, durchbrochen von einigen weißen Linien. «Was soll das darstellen?»

«Das sind alles Wege abseits der Straßen. Jackson meinte gestern, es wären noch sehr viel mehr, wenn Haven an dieser

App mitgebastelt hätte ... auf jeden Fall zeigt sie einige Routen an, die man nutzen kann, wenn man keinen Bock hat, immer nur neben dem Icefields Parkway entlangzuspazieren. Jackson meinte auch, dass es die App wohl nicht mehr lange geben wird, weil die Ranger sie hassen und dagegen vorgehen, aber noch funktioniert sie.»

«Die Ranger hassen sie?»

«Ja, weil sie die Leute dazu bringt, quer durch den Wald zu stolpern.»

Nachvollziehbar.

«Hier müssen wir rein.»

Während ich Cayden folge, der jetzt auf eine asphaltierte Straße einschwenkt, verliert sich mein beschwingtes Aufbruchsgefühl, und plötzlich spüre ich auch das Gewicht des Rucksacks wieder. Vor dem graugrünen Holzhaus, bei dem man offenbar einchecken muss, steht bereits ein Pick-up mit Wohnwagenanhänger, und kurz nachdem wir uns dahintergestellt haben, rückt uns ein Chrysler so dicht auf die Pelle, als wolle er uns gegen die Rückwand des Wohnwagens quetschen. Statt auszuweichen, tritt Cayden einen Schritt zurück. Sein Rucksack stößt gegen die Kühlerhaube des Chryslers, und der Fahrer setzt mit einer entschuldigenden Geste seinen Wagen etwas nach hinten.

Ganz schön was los hier.

Der Typ im Holzhaus starrt uns ein paar Minuten später an, als würden wir nicht in der Einfahrt zu einem Campingplatz, sondern ohne Auto vor einem Drive-in stehen.

«Hi, ich bin Steven», begrüßt er uns. Er dürfte in unserem Alter sein. Sein weißes T-Shirt spannt über seiner kräftigen Brust, und er hat riesige Hände. «Kann ich euch irgendwie helfen?»

«Wir würden gern ein paar Nächte bleiben, ist noch was frei?»

«Wo steht euer Wagen?»

«In Jasper.»

«In Jasper? Ihr seid tatsächlich zu Fuß hierhergekommen?» Jetzt grinst er uns belustigt an. «Sportlich.»

«Gibt es denn einen freien Platz, wo wir unsere Zelte aufstellen können?», werfe ich ein. Ich will jetzt den Rucksack loswerden, mein Zelt aufbauen und mich noch ein wenig umsehen.

«Zwei kleine Zelte? Kein Wagen? Dann krieg ich euch auf jeden Fall unter. Wollt ihr was in der Nähe vom Fluss? Stromanschluss gibt's allerdings keinen. Aber wenn ihr wollt, könnt ihr mir eure Smartphones gelegentlich vorbeibringen, ich kann die hier für euch aufladen.»

Der Ort, den Steven uns auf einem Infozettel eingekringelt hat, liegt nur ein paar Schritte außerhalb des Waldes und ist keiner der offiziellen Stellplätze. Weder gehört ein Picknicktisch dazu, noch ist die freie Fläche wirklich groß. Aber es steht eine der metallenen Feuertonnen da, und der Athabasca River fließt nur einen Steinwurf entfernt. Einen Steinwurf von mir, das heißt nur wenige Meter.

Cayden beginnt ohne Umschweife, sein Zelt aufzubauen. Ein wenig skeptisch zerre ich mein eigenes Bündel aus dem Rucksack.

«Du musst erst die Stangen zusammenstecken», sagt Cayden, während er bereits damit beschäftigt ist, Planen zu entfalten. «Und dann fixierst du das Innenzelt mit den Heringen.»

Von Heringen habe ich im Zusammenhang mit Zelten bereits gehört. Das ist dann aber auch schon alles.

«Das Zelt hat Clips, du musst diese Teile hier nur zusammenstecken. Der Verkäufer meinte, das ginge schneller.»

Zugegebenermaßen sieht es ziemlich professionell aus, was Cayden da macht. Versuchsweise lasse ich das Gelenk zwischen zwei Metallstangen einrasten.

«Zusammenschieben, nicht zuschnappen lassen», erklärt Cayden. «Sonst kann es passieren, dass die Dinger kaputtgehen.»

«Hab ich doch.»

Ich bin noch nicht mal fertig damit, das Gewirr an Stangen zusammenzubasteln, da steht Caydens Zelt bereits, und er kommt zu mir. Mit wenigen Handgriffen hat er den eingewickelten Zeltstoff auseinandergeschüttelt, und obwohl ich mir blöd dabei vorkomme, wie ein Girlie aus einem Petticoatfilm danebenzustehen, beschränken sich meine unterstützenden Tätigkeiten darauf, ein paar Clips zusammenzudrücken. Erst als Cayden die Außenhaut über das Zeltdach schwingt, geht es mit meiner Hilfe tatsächlich schneller.

«Spannen», ruft Cayden.

«Was?» Gerade habe ich mit einem Stein einen der Metallhaken in die harte Erde geklopft.

«Du musst die Zeltschnüre nachspannen, wenn der Hering steckt.» Er geht um das Zelt herum und kniet sich neben mich. «Hier, so.»

Cayden hat nicht darauf gewartet, dass ich zurückweiche, und seine Stirn berührt beinahe meine, als er sich jetzt über die meiner Meinung nach ausreichend gespannte Zeltleine beugt.

Warum ich mich trotzdem nicht zurücklehne, könnte ich in diesem Moment nicht beantworten. Als Cayden aufsieht, trennen unsere Gesichter nur wenige Zentimeter. Unter seinen Augen liegen Schatten. Sein Blick begegnet meinem, und langsam atme ich ein. Eben hat er sich noch ganz auf die Zeltleine konzentriert, doch jetzt kann ich förmlich spüren, wie seine

Aufmerksamkeit sich auf mich richtet. So nah war ich ihm noch nie. Zum ersten Mal entdecke ich winzige Einzelheiten, welche die Perfektion seines Gesichts durchbrechen. Eine hauchfeine Narbe dicht an seiner Unterlippe, eingebettet in ihrem Schwung, und noch eine zweite in seinem linken Augenwinkel. *Es muss ausgesehen haben, als würdest du blutige Tränen weinen, Cayden ... was ist da passiert?*

Er richtet sich auf, und um ein Haar zucke ich zusammen.

«Okay, das wäre erledigt. Wollen wir uns noch ein wenig umsehen?»

Seltsam verwirrt erhebe ich mich ebenfalls. Das war ... schräg. Ein irgendwie schräger Moment.

«Okay, ich ...» Noch immer etwas durcheinander mustere ich unsere nebeneinanderstehenden Zelte. «Hey. Dein Zelt ist ja viel größer als meins.»

CAYDEN

«Ich bin ja auch viel größer als du.»

Rae verschränkt die Arme vor der Brust. «Du bist aber nicht doppelt so groß.»

«Okay, hast recht. Hat natürlich nichts mit der Körpergröße zu tun. Ich hab mir ein Männerzelt besorgt. Du hast ein Frauenzelt.»

Einen kurzen Moment huscht Verwirrung über Raes Gesicht. «Was? Es gibt Männer- und Frauenzelte?»

Als ich sie statt einer Antwort angrinse, verpasst sie mir mit dem Ellbogen einen Stoß in die Rippen, marschiert zu meinem Zelt und wirft einen prüfenden Blick hinein.

«Das ist das Zweimannzelt von Jackson und mir aus dem

letzten Jahr», erkläre ich. «Ich dachte, eigentlich wäre es doch bescheuert, noch ein Zelt zu kaufen, wenn das nun mal schon da ist.»

Ich habe meine Isomatte und den Schlafsack darin ausgerollt, und es ist tatsächlich um Längen geräumiger als Raes kleines Zelt, in dem man kaum die Arme ausstrecken kann.

«Mein Zelt sieht neben deinem wie eine Hundehütte aus!»

Ich muss lachen, als sie mich jetzt anfunkelt, und zum Teil lache ich auch deshalb, weil dieser Moment von gerade eben noch in mir nachhallt. Sie hat mal wieder ihre Haare zu einem wirren Knoten zusammengebunden, doch die blauen Strähnen, die ihr schmales Gesicht umrahmen, betonen ihre grüngrauen Augen, und wenn ich mich noch ein paar Zentimeter weiter vorgelehnt hätte ...

Das ist jetzt schon das zweite Mal, dass ich mir vorstelle, Rae zu küssen. Ich würde es auf die Einsamkeit des Waldes schieben, wären wir nicht vor wenigen Stunden erst angekommen.

Beim ersten Mal habe ich mich gefragt, ob sie beim Küssen wohl die Augen schließt. Jetzt glaube ich zu wissen, dass sie das nicht tun würde, jedenfalls nicht gleich. Aber wie würde sich der Ausdruck in ihnen verändern? Würde ihr Blick, mit dem sie so spielend leicht bis in mein Innerstes zu sehen scheint, weicher werden? Und wie würde sie mich ansehen, liefe alles noch etwas weiter ...?

Fuck, ich bin ein sexgeiler Freak.

Diese Gedanken müssen raus aus meinem Kopf.

Nicht. Mit. Rae.

Wenn jemand wie Rae mit einem Typen ins Bett steigt, dann nur weil sie Gefühle für denjenigen hat, und will ich nach Edmonton zurückfahren und Jackson erklären, dass Rae mich jetzt übrigens hasst? Will ich das Haven erklären?

Danke, nein.

Genau deshalb gibt es Regeln, was Bettgeschichten betrifft, und im Allgemeinen fällt es mir nicht sonderlich schwer, die einzuhalten.

Mir wird bewusst, dass Rae noch immer in meine Richtung sieht, dass wir uns jetzt seit Minuten unverwandt anschauen und keiner von uns beiden lächelt.

Irritiert schließe ich die Augen, und als ich sie wieder öffne, hat Rae sich abgewendet, um den Schlafsack aus ihrem Rucksack zu zerren. Ich sehe ihr dabei zu, wie sie ihn zusammen mit der Isomatte in ihrem Zelt ausbreitet, sich wieder aufrichtet und nach einem letzten prüfenden Blick den Reißverschluss des Eingangs hochzieht.

«Okay», sagt sie. «Drehen wir noch eine kurze Runde?»

«Klar.» Ich bücke mich nach meinem eigenen Rucksack und krame eines der Dinge hervor, die ich für Rae noch besorgt habe. «Hier, fang.»

Geschickt fängt sie die kleine Flasche auf. «Was ist das?»

«Bärenspray.»

«Bärenspray? Das ist ...» Rae grinst. «Es ist ein Pfefferspray.»

«Ja, genau. Man kann es nur einmal benutzen, und du darfst es nicht gegen den Wind ...»

«Keine Sorge, damit kenne ich mich aus.»

«Ach.» Verdutzt sehe ich sie an.

«Meine Mutter besteht auf so was. Was ist mit Glöckchen?»

«Bärenglöckchen? Der Ranger letztes Jahr meinte, das sei mehr so ein Touristending. Aber ein Bärenspray hatte er auch.»

«Na dann.» Sie steckt das Spray in ihre Jackentasche. «Wollen wir los?»

Der Wapiti Campingplatz liegt mitten im Wald und wird auf der einen Seite vom Fluss, auf der anderen vom Icefields Parkway begrenzt, links und rechts von ihm befinden sich in unmittelbarer Nähe Bungalowanlagen, für die die Bäume an diesen Stellen etwas gelichtet wurden. Es gibt dort Restaurants, doch Rae schüttelt den Kopf, als ich ihr vorschlage, heute Abend in einem von beiden zu essen.

«Wieso nicht? Solange wir die Möglichkeit dazu haben?»

«Ich hab einfach keine Lust. Erstens ist es da sauteuer, und irgendwie … ich will ja gerade eben nicht alles genauso machen wie in Edmonton.»

«Du gehst in Edmonton jeden Abend essen?»

«Nein, aber …»

Rae läuft vor mir her, mittlerweile auf einem der Pfade, den wir über die App ausgewählt haben. Er führt direkt durch den Wald, eine nahezu unsichtbare Trampelspur, der wir bereits so weit gefolgt sind, dass wir den Campingplatz beim Zurückblicken nicht mehr sehen können, weil uns das Buschwerk von allen Seiten eingeschlossen hat.

Noch immer sucht Rae nach den passenden Worten. «Ich würde eigentlich lieber viel weiter von allem weg. Statt abends in einem Restaurant zu essen. Als ich über diese Tour zum ersten Mal nachgedacht habe, wollte ich … na ja, ich wollte einfach allein sein. Nix gegen dich.» Sie lächelt mich kurz an. «Und ich will das immer noch. Jetzt sogar noch stärker.»

Sie bleibt stehen und macht eine Handbewegung, die so ziemlich alles umfasst. «Es ist hier wirklich unglaublich, ich fühle mich … also … ich fühle mich … Geht es dir nicht genauso?» Hoffnungsvoll sieht sie mich an.

«Wie denn?»

«Hast du nicht auch das Gefühl, hier irgendwie anders zu atmen? Wenn du hier stehst, und alles, was du siehst, sind Bäume und Sträucher, und es riecht nur nach … na ja, nach Wald?»

Ernsthaft versuche ich, ihren Gedankengängen zu folgen. «Du meinst, keine Luftverschmutzung und so?»

«Nein! Also doch, auch, aber nein, eigentlich meine ich das nicht. Es ist mehr, als würde ich hier nur noch das sein, was ich bin. Hier gibt es absolut niemanden, der Erwartungen an mich stellt, niemanden, der mich brauchen würde, nichts, das ich tun müsste; es ist eine Welt, die sich überhaupt nicht um mich dreht, kein winziges bisschen. Und es ist wunderschön hier», fügt sie hinzu.

Ich nicke. Den letzten Satz habe ich in verschiedenen Varianten damals schon Jackson sagen hören, und ihn habe ich genauso wenig verstanden. Es ist eben ein Wald. Bäume. Noch mehr Bäume. Mag sein, dass er von oben gewaltig aussieht, aber steht man irgendwo mittendrin, sieht man halt nur ... Bäume. Um ehrlich zu sein, finde ich es eher etwas beklemmend.

«Du kannst es nicht nachvollziehen, oder?» Rae seufzt. «Egal. Ich esse hier jedenfalls in keinem Restaurant.»

«Gut. Dann eben Tütensuppe mit Nudeln.»

«Du kannst auch ohne mich dort essen.»

Je nachdem, wie lange wir uns noch auf diesem Campingplatz aufhalten, will ich das nicht ausschließen, aber heute, am ersten Abend ... «Man soll ja Tütensuppen verarbeiten, solange sie noch frisch sind.»

Rae grinst, und als sie mir jetzt einen Stoß versetzt, fällt dieser sehr viel sanfter aus als vorhin, nachdem sie unsere Zelte miteinander verglichen hat.

«Nimmst du eigentlich auch manchmal etwas ernst? Tagsüber, meine ich?»

«Wenn es sich lohnt.»

«Wenn es sich lohnt? Wann lohnt es sich denn?»

«Fast nie.» Das meine ich ausnahmsweise ernst.

Rae scheint das mitzukriegen, denn diesmal lächelt sie nicht, sondern wirft mir nur einen abschätzenden Blick zu. «Wieso nicht?»

«Weil man sich meistens nur viel zu viele Gedanken um alles Mögliche macht.»

«Man kann Dinge doch auch ernst nehmen, ohne sich übertrieben viele Gedanken deshalb zu machen.»

«Kannst du das?»

«Ich denke schon.» Sie wendet sich von mir ab und geht langsam weiter. «Was ist mit deinem Studium? Nimmst du das ernst?»

«So ernst, wie ich es eben ernst nehmen muss. Nicht wirklich.»

«Dann ... deine Freundschaft mit Jackson?»

«Okay, das ist was anderes. Die nehme ich ernst. Auf eine gewisse Art.»

«Was bedeutet *auf eine gewisse Art*?»

«Dass ich sie ernst nehme, solange diese Freundschaft eben besteht.»

«Aber du würdest nicht viel dafür tun, meinst du?»

«Doch, natürlich.» Aber ich mache mein Leben nicht davon abhängig. Nur will ich das jetzt nicht laut aussprechen. «Was meinst du überhaupt damit, wenn du wissen willst, ob ich Dinge ernst nehme?»

«Na ja, ob es auch irgendetwas gibt, über das du keine Sprüche reißt.»

«Ach so. Okay, dann nehme ich die Freundschaft mit Jackson auch nicht sehr ernst.»

«Siehst du, das meine ich.» Rae lächelt zwar, wirkt aber nachdenklich. «Durch genau solche Sprüche hat man das Gefühl, dir ist nichts besonders wichtig.»

«Vielleicht ist das ja auch so, keine Ahnung. Was nimmst du denn ernst?»

Auf diese Frage findet Rae nicht sofort eine Antwort. Eine Weile laufen wir schweigend nebeneinanderher, und alles, was man hört, ist ein gelegentliches Knacken, wenn einer von uns auf einen trockenen Zweig tritt, und das Zwitschern unzähliger unsichtbarer Vögel.

«Ich nehme alles ernst, was mit meiner Familie zu tun hat», sagt sie schließlich.

Jetzt könnte ich es tun. Ich könnte sie nach ihrer Schwester fragen. Es gibt kaum einen besseren Moment als jetzt und hier, mitten in diesem Wald, von dem Rae gerade noch behauptet hat, sie fühle sich darin irgendwie anders.

«Was ist eigentlich mit deinem Vater?»

Weniger dünnes Eis. Und das hat mich auch die ganze Zeit schon interessiert. Existiert der überhaupt? Oder hat er die Familie verlassen?

«Der arbeitet viel», erwidert Rae. «Er ist meistens nur ein paar Tage zu Hause, dann muss er wieder los.»

«Hört sich so an, als würde er das Thema Familie weniger ernst nehmen als du.»

«Nein! Gar nicht.» Rae sieht mich nicht an, während sie das sagt. Konzentriert starrt sie auf ihre Füße. Ihre Wanderstiefel sehen ziemlich winzig aus.

«Er ist einfach nur viel unterwegs, aber wir sind ihm wichtig, meine Mutter und ich. Wir sind uns alle wichtig.»

Ja, das glaube ich. Vermutlich bekommt jedes einzelne Mitglied einer Familie noch einmal eine besondere Bedeutung, wenn jemand, der auch einmal dazugehört hat, plötzlich nicht mehr da ist. Ich könnte mir vorstellen, dass es dann so etwas wie neue Rollen gibt. Jemand, der sich trotz allem bemüht, optimistisch zu bleiben. Jemand, der sich darum kümmert, dass alles am Laufen bleibt. Jemand, der irgendwie versucht, das verlorene Familienmitglied zu ersetzen.

Gerade als ich kurz davorstehe, mich doch nach Leah zu erkundigen, mir nur noch nicht völlig im Klaren darüber bin, wie ich die Frage formulieren will, bleibt Rae plötzlich stehen.

«Es ist fast halb sieben. Wir sollten zurückgehen, wenn wir unsere Tütensuppe nicht im Dunkeln essen wollen.»

«Okay.»

Es ist irgendwie verrückt. Immer wenn wir kurz innehalten und uns ansehen, und sei es nur, weil wir uns gerade darüber verständigt haben, die Richtung zu wechseln, entsteht so etwas wie eine Blase um uns herum, in der wir beide darauf zu warten scheinen, dass etwas passiert. Als müssten Dinge gesagt oder getan werden, die unsere Blase zum Platzen bringen. Vielleicht wartet Rae ja sogar darauf, dass ich sie nach ihrer Schwester frage.

«Okay», wiederholt Rae. Sie sieht ein wenig verwirrt aus, und ich bin mir plötzlich ziemlich sicher, dass es ihr genauso geht wie mir.

Unsicher lächelt sie mich an, und zumindest ich achte auf dem Rückweg sehr sorgfältig darauf, sie nicht versehentlich zu berühren, obwohl ich dazu streckenweise hinter ihr gehen muss. Keine Ahnung, was dann passieren würde. Und ebenso wenig begreife ich, wieso ich überhaupt derart schräge Gedanken habe.

Als irgendwann vor uns die ersten Zelte durch die Bäume schimmern, fühle ich fast so etwas wie Erleichterung. Irgendetwas macht diese Gegend mit mir. Während Rae hier freier atmet, wie sie sagt, bringt es mich dazu, irres Zeug zu denken. Mir ist das alles hier viel zu … dicht. Zu nah. Zu unübersichtlich.

«Habt ihr den Kocher bei eurer letzten Wanderung schon mal ausprobiert?», fragt Rae.

«Klar. Wir haben uns damit eine leckere Suppe gemacht. Mit Nudeln.»

«Hast du eigentlich auch noch irgendetwas anderes außer Tütensuppen und Nudeln dabei?»

«Wieso? Es gibt Tütensuppen in vierzehn Geschmacksrichtungen», sage ich.

«Na toll.»

«Allerdings nur eine einzige Sorte Nudeln. Die extradünnen.»

«Dabei gibt es doch Nudeln in mindestens vierzehn verschiedenen Formen», sagt Rae grinsend.

«Ja, aber die sind alle zu dick. Das haben Jackson und ich uns letztes Jahr genau erklären lassen: Die dicken verbrauchen zu viel Gas, bis sie weich sind. Auf jeden Fall werden alle Nudeln matschig, egal welche Sorte. Diese Töpfe sind einfach zu klein.»

«Irgendwie freue ich mich jetzt richtig auf das Abendessen.»

Auf diese Antwort hin muss ich Rae kurz ansehen, um herauszufinden, wie ernst sie das meint. Das Grinsen auf ihrem Gesicht ist beinahe triumphierend.

«Ich habe übrigens auch ein bisschen was zum Essen eingepackt», sagt sie beiläufig.

«Hast du? Was denn?» In dem ganzen Zeug, das gestern Vormittag noch mitten in ihrem Zimmer lag, habe ich nichts in dieser Richtung entdecken können.

«Lass dich überraschen.»

«Exotische Tütensuppen?»

«Nein.»

«Exotische Nudeln?»

«Auch nicht.»

«Dann fällt mir nichts anderes ein.»

Wenn Rae lacht, ist es, als verschwinde kurzzeitig etwas, das sie zusammenpresst. Ein paar Augenblicke lang wirkt sie leicht, wie befreit. Mir ist das noch nie aufgefallen, und erst als sie aufhört zu lachen und mich nur noch lächelnd ansieht, wird mir bewusst, dass ich sie anstarre.

«Was ist?», fragt sie.

«Nichts.»

«Du guckst so komisch.»

«Wie denn?»

«Wie ... ich weiß auch nicht.» Wir haben den Campingplatz mittlerweile erreicht, und sie nickt dem Typen im weißen T-Shirt zu, der neben der graugrünen Hütte steht und einen Zettel an einem der Aushangbretter anpinnt. Steven hieß er.

«Wie machen wir das jetzt?», fragt sie. «Du kochst, ich wasche ab?»

«Klingt gut. Und während ich koche, könntest du alles, was riecht, in einen der Bärenlocker packen. Und vielleicht diesem Steven gleich mal unsere Handys vorbeibringen.»

Wir sind vorhin schon an den offiziellen Bärensicherungskästen vorbeigekommen, auch Rae hat sie gesehen.

«Alles, was riecht? Meinst du das ganze Essen?»

«Nein, wirklich nur die Sachen, die riechen. Aber auch Duschgel und Zahnpasta und so was.» Zu Hause habe ich alles, was weggeschlossen werden sollte, in einen Packbeutel gepackt, und ich habe auch einen für Rae besorgt. Nach Jacksons und meiner Bärenbegegnung vom letzten Mal will ich in dieser Richtung wirklich nichts dem Zufall überlassen. Ich habe sogar zwei handliche Bärenkanister gekauft, kleine Boxen, in die man während einer Wanderung Dinge einpacken kann, deren Duft Bären anlocken könnte.

Das Wasser im Topf beginnt gerade zu kochen, als Rae zurückkehrt. Sie setzt sich neben mich auf die Isomatte, umschlingt ihre Knie mit den Armen und sieht auf den Fluss. Als ich ein paar Minuten später versuche, den Nudelmatsch auf zwei Teller zu verteilen, seufzt sie auf, streckt die Beine aus und stützt sich mit den Händen ab.

«Ich wünschte, ich müsste gar nicht mehr zurück.»

«Mh.»

Mehr fällt mir dazu nicht ein. Mittlerweile bin ich vorsichtig optimistisch, dass die Zeit mit Rae im Jasper National Park keine Vollkatastrophe wird, in die ich mich hineingestürzt habe, weil ich Feigling mich meinem Vater nicht stellen möchte, aber von einem *Für immer* bin ich meilenweit entfernt.

«Vielleicht sollte ich es wie Haven machen und hier Rangerin werden.»

«Echt?»

«Keine Ahnung.» Sie nimmt ihren Teller in Empfang. «Ich muss darüber nachdenken.»

«Du solltest nur rausfinden, ob du hier sein willst, weil du genau hier sein willst, oder ob du nur hier sein willst, weil du nicht woanders sein willst.»

Rae zerteilt mit ihrer Gabel den Nudelklumpen. «Manchmal sagst du sehr kluge Sachen», stellt sie nach einer Weile fest und probiert vorsichtig einen Bissen. «Das schmeckt ja nach Pilzen.»

«Die Tütensuppe.»

«Ah.» Sie kaut. «Ganz lecker eigentlich.»

Mit hochgezogenen Augenbrauen werfe ich ihr einen Blick zu.

«Na ja», verteidigt sie ihre absurde Aussage. «So schlimm schmeckt es wirklich nicht, oder?»

«Komm einfach nie auf die Idee, für mich zu kochen.»

«Keine Sorge, würde mir nicht einfallen.»

Dämmerung senkt sich über den Fluss. Wir sehen zu, wie die Spitzen der Tannen am anderen Ufer sich allmählich in der zunehmenden Dunkelheit verlieren.

«Ich glaube, ich geh mal die Teller abspülen, bevor es richtig finster wird.» Rae steht auf.

«Ich komme mit. Zähneputzen», erkläre ich auf ihren fragenden Gesichtsausdruck hin. «Wenn du mir deine Zahnbürste gibst, versorge ich dich gleich auch noch mit Zahnpasta.»

Als Rae mit dem Geschirr und auch mit unseren Smartphones zurückkehrt, habe ich ein Feuer in der Feuerstelle entzündet.

Sorgfältig packt sie die Teller und das Besteck wieder in die Taschen, bevor sie mit der Zahnbürste zum Flussufer geht. Ich höre Wasser plätschern, kurz darauf ist sie wieder da und setzt sich neben mich.

«Gut, dass man hier nicht auch noch Krokodilspray braucht», sagt sie, und nach einer Weile: «Oh Gott, sieh dir die Sterne an. Ist das nicht unglaublich?»

Sterne scheint es hier tatsächlich mehr zu geben als anderswo. Der Himmel über dem Fluss ist übersät davon, sie hängen über uns wie eine Myriade winziger Fenster in andere Welten.

Zum ersten Mal scheinen die riesigen Bäume um uns herum mich nicht zu erdrücken, sondern zu beschützen. Ich sitze in einer Art Waldnest, während mein Verstand versucht zu umreißen, dass wir von dort oben selbst nur ein winziger Lichtpunkt sind; dass alles nur eine Frage der Perspektive ist.

Mein Verstand kapituliert.

Raes Kopf sinkt auf meine Schulter, und es dauert ein wenig, bis ich mich zum einen von meiner Überraschung erholt habe und zum anderen feststelle, dass sie schläft.

Sie schnarcht leise, fast ein bisschen wie Katzenschnurren, und als ihr Kopf nach hinten zu rutschen beginnt, lege ich ihr einen Arm um die Schultern, um zu verhindern, dass sie umkippt.

Ewig sitze ich so da, mit Rae in meinem Arm, bis sie plötzlich irgendetwas murmelt und ein wenig benommen von mir wegrückt. «Was ...?»

Ich kann ihr Gesicht nicht mehr erkennen, es ist zu finster und das Feuer zu weit heruntergebrannt.

«Sind wir noch im Wald?»

«Sind wir.»

«Haben wir uns gerade geküsst?»

«Bitte? Nein ... also, nein, ich denke nicht.»

«Ah.» Stille. «Ich glaub, ich hab geträumt. Ich geh ins Bett.»

Neben mir raschelt es, als Rae sich umständlich erhebt und sich zu ihrem Zelt tastet. Eine Weile noch höre ich es darin rumoren, dann noch einmal Raes Stimme. «Gute Nacht.»

«Gute Nacht.»

Ich sitze noch ziemlich lange da. Und frage mich, ob Rae gerade tatsächlich geträumt hat, wir würden uns küssen.

12.

RAE

Als ich erwache, ist es kalt im Zelt, und ich habe es nicht eilig, mich aus Jacksons kuscheligem Schlafsack zu wühlen.

Gestern Abend bin ich eingeschlafen, als hätte man einen Schalter umgelegt. Ich weiß noch, dass ich am Fluss meine Zähne geputzt und zu Cayden irgendetwas in Richtung Krokodilspray gesagt habe, aber das ist auch schon alles. Und an die Sterne kann ich mich erinnern. Was für ein Wahnsinnshimmel.

Draußen ist noch alles still, abgesehen vom Gurgeln des Flusses und dem Dauergezwitscher der Vögel natürlich. Ich strecke mich nach meinem Smartphone. Kurz vor sieben. Ausgehend von den Sonnenstrahlen, die gerade ihr Bestes geben, das Zeltinnere zu erwärmen, hätte ich auf mindestens zehn getippt.

Ob Cayden auch schon wach ist?

Ich drehe mich auf den Rücken und verschränke die Hände im Nacken. Eigentlich dachte ich, es würde mir nicht sonderlich viel Spaß machen, in einem Zelt zu übernachten, aber es ist erstaunlich gemütlich. Nur der Gedanke, jetzt quer über den Campingplatz zu den Toilettenräumen laufen zu müssen, fühlt sich nicht wirklich kuschelig an. Und ich muss vorher noch bei den Lockern vorbei, das Duschgel mitnehmen.

Inmitten des hellen Vogelgezwitschers ist hin und wieder

das Krächzen einer Krähe zu hören. Oder vielleicht ist es ein Rabe oder was weiß ich.

Ich schließe mit mir selbst ein Abkommen: Wenn ich das Krächzen zehnmal gehört habe, stehe ich auf.

Unmittelbar darauf krächzt das blöde Vieh mindestens zwanzigmal hintereinander.

Seufzend verkrieche ich mich für ein paar Sekunden noch etwas tiefer in meinem warmen Kokon, dann löse ich mein Versprechen ein und schäle mich aus dem Schlafsack heraus.

Aus Caydens Zelt dringt kein Geräusch, während ich mit meinen Sachen unter dem Arm ins Freie trete.

Der Fluss glitzert türkisgrün im Sonnenlicht, und ich krieche noch mal ins Zelt zurück, um mein Smartphone zu holen. Mum freut sich sicher über ein paar Bilder, und ich will auch Erinnerungsfotos.

Gestern habe ich meiner Mutter auf dem Rückweg von den Bärenlockern noch eine Nachricht geschrieben, und unter dem Herz, das sie mir daraufhin zurückgeschickt hat, taucht jetzt das Flussbild auf.

Ich hoffe, Mum fühlt sich gerade nicht allein, jetzt, wo nicht nur Dad unterwegs ist, sondern ich ebenfalls.

Die Waschräume sind sauber, das Wasser in der Dusche allerdings nicht eben warm. Immerhin verleitet es nicht zum stundenlangen Duschen – vielleicht ist das ja Absicht.

Von Cayden ist noch immer nichts zu sehen, als ich unseren Zeltplatz wieder erreiche. Mittlerweile ist es zwanzig vor acht, allerdings halte ich es für unwahrscheinlich, dass er in den nächsten ein, zwei Stunden wach wird. Wecken will ich ihn auch nicht – warum auch, wir haben Zeit –, weshalb ich mich schließlich auf einen Felsen am Flussufer setze, die Augen schließe und mir die Sonne auf den Kopf scheinen lasse.

Irgendwann kommt mir in den Sinn, dass ich mein T-Shirt von gestern im Fluss auswaschen könnte, und ich stapfe zum Zelt, um es zu holen.

Als das Shirt über einen Stein zum Trocknen ausgebreitet liegt, hat sich noch immer nichts getan.

So langsam kriege ich Hunger. In meinem Rucksack ruht, eingewickelt in eines von Caydens extraschnell trocknenden Handtüchern, eine Schachtel Timbits – zwölf Stück, eins leckerer als das andere. Ich könnte einfach zwei davon essen. Niemand würde es je erfahren.

Unruhig rutsche ich auf meinem Stein hin und her.

Es blieben immer noch fünf für jeden ... wäre das nicht völlig in Ordnung?

Aber ... nein. Nein.

Angestrengt starre ich auf das vorüberrauschende Wasser.

Sour Cream Glazed, habe ich gekauft, und *Honey Cruller*. Zwei sind mit Erdbeeren gefüllt und zwei mit Himbeeren. Und natürlich gibt es welche mit Schokoglasur.

Ich kenne mich. Früher oder später würde ich es Cayden erzählen, und wie sähe ich dann aus? Wie ein maßloses, gieriges Timbits-Ungeheuer.

Was ich ja auch bin.

So gesehen.

Gerade als ich mich erhebe, um nach der Schachtel zu schauen, sind aus Caydens Zelt Geräusche zu hören.

Ich setze mich wieder hin.

Minutenlang geschieht gar nichts.

Kommt er jetzt raus? Oder ist er wieder eingeschlafen?

Zwei *Birthday Cake* Timbits sind auch noch dabei.

Wenn Cayden nicht aus seinem Zelt kommt, bis ich bis hundert gezählt habe, müssen diese beiden dran glauben, fertig.

Ich bin bei achtundsiebzig, da öffnet sich der Reißverschluss – Mist! –, und Cayden taucht aus den Tiefen seines Zeltes auf.

Zuerst silberhelles Haar, dann entfaltet sich der ganze Mann. Sonderlich wach wirkt er noch nicht.

Er trägt ein schwarzes Shirt und graue Jogginghosen, ansonsten ist er barfuß, zerzaust, und er gähnt so ausgiebig, als wolle er gleich wieder im Schlafsack verschwinden.

«Morgen.»

«Guten Morgen», erwidere ich.

«Wie viel Uhr ist es?»

«Kurz vor zehn.»

«So früh?»

«Wann stehst du denn sonst auf?»

«Weiß nicht. Später.» Er streckt sich, fährt sich mit einer Hand durch sein ohnehin verstrubbeltes Haar und setzt dabei ein erstes Grinsen auf.

«Warst du schon duschen?», fragt er.

«Offensichtlich. Sonst wäre ich kaum angezogen.»

Cayden brummt irgendetwas und verschwindet im Zelt. Augenblicke später ist er wieder draußen, mit Flipflops an den Füßen und seinen Klamotten in der Hand.

«Dann geh ich auch mal. Gibt's warmes Wasser?»

«Nicht wirklich.»

«Fuck.»

Das sagt er leise, bereits am Gehen, und ich sehe ihm hinterher, wie er zwischen den Bäumen verschwindet.

So unperfekt habe ich einen Cayden Terrell überhaupt noch nie erlebt. Hat was.

Eine Weile noch hänge ich diesem Gedanken nach, dann stehe ich auf, um die Timbits möglichst ansprechend herzurichten. Die Teller befinden sich von gestern noch in meinem Rucksack, und ich verteile jeweils sechs Doughnuts in einem perfekten Kreis darauf. Ich würde in die Mitte noch Blüten der Wildblumen legen, die am Flussufer wachsen, aber ich nehme an, dass Cayden über so etwas nur grinsen würde. Egal. Sieht auch ohne Blumen hübsch aus. Oder vielmehr lecker.

Kurz überlege ich, alles wieder einzupacken, um die Teigbällchen hervorzuzaubern, wenn wir eine Woche lang Tütensuppen gegessen haben, aber das wäre Blödsinn. Die Dinger werden ja trocken.

Ich habe meine Isomatte aus dem Zelt geholt und sitze darauf vor meinem Teller, als Cayden endlich vom Duschen zurückkehrt. Die nassen Haare hat er sich nach hinten gekämmt, er trägt die Trekkinghosen von gestern und ein frisches Shirt. Mag sein, dass ich nur besonders gut gelaunt bin, weil ich mich gerade so auf die Timbits freue, aber der Ausdruck in seinem Gesicht wirkt friedlicher als gewöhnlich.

«Guten Morgen! Frühstück!», rufe ich. Verrückterweise gelingt es mir gerade kaum, meine Aufregung zu unterdrücken – wehe, er ist jetzt nicht begeistert.

Er stockt, als er die Teller entdeckt. «Wo kommen die denn her? Kann man die hier kaufen?»

«Nein, natürlich nicht! Ich hab sie mitgebracht.»

«Ich liebe die Teile!»

Cayden streckt schon eine Hand nach einem der Bällchen aus, dann besinnt er sich und lässt sich zuerst mir gegenüber auf der Matte nieder.

«Ich hab's mir überlegt – du darfst doch für mich kochen», sagt er.

«Vergiss es.»

«Okay, aber du könntest gelegentlich für mich einkaufen.

Scheint mir auch sicherer zu sein.» Er lacht. «Welches zuerst?»

Durch diese Frage hat er sich gerade ein paar Pluspunkte verdient. Man muss darüber nachdenken, welchen Doughnut man zuerst isst – es muss immer eine Reihenfolge geben.

«Wir essen zuletzt den leckersten.»

«Okay. Dann ...» Cayden greift nach dem Bällchen mit Schokoladenglasur.

«Zuletzt den leckersten, hab ich gesagt.»

«Ja, mach ich doch.»

«Sorry, ich dachte ... Die meisten Leute heben sich immer den Schokotimbit für den Schluss auf, dabei sind die auf keinen Fall die leckersten.» Genau wie Cayden picke ich zuerst das Schokobällchen heraus.

Mmh. Um Längen besser als Nudeln mit Pilzgeschmack.

Cayden hält schon den nächsten in der Hand. *Birthday Cake*. Ich wähle eines der mit Himbeeren gefüllten, und danach nehmen wir beide das Erdbeertimbit.

«Die Dinger sind zu schnell aufgegessen», sagt Cayden bedauernd. «Vielleicht sollten wir die anderen drei für heute Abend aufheben.»

«Auf keinen Fall», widerspreche ich. «Denk an die Bären.»

«Hast recht.» Cayden schnappt sich einen *Honey Cruller*. «Wir gefährden sonst den ganzen Campinglatz.»

«Eben.»

Auf meinem Teller muss der *Birthday Cake* dran glauben, und jetzt hat jeder von uns nur noch zwei. Gespannt warte ich darauf, ob Cayden sich als Vorletztes für den mit Himbeeren gefüllten Timbit oder *Sour Cream Glazed* entscheidet.

Seine Haare, in der Sonne mittlerweile etwas getrocknet, fallen ihm in die Stirn, als er aufsieht. «Zuerst du.»

«Nein, du.»

«Es kann da ganz klar nur einen Sieger geben.»

«Sehe ich auch so.»

«Okay, gleichzeitig. Bei drei. Eins, zwei ...»

Ich greife nach meinem *Honey Cruller*, Cayden nach dem Himbeertimbit. Auf jedem der Teller liegt jetzt nur noch ein einsames *Sour Cream Glazed*, und wir sehen uns so zufrieden an, als sei es uns gerade gelungen, uns auf den Namen unseres ersten Kindes zu einigen.

Ich meine ... Gott, was für ein blöder Vergleich.

«Okay, was steht heute an?» Cayden verschlingt mit zwei Bissen seinen vorletzten Doughnut, stützt dann beide Hände hinter sich auf der Matte ab und streckt die Beine aus.

«Wir könnten ...» Ich hole mein Smartphone heraus. «Wir könnten uns den Maligne Canyon ansehen.»

«Wie weit ist das?»

«Etwas über drei Stunden, sagt Google Maps.»

Cayden zieht ebenfalls sein Telefon hervor. «Sieht nett aus, der Canyon. Gut, machen wir.»

Eine Dreiviertelstunde später haben wir unsere Rucksäcke für die Wanderung gepackt und laufen neben dem Icefields Parkway wieder in Richtung Jasper. Die Jacken haben wir uns umgebunden, wir haben Glück mit dem Wetter. Das könnte Ende Mai auch noch ganz anders aussehen.

Immer wieder schimmert der Fluss rechts von uns zwischen den Bäumen hindurch, und als wir den Wanderweg neben dem Icefields Parkway verlassen und dem Athabasca River folgen, werden wir langsamer, weil ich unzählige Fotos von den sich majestätisch im Sonnenlicht erhebenden Gipfeln über dem glitzernden Wasser machen muss.

Im Gegensatz zu gestern im Wald sind wir nicht die einzigen

Wanderer, die zur Maligne-Schlucht laufen, und ausgehend von den Autos, die uns auf der Straße neben dem Wanderweg überholen, könnte es ziemlich voll werden. In diesem Moment stört mich das allerdings kaum, die Landschaft ist einfach zu schön, um weiter darauf zu achten. Beinahe wehmütig betrachte ich im Vorbeilaufen all die schmalen Pfade, die von unserem Weg abgehen und die in den Wald hinein oder Richtung Fluss verschwinden. Am liebsten möchte ich jeden einzelnen Weg von seinen Anfang bis zum Ende abgehen, um keinen einzigen magischen Ort versehentlich zu verpassen.

Cayden läuft gleichmütig neben mir. Im Gegensatz zu mir hat er noch kein einziges Foto gemacht.

Auf einer Brücke kann ich nicht mehr an mich halten. Von hier aus eröffnet sich ein großartiger Ausblick auf den Athabasca River, der sich in einiger Entfernung um eine Insel herum teilt. Riesige Tannen säumen seine Ufer, zum Horizont hin türmen sich waldbewachsene Berge, und ich mache unzählige Fotos, während Cayden langsam weitergeht.

«Cayden, warte!»

Der Versuch, diese Aussicht in den winzigen Ausschnitt der Smartphonekamera zu pressen, ist unendlich frustrierend. Jedes Mal, wenn ich das Display betrachte und dann den Kopf hebe, möchte ich noch etwas weiter zurückgehen, um mehr von allem auf das Bild zu bekommen. Auf einer Brücke ein ziemlich aussichtsloses Unterfangen, abgesehen davon, dass mir ständig Leute vor die Linse laufen.

Cayden ist nach meinem Ruf wieder an das Geländer herangetreten und schaut über den Fluss hinweg in die Ferne. In seinem Gesicht lässt sich nicht ausmachen, was gerade in ihm vorgeht. Dass er so überwältigt ist wie ich, wage ich allerdings zu bezweifeln.

«Okay, wir können weiter.» Ich habe genug Fotos. Fürs Erste. Wir sind noch keine hundert Meter gelaufen, da ziehe ich mein Smartphone schon wieder hervor.

«Gib's auf, Rae.» Cayden schüttelt grinsend den Kopf. «Einfach genießen.»

«Genießt du denn gerade?», frage ich.

«Klar, wie verrückt.»

Ich verdrehe die Augen. Während ich trotzdem versuche, irgendwie das Gefühl einzufangen, das mich beim Anblick der Landschaft überkommt, wartet Cayden geduldig neben mir. Zumindest hoffe ich, dass er es geduldig tut.

«Mum, guck mal! Die Frau hat blaue Haare!»

Ein kleines Mädchen ist in einiger Entfernung von uns stehen geblieben und starrt mich fasziniert an. Seine Mutter wirft mir einen entschuldigenden Blick zu, bevor sie nach der Hand ihrer Tochter greift. «Ja, stimmt», erwidert sie. «Es kann ja jeder Mensch die Haarfarbe haben, die er will. Sorry», fügt sie in meine Richtung gewandt hinzu, und ich zucke lächelnd mit den Schultern.

«Kann ich auch blaue Haare haben?», höre ich die Kleine noch. «Oder rosa?»

Neben mir lacht Cayden auf. «Soll ich dich mal fotografieren?», fragt er dann. «So mit Fluss und Bergen und Bäumen und allem?»

«Oh ja, bitte.» Das kann nur besser werden als die unzähligen Selfies, die ich bisher zustande gebracht habe. Mein Arm ist ärgerlicherweise nicht lang genug, um das Meiste von dem, was ich Mum gern zusammen mit mir zeigen möchte, draufzukriegen.

Ich stelle mich in Positur, und als Cayden sein Smartphone wieder sinken lässt, trete ich neben ihn. «Zeig mal.»

Er hat eine Reihe an Fotos gemacht, auf denen ich vor dem Athabasca River sehr fröhlich aussehe – Mum wird die Bilder mögen.

«Schickst du mir die?», bitte ich ihn.

«Klar.» Ein paar Sekunden später gibt mein Handy einen Summton von sich.

«Wie hast du deine Haare eigentlich blau gekriegt?», will er wissen, während wir langsam weitergehen. «Die sind doch eigentlich dunkel, oder?»

«Man muss sie zuerst bleichen», erwidere ich. «Du hättest mit deinen Haaren gleich die besten Voraussetzungen.»

«Ich glaube, blau würde mir nicht stehen.»

«Grün vielleicht?»

«Dann schon lieber schwarz.»

Eine Gruppe Wanderer drängt sich an uns vorbei, und ich trete zur Seite, während ich versuche, mir Cayden mit schwarzen Haaren vorzustellen. «Du würdest aussehen wie ein Vampir.»

Wenn auch ein attraktiver Vampir, aber das behalte ich für mich. Ist ja auch nicht besonders wichtig.

«Okay, vergessen wir das wieder.» Cayden rückt seinen Rucksack zurecht. «Ganz schön was los hier.»

Das stimmt allerdings. Es ist eine wunderschöne Strecke, vorbei an mehreren Seen, die wie Achate in Blau- und Grüntönen zwischen den hohen Tannen eingebettet liegen. Doch obwohl mir die Schönheit des Beauvert Lake, des Edith Lake, des Annette Lake bisweilen wirklich den Atem verschlägt, fühlt es sich gleichzeitig aufgrund der vielen Menschen wie ein besonders spektakulärer Sonntagsausflug an.

«Wir könnten jetzt der Maligne Lake Road bis zum Canyon hin folgen», sagt Cayden irgendwann. «Oder wir nehmen diesen Weg hier.»

Er hält mir sein Smartphone vor die Nase und tippt auf eine violette Linie.

«Geradeaus? Aber wir müssen uns doch rechts halten, oder?»

«Wenn wir direkt zum Maligne Canyon wollen, schon.» Cayden vergrößert den Ausschnitt. «Aber wir können auch bei der *Sixth Bridge* starten und dann diesem Weg hier am Canyon entlang bis zur *First Bridge* folgen.»

Wir mustern beide das filigrane lila Netz auf dem Display des Smartphones und die Linie, die Cayden hervorgehoben hat.

«Ich habe allerdings keine Ahnung, was das für ein Weg ist», merkt er an. «Vielleicht muss man irgendwo klettern.»

«Wenn es zu schwierig wird, gehen wir einfach zurück.» Ich strecke den Rücken durch. «Oder?»

Cayden nickt, und Minuten später haben wir den offiziellen Wanderweg verlassen und mit ihm all die Leute, die an diesem schönen Tag ebenfalls die Maligne-Schlucht zum Ziel haben.

Der Weg zur *Sixth Bridge*, die den Maligne River überspannt, führt durch dichten Wald. Eigentlich ist es kaum mehr ein Weg, mehr ein schmaler, überwachsener Pfad – weiß der Himmel, wer ihn im Laufe der Zeit angelegt hat.

Ohne die Geräuschkulisse der anderen Wanderer ist es kurz darauf seltsam still, so wie gestern Nachmittag, als wir noch einen kurzen Spaziergang auf einem der Schleichwege um den *Wapiti Campground* herum unternommen haben. Nur das dumpfe Geräusch unserer Schritte, Vogelzwitschern und das gelegentliche Surren eines Insekts sind zu hören.

Cayden hält sein Smartphone wie einen Kompass in der Hand, ganz auf die lila Linien konzentriert.

«Du würdest einen Bären erst bemerken, wenn du in ihn reinrennen würdest», bemerke ich, und Cayden sieht auf.

Sein Blick ist plötzlich wachsam geworden, und obwohl ich grinsen muss, bereue ich meine Bemerkung. Wir befinden uns inmitten dichten Unterholzes, die Tannenwipfel haben sich wie ein Baldachin über unseren Köpfen geschlossen. Vielleicht ist das hier ja ein Bärenschleichweg.

Ja klar, und der Bär hat ihn auch in der App gespeichert, versuche ich mich selbst zu beruhigen und taste gleichzeitig nach dem Bärenspray. Haven hat mich mit ihren Geschichten offenbar doch ein bisschen irre gemacht.

«Wir sollten uns unterhalten», sagt Cayden. «Damit wir keine Tiere überraschen.»

«Okay. Erzähl was über dich.»

«Was willst du wissen?», erwidert er.

In diesem Moment ist ein Krachen in den Büschen zu hören, etwas hat sich in Bewegung gesetzt, nur wenige Meter von uns entfernt, und ich kann nicht erkennen, ob dieses Etwas gerade die Flucht ergreift oder auf uns zukommt.

CAYDEN

Fuck. Bärenspray. Wo habe ich das verfluchte Bärenspray hingesteckt? Rae hält ihres bereits in der Hand, mit ausgestrecktem Arm steht sie vor mir, als wolle sie uns beide beschützen, komme, was da wolle. In der nächsten Sekunde bricht ein riesiger Hirsch aus dem Unterholz, einen Augenblick lang starren wir uns gegenseitig erschrocken an, dann springt das Tier zur Seite, noch mehr Zweige knacken, und es ist wieder verschwunden.

«Oh Gott.» Raes Arm zittert. «Oh, heilige Scheiße.» Als sie sich zu mir umdreht, sind ihre Augen noch immer weit aufgerissen, und ein hysterisches Lachen begleitet ihre nächsten Worte. «Ich dachte gerade echt, da kommt ein Bär.»

«Vielleicht ist der Hirsch ja vor einem weggelaufen.»

Wir lauschen beide in die zurückgekehrte Stille des Waldes hinein.

«Wenn, dann ist er ziemlich gut im Anschleichen», setze ich irgendwann dazu.

Erst jetzt senkt Rae die Hand, mit der sie noch immer die Sprühdose umklammert. «Wo ist eigentlich dein Bärenspray?», will sie wissen.

«Im Rucksack.»

«Wow, da hat du ja echt mitgedacht.»

Sie lacht, und es wurmt mich einigermaßen, dass ich mir diese spöttische Bemerkung zu Recht gefallen lassen muss.

«Wie hattest du dir das so vorgestellt?», erkundigt sie sich. «Einen Moment bitte, lieber Bär, wenn du vielleicht kurz warten würdest? Ich muss erst meinen Rucksack ...»

«Halt die Klappe.» Ich verdrehe die Augen und gehe weiter.

Rae folgt mir, noch immer vor sich hin kichernd. «Irgendwo muss es sein, gib mir noch eine Minute, ich weiß genau, dass es ...»

«Rae!» Ich wende mich zu ihr um, dann muss ich ebenfalls lachen und lasse den Rucksack von meinen Schultern rutschen. «Warte.»

Kurz darauf befindet sich das Bärenspray in meiner Jackentasche, und Rae hat sich endlich wieder eingekriegt.

«Du wolltest mir gerade etwas über dich erzählen», sagt sie.

«Wollte ich? So viel gibt es gar nicht über mich zu erzählen.»

«Du weißt schon, dass das alle immer sagen, oder?»

«Die meisten Leute können ja auch nichts Interessantes über sich erzählen.»

«Dann bist du also wie die meisten Leute?»

Ich seufze. «Okay – frag mich was.»

Rae überlegt einen Moment. «Wie ist dein zweiter Vorname?»

«Theodore.»

«Theodore?» Ihre Augen werden kugelrund, und ich sehe ihr an, dass sie sich schon wieder ein Lachen verkneift.

«Du kannst mich Theo nennen.»

«Danke, ich bleibe bei Cayden.»

«Wie du willst.»

«Okay, neue Frage.» Sie schiebt die Äste eines Strauchs zur Seite, der beinahe schon auf unserem Trampelpfad wächst. «Sind deine Haare tatsächlich so hell, oder hilfst du nach?»

«Bitte was?»

Rae guckt mich nur neugierig an.

«Die sind so, wie sie sind.»

«Ich kenne keinen Menschen, der so helle Haare hat wie du.»

«Ich kenne auch keinen Menschen, der so blaue Haare hat wie du.»

Sie grinst und pustet sich eine Strähne aus dem Gesicht. «Hast du dir schon einmal etwas gebrochen?»

«Nein.»

«Wie warst du so als Kind?»

«Normal.»

«Im Gegensatz zu allen unnormalen Kindern?»

«Nein, ich war einfach ... nix Besonderes. Ging in die Schule, musste Klavier lernen und hatte keinen Bock darauf ... normal halt.»

«Du kannst echt Klavier spielen?»

«Du hast überhört, dass ich keine Lust dazu hatte.»

«Aber du kannst es?»

«Ein bisschen.»

«Ich habe früher auch Klavier gespielt.»

Das kommt spontan, und irgendwie klingt es so, als habe Rae noch weitersprechen wollen und sich dann selbst unterbrochen.

«Warum spielst du nicht mehr?», hake ich nach.

Sie schüttelt den Kopf. «Keine Ahnung. Zu wenig Zeit vielleicht.»

Keine besonders gute Ausrede für jemanden, der lediglich abends in einem Kino arbeitet.

«Was wolltest du werden, als du noch klein warst?», fragt sie jetzt.

«Weiß ich nicht mehr.»

«So was vergisst man doch nicht.»

«Weiß ich aber echt nicht mehr. Ich glaube, ich wollte nie irgendetwas werden.»

«Pilot? Polizist? Baggerfahrer?»

«Vermutlich wollte ich einfach endlich älter werden, um alleine leben zu können. Erwachsen werden wollen ja wohl alle», füge ich hinzu, um meine vorschnelle Antwort ein wenig abzumildern – vergeblich, wie sich an Raes Blick erkennen lässt.

«Ich wollte immer einen Pferdehof haben», sagt sie langsam.

«Du reitest?»

«Früher mal, ja. Warum wolltest du unbedingt ausziehen?»

Vielleicht ist es dieser geschützte Raum, in dem wir uns befinden, nur Rae und ich, die beiden letzten Menschen auf dieser Erde, in einem grünen, lichtdurchwirkten Waldtunnel, der mich jetzt ehrlich antworten lässt. Gerade so ehrlich, wie mir das eben möglich ist.

«Zu viele Regeln.» Ich sehe knapp an ihr vorbei, während ich das sage. «Was hast du früher noch alles gemacht, was du mittlerweile nicht mehr tust?»

In erster Linie frage ich das, damit Rae nicht weiterbohrt, und ich weiß sehr genau, dass ich mich damit ziemlich weit vorwage, aber so etwas wie *Was ist dein Lieblingsessen?* hätte sie garantiert nicht abgelenkt. Davon jedoch abgesehen, will ich wirklich wissen, warum in Raes Sätzen so oft das Wort *früher* auftaucht. Früher mal Klavier gespielt, früher mal geritten. Und Haven hat irgendwann erzählt, Rae sei früher gern auf Partys gegangen, aber mittlerweile nicht mehr. Da gibt es einen Bruch zwischen früher und heute, und mit Sicherheit hängt der mit Raes Schwester zusammen, mit dieser Schwester, über die sie nicht spricht. Gespannt warte ich auf ihre Antwort.

«Das ist eine seltsame Frage», erklärt Rae jedoch nur, nachdem sie ziemlich lang darüber nachgedacht hat. «Fängt man nicht ständig neue Dinge an und gibt dafür andere auf?»

«Und was fängst du so Neues an?»

«Yoga.» Diese Antwort kommt schnell. «Mit Haven war ich neulich sogar in einem Studio. Oder Krav Maga.»

«Ist das dieser Kampfsport aus Israel?»

«Genau.»

«Darüber habe ich mal gelesen. Seit wann machst du das?»

«Seit zwei Jahren. Ich habe damit angefangen, als wir hierhergezogen sind. Da vorn kommt eine Straße.»

Es ist weniger eine Straße als ein Schotterweg, aber im Vergleich zu dem Pfad, den wir seit einer Weile entlanglaufen, ist der Begriff durchaus gerechtfertigt. Breit genug, dass Autos darauf fahren können, führt sie zu einem kleinen Parkplatz, auf dem ziemlich viele Wagen stehen, und von dort aus zur *Sixth Bridge*, einer Holzkonstruktion, die an dieser Stelle über den schnell dahinfließenden Athabasca River führt. In Ufernähe ist das Wasser so klar, dass man das Felsgeröll im Flussbett erkennen kann.

Rae hat bereits wieder ihr Smartphone aus der Tasche gezogen, und als ich wortlos die Hand danach ausstrecke, gibt sie es mir und lehnt sich gegen das mit einem Maschendrahtzaun gesicherte Holzgeländer.

Der Fluss, jede Menge Bäume unter einem strahlend blauen Himmel und in der Mitte des Bildes Rae, die in die Kamera lächelt. Mir gefällt das Foto, und ich nehme an, auch Raes Mutter wird es mögen.

Der Weg zur *Fifth Bridge* läuft direkt am Athabasca River entlang. Ein gutes Stück unter uns am Fuße abschüssiger Felsen wird das Wasser zunehmend wilder. Umgestürzte Bäume, die in den Fluss hineinragen, und das dichtbewachsene Ufer auf der anderen Seite verleihen dem Ort etwas Märchenhaftes. So als könnte im nächsten Moment einfach ein Drache über uns hinwegfliegen.

Angesichts der parkenden Autos habe ich mit sehr viel mehr Menschen gerechnet, doch die meisten geben sich offenbar damit zufrieden, ein bisschen herumzulaufen und dann wieder umzukehren.

Erste kleinere Wasserfälle tauchen auf, streckenweise säumen Geländer den Weg, um unvorsichtige Wanderer davor zu bewahren, den Abhang hinunterzurutschen und sich mit der Strömung auf den Rückweg zur *Sixth Bridge* zu machen. Wir steigen in den Stein geschlagene Stufen hinauf, und nachdem wir die *Fifth Bridge* passiert haben, wird der Felsabhang zum Fluss hinunter mit jeder Minute steiler, bis man schließlich zu Recht von einem Canyon sprechen kann.

Es sieht aus, als habe ein Beben die Erdoberfläche einfach zum Bersten gebracht, sie auseinandergerissen, sodass unter scharfen Abbruchkanten der nackte Fels zu sehen ist, an den sich Moos und Gras und sogar dürre Bäume klammern. Mittlerweile sehr weit unter uns schäumen irrwitzige Stromschnellen über jedes Hindernis hinweg, und mehr als einmal befürchte ich, dass Rae ihr Smartphone aus der Hand fallen könnte, wenn sie sich über Absperrungen beugt, um das dahinschießende Wasser zu fotografieren.

Über den Bäumen sind immer wieder schneebedeckte Gipfel zu sehen, während wir die vierte und nur kurz darauf auch die letzten drei Brücken erreichen, die nur noch ein paar Minuten auseinanderliegen.

Auf der *First Bridge* stehen wir noch einmal ziemlich lang. Die hellen Felswände unter uns werden an vielen Stellen von irgendwelchen Flechten überwuchert, und ich frage mich, wo diese Pflanzen so ganz ohne Erde ihre Nährstoffe herbekommen. Und wie es den Bäumen direkt an der Steilkante gelingt, ihre Wurzeln festzukrallen. Was ist das überhaupt für ein Stein? Kalk? Kreide? Und leuchtet das Wasser deshalb so smaragdgrün, weil der Stein so weiß ist?

«Es ist einfach unglaublich!» Rae muss rufen, denn obwohl der Fluss sich metertief unter uns befindet, dröhnt er zu laut in unseren Ohren, um sich normal zu unterhalten. «Es ist so ... so ... ich meine, da existiert dieser wundervolle Ort, und ich wusste einfach nichts davon.»

«Es gibt viele Orte auf der Welt, von denen du nichts weißt.»

«Das ist es ja! Ich kenne nichts. Wirklich gar nichts. Von Winnipeg nach Edmonton, das war's. Dabei wollten wir früher immer reisen.»

Früher. Wir.

Auch Rae bemerkt, was sie da gerade gesagt hat, denn abrupt klappt ihr Mund zu, und sie wendet sich ab, um die Brücke ganz zu überqueren. Mit kurzen, entschlossenen Schritten läuft sie vor mir her, und ich mustere die wippenden, blauen Strähnen ihrer zusammengedrehten Haare, während ich ihr folge.

Es gibt hier ein Restaurant, doch ich schätze, ich muss Rae erst gar nicht fragen, ob sie dort etwas essen will.

Sie ist vor einer Informationstafel stehen geblieben und dreht sich jetzt zu mir um. «Wir könnten diesen Weg zurück nehmen, schau mal.» Sie weist auf eine gestrichelte Linie. «Der ist vielleicht nicht ganz so überlaufen.»

Ich hätte nichts dagegen, mir die Schlucht noch einmal aus der anderen Richtung kommend anzusehen, zucke jedoch nur mit den Schultern. «Okay.» Letztlich ist es egal.

Schweigend laufen wir nebeneinander den Pfad entlang, den Rae ausgewählt hat, bis wir Menschen und Autos und Restaurants hinter uns zurückgelassen haben. Die Atmosphäre ist eine andere als vorhin, und ich frage mich, was in Raes Kopf vorgeht. Denkt sie gerade an Leah? An all die Dinge, die sie nicht mehr zusammen unternehmen können?

Ohne anzuhalten, lässt sie ihren Rucksack von den Schultern gleiten, muss dann jedoch stehen bleiben, um etwas daraus hervorzuholen. Cracker.

«Möchtest du auch welche?»

«Wollen wir uns irgendwo hinsetzen und was essen?»

«Ich würde eigentlich lieber weitergehen.»

Sie wartet meine Antwort nicht ab, schnürt den Rucksack zu, schwingt ihn sich wieder auf den Rücken und marschiert los, die Crackerschachtel in der Hand.

«Rae?»

Sie sieht mich an, und in ihrem Blick liegt ein deutliches *Wag es bloß nicht.* «Was?»

«Egal. Nicht wichtig.»

Sie hat ja recht. Warum sollte sie mit mir über ihre Schwester sprechen wollen? Ausgerechnet mit mir? Wir sind nicht mal so was wie Freunde.

«Welche Tütensuppe machen wir uns später?» Sie lächelt, während sie mich das fragt, doch in ihren Augen ist immer noch Schmerz zu erkennen.

Einen Moment lang möchte ich sie an den Schultern packen. *Echt jetzt? Du bringst das Gespräch auf bescheuerte Tütensuppen, um nicht über deine Schwester reden zu müssen?*

Dann verfliegt dieser Impuls.

Ist ja nicht so, dass ich sie nicht verstehen würde.

13.

RAE

m Abend unseres zweiten Tages auf dem *Wapiti Campground* gibt es Reis à la Thai und am nächsten Morgen leider keine Timbits, sondern Haferflocken mit angerührtem Milchpulver und Instantkaffee. Alles schmeckt in erster Linie deshalb, weil Cayden und ich dabei auf den Athabasca River blicken können. Nach nur zwei Tagen fühle ich mich bereits, als sei ich irgendwie angekommen, doch als ich das unvorsichtigerweise Cayden während unseres Ausflugs zum *Valley of the Five Lakes* erzähle, lacht er nur. Selbst schuld. Egal wie anders ich mich hier fühle, Cayden ist immer noch der Alte.

In den nächsten Minuten laufen wir schweigend vor uns hin. Wir haben gerade einen der Holzstege betreten, die angelegt wurden, um Wanderer sicher über die halbüberschwemmte Moorlandschaft zu führen, in der wir uns gerade bewegen, als Cayden das Thema noch einmal aufgreift. Ein Stimmungswechsel entgeht ihm erstaunlicherweise nur selten.

«Okay, erklär mir, was du mit angekommen meinst.»

«Das lässt sich nicht erklären.»

«Wieso nicht? Irgendwas muss das doch auslösen. Du hast dein ganzes bisheriges Leben in Städten verbracht und ...»

«In nur zwei Städten», betone ich, weil Caydens Worte irgendwie nach Weltreise klingen.

«... und dann läufst du einen Tag lang in einem Wald herum und sagst, du würdest dich fühlen, als seiest du angekommen.»

«Ich hab schon mal versucht, dir das zu erklären, du hörst nicht zu.»

«Wann hast du das versucht?»

«An unserem ersten Tag hier.»

«Vorgestern? Du meinst das mit dem anders Atmen und so und dass du hier so sein kannst, wie du bist?»

Ich nicke nur. So wie Cayden es ausspricht, klingt es irgendwie nach naivem Selbsterfahrungstrip, und das gefällt mir nicht.

«Wieso kannst du nicht in Edmonton die sein, die du bist?»

«Weil ... man sich dort immer irgendwie auf andere Menschen einstellen muss.» Diese Antwort wird Cayden kaum zufriedenstellen. Unwahrscheinlich, dass er es für nötig hält, sich auf jemanden einzustellen.

«Auf wen?», fragt er dann auch erwartungsgemäß.

«Na ja – stellt man sich nicht auf jeden ein wenig ein?»

«Sollten einen Menschen nicht so nehmen, wie man ist?»

«Klar, aber man nimmt doch trotzdem Rücksicht, oder nicht?»

Cayden schweigt. Lange. Wir erreichen den ersten der fünf Seen, als er doch noch antwortet.

«Ich nicht», stellt er klar. «Ich bin der, der ich bin. Wenn du das rücksichtslos nennst, bin ich eben rücksichtslos.»

«Du tust und sagst also immer genau das, was du tun und sagen willst.»

«Yep.»

«Okay, was war dann das bei meiner Mutter? Da warst du ja wohl nicht der, der du normalerweise bist.»

«Wieso nicht?»

«Du warst nett. Geradezu unglaublich nett.»

Cayden rollt genervt mit den Augen. «Erstens: Ich kann durchaus nett sein. Wieso tust du immer so, als sei ich im Normalzustand eine Art Superschurke? Und zweitens: Bei deiner Mutter *wollte* ich so sein. Ich wollte, dass sie ein gutes Gefühl hat, was mich betrifft, damit du diese ganze Geschichte hier überhaupt machen kannst. Aber ich bin nie so, wie ich gar nicht sein will.»

Jetzt bin ich es, die nachdenklich neben Cayden hermarschiert. Seine Worte beschäftigen mich so sehr, dass ich mich nicht einmal mehr auf die Umgebung konzentrieren kann.

Ich bin selten die, die ich wirklich bin, fürchte ich. Meinen Eltern gegenüber bin ich die Rae, die halbwegs klarkommt, abgesehen von der Tatsache, dass ich es zu nicht mehr als zu einem unspektakulären Job im Kino gebracht habe. Die selbstbewusste Rae, die widerstandsfähige Rae, die, die sich nur für ein paar Wochen in ihr Bett verkrochen hat, bevor sie ihr Leben wieder aufnahm.

Haven gegenüber bin ich die umgängliche Rae, die ihre Freundin unterstützt, wenn die mal wieder nicht mitbekommt, dass Leute wie Cayden sich über sie lustig machen, und mit der sie über alles reden kann, was sie beschäftigt. Umgekehrt bin ich allerdings nicht ganz so offen.

Und Leute wie Jackson oder Maverick und Philippe sind gar nicht erst nah genug an mir dran. Für die bin ich nur die Freundin von Jacksons Freundin oder eben eine zuverlässige Mitarbeiterin.

Aber wer bin ich überhaupt wirklich? Das sind doch alles nur Teile von mir. Noch vor ein paar Tagen hätte ich behauptet, ich sei einfach die, die alle in mir sehen – warum fühle ich mich hier also plötzlich so, als sei ich eine andere?

Und was ist überhaupt mit Cayden? Bin ich Cayden gegenüber die, die ich bin? Cayden, der angeblich nie so ist, wie er nicht sein möchte?

«Willst du gar keine Bilder machen?»

Mit gesenktem Kopf bin ich seit geraumer Zeit den Wanderweg entlanggelaufen, doch jetzt sehe ich auf und taste unmittelbar darauf in meiner Jackentasche nach dem Telefon. Die ersten beiden Seen schimmerten in einer Mischung aus Grün und Blau, der dritte See allerdings leuchtet inmitten seiner grasbewachsenen Ufer wie ein polierter Edelstein. Enten ziehen gemächlich ihre Runden, und wenn sie kopfüber eintauchen, kann man sie im kristallklaren Wasser auf der Suche nach Nahrung umherschwimmen sehen. Das sonnenbeschienene Dunkelblau des vierten Sees kurz darauf lässt ihn sehr viel tiefer als die drei anderen Seen wirken, und als wir schließlich den fünften See erreichen, macht Cayden mich auf zwei Ruderboote aufmerksam, die am Ufer dümpeln.

«Ob wir uns eines davon mal ausleihen dürfen?»

Im Gegensatz zu gestern sind uns heute nur wenige Wanderer begegnet, und in diesem Moment sind wir sogar ganz allein. Bei den Booten angekommen, müssen wir feststellen, dass sie angekettet sind.

«Kann man wahrscheinlich bei irgendjemandem mieten.» Cayden streckt den Rücken durch, dann hält er plötzlich in der Bewegung inne. «Schau mal dort drüben.»

Ein Elch ist auf der gegenüberliegenden Seite zwischen den hohen Bäumen am Ufer hervorgetreten. Aufmerksam sieht er sich um, dann geht er einige Schritte ins Wasser hinein und beginnt zu trinken.

Vor lauter Anspannung fällt mir mein Smartphone ins Gras, und eine Schrecksekunde lang befürchte ich, das Tier durch die plötzliche Bewegung zu verjagen. Doch ohne von uns Notiz zu nehmen, richtet der Elch sich wieder auf, schlurft ein kleines Stück weiter und senkt erneut den Hals.

Ich zoome ihn so nah heran wie möglich, und als er ein zweites Mal aufsieht, gelingt mir ein Bild, auf dem jeder Wassertropfen zu erkennen ist, der von seiner überhängenden Oberlippe fällt.

Zu meinem Erstaunen hält Cayden ebenfalls sein Smartphone in der Hand. «Für Jackson», erklärt er, als er meinen Blick bemerkt.

«Sehr niedlich, dass dein erstes Foto ein trinkender Elch ist», bemerke ich grinsend.

Eine Weile noch beobachten wir den Elch, bis das Tier sich schließlich umdreht und wieder im Wald verschwindet. Ich kann verstehen, warum sogar Cayden das Bedürfnis hatte, diesen Moment festzuhalten. Obwohl ich Elche natürlich von Bildern her kenne und obwohl man sie in einem Zoo aus größerer Nähe beobachten kann, ist es etwas völlig anderes, hier zu stehen und dabei zuzusehen, wie selbstverständlich er sich bewegt, in seiner Welt, in die er einfach hineingehört.

Im Gegensatz zu mir.

Was habe ich Cayden vorhin erzählt? Ich würde mich fühlen, als sei ich angekommen? Er hat gelacht, und eigentlich ist es auch lächerlich, denn im Gegensatz zu diesem Elch bin ich hier nur Gast. Einer, der zum Bärenspray greift, sobald er einen der eigentlichen Waldbewohner hört.

Aber es stimmt, wenn ich sage, dass ich hier so sein kann, wie ich bin. Abgesehen davon, dass ich nicht wirklich in Worte fassen kann, wie oder wer ich bin. Auf jeden Fall versuche ich nicht, mich auf Cayden einzustellen. Oder? Oder tue ich das schon dadurch, dass ich mir Mühe gebe, mit seinen Sprüchen mitzuhalten?

Verflucht.

Elch müsste man sein. Der ist wirklich der, der er ist, und obendrein macht er sich null Gedanken darüber.

«Ich hab dir doch mal erzählt, ich würde diesen einen Song so gut finden, den aus *The Greatest Showman*», sage ich plötzlich, weil mir genau das in diesem Moment durch den Kopf schießt.

«Welchen Song?», gibt Cayden zurück, und falls er sich darüber wundert, wie ich jetzt auf dieses Thema komme, ist ihm selbstverständlich nichts davon anzumerken.

«*This is me.*» Langsam gehen wir den Wanderweg weiter, der den fünften See nicht umrundet, sondern zum vierten See zurückführt. «Für mich war der Song immer eine Art ... Bestätigung. Dass es in Ordnung ist, so zu sein, wie man ist, selbst wenn man eben so ist wie ich.»

Das ist toll. Ich teile meine innersten Gedanken mit Cayden, nur weil der gerade neben mir läuft. Vorhin hat er mich deshalb ausgelacht. Ich hätte lieber mit Haven hierherkommen sollen.

«Wie bist du denn?»

Cayden wiederholt seine Frage nicht, als ich nicht antworte. Während wir auf der anderen Seite des vierten Sees zurück zu unserem Ausgangspunkt laufen, denke ich darüber nach.

Wie bin ich denn? Wenn ich das wüsste. Früher hätte ich das beantworten können. Als Leah noch da war. Jetzt ist sie fort, und etwas hat sie von mir mitgenommen, und ohne dieses fehlende Teil kann ich nie wieder die sein, die ich bin. Oder zumindest nicht mehr die, die ich war.

Ich will aber unbedingt wieder so sein.

«Du solltest darüber reden.»

«Was?»

«Du solltest über deine Schwester reden.»

«Mit wem? Mit dir?» Ich lache auf. «Lass mal.»

Cayden mustert mich, und wüsste ich in diesem Moment nicht, dass er absolut in der Lage ist, sich auf jeden einzustellen, wenn er es gerade will, würde ich es vielleicht sogar tun. Einfach losreden, irgendwo anfangen, ohne jede Ahnung, wo genau das enden würde. Denn in seinem Gesicht steht das Verständnis geschrieben, das auch schon meine Mutter dazu gebracht hat, ihm gegenüber Leah zu erwähnen.

Worüber ich jetzt wütend werde, weiß ich selbst nicht so genau. Vielleicht auf Mum, die auf Cayden reingefallen ist, vielleicht auf Cayden, weil er diese Kilgrave-Nummer jetzt bei mir abzieht. Vielleicht auf mich selbst, weil ich es nicht geschafft habe, dieses positive Gefühl festzuhalten, das ich seit dem ersten Tag im Jasper National Park hatte. Ganz kurz schien es, als würde sich hier so vieles einfach in Wohlgefallen auflösen, als könne ich wieder frei sein … aber es war eine Täuschung. Und ich bekomme nicht einmal zu fassen, warum eigentlich. Denn es hat sich doch zuerst so angefühlt, verdammt!

Den ganzen Rückweg über begleitet uns ein unangenehmes Schweigen, doch keiner von uns ist in der Stimmung, etwas dagegen zu tun. Als wir den Campingplatz erreichen, würde ich am liebsten einfach in meinem Zelt verschwinden, wenn ich nicht Hunger hätte. Wir waren fast sechs Stunden unterwegs, die Haferflocken liegen eine ganze Weile zurück, und die beiden Energieriegel, die jeder von uns eingepackt hatte, ersetzen auch nicht wirklich eine Mahlzeit.

Mir ist es ganz recht, mich jetzt für einen Moment dieser unbehaglichen Stimmung zwischen Cayden und mir zu entziehen, auch wenn ich weiß, dass ich das nur für eine begrenzte Zeit tun kann. Vielleicht reicht eine kurze Unterbrechung ja schon. Mit einer dahingemurmelten Bemerkung in Richtung Cayden, der sich ans Flussufer gesetzt hat, mache ich mich auf den Weg zu den Bärenlockern, um mir dort zu überlegen, was ich kochen will. Die Auswahl ist nicht gerade riesig. Linsen, verfeinert mit Tütensuppenaroma? Es gäbe auch Kartoffelpüreepulver. Beides hätte ich vermutlich auch beim Reis und den Nudeln in Caydens Rucksack lassen können, denn es riecht nach nichts und stachelt meinen Appetit nicht gerade an.

Ich sehe vom Locker auf, als ich Schritte höre.

«Hi.» Steven, der Typ vom Check-in-Häuschen, der netterweise unsere Smartphones wieder auflädt.

«Hi», erwidere ich, greife nach den Linsen und irgendeiner Tütensuppe und schließe den Locker wieder.

«Und, wie gefällt es euch bisher?» Steven ist stehen geblieben, offensichtlich zu einem Gespräch aufgelegt.

«Gut.» Drei sparsame Buchstaben statt *atemberaubend* oder *unfassbar schön* – das wird allem, was ich seit Freitag hier gesehen habe, nicht gerecht, und deshalb füge ich hinzu: «Es ist wirklich großartig.» *Großartig*. Warum nicht gleich *Es ist toll* oder *Wirklich super*? Irgendwie finde ich selten die passenden Worte für meine Gefühle.

«Hör mal, was mir gerade einfällt – ich hab vorgestern gesehen, dass ihr mitten aus dem Wald gekommen seid. Ihr solltet besser auf den offiziellen Wegen bleiben. Querfeldeingehen ist nicht erlaubt, weißt du?»

«Ich dachte, das seien offizielle Wege – es gibt da eine App, die ...»

«Ah, diese App.» Steven knurrt es fast. «Ich weiß, wer die gemacht hat, und halb Jasper regt sich darüber auf – hoffentlich wird die bald gelöscht. Die Leute marschieren mitten durch Bärengebiete und kriegen es nicht mit, weil es dort keine Warntafeln oder Absperrungen gibt. Ich würde euch wirklich raten, die App nicht zu benutzen. Gerade jetzt im Frühling nicht.»

Mein Lächeln fällt mit Sicherheit schuldbewusst aus, und ich fühle mich wie die leichtsinnige Städterin, die ich in Stevens Augen garantiert bin. «Okay. Sorry.»

«Schon okay, konntet ihr ja nicht wissen», sagt Steven in einem Ton, aus dem ich ein nachsichtiges *Ihr armen Trottel* heraushöre.

«In den nächsten Tagen soll es übrigens einen Wetterumschwung geben, ich hoffe, ihr habt dafür passende Kleidung dabei.»

«Ja, klar.» Denke ich zumindest. Was heißt Wetterumschwung? Seit unserer Ankunft hier war es angenehm warm, beim Wandern sind wir so ins Schwitzen gekommen, dass wir uns die Jacken häufig nur umgebunden haben. Ich will Steven jetzt nicht danach fragen, er hält mich ohnehin schon für unerfahren genug. Die Wettervorhersage werde ich mir gleich einmal genauer ansehen, wenn ich wieder beim Zelt bin.

«Okay, dann – viel Spaß noch.» Steven nickt mir noch einmal zu, dann geht er weiter.

«Danke», murmele ich. Bären und Wetterumschwünge. Ein paar Sekunden lang denke ich noch darüber nach, dann mache ich mich auf den Weg zurück zu unserem Platz. Wenn ich bereits beim Gedanken an nicht ganz so optimale Bedingungen für eine Wandertour die Panik kriege, wäre ich wohl besser zu Hause geblieben.

Von Cayden ist nichts zu sehen, als ich unsere Feuerstelle erreiche.

«Cayden?»

Der Eingang zu seinem Zelt ist verschlossen, doch ich erhalte keine Antwort. Ich überlege nur kurz, bevor ich ein kleines

Stück des Reißverschlusses aufziehe und einen Blick auf einen leeren Schlafsack und Caydens Rucksack werfe. Der zumindest ist also noch da. Ich ziehe den Reißverschluss wieder zu. Wo auch immer Cayden hingegangen ist, sicher wird er gleich zurückkommen. Wahrscheinlich ist er nur bei den Toiletten.

Was jetzt? Unschlüssig sehe ich mich um. Ob ich schon einmal aus den Linsen und dem Kartoffelpüree ein Abendessen kochen soll? Dummerweise habe ich nicht wirklich aufgepasst, als Cayden an den letzten beiden Abenden den Kocher benutzt hat, doch so kompliziert wird die Handhabung dieses Dings nicht sein.

Ich setze mich auf den Stein, auf dem vorhin noch Cayden saß, ziehe mein Smartphone hervor und öffne die Wetter-App. Zwanzig Grad, einundzwanzig Grad, noch mal einundzwanzig Grad und am Mittwoch dann plötzlich nur noch zwölf. Okay, das ist ein Unterschied. Aber wenn ich das richtig sehe, hält es nur zwei Tage an, dann steigen die Temperaturen schon wieder. Sollte auszuhalten sein. Die angezeigte Windgeschwindigkeit beeindruckt mich schon eher. Eigentlich wollte ich Cayden vorschlagen, morgen den nächsten Campingplatz anzusteuern, doch unter diesen Umständen warten wir vielleicht lieber noch ein paar Tage – ich könnte mir vorstellen, dass wir bei diesen Temperaturen für die halbwegs warmen Duschen dankbar sein werden.

Bevor ich das Telefon wieder einpacke, schreibe ich Mum eine Nachricht, dann stehe ich auf und sehe mich um. Noch immer keine Spur von Cayden. Ob ich mir den Kocher holen darf? Es widerstrebt mir, einfach sein Zelt zu betreten, aber ich habe das Teil direkt neben seinem Rucksack stehen sehen.

Es wird schon in Ordnung sein.

Ohne einen genaueren Blick auf die herumliegenden anderen Sachen zu werfen, greife ich nach dem Kocher und dem Brennstoff, der beim Zurückrobben mit einem leisen Klirren gegen Glas stößt. Halb vergraben unter einem Handtuch ragt der Hals einer Ginflasche hervor. Sie ist noch fast voll, trotzdem habe ich ein unbehagliches Gefühl, während ich sie jetzt aufhebe. Ein Gedanke drängt in meinem Kopf nach vorn, noch bekomme ich ihn nicht zu greifen, doch er hat etwas mit dem Gin zu tun … eine Erinnerung …

Es war kein Parfum. Cayden hat an diesem einen Morgen, als ich Haven bei Jackson abholen wollte und sie nicht da war, nicht nach Parfum gerochen, sondern nach Gin.

Gin zum Frühstück, Gin beim Campen … langsam lege ich die Flasche wieder unter das Handtuch zurück.

Ob sich noch mehr Alkohol in Caydens Rucksack befindet? Ob ich einen schnellen Blick hineinwerfen soll, nur um das zu überprüfen?

Nein, das wäre nicht in Ordnung. Vielleicht sollte ich ihn darauf ansprechen? Aber eigentlich geht es mich auch gar nichts an.

Draußen lege ich mir den Kocher und den Brennstoff zurecht. Ich habe ungefähr im Kopf, wie die beiden Teile miteinander verbunden werden, unsicher bin ich allerdings, wie ich das Ding dann zum Laufen bringe. Wenn ich den Regler an der Flasche jetzt auf ON drehe, mache ich dann alles richtig? Es wäre doch peinlich, wenn Cayden wiederkäme, und hier gäbe es nur noch einen Krater zu bestaunen.

Wo bleibt er eigentlich? Seit ich wieder da bin, sind bestimmt zwanzig Minuten vergangen. So langsam müsste er wieder zurück sein, wenn er nur zu den Waschräumen gegangen ist.

Ich lasse den Kocher Kocher sein und laufe ein paar Schritte in die Richtung, aus der Cayden kommen müsste. Von hier aus sind auf den nächsten Plätzen zwei Caravans zu sehen und einige Leute, die entweder an den Picknicktischen sitzen oder in der Nähe ihrer Feuerstellen herumstehen, aber kein Cayden, der gerade zurück zu unserem Platz laufen würde.

Vage beunruhigt wende ich mich wieder ab. Hätte ich vorhin nicht Steven getroffen, der mir irgendetwas über Bären erzählt, würde ich mir jetzt garantiert überhaupt keine Gedanken machen. Leider habe ich Steven getroffen.

Wenn Cayden allein zu einem Spaziergang vor dem Abendessen aufgebrochen wäre, hätte er mir das doch gesagt, oder? Miese Stimmung hin, miese Stimmung her.

Unschlüssig beiße ich auf dem Gelenk meines linken Daumens herum.

Die App befindet sich nur auf Caydens Handy. Ihn trotzdem suchen zu wollen, wäre total sinnfrei.

Moment, sein Handy – wieso fällt mir das jetzt erst ein?

Eine halbe Minute später weiß ich, dass sein Telefon nicht eingeschaltet ist. Verdammt, Cayden.

In Gedanken sehe ich ihn vor einem riesigen Grizzly stehen und sein Bärenspray suchen, und das scheint mir nicht halb so witzig zu sein wie gestern noch.

Ob ich Steven Bescheid sagen sollte?

Herrgott. Ich bin wie Mum. Cayden ist jetzt vielleicht eine halbe Stunde unterwegs. Kein Grund, gleich einen Notruf abzusetzen, oder? Er wäre bestimmt extrem begeistert, wenn er irgendwo hundert Meter weiter am Fluss sitzt und plötzlich ein Großaufgebot an Rangern auf ihn zustürmt.

Ich werfe einen Blick auf die Uhr. Kurz vor sechs.

Halb sieben. Wenn er bis halb sieben nicht wieder da ist, suche ich Steven.

CAYDEN

Als ich zu unserem Zeltplatz zurückkehre, stürzt Rae mit einem Ausdruck im Gesicht auf mich zu, bei dem ich unwillkürlich stehen bleibe.

«Wo warst du?»

«Hä?»

«Du warst über eine Stunde weg! Warum hast du nicht Bescheid gesagt, bevor du einfach abhaust?»

«Du warst nicht da.»

«Ich war nur kurz bei den Lockern!»

«Das kann ich doch nicht wissen. Entspann dich, Rae.»

Ich gehe an ihr vorbei, und sie folgt mir keineswegs entspannt.

«Zumindest dein Telefon hättest du einschalten können!»

«Ich hab's halt ausgemacht. Was ist eigentlich dein Problem? Du führst dich auf, als wären wir zusammen, und ich hätte die Nacht durchgemacht.»

«Hier gibt es Bären!», sagt sie wütend. «Man soll sich abmelden, wenn man in den Wald geht!»

«Wir sind im Wald. Hier ist überall Wald. Und ich bin nur ein bisschen am Fluss entlanggegangen, jetzt komm wieder runter!»

«Ach, mach doch, was du willst. Tust du ja sowieso immer.»

Abrupt wendet Rae sich ab und geht zu unserer Feuerstelle. In einiger Entfernung davon steht der Kocher und daneben die Brennstoffflasche. Raes finsteren Gesichtsausdruck ignorierend, hocke ich mich daneben und beginne, alles für das Abendessen vorzubereiten. Wenn ich das richtig sehe, soll es wohl Linsen mit Kartoffelpüree geben.

Wir essen schweigend und ohne uns anzusehen. War die Stimmung vorhin bereits angespannt, so ist sie jetzt richtig im Keller. Klar, ich hätte Bescheid sagen sollen, aber ich hatte gar nicht vor, so lange wegzubleiben, sondern wollte nur ein paar Schritte gehen. Dass ich letztlich weiter und immer weiter gelaufen bin, war nicht geplant, und als mir nach einer halben Stunde auffiel, wie viel Zeit schon vergangen ist, bin ich sofort umgekehrt.

All das könnte ich Rae erklären, aber, ganz ehrlich – ich habe keine Lust. So ein Aufstand wegen einer lächerlichen Stunde. Mag ja sein, dass die Überängstlichkeit ihrer Mutter abfärbt, es nervt aber selbst dann, wenn ich mir zusammenreimen kann, woher es kommt.

Heute sitzen wir nicht mehr gemeinsam am Feuer. Unmittelbar nach dem Essen verschwindet Rae mit dem Geschirr, und als sie wiederkommt und es ordentlich vor meinen Zelteingang deponiert hat, kriecht sie doch tatsächlich mit einem knappen «Gute Nacht» in ihr eigenes Zelt und schließt den Reißverschluss hinter sich.

Es ist nicht einmal halb neun und noch taghell!

Nach ein paar Minuten stehe ich auf. «Ich geh noch mal eine Runde über den Campingplatz.»

«Gut.»

Dass man ein so kurzes Wort so angepisst aussprechen kann.

Es ist noch halbwegs warm, und ich nehme keine Jacke mit. Bereits ein gutes Stück von unserem Platz entfernt geht mir auf, dass ich damit auch das Bärenspray nicht dabeihabe, doch ohne meinen Schritt zu verlangsamen, gehe ich weiter. Direkt auf dem Campingplatz werden sich wohl keine Bären rumtreiben, und falls doch, gibt es garantiert genügend Leute, die ihre Sprays bei sich tragen. Oder womit sie sich sonst so gewappnet haben. Vielleicht setzen andere ja eher auf Glöckchen. Oder auf Kleinkaliberpistolen.

Der *Wapiti Campground* ist weitläufig und die einzelnen Stellplätze riesig. Fast fühlt es sich an, als liefe man durch einen Teil des Waldgebiets, in dem die Bäume einfach etwas weiter voneinander entfernt stehen. Die zwischen den Stämmen parkenden Camper und die Zelte fügen sich geradezu harmonisch ein, wie Wohnnmobilhausen im Zwergenland. Oder vielmehr im Riesenland, mal von der Höhe der Bäume ausgehend.

Es ist einiges los, überall brennen Lagerfeuer, sehr viele scheinen noch mit dem Abendessen beschäftigt. Ab und zu sieht jemand auf, wenn ich vorbeikomme, und grüßt mit einem Nicken. Ich grüße zurück, ohne stehen zu bleiben. In der Nähe der sanitären Anlagen laufen Leute mit Zahnbürsten und Kulturbeuteln herum, und kurz überlege ich, ob Rae ihr Zelt heute noch mal verlassen wird, um sich die Zähne zu putzen. Darauf warten werde ich mit Sicherheit nicht.

Es riecht nach Grillfeuer und Fleisch und gelegentlich nach Marihuana. Wäre ich ein Bär, würde ich mit Sicherheit mal vorbeischauen. Vermutlich halten nur die Rauchschwaden sämtliche Bären der Umgebung davon ab.

Irgendwann zieht es mich zum Fluss zurück. Im Moment ist das steinige Ufer der Ort, von dem ich mich hier am stärksten angezogen fühle. Auf das vorbeifließende Wasser zu starren ist beruhigend, es vermittelt mir das Gefühl, dass alles sich stetig ändert, auch wenn es nicht so aussieht. Eine Weile versuche ich mir vorzustellen, wie es wäre, wenn sich alles ändern würde, doch die Bilder bleiben blass. Einzig mein Vater tritt in aller Deutlichkeit hervor, und zumindest was ihn betrifft, weiß ich, wie der Idealzustand aussähe: Er würde keine Rolle mehr in meinem Leben spielen.

Würde ich jetzt erfahren, er sei tot, ich glaube, es würde mir besser gehen. Nur kurz natürlich, weil dann das schlechte Gewissen käme, vermutlich zusammen mit Erinnerungen, in denen er sich nicht wie ein Arsch verhalten hat.

Angestrengt überlege ich.

Aber sosehr ich mich auch bemühe, es scheint einfach nichts zu geben, das sich für einen wehmütigen Nostalgieflash eignen würde. Und was mir stattdessen alles einfällt ...

Weg mit diesen Gedanken. Ich starre auf den Fluss, bis es mir gelingt, sie mit dem Wasser davontreiben zu lassen.

Gesprächsfetzen hinter mir bringen mich dazu, mich umzusehen. Über den schmalen Weg, der zum Campground führt, nähern sich zwei Frauen. Sie sind beide deutlich älter als ich, schätzungsweise Mitte dreißig, und als sie mich bemerken, lächeln sie mir zu.

«Hi», sagt eine der beiden. Sie trägt ultrakurze Shorts und über ihrem roten Shirt eine Jeansjacke. «Schöner Abend, oder?»

«Stimmt», erwidere ich und registriere erst jetzt die Flasche in der Hand der zweiten Frau.

«Wir wollten hier gerade einen Wein zusammen trinken – möchtest du vielleicht auch einen Becher?» Das Lächeln der Frau mit dem roten Shirt ist etwas breiter geworden.

Ich kenne den Ausdruck in ihren Augen. Sie hat ihre Bestandsaufnahme abgeschlossen und ist zu dem Ergebnis gekommen, dass sich ein Flirt mit mir lohnen würde. Ein Flirt oder mehr. Ihre Haare fallen ihr offen über die Schultern, sie sind hellbraun und leicht gewellt, und sie hat schöne Beine. Kein Wunder, dass sie so kurze Hosen trägt.

«Ja, warum nicht? Danke für die Einladung.»

«Gern.» Sie legt ihrer Freundin eine Hand auf den Arm. «Ich geh schnell noch einen holen.» Dann drückt sie mir die zwei

Becher in die Hand, die sie mitgebracht haben. «Ich heiße übrigens Gwen. Bin gleich zurück.»

Ich sehe ihr hinterher, wie sie zwischen den hohen Baumstämmen in die Schatten des Waldes eintaucht. Genau genommen sehe ich ihrem Hintern hinterher. Ein sehr ansprechender Hintern.

Das Lächeln der zweiten Frau fällt eher etwas verlegen aus. «Hi», sagt sie. «Ich bin Sarah.»

«Cay. Freut mich, Sarah.»

Ich habe mich von dem Stein erhoben, als die beiden auf mich zugekommen sind, und jetzt biete ich ihn Sarah mit einer Handbewegung an, als handele es sich um einen Stuhl. Kichernd setzt sie sich und lehnt die Weinflasche vorsichtig gegen den Felsen. Von ihrem Verhalten her könnte man sie auf Anfang zwanzig schätzen – im Gegensatz zu Gwen ist sie es eindeutig nicht gewohnt, mindestens zehn Jahre jüngere Typen anzuquatschen. Oder überhaupt irgendeinen Typen.

«Seid ihr schon länger hier?», beginne ich ein belangloses Gespräch, das lediglich dazu dient, die Zeit zu überbrücken, bis Gwen wieder zurück ist. Sarah ist blond, hat ein spitzes Kinn und blickt verschämt ein paar Zentimeter an mir vorbei.

«Seit einer Woche. Morgen fahren wir wieder zurück.» Sie bückt sich nach einer Handvoll Steinchen, wirft alle ins Wasser und bückt sich erneut. Auf die Gegenfrage, seit wann ich hier bin, warte ich vergeblich. Scheint so, als sei Sarah mit mir allein überfordert.

«Und?», nehme ich den Faden wieder auf. «Was habt ihr euch so alles angesehen?»

«Die Athabasca Falls und den Medicine Lake», zählt Sarah auf. «Und wir waren im *Valley of the Five Lakes*, das ist sehr schön.»

«Da waren wir heute auch. Konntet ihr auch Elche beobachten?»

«Oh ... nein, schade. Elche haben wir nicht gesehen.»

Ein paar Sekunden lang lasse ich das Schweigen zwischen uns größer werden, bevor ich die nervöse Sarah erlöse, die bereits zum dritten Mal in Richtung des Weges schaut, auf dem Gwen zum Campingplatz zurückgelaufen ist.

«Wir waren gestern bei der Maligne-Schlucht», setze ich an und berichte Sarah von dem Wanderweg am Fluss, bis kurz darauf Gwen wieder zu uns stößt.

«So, wir können loslegen», sagt sie, reicht Sarah den mitgebrachten Becher und greift nach der Weinflasche. Sogar an einen Flaschenöffner haben die beiden gedacht. Sarah holt ihn aus einer der vielen Taschen, über die ihre Trekkinghose verfügt, und reicht ihn an Gwen weiter, die schwungvoll die Flasche öffnet.

Es ist ein Rotwein, und in der beginnenden Dämmerung wirkt er in meinem Becher beinahe schwarz. Gwen prostet erst mir, dann Sarah zu, als halte sie ein Bier in der Hand, bevor sie einen ersten Schluck probiert. Ich tue es ihr nach.

Nicht übel. An sich bin ich kein Weintrinker, im Gegensatz zu meinem Vater, dessen Weinkeller es unter Kennern sogar zu einiger Berühmtheit gebracht hat. Keine Kunst, wenn man über so viel Geld verfügt, dass man sich jeden Jahrgang leisten kann, den ein versnobter Sommelier empfiehlt.

«Worüber habt ihr gerade gesprochen?», will Gwen wissen.

«Über den Maligne Canyon», erwidere ich. «Dort waren wir gestern.»

«Wir?», hakt Gwen nach. «Bist du mit einem Freund unterwegs?»

«Mit einer Bekannten.» Warum sage ich nicht Freundin?

Weil Rae keine Freundin von mir ist, vermutlich. Meine *Freundinnen* kenne ich allesamt sehr viel näher.

«Ach so – meinst du, sie würde sich auch gern zu uns setzen?»

«Sie ist schon schlafen gegangen.»

«Oh, okay.» In dem Ton, in dem Gwen diese beiden unschuldigen Worte ausspricht, hätte sie auch *Umso besser* sagen können. «Und wie fandet ihr es beim Canyon? Den haben wir uns gleich am ersten Tag hier angesehen.»

Kurz werfe ich Sarah einen Blick zu, den diese nicht bemerkt, weil sie damit beschäftigt ist, auf ihr Smartphone zu gucken. Wie schüchtern muss man sein, um nicht mal eine kurze Bemerkung darüber fallenzulassen, dass man die Maligne-Schlucht bereits selbst gesehen hat?

«Beeindruckend», beantworte ich dann Gwens Frage. «Wir sind von der sechsten Brücke aus zur ersten gelaufen – wie habt ihr das gemacht?»

«Wir sind mit dem Auto direkt zum Parkplatz an der ersten Brücke gefahren und nur bis zur dritten gegangen. Aber wir haben dort gegessen, das Restaurant ist hervorragend. Habt ihr euch bestimmt auch nicht entgehen lassen, oder?»

Ich muss an Raes Cracker denken, und als Gwen jetzt von ihrer gegrillten Regenbogenforelle schwärmt, nehme ich mir vor, morgen Abend mal einem der beiden Restaurants in der Nähe des Campingplatzes einen Besuch abzustatten. Tütensuppe mit Nudeln oder Reis wird es garantiert noch oft genug in den nächsten Tagen geben.

Sarah bleibt schweigsam. Gwen und ich haben uns neben ihr auf zwei kleineren Felsen niedergelassen. Ab und zu ergänzt sie einige Sätze, doch nur dann, wenn Gwen sie explizit in das Gespräch einbezieht, und als Gwen das irgendwann nicht mehr tut, vergesse ich in der zunehmenden Dunkelheit gelegentlich, dass sie noch da ist.

Irgendwann erhebt sie sich, ein schwarzer Schatten vor dem mittlerweile nachtblauen Himmel. «Ich glaube, ich geh dann mal zum Zelt zurück», sagt sie. «Ich nehme an, du bleibst noch, oder, Gwen?»

«Vielleicht komme ich kurz mit und hole eine zweite Flasche Wein aus dem Auto, was meinst du, Cayden? Trinken wir noch einen Becher zusammen?»

Die erste Flasche haben sie und ich beinahe allein geleert, Sarah hat sich nach einem Becher nicht mehr nachschenken lassen.

«Klar, warum nicht? Ist ja gerade erst zehn.»

«Dann bis gleich – nicht weglaufen!»

Gwens Lachen wirkt ein wenig angetrunken, dagegen kommt Sarahs *Gute Nacht* fast schon förmlich rüber. Anzunehmen, dass sie nicht besonders begeistert darüber ist, ihrer Freundin am letzten gemeinsamen Abend hier dabei zusehen zu müssen, wie die einen Typen aufreißt.

Als beide verschwunden sind, blicke ich zum sternenklaren Himmel hinauf. Mir fällt wieder ein, wie Rae an meiner Schulter einschlief. *Oh Gott, sieh dir die Sterne an. Ist das nicht unglaublich?* Das waren ihre letzten Worte, bevor ihr Kopf zur Seite sank. Ob sie jetzt tatsächlich schon schläft? Ich stelle mir Rae in ihrem winzigen Zelt vor, eingerollt in ihrem Schlafsack. Man würde nicht viel mehr von ihr sehen als ihr blaues Haar und ihre leicht nach oben geschwungene Nase.

Meine Gedanken verheddern sich.

Woher weiß ich, dass Rae eine leicht nach oben geschwungene Nase hat? Ich kann mich nicht daran erinnern, jemals bewusst darüber nachgedacht zu haben.

«Da bin ich wieder!»

Gwen macht sich schon von weitem bemerkbar. Die knappen Shorts hat sie gegen einen weiten Rock getauscht. Na, das ist mal eine Ansage.

Zur Begrüßung hebt sie die zweite Flasche Wein in die Höhe. Einen Augenblick später quetscht sie sich neben mich auf meinen Felsen und füllt unsere Becher neu.

Ein paar Sekunden lang ist nur das Rauschen des Wassers zu hören und das Zirpen von Insekten.

«Wunderschön, oder?», bemerkt Gwen, und ich wende meinen Blick vom sternenübersäten Himmel ab, um sie anzusehen.

Gwen küsst mich. Obwohl mir spätestens, seit ich ihren Rock bemerkt habe, klar war, dass es darauf hinauslaufen würde, kommt es jetzt doch ein wenig überraschend. Sie schmeckt nach dem Wein und presst ihre Lippen ein wenig zu heftig gegen meine.

«So was mache ich eigentlich nicht», murmelt sie. «Hoffentlich denkst du jetzt nicht, ich sei so eine ... so eine ...»

«Denke ich nicht», unterbreche ich sie. So was denke ich nie über Frauen. Wäre auch ziemlich heuchlerisch.

Gwen stellt den Wein zu ihren Füßen ab, und während sie sich erneut vorbeugt, um mich zu küssen, höre ich den Becher umkippen. Ihre Hände gleiten unter meine Jacke und weiter unter mein Shirt. Kühl streichen ihre Finger meinen Bauch hinauf bis hoch zur Brust und wieder hinunter.

«Oh Gott.» Sie lacht leise.

«Was ist?»

«Ich hab noch nie einen Typen geküsst, bei dem sich alles so durchtrainiert anfühlt. Ich wünschte, es wäre nicht schon so dunkel.»

Noch immer halte ich meinen eigenen Becher in den Händen, und jetzt lehne ich mich kurz zurück, um ihn mit einigen letzten Schlucken zu leeren, bevor ich ihn hinter mir zwischen die Steine lege. Gwen nutzt diese Gelegenheit, um sich über meinen Schoß zu schwingen. Der raue Felsen muss sich unangenehm unter ihren nackten Knien anfühlen, doch ich denke nicht weiter darüber nach, als sie meine Hand nimmt und sie zwischen ihre Beine führt.

Keine Unterwäsche.

Ein bisschen stoppelig, weich und ziemlich feucht. Irgendwie fühle ich mich gerade, als sei ich versehentlich in einen Pornofilm geraten. Noch immer streicht sie über meinen Bauch, während sie mich küsst und gleichzeitig ihre Hüften so bewegt, wie es angenehm für sie ist. Ganz automatisch suchen meine Finger nach einer bestimmten Stelle, und als Gwens plötzliches Seufzen mir klarmacht, dass ich sie gefunden habe, werde ich tastender, vorsichtiger. Verstärke sanft den Druck. In sie hineinzugleiten ist leicht, sie ist so was von bereit. Gwen atmet scharf ein. Sie schiebt mir das Shirt so hoch, wie es eben geht, und lehnt sich ein Stück zurück, eine Bewegung, die sie zum einen aufstöhnen lässt und es ihr zum anderen ermöglicht, mich anzusehen.

«Du bist so schön, Ray», sagt sie, und fast muss ich lachen.

Und du so betrunken, Gwenny, denke ich.

«Du bist bestimmt der schönste Mann, den ich je gesehen habe ... und es ist überhaupt so unglaublich schön hier ... einfach alles so schön ...»

Ihre Sätze kommen unzusammenhängend und zunehmend atemloser.

«Ray», flüstert sie und beginnt, an meiner Hose zu nesteln.

Oh nein, das nicht.

Wieso nicht?

Weil ... deshalb. Einfach nein.

Offenbar bin ich selbst betrunken genug, um der hitzigen Diskussion in meinem eigenen Kopf zuzuhören, während Gwen, durch meinen Griff um ihre Hände gebremst, den Versuch aufgibt, den Knopf meiner Hose zu öffnen, und sich wieder ganz auf sich konzentriert. Sie wippt vor und zurück, und ich muss schon wieder an ihre Knie denken, die morgen bestimmt ziemlich malträtiert aussehen werden. In dieser Sekunde ist ihr das allerdings egal.

«Oh Gott, Ray», flüstert sie, und jetzt erst fällt mir auf, dass sie nicht nur Ray statt Cay sagt, sondern dass sie ... na ja, dass sie eben Ray sagt.

Fuck.

Schlagartig fühle ich mich nicht mehr amüsiert, sondern ziemlich ernüchtert. Diese Frau, die es sich auf meiner Hand gerade mehr oder weniger selbst besorgt, ist mir völlig egal, warum verfickt noch mal sitze ich überhaupt hier? Wieso funktioniert bei mir offenbar nur Sex, Sex, Sex? Gibt's eigentlich noch irgendwas anderes in meinem Leben, das mir wichtig wäre?

Und was genau habe ich verbrochen, dass nicht einmal Sex in dieser Sekunde, in der Gwen ihre Hände in meine Schultern krallt und ihr Gesicht stöhnend gegen meinen Hals presst, irgendeine verfluchte Bedeutung hat?

Ich will es nicht an Gwen auslassen, die nichts dafür kann, dass mein bescheuertes Hirn mitten in einer Nummer den Rückwärtsgang einlegt, aber ich bin mehr als erleichtert, als sie sich langsam aufrichtet und vorsichtig nach hinten rutscht.

«Autsch, meine Knie», jammert sie.

Okay, wenn sie das jetzt schon bemerkt, wird das morgen

kein Spaß für sie. Gut, dass sie und ihre Freundin ihre Wandertour bereits beendet haben.

Gwen erhebt sich und lässt ihren Rock hinabgleiten, bevor sie sich mit unsicheren Bewegungen wieder neben mich setzt.

«Das war ... ziemlich gut.» Alkohol oder Müdigkeit lassen ihre Stimme ein wenig verwaschen klingen. «Aber du hast nicht viel davon gehabt, oder, Ray?»

Ich wünschte, sie würde aufhören, mich ausgerechnet Ray zu nennen.

«Ich heiße Cayden», entgegne ich und lasse zu, dass sie den Kopf gegen meine Schulter lehnt, obwohl es mir lieber wäre, sie würde jetzt gehen. «Langsam muss ich dann mal zurück.»

«Okay ... Cayden.» Gwen seufzt. «Entschuldige, dass ich so ... so egoistisch war, aber seit ich dich vorhin gesehen habe, also ... ich hab mir den ganzen Abend vorgestellt ...»

«Schon okay», unterbreche ich sie. «Es war gut.»

War es nicht. Blöde Lüge. Es war vollkommen sinnlos, zumindest für mich. Wenn das Rae gehört hätte, der gegenüber ich heute Nachmittag noch so großspurig behauptet habe, ich würde immer genau das sagen und tun, was ich sagen und tun will.

Könnte Rae mich jetzt sehen.

Ich stehe auf und bewahre im nächsten Moment Gwen davor, zur Seite zu fallen.

«Sorry, ich ... ich glaube, ich hab ein bisschen viel getrunken.» Gwen schlingt mir die Arme um den Hals und lässt sich hochziehen. «Ich hätte mich sonst nicht getraut», setzt sie hinzu.

«Findest du allein zurück?»

«Ja, bestimmt, also ...» Sie rückt ein Stückchen ab und starrt in die Finsternis, in der Lichtflecken dort auszumachen sind, wo Zelte stehen. «Also, glaube ich.»

In meinen Hosentaschen befinden sich zwar weder Flaschenöffner noch Bärenspray, aber immerhin eine dünne Stabtaschenlampe, die ich jetzt hervorziehe. «Ich bring dich. Komm.» Vorsichtig umfasse ich ihre Taille.

Gwen bewegt sich unbeholfen, und wir kommen nicht besonders schnell voran. Zu allem Überfluss hat sie ganz offenbar auch noch völlig die Orientierung verloren, und es dauert ewig, bis wir ihren Zeltplatz endlich gefunden haben. In dem Kuppelzelt brennt noch Licht, doch kein Geräusch lässt darauf schließen, dass Sarah noch wach ist, als Gwen mich jetzt noch einmal umarmt und mir einen Kuss auf die Wange verpasst, der eigentlich meinen Mund hätte treffen sollen, wäre es mir nicht gelungen, den Kopf rechtzeitig zur Seite zu drehen.

«Gute Nacht», flüstert sie. «Schade, dass wir morgen schon fahren.»

Darauf erwidere ich nichts, lasse mir nur ihre Umarmung gefallen und streiche kurz über ihren Rücken, bevor ich einige Schritte zurücktrete.

Fuck.

Fuck.

Fuck.

Viel mehr denke ich nicht, während ich auf dem Weg zurück zu meinem eigenen Zelt über Wurzeln stolpere.

Fuck.

Verflucht.

Warum bin ich eigentlich so ein Arsch?

Und wieso halte ich mich überhaupt für einen Arsch? Kann ich nicht rummachen, wann und mit wem ich will? Ich bin kein Arsch. In letzter Zeit scheint nur alles, was mit Sex zu tun hat, irgendwie nicht mehr so berauschend zu sein. Vielleicht hatte ich eine Art Überdosis.

Beim Waschhaus halte ich an. Fünf Millionen Falter fliegen gegen das kalte Licht der Neonröhren, und eine Million Spinnen freuen sich über ein reichhaltiges Abendessen. Ich halte die Hände unter eiskaltes Wasser und klatsche mir einen gehörigen Schwung ins Gesicht, obwohl die Kälte mit feinen Nadeln meine Haut durchsticht.

Zur Strafe. Weil ich doch ein Arsch bin.

Warum auch immer. Es reicht, dass ich weiß, dass es so ist.

14.

RAE

In den nächsten Tagen verhalten Cayden und ich uns, wie zwei Leute sich eben verhalten, die zufällig miteinander im Urlaub sind, ansonsten aber nicht viel miteinander zu tun haben. Wir frühstücken und tauschen dabei kurze Sätze über das Wetter aus. Darüber, dass es heute wärmer ist als gestern und ob es wirklich zu einem Kälteeinbruch kommen wird. Wir packen unsere Rucksäcke und wandern die Umgebung ab. Wir entscheiden uns abends für irgendein tütensuppenaromatisiertes Abendessen und reden dabei über oberflächliche Nichtigkeiten.

Was die ganze Zeit über in Caydens Kopf vorgeht, weiß ich nicht. Ich zumindest denke an Leah, und es macht mich fertig. Als Cayden am Sonntagabend einfach so verschwand, ist in mir irgendein Zahnrädchen sorgfältig in ein anderes eingerastet und hat etwas in Gang gesetzt. Dieses Etwas läuft jetzt, und ich bekomme es nicht mehr ausgeschaltet.

Leah.

Hätte ich dich doch nicht allein gehen lassen.

Hätte ich dich doch gebeten, dich zu melden, sobald du angekommen bist.

Hätte ich doch früher reagiert.

Aber ich habe einfach mein Leben weitergelebt, Schulkram abgearbeitet, während du gestorben bist.

Es kostet mich jeden Funken Energie, den ich aufzubringen vermag, um so zu tun, als sei alles wie immer, und ich will mir gar nicht erst vormachen, dass Cayden nichts davon mitbekommt.

Natürlich kriegt er das mit, doch er fragt nicht nach. Vielleicht weil es ihn nicht interessiert, vielleicht weil er spürt, dass ich nicht darüber reden will. Vielleicht hat er selbst genug mit seinen eigenen Dämonen zu tun, keine Ahnung. Sonderlich entspannt sieht auch er nicht aus.

Dass es trotzdem Momente gibt, in denen der Druck ein wenig nachlässt, verdanke ich der Tatsache, hier und nicht in Edmonton zu sein. In Edmonton vergrabe ich mich in solchen Phasen normalerweise in meinem Zimmer. Dort liege ich im Bett und kämpfe einfach nur ununterbrochen mit mir selbst, bis ich irgendwann Mums wachsende Sorge nicht mehr aushalten kann und zum Frühstück runterkomme. Mum hat Angst, dass diese Tage sich irgendwann zu einer Depression verdichten könnten, und ich habe auch Angst davor. Was, wenn dieses erstickende Gefühl irgendwann einfach nicht mehr verschwindet?

Hier dagegen zieht mich der Wald an. Ich verspüre trotz meiner Anspannung nicht das Bedürfnis, nur in meinem Zelt zu bleiben, ich will raus, ich will über leicht federnde Wege laufen, Harz und Erde riechen, und manchmal fühle ich mich dabei sogar besser. Mal nur eine Minute lang, wenn ich ein pelziges, kleines Tierchen beobachte, das zwischen Felsen aufgetaucht ist; manchmal auch länger, wenn Cayden und ich nebeneinander an einem Seeufer sitzen und den Panoramablick in uns aufnehmen. Schneebedeckte Gipfel, die schwarzen Silhouetten der Tannen, die spiegelglatte Oberfläche des Wassers. Was genau in solchen Momenten passiert, kann ich mir selbst kaum erklären. Ob es mir für wenige Augenblicke gelingt, mich von meiner Trauer zu lösen, oder ob ich noch tiefer versinke, bis dorthin, wo die Trauer sich noch nicht eingenistet hat. Es ist ein seltsames Gefühl, zu entdecken, dass es einen solchen Bereich überhaupt noch gibt, und ich bemühe mich jedes Mal, diesen zarten Frieden, der sich über meine Seele legt, zu bewahren. Doch umsonst.

Verdammt, Leah. Du solltest hier sein, hier mit mir. Du solltest all das auch sehen, du würdest es so lieben. Wir sollten gemeinsam erleben, wie ein herabschießender Vogel die Ruhe des Sees für einen Augenblick zerstört, wie sanfte Wellen sich zu seinem Ufer hin ausbreiten und aufspritzendes Wasser und Flügelschlagen die Stille durchbrechen.

Wir sollten abends am Feuer darüber reden, was uns heute am besten gefallen hat, und wir sollten im Zelt zusammen einschlafen und uns dabei auf den nächsten Tag freuen. Warum haben wir so etwas nie zusammen gemacht?

Wir dachten, wir hätten noch so viel Zeit.

«Ich geh noch ein bisschen spazieren.»

Es ist Mittwochabend, als ich das zu Cayden sage, nachdem ich mit dem gespülten Geschirr zu unserem Zeltplatz zurückgekehrt bin. Den ganzen Tag waren wir unterwegs, vorbei am Marjorie Lake bis hin zum Caledonia Lake mit seinem smaragdgrünen Wasser, und die ganze Zeit war Leah mit dabei. Meine Beine schmerzen, doch noch immer ist mir nach Bewegung, als könne ich der unnachgiebigen Zange, die meinen Schädel mittlerweile fest im Griff hat, dadurch entkommen, als könne ich vor meinen eigenen Gedanken davonlaufen.

Kann ich nicht, aber Stillstand macht es schlimmer.

Heute hat sich kaum einmal die Sonne gezeigt. Der Himmel ist bedeckt, und es ist schwül. Wir sind beim Wandern viel schneller ins Schwitzen geraten als in den letzten Tagen, und mein T-Shirt klebt immer noch unangenehm feucht an meinem Körper.

Vor wenigen Minuten dachte ich, ich würde heute nur noch duschen und mich anschließend ins Zelt verkriechen, jetzt jedoch marschiere ich an den anderen Zeltplätzen vorbei bis hin zu der Stelle, wo der Schleichweg beginnt, dem Cayden und ich an unserem ersten Abend hier gefolgt sind. Mein Bärenspray befindet sich in meiner Hosentasche, und ich will gar nicht lange weg, ich brauche nur etwas ... Luft.

Leah.

Zwischen den hohen Stämmen ist es nicht so drückend, und es ist eine Erleichterung, weder Cayden noch sonst wem gegenüber eine neutrale Miene aufsetzen zu müssen.

Cayden hat nur genickt, als ich gegangen bin, und nichts weiter dazu gesagt. Was sollte er auch sagen? Hey, geht's dir gut? Alles okay? Kann ich dir helfen?

Nein.

Nein, geht's mir nicht, nein, ist es nicht, nein, kannst du nicht.

Mit gesenktem Kopf treibt es mich vorwärts, achtlos wische ich Zweige beiseite, die mir im Weg hängen.

«Leah.» Ich sage es leise vor mich hin. «Ich vermisse dich. Ich vermisse dich. Ich vermisse dich.»

Verdammt, Leah, warum? Warum? Warum? Warum musste das passieren, warum war ich nicht bei dir, warum konnte ich dich nicht retten, warum war ich so blind, so egoistisch, so gedankenlos?

«Leah ...»

Zu Hause in meinem Bett würde ich mich jetzt zu einer Kugel zusammenrollen, mich so klein machen, wie es geht, und die

Augen zusammenpressen, doch hier schlage ich im Vorüber-
hasten mit den Fäusten gegen grobe Baumrinde, trete Steine
aus dem Weg, stolpere, stürze, komme wieder auf die Füße und
laufe weiter.

«Leah!» Verflucht. Verdammt. «Leah!»

Leah, wo bist du? Warum gibst du mir kein Zeichen, du bist
doch noch irgendwo, oder? Du hast mich doch nicht ganz allein
gelassen, oder? Liebst du mich nicht mehr, Leah, weil ich nicht
bei dir war? Hast du an mich gedacht, während du verblutet
bist?

«Leah!» Ich schreie ihren Namen in den Wald hinein, bis
meine Stimme bricht, und dann weiter und immer weiter, bis
mich plötzlich jemand an der Schulter packt und herumreißt.

Ohne nachzudenken, hole ich aus, ein dumpfes Klatschen,
ein unterdrücktes Aufstöhnen, und dann presst Cayden seine
Arme so fest um mich, dass auf der Stelle jeder Widerstand in
mir zusammenfällt.

Es ist Cayden.

Wie erstarrt stehe ich in seinen Armen, während mein Hirn
zu verarbeiten versucht, was hier gerade passiert. Die Stirn gegen seine Schulter gelehnt, unterdrücke ich den aufflackernden
Impuls, mich aus seinem Griff zu befreien und weiterzuwüten.

Warum ist er hier? Warum ist er mir nachgegangen?

Noch immer rast mein Herz so schnell, als wolle es jeden
einzelnen Schlag meines Lebens noch heute tun, und wenn es
das geschafft hat, werde ich Leah wiedersehen.

«Erzähl mir von ihr», sagt Cayden.

«Nein.»

Ich kann nicht über Leah reden. Es geht nicht. Ich werde
dann zerbrechen und mich nie wieder zusammensetzen können.

Langsam dringt die Wärme von Caydens Umarmung zu mir durch. In der Sicherheit, die sie vermittelt, werde ich weicher und gleichzeitig wachsam, weil ich nicht weich werden will.

«Leah war deine Schwester ...» Cayden sagt das so, als wäre der Satz noch nicht zu Ende, seine Stimme übt einen Sog aus, der mich dazu bringen soll, fortzufahren, doch ich will nicht. «Deine jüngere Schwester?», fügt er schließlich hinzu.

«Hör damit auf, Kilgrave», murmele ich.

Ein paar Sekunden lang scheint es, als hätte ich Cayden mit meiner Antwort tatsächlich zum Schweigen gebracht. Dann jedoch strauchelt mein Herz mitten im rasenden Galopp, weil ich spüre, wie er sein Gesicht in meinem Haar vergräbt.

«War sie deine jüngere Schwester, Rae?», fragt er leise.

«Meine Zwillingsschwester.» Ich flüstere diese Worte, doch die Stille des Waldes ist tief genug, dass Cayden sie verstehen kann.

Cayden reagiert nicht. Kein bestürzter Ausruf, kein *Du Arme* oder *Das tut mir leid*. Er atmet nur langsam weiter, ich kann das Heben und Senken seines Brustkorbs spüren, und auch ich beginne, ruhiger zu werden.

«Leah ist gestorben. Vor drei Jahren.»

Das sind simple Fakten, trotzdem presst es meine Lungen wieder ein Stück weit zusammen. Wenn ich diese Worte ausspreche, ist es, als würde ich damit Leahs Tod unterschreiben. Ihn akzeptieren. Aber das tue ich nicht.

Ich weigere mich.

Mir scheißegal, dass man das *muss* – ich muss gar nichts!

Als ich die Treppe zur Haustür hinuntergestürzt bin, damals, als Mum zu schreien begann, da hat mein Vater nach meinem Arm gegriffen. Mum schrie noch immer an seiner Schulter, sie hatte die Hände zu Fäusten geballt, ihre Augen waren geschlossen, ihr Gesicht tränenüberströmt, und die Geräusche, die aus ihrem Mund kamen, haben mich wahnsinnig gemacht, weil ich bis zu dieser Sekunde nicht geahnt habe, dass es solche Laute überhaupt gibt.

«Leah ...» Die Stimme meines Vaters zitterte. «Rae, es ist Leah. Leah ist ... sie ist ... sie lebt nicht mehr?»

Er hat es wie eine Frage formuliert, so als könne er es selbst nicht glauben, obwohl da diese Polizeibeamten standen, die sicher keine Unklarheiten in dieser Hinsicht gelassen haben.

Ich weiß noch, dass ich auf die Uhr gesehen habe. Elf Uhr dreiundzwanzig. Es war nur etwas über vier Stunden her, seit ich sie zuletzt gesehen hatte – sie *konnte* nicht tot sein. Die Grenze zwischen der lebenden und der toten Leah schien so hauchdünn, kaum vorhanden. Es war, als müsse ich nur ein paar Schritte in der Zeit zurückgehen, die Seiten eines Buches zurückblättern, um ungeschehen machen zu können, was geschehen war. Eben noch da, und jetzt ... nicht mehr?

Noch immer unternimmt Cayden keinen Versuch, mich durch irgendeine Äußerung trösten zu wollen, und dafür bin ich ihm dankbar. Trostversuche, wo es keinen Trost geben kann, was soll das bringen? Immer wenn Leute versucht haben, mich durch irgendwelche Worte zu trösten, habe ich mich unfreiwillig bockig gefühlt – hier, schau, Trost. Und ich starrte immer nur darauf, ohne damit etwas anfangen zu können.

Etwas raschelt im Unterholz, irgendein kleines Tier, das vermutlich beschlossen hat, lange genug darauf gewartet zu haben, dass die blöden Menschen endlich verschwinden, und mir wird wieder bewusst, dass es ausgerechnet Cayden ist, mit dem ich hier rumstehe.

«Warum bist du mir nachgegangen?», frage ich.

Cayden hebt den Kopf, und als ich seinen Atem nicht mehr

zwischen meinen Haaren spüre, winde ich mich plötzlich verlegen aus seinen Armen.

«Du hast so gewirkt, als sollte man dich nicht allein lassen», erwidert er schlicht. «Ich war mir nicht sicher, ob es richtig ist, dich ... zu unterbrechen, aber ...» Er fährt sich durch die Haare, und ich bemerke die rote Stelle unter seinem Auge, wo ich ihn getroffen habe, knapp unterhalb des Wangenknochens.

«War es richtig?»

«Weiß ich nicht», erwidere ich ehrlich.

Vielleicht hätte Weiterschreien auch irgendwann geholfen. So lange, bis ich vor Erschöpfung zusammengebrochen wäre. Muss das nicht so sein? In Filmen müssen alle immer erst einmal komplett zusammenbrechen, bevor es ihnen besser geht.

Ich lausche in mich hinein. Der Schmerz ist noch da, natürlich ist er das.

Aber Caydens Umarmung hat trotzdem etwas bewirkt. Ich fühle mich ruhiger, obwohl ich vor wenigen Augenblicken noch meilenweit entfernt davon war.

Und ich habe über Leah gesprochen, zum ersten Mal, ohne dass mich meine Therapeutin dazu gezwungen hätte.

Siehst du, Rae?, würde sie jetzt sagen. *War das so schwer?*

Ja, war es. Und dabei habe ich nur das bestätigt, was Cayden ohnehin schon geahnt hat, und alles andere weggelassen.

Ein plötzlicher Windstoß bringt Zweige und Blätter in Aufruhr. Es rauscht über unseren Köpfen, und ich sehe auf.

«Schätze, der Wetterumschwung ist da», sage ich im selben Moment, in dem Cayden fragt: «Wie ist Leah gestorben?»

Kälte umschließt mein Herz, das gerade erst zurück zu einem ansatzweise normalen Rhythmus gefunden hatte.

CAYDEN

Wenn ich mir eingebildet habe, Raes Ausbruch könne irgendwie dazu geführt haben, dass es ihr leichter fallen würde, über ihre Schwester zu sprechen, dann lag ich damit so falsch, wie ich selten falschliege.

Gerade noch sah sie erschöpft aus, erschöpft und traurig, jetzt jedoch wird ihre Miene wieder hart – ich kann quasi dabei zuschauen, wie sie sich erneut verschließt.

«Lass uns zurück zum Zeltplatz gehen», sagt sie, und erstmals kommt mir der Gedanke, dass da noch mehr ist. Etwas, das so groß ist, dass Rae nicht in der Lage ist, darüber zu reden.

Was ist es?

Ich will sie nicht noch einmal danach fragen, keine Ahnung, ob ich nicht eben schon einen Schritt zu weit gegangen bin.

Die erste Bö war nur ein Vorbote. In den Baumwipfeln beginnt es zunehmend zu ächzen und zu knarren, und ein kalter Windstoß fährt mir unter die Jacke. Heute Nachmittag auf dem Rückweg vom Caledonia Lake hätte ich mir so eine Abkühlung gewünscht. Jetzt allerdings beginne ich bereits nach ein paar Minuten gedanklich durchzugehen, was ich alles an wärmenden Klamotten eingepackt habe. Nicht viel.

Rae läuft vor mir, wenn der Pfad zu eng wird, um nebeneinanderzugehen. Genau wie ich hat sie die Arme vor der Brust verschränkt, immer wieder streift sie sich flatternde Strähnen aus dem Gesicht. Ihr Mund ist schmal, doch ich möchte wetten, dass nicht die plötzliche Kälte der Grund dafür ist.

Ich würde gern irgendetwas sagen, um das Starre in ihrem Blick aufzulösen, doch mir fällt nichts ein. Nicht mal ein blöder Spruch.

Bei unserem Platz angekommen, beginne ich als Erstes damit, die Heringe zu überprüfen und die Halteschnüre nachzuspannen. Rae beobachtet mich einen Moment dabei, bevor sie das Gleiche tut. Trotzdem knattert der Stoff beider Zelte bedenklich. Direkt am Fluss entfaltet der Wind eine noch stärkere Wucht, und ich beeile mich, als Nächstes den Kocher und alles andere sicher zu verstauen, das noch neben der Feuerstelle herumliegt.

Als wir fertig sind, hat die Dämmerung bereits eingesetzt. Sowohl Rae als auch ich haben zum wiederholten Mal jeden einzelnen Klettverschluss und jeden Haken überprüft, bevor wir uns letztlich etwas förmlich gute Nacht wünschen und in unsere flatternden Zelte kriechen.

Dass Leah Raes Schwester war, habe ich geahnt. Ich hätte darauf getippt, dass Rae die Ältere von beiden war, sich vielleicht immer um Leah gekümmert hat. Vielleicht war es ja trotzdem so. Vielleicht hat sie das Gefühl, sie hätte Leahs Tod irgendwie verhindern können, verhindern *müssen*. Ein Unfall? War Rae dabei? Hat sie es miterleben müssen, fällt es ihr deshalb so schwer, auch nur daran zu denken?

Ich kann nicht aufhören, darüber nachzugrübeln, während der Sturm an meinem Zelt reißt, und ich hoffe, dass die Heringe halten. Obwohl dieses Ding angeblich einen hundertprozentigen Windschutz bietet, scheint es durch die mikroskopisch kleinen Öffnungen der Polyesterhaut hereinzublasen, und nachdem ich mir den Schlafsack zurechtgelegt habe, beschließe ich, heute Nacht zusätzlich ein Langarmshirt überzuziehen.

Das Heulen des Sturms ist beeindruckend. Ich hätte diesen Steven vielleicht fragen sollen, ob wir uns mit unseren Zelten weiter in den Wald hinein zurückziehen dürfen, doch wer hat denn ahnen können, dass es so heftig werden würde? Offenbar nicht einmal Steven, sonst hätte er uns vermutlich gewarnt.

Durch das Pfeifen und Brausen hindurch meine ich plötzlich einen Schrei zu hören und bin schon halb aus dem Schlafsack draußen, bevor ich richtig darüber nachgedacht habe, von wem der Schrei kam.

Rae. Natürlich kam er von Rae.

Es ist noch hell genug, um erkennen zu können, dass sie mit ihrem wild umherwirbelnden Zelt kämpft. Die Heringe haben sich auf einer Seite gelöst, die Außenhaut weht wie ein Segel im Wind, und auch eine Ecke des Innenzelts hat bereits abgehoben. Rae versucht gerade, eine der Halteleinen zu erwischen.

«Vergiss es, Rae», rufe ich und greife nach ihrem Arm.

Wieder dieses Herumfahren. Warum reagiert sie eigentlich immer so heftig, wenn man von hinten an sie herantritt? Immerhin versucht sie kein zweites Mal an diesem Tag, mich niederzuschlagen.

«Das kannst du vergessen!», brülle ich sie an, um den Wind zu übertönen. «Darum kümmern wir uns morgen.»

Als Nächstes rolle ich die Feuertonne so vorsichtig wie möglich auf den noch befestigten Rand der herumflatternden Außenhaut von Raes Zelt. Hoffentlich ist beides morgen früh noch da.

«Schlafsack!», rufe ich Rae zu, die mich nur mit hochgezogenen Schultern anschaut, während ihr der Wind die Haare ins Gesicht peitscht.

Ich versuche es kein zweites Mal, sondern zerre selbst erst Raes Schlafsack und dann, nachdem Rae mir das Ding abgenommen hat, den Rucksack aus ihrem Zelt heraus. Alles, was an Kleinteilen noch dadrin ist, werden wir morgen zusammensammeln. Sorgfältig verschließe ich den Reißverschluss zum

Eingang wieder und werfe hastig Raes Tasche in mein Zelt hinein.

«Na los!», brülle ich, weil Rae nur dasteht und keine Anstalten macht, ihrem Rucksack zu folgen.

Endlich setzt sie sich in Bewegung, und erst als ich hinter ihr hergekrochen bin und alles zugezogen und verschlossen habe, was sich zuziehen und verschließen lässt, fällt mir auf, dass mir so dermaßen kalt ist, als hätte ich in Eiswasser gebadet. Dieser verdammte Sturm hat jeden Rest an Schlafsackwärme davongeweht, und Rae dürfte es ähnlich gehen. Ich taste nach der Campinglampe; trübes, gelbes Licht beleuchtet das Chaos hier drin.

«Hätte ich gewusst, dass du heute Nacht noch vorbeischaust, hätte ich aufgeräumt», sage ich, während ich alles zur Seite räume, damit ich Raes Schlafsack ausbreiten kann.

Noch immer pfeift und heult es draußen, doch wenigstens hier drin muss man nicht mehr brüllen, um sich verständlich zu machen.

«Alles okay?», frage ich.

«Ja, alles okay, ich hab mich nur ... erschrocken.»

«Sicher?» Irgendwie scheint mir der Ausdruck in Raes Gesicht nicht ganz zu ihrer Antwort zu passen.

«Ja, klar, ich ... ich hab mich nur etwas geratscht, glaube ich.»

Langsam öffnet sie ihre linke Hand, die sie eben noch gegen ihre Brust gepresst hielt, und wir betrachten beide die blutige Wunde, die zum Vorschein gekommen ist.

«Fuck», murmele ich. «Das sieht ja fies aus.»

«Es tut gar nicht weh», behauptet Rae.

Ich verursache neues Chaos um mich herum, als ich jetzt meinen Rucksack nach dem Sack mit dem Erste-Hilfe-Zeug durchwühle. Desinfektionsspray? Ist das nötig? Es blutet ziemlich heftig, aber ich möchte ungern ein Risiko eingehen. Nur wird es bestimmt brennen wie die Hölle, und Rae scheint mir gerade ohnehin etwas wackelig zu sein. Was ich im Übrigen verstehen kann. Sogar mir ist flau im Magen.

«Diese blöde Leine ist einfach durch meine Finger gerutscht», redet Rae weiter, während Blut an ihrem Handgelenk heruntertropft.

Zum ersten Mal, seit wir uns kennen, wirkt sie hilflos, und plötzlich entschlossen, ziehe ich das Desinfektionsmittel heraus. Einer unserer Töpfe muss herhalten, während ich Rae mit einer Wasserflasche das Blut abspüle. Danach trockne ich alles mit sterilen Tüchern und umfasse ihre unverletzte Hand, als ich zum Desinfektionsspray greife.

Rae gibt keinen Ton von sich, aber meine Finger fühlen sich Sekunden später ziemlich durch die Mangel gedreht an. Noch einmal sterile Tücher, dann umwickele ich alles mit einer Mullbinde, so gut ich das eben hinbekomme.

Für die Dauer dieser ganzen Aktion habe ich weder auf das Heulen des Windes geachtet noch bemerkt, dass mir inzwischen so kalt ist, dass meine Zähne kurz davor stehen, gegeneinanderzuschlagen.

Ich überlege nur kurz, bevor ich Raes Schlafsack mit meinem durch die Reißverschlüsse miteinander verbinde. Körperwärme. In dieser Nacht dürften wir uns beide darüber freuen, und sowohl Rae als auch ich tragen so viele Kleiderschichten übereinander, dass sie das hoffentlich nicht missverstehen wird.

«Okay?», frage ich trotzdem mit einer Handbewegung zum Doppelschlafsack hin.

Als Antwort bewegt sich Rae in geduckter Haltung an mir vorbei und macht es sich auf einer Seite bequem. Ich lege mich daneben und schließe den letzten Reißverschluss.

Minuten verstreichen. Dankbar für die Wärme, die sich langsam auszubreiten beginnt, strecke ich einen Arm aus und lösche das Licht.

Irgendwann beginnt es zu regnen. Die prasselnden Tropfen und der noch immer heulende Wind sind zu laut, um Raes Atmen zu hören. Ob sie schon eingeschlafen ist?

Es ist Platz genug, um sich nicht berühren zu müssen, solange man kerzengerade auf dem Rücken liegt, und als das irgendwann unbequem wird, bewege ich mich trotzdem nicht. Eventuell wecke ich sie dann. Oder sie denkt, ich wolle mich an sie heranmachen. In dieser Hinsicht hat sie ja keine besonders hohe Meinung von mir. Na ja, vermutlich nicht nur in dieser Hinsicht.

«Cayden?»

Dass man im Liegen erstarren kann, habe ich bisher nicht gewusst, doch es gelingt mir ganz gut. Der Unterton in Raes Stimme ist neu für mich. Er passt zu dem Bild, das sie gerade abgegeben hat. Irgendwie ... verwundet. Nicht nur ihre Hand.

«Ja?»

«Leah ...»

Ich warte. Warte lang. Vergesse beinahe zu atmen dabei.

«Leah hat auf einem Konzert jemanden kennengelernt. Und dieser Jemand ist mit ihr danach zu einem leeren Fabrikgebäude gefahren und hat ihr dort die Kehle durchgeschnitten.»

Gerade eben war mir endlich ansatzweise wieder warm, doch jetzt fühlt es sich so an, als hätte jede Wärme mich auf ewig verlassen.

«Aber ...» Ich muss mich räuspern. «Warum?»

«Einfach so. Er befindet sich jetzt in einer psychiatrischen Einrichtung. Ihm tut alles schrecklich leid. Er sagt, er stand unter Drogen, und ...» Rae wird leiser. Noch einmal setzt sie neu an. «Wäre ich dabei gewesen, wäre Leah nie mit ihm mitgegangen. Wahrscheinlich wäre sie ihm nicht mal über den Weg gelaufen. Ich war aber nicht dabei. Ich bin nicht mitgekommen, weil ich noch etwas für die Schule fertig machen musste, obwohl ausgemacht war, dass wir zusammen zu dem Konzert gehen. Sie war sauer auf mich. Wir haben uns nicht einmal richtig voneinander verabschiedet.»

Raes dünne Stimme in der Dunkelheit. Und sie sagt Dinge, auf die mir keine Antwort einfällt, nichts. Gähnende Leere in meinem Kopf.

Ich drehe mich um und lege einen Arm um sie, ziehe sie an mich. Erst dann fällt mir ein, dass ich das vielleicht nicht tun sollte, doch Rae lässt es geschehen.

Wir liegen da in unserer Schlafsackhöhle inmitten des Sturms, und gerade als ich denke, dass Rae vielleicht eingeschlafen ist, sagt sie: «Jetzt tut mir meine Hand doch ein bisschen weh.»

15.

 RAE

Cayden liegt hinter mir und hat einen Arm um meinen Bauch geschlungen. Das ist das Erste, was ich nach dem Aufwachen registriere, noch bevor mir auffällt, dass der Wind nachgelassen hat. Man kann den Fluss wieder hören. Mit seinem beruhigenden Plätschern im Ohr öffne ich die Augen.

Es ist hell. Das Zelt steht noch.

Und ich habe Cayden gestern Nacht von Leah erzählt. Ihm *alles* erzählt.

Ich schließe die Augen wieder.

Das war ... was war es? Dumm? Idiotisch? Obendrein nicht wirklich nachvollziehbar? Wieso erzähle ich ihm davon? Dankbar stürze ich mich auf diese Frage, weil es mir hilft, die anderen Bilder wieder ein Stück zurückzuschieben. Cayden hat nicht einmal nachgehakt, ich bin einfach damit herausgeplatzt. Warum?

Ein neues Bild taucht vor mir auf. Cayden, der so sanft wie möglich Wasser über meine blutende Hand gießt. Als Nächstes habe ich ihm die Finger zerquetscht, weil dieses Desinfektionsspray so verflucht gebrannt hat, und während er sich auf den Verband konzentrierte, habe ich ihn angestarrt und bin ihm einfach ... dankbar gewesen. Im Licht der Campinglampe schimmerten seine hellen Haare, die Lippen hatte er zusammengepresst, und er war so bemüht, wirklich, wirklich vorsichtig zu sein …

Ich will mich ein wenig zur Seite drehen, ohne Cayden zu wecken. Ein Gefühl von Nähe flackert in mir auf, gegen das ich mich sofort aufzulehnen beginne. Wäre ich wegen dieses irrwitzigen Sturms letzte Nacht nicht so durcheinander gewesen und hätte ich mich nicht auch noch verletzt …

Er hielt meine Hand in seiner, und als er mich ansah, war ich ihm nicht nur dankbar. Ich habe ihm plötzlich vertraut. Vollkommen.

Im hellen Morgenlicht drehe ich den Kopf in seine Richtung und erwische den Moment, in dem Cayden die Augen aufschlägt. Diese viel zu dunklen Augen.

«Guten Morgen, Kilgrave», sage ich, und sein gerade noch verschlafener Blick schärft sich.

«Weißt du, was jetzt passieren würde, wäre ich wirklich wie Kilgrave?», erwidert er nach einigen Sekunden.

Er hat sich nicht bewegt, doch die Wärme seiner Hand auf meinem Bauch scheint sich plötzlich zu intensivieren. Ein Lächeln taucht in seinen Mundwinkeln auf.

«Was?», frage ich so herausfordernd, wie mir das in diesem Moment möglich ist.

Seine Hand verschwindet von meinem Körper. Er stützt sich auf beide Unterarme und beugt sich über mich. Alles, was ich jetzt noch sehen kann, ist sein Gesicht, die glatten Haare, die über seine Stirn fallen und die meine berühren würden, würde er seinen Kopf noch ein Stückchen weiter senken. In seinen Augen meine ich so etwas wie Sehnsucht zu erkennen, und nur noch ein letzter Rest an Vernunft weist mich darauf hin, dass Cayden das kann – er kann genau das sein, was sein Gegenüber braucht, und ich … Herrgott, ich weiß ja nicht mal, was ich brauche.

Cayden richtet sich abrupt auf. «Ich geh mal Zähne putzen.»

Ein paar Sekunden lang schaue ich ihm verwirrt dabei zu, wie er aus dem Schlafsack klettert, seine Sachen zusammensucht und den Reißverschluss des Zelteingangs aufzieht.

«Boah, kalt», höre ich ihn noch sagen, dann ist er draußen, und der Verschluss wird von außen wieder zugezogen.

So atemlos, als hätten wir uns tatsächlich gerade geküsst, liege ich da, und nur langsam gelingt es mir, Cayden in Großaufnahme wieder aus meinem Hirn zu schubsen.

Wie verrückt ist das alles eigentlich?

Plötzlich habe ich es eilig. Ich will auf keinen Fall noch immer hier in diesem Doppelschlafsack liegen, wenn Cayden zurückkommt. Hastig arbeite ich mich ebenfalls heraus, wobei mir ein dumpfer Schmerz durch den Arm schießt, weil ich mich dabei auf meiner verletzten Hand abstütze. Wenigstens ist der Verband noch in Ordnung, und durchgeblutet hat es auch nicht.

Draußen zeigt sich der Himmel bedeckt. Der Fluss schäumt grau in seinem Bett, und Cayden hat recht, im Vergleich zu gestern ist es wirklich kalt.

Mein Zelt sieht ziemlich mitgenommen aus. Der innere Teil steht noch halbwegs, doch die Außenhaut hätte sich mit Sicherheit davongemacht, würde nicht die schwere Tonne darauf liegen. Mühsam rolle ich sie herunter. Sie hat einen hässlichen, schwarzen Abdruck auf dem Zeltstoff hinterlassen, doch das Meiste kann man vermutlich abbürsten, und immerhin ist nichts beschädigt.

Als Cayden zurückkehrt, bin ich gerade dabei, das Innenzelt wieder aufzurichten.

«Mann, es hat ganz schön gewütet.» Nachlässig wirft er ein paar Kleidungsstücke durch den Eingang seines Zelts, den ich nicht wieder hinter mir geschlossen habe. «Steven meint, es seien sogar Äste runtergekommen. Gerade läuft er rum und kontrolliert die Stellplätze. Zum Glück wurde niemand verletzt.»

«Nur ich hab's geschafft.» Ich lasse die Zeltschnur, die ich gerade zu spannen versucht habe, sinken, grinse ein wenig bemüht und hebe die Hand, die Cayden gestern verbunden hat. Irgendwie fällt es mir in diesem Moment schwer, ihn direkt anzusehen. «Danke, übrigens.»

«Tut es sehr weh?», fragt er.

«Nein, nicht schlimm.»

«Der Verband muss gewechselt werden, wenn er nass wird.»

«Natürlich, Dr. Terrell», erwidere ich. «Ich komm dann wieder zu Ihnen in die Praxis.»

«Tu das. Lass dir am besten gleich einen Termin geben.»

Sein Grinsen ist spöttisch wie gewohnt, doch irgendwie passt der Ausdruck in seinen Augen nicht dazu. *Ich weiß, an was du gerade denkst, Cayden.*

Genau deshalb rede ich normalerweise nie über Leah. Alles wird dadurch nur realer. Es ist schwer genug, mit meinen eigenen Gedanken klarzukommen, ich will sie nicht auch noch im Gesicht meines Gegenübers widergespiegelt finden.

«Zeig mal», sagt er jetzt.

«Was?»

«Deine Hand.»

«Die ist schon okay.» Ich erhebe mich, um die Schnur auf der anderen Seite des Zelts straff zu ziehen.

«Zweifelst du etwa meine ärztliche Kompetenz an?»

Ich muss grinsen. «Sie ist wirklich okay, aber bitte ...», ich halte ihm meine Hand hin, «... was sagt der Handchirurg?»

Cayden mustert ein paar Sekunden lang den etwas angeschmutzten Mullstoff. «Wer auch immer diesen Verband angelegt hat, war ein Profi.»

«Beruhigend.»

Als ich nach der Außenhaut greife, bückt Cayden sich ebenfalls, und gemeinsam bauen wir mein Zelt neu auf. Glücklicherweise hat es, abgesehen davon, dass es an einigen Stellen ziemlich verdreckt ist, wirklich keine Schäden davongetragen.

So unauffällig wie möglich beobachte ich Cayden, während er die letzten Klettverschlüsse schließt, doch es fällt mir schwer, ihn so zu sehen wie noch vor wenigen Tagen.

Wie hat Haven ihn beschrieben? Als zurückhaltend?

So weit würde ich jetzt nicht gehen, aber meine bisherige Meinung über ihn wird ihm auch nicht gerecht. Hinter all seiner Perfektion liegt mehr – noch immer finde ich ihn mit *gutaussehend, arrogant und zynisch* recht treffend beschrieben, doch mittlerweile würde ich *interessant* hinzufügen. Und *überraschend*. Und ... *anziehend*.

Hätte mir irgendjemand vor einer Woche erzählt, ich würde gemeinsam mit Cayden Terrell in einem Schlafsack schlafen, ich hätte denjenigen für vollkommen irre erklärt, weil ... Cayden sieht auf.

Verdammt. Zu spät abgewendet.

«Frühstück?», fragt er sanft. Viel zu sanft für eine so simple Frage.

«Klar.» Ich dagegen gebe mich forscher, als ich mich tatsächlich fühle. Vielleicht wäre ich weniger vorsichtig, hätte ich nicht schon erlebt, wie Cayden sein Verhalten ... na ja, anpassen kann. Wie er sich auf sein Gegenüber einstellt, um irgendetwas zu erreichen. Keiner außer ihm hätte meine Mutter so schnell dazu bringen können, meinen Plänen zuzustimmen – in der Nachricht, die sie mir heute Morgen geschrieben hat, steht drin, ich solle ihn von ihr grüßen.

Was Cayden bei mir erreichen will, dürfte wohl klar sein.

So viele Wahlmöglichkeiten hat er ja derzeit nicht. Er ist ein Aufreißer – vielleicht will er einfach nicht aus der Übung kommen?

Wieder muss ich an letzte Nacht denken, an diesen Moment, in dem er meine Hand in seine nahm.

Vielleicht gehört das alles dazu? Vielleicht hat er einfach die Gelegenheit genutzt? Und selbst *wenn* er alles völlig ernst meinen würde – erstens bedeutet das noch lange nicht, dass er tatsächlich mehr von mir will, und zweitens muss ich ja nichts von ihm wollen, nur weil er das will.

Fast hätte ich jetzt laut geseufzt.

Ich habe das Gefühl, meine Gedanken verknoten sich.

Cayden hat damit begonnen, Porridge zu kochen. Wir haben es schon gestern mangels frischen Obsts mit Rosinen gegessen, und ich finde es gar nicht mal unlecker. Um nicht weiter sinnlos herumzustehen, hole ich meine Isomatte und unsere Schüsseln, und kurz nachdem Cayden den Brei verteilt hat, fragt er: «Wollen wir uns heute den *Wabasso Campground* ansehen? Dann könnten wir entscheiden, ob wir den als Nächstes ansteuern.»

«Gute Idee.»

«Es gibt dort aber keine Duschen», ruft mir Cayden in Erinnerung.

«Macht nichts. Hier ist das Wasser auch häufiger kalt.»

«Okay. Echte Wanderer müssen ohnehin irgendwann stinken.»

«Was?»

Er zuckt mit den Schultern. «Hat mal einer in einer Dokumentation gesagt. Da ging es um den Appalachian Trail. Fernwanderweg, über dreitausend Meilen. Den könnten wir eigentlich als Nächstes in Angriff nehmen.»

«Bin dabei, lass uns gleich loslaufen. Aber ich werde nicht stinken.»

«Nicht?» Ein Cayden-Grinsen. «Wie willst du das bei einer Wanderung verhindern, bei der man nur alle paar Wochen mal eine Möglichkeit zum Duschen hat?»

«Es wird da ja wohl hin und wieder Flüsse geben. Oder irgendwelche Hütten mit fließendem Wasser.»

«Hütten mit fließendem Wasser mitten in der Wildnis?» Cayden kratzt seine Schüssel leer. «Glaub ich nicht.»

«Zumindest auf dem Wabasso Campingplatz gibt es irgendwo Waschbecken», sage ich. «Und für den Appalachian Trail lasse ich mir bis morgen etwas einfallen.»

«Man braucht Monate, um den abzuwandern – die einzige Option, die ich da sehe, ist, sich vorher sämtliche Schweißdrüsen entfernen zu lassen.»

«Igitt.» Ich stehe auf und nehme Cayden die Schüssel aus der Hand. «In zehn Minuten bin ich wieder da, dann können wir los. Genug Zeit, um noch mal ein Deo zu nutzen, falls du vorsorgen willst.»

«So spricht eine echte Fernwanderin», erwidert Cayden. «Lässt lieber ein paar Mahlzeiten ausfallen, damit im Rucksack genügend Platz für Deo bleibt.»

«Genau. Und sollte irgendwann ein Film über uns gedreht werden, wird er *Rae und ihr stinkender Freund* heißen.»

Cayden, der gerade dabei ist, den Kocher zu säubern, grinst nur.

Als ich mit den sauberen Schüsseln zu unserem Platz zurückkehre, wartet Cayden bereits neben den Rucksäcken, und kurz darauf machen wir uns auf den Weg.

Während der ersten Kilometer folgen wir dem Icefields Parkway, doch wir nutzen schnell die Möglichkeit, auf einen

Wanderweg auszuweichen, der nicht die ganze Zeit an der Straße entlangführt. Caydens Schritt hat sich dem meinen angepasst, und ich hänge meinen Gedanken nach, die sich aktuell einzig und allein um den Mann drehen, der neben mir herläuft. Während ich über verknotete Wurzeln steige und das leise Geräusch unserer Schritte auf dem federnden Waldboden einen fast meditativen Charakter annimmt, habe ich wieder diesen Moment vor Augen, in dem Cayden sich heute Morgen über mich gebeugt hat. Er war mir so nah, nicht nur körperlich. Abgesehen von meinen Eltern gibt es niemanden, der so viel über mich weiß. Nicht einmal Haven. Ich habe befürchtet, er und ich würden uns recht schnell trennen, wenn wir erst einmal hier angekommen wären – eigentlich habe ich fast ein bisschen daran gezweifelt, dass er es wirklich durchziehen würde. Aber seit dieser Nacht bei Cayden und Jackson, seit ich ihn gefragt habe, ob er mitkommen würde, hat sich immer mehr zwischen uns verändert. Und jetzt ...

«Rae?»

Ich wende mich zu Cayden um und wappne mich. «Was ist?»

«Warum wolltest du diese Wandertour machen?»

«Weil ...» Ich mache eine vage Handbewegung, ein letzter automatischer Versuch, Unbeschwertheit vorzutäuschen, den ich mit meinen nächsten Worten direkt selbst wieder zerstöre. «Weil ich Angst hatte, ich könnte durchdrehen. Haven hat mich auf die Idee gebracht, hierherzukommen, und zuerst hielt ich das für verrückt. Ich dachte, sie hat hier gewohnt, ihr ist der Wald auf eine andere Art wichtig als mir, aber dann ist etwas passiert, und danach ...» Angestrengt suche ich nach Worten.

«Was ist passiert?»

Genau diese Frage möchte ich eigentlich nicht beantworten.

Es ist schrecklich genug, in den Augen anderer die bemitleidenswerte Rae zu sein, die arme, arme Rae ... aber möchte ich Rae, das Monster sein? Nein, möchte ich nicht.

Cayden räuspert sich. «Wenn du nicht darüber reden willst ...»

«Ich hätte fast jemanden umgebracht.»

CAYDEN

Ein paar Sekunden lang versuche ich mir einzureden, dass sie diesen Satz im übertragenen Sinne meint, dann gebe ich es auf. Ihr Tonfall macht mehr als deutlich, dass sie es genauso gemeint hat, wie sie es gesagt hat.

«Bist du ... ich meine, bist du diesem Typen begegnet, der deine Schwester ...»

«Nein, es war jemand ganz anderes. Aber er ... er war ... er hat ... er hat mich angegriffen», beendet sie den Satz schlicht. «Und ich hätte ihm fast den Schädel eingetreten.»

«Aber das hast du nicht getan», erwidere ich genauso schlicht.

«Nein, habe ich nicht», sagt Rae leise. «Aber ich wollte es.»

«Du hast es trotzdem nicht getan.»

«Weil ich mich gerade noch zurückgerissen habe. Aber für einen kurzen Moment habe ich mir wirklich gewünscht ...»

«Rae. Du hast es nicht getan. Menschen wünschen sich ständig Dinge, die man besser nicht laut ausspricht.»

«Was wünschst du dir?»

«So einiges.»

«Aber du willst es mir nicht erzählen.» Rae wendet sich von mir ab.

«Na ja, das ist jetzt nicht unüblich bei Dingen, die man nicht besonders gern laut ausspricht.»

Darauf erwidert Rae nichts, und in den nächsten Minuten ringe ich mit mir, bevor ich tief durchatme.

«Ich verstehe mich nicht besonders gut mit meinem Vater.»

So ein simpler, beinahe harmloser Satz. Aber nicht einmal Jackson gegenüber habe ich mich bisher so weit aus dem Fenster gelehnt. Kein Wunder also, dass Rae die Tragweite dieser Aussage nicht mal ansatzweise begreift.

Sie verdreht die Augen. «Cayden, nimm's mir nicht übel – ich bin sicher, das ist nicht schön, aber es lässt sich nicht wirklich damit vergleichen, dass ich … also dass ich … verflucht, dass ich wirklich einen Augenblick lang gegen den Kopf von diesem Arsch treten wollte, und zwar so fest ich kann, verstehst du? So etwas wünschen sich normale Menschen mit Sicherheit nicht.»

«Mh.»

«Oder hast du dir mal vorgestellt, du würdest deinen Vater umbringen?»

Die Sonnenstrahlen, die vor uns auf den schmalen Pfad fallen, und das unablässige Vogelgezwitscher verleihen unserem Gespräch etwas Surreales. Es wäre passender, sich über unsere Träume zu unterhalten, was wir so erreichen wollen im Leben und welche wunderbaren Pläne wir haben.

«Cayden?»

«Sagen wir es so: Ich habe mir schon häufiger gewünscht, er würde gar nicht existieren.» Obwohl ich stur geradeaus sehe, spüre ich ihren Blick auf mir.

«Du hast es dir also wirklich schon gewünscht.» Rae macht ein seltsames Geräusch, halb Lachen, halb Seufzen. «Vielleicht ist es das, was wir gemeinsam haben. Wir sind verhinderte Killer.»

«Nette Gemeinsamkeit.»

«Jetzt müssen wir nur noch aufpassen, dass wir nicht wie Mallory und Mickey enden.»

«Mallory und Mickey?»

«*Natural Born Killers*. Der Film? Kennst du den etwa nicht?»

«Doch, klar. Aber ich hab vergessen, wie die Figuren hießen. Wie enden die beiden noch mal?»

«Sie ... landen im Gefängnis.»

«Wirklich? Haben sie nicht ...»

«Ja, okay, das war nicht das Ende. Den Rest hatte ich vergessen.»

Rae läuft ein wenig schneller, und obwohl die ganze Situation eigentlich alles andere als lustig ist, muss ich grinsen. Wenn ich mich richtig erinnere, leben Mickey und Mallory am Ende des Films in einem Wohnmobil und haben zwei Kinder.

Vielleicht weil es heute kühler ist, trägt Rae ihre Haare offen. Dicht und schwer fallen sie ihr über den Rücken, so leuchtend blau inmitten des uns umgebenden Grüns. Wieso habe ich eigentlich irgendwann mal gedacht, bis auf ihre grüngrauen Augen sei Rae ziemlich durchschnittlich? Ihre alles andere als durchschnittlichen Haare jedenfalls würde ich in dieser Sekunde gern berühren, eine Strähne durch meine Finger gleiten lassen, und sie würde sich lachend umdrehen, um sich zu befreien, und dann ...

So etwas in der Art habe ich bereits heute Morgen gedacht, als sie neben mir im Schlafsack lag.

Es sollte mir vielleicht zu denken geben, solche Dinge ständig zu denken. Das hat doch nichts mehr mit Sex zu tun.

Also, natürlich hat es schon etwas mit Sex zu tun, aber wenn ich an ... Kaylee gedacht habe oder an Vic oder an irgendeine andere Frau, dann habe ich mir selten vorgestellt, sie zu küssen, sondern eher ...

«Guck mal!»

Rae bleibt so abrupt stehen, und ich bin derart in meine Gedanken vertieft, dass ich fast in sie hineinlaufe.

«Was denn?»

«Da vorn. Siehst du?» Sie spricht leise und zeigt in eine Richtung, in der zwischen den Bäumen ein Tier mit Geweih aufmerksam zu uns hinüberschaut.

«Ein Wapiti, oder?», flüstert Rae. «Oh. Oh, guck!» Sie greift nach meinem Arm.

Ein zweites Tier tritt aus dem Unterholz, kleiner als das erste, ein Weibchen, würde ich tippen. Wie auch der Wapitibulle blickt es in unsere Richtung. Dann senkt der Bulle den Kopf, als würde er seiner Gefährtin etwas zuflüstern, und Augenblicke später sind sie wieder im Gehölz verschwunden.

Rae dreht sich zu mir um, ein glückliches Lächeln im Gesicht.

Und ich beuge mich vor und küsse sie.

Zu viele widersprüchliche Gedanken in meinem Kopf. In der Sekunde, in der meine Lippen auf ihre treffen, sehe ich, wie ihre Augen sich weiten, doch sie weicht nicht zurück, sondern erwidert den sanften Druck.

Was tue ich denn? Verflucht.

Ihre Lippen sind weich, nachgiebig, und ich schließe die Augen. Nur kurz. Nur ganz kurz will ich denken, dass es in Ordnung ist, will ich spüren, wie zart es sich anfühlt, wie vorsichtig dieser Kuss ist, anders als andere Küsse.

Es ist Rae, die ihn unterbricht, die den Kopf ein wenig senkt und ihre Stirn gegen meine Schulter lehnt. Sie schaut nach unten, sieht mich nicht an. «Cayden ... wenn du jetzt gerade Kilgrave bist, werde ich dich hassen.»

Bin ich nicht. Oder? Bin ich doch nicht.

Ich umfasse ihr Gesicht mit beiden Händen, und sie sieht auf.

Der zweite Kuss ist weniger behutsam, weniger zurückhaltend. Als Raes Hände unter mein Shirt wandern, öffne ich leicht meinen Mund, taste mich vor und erschauere, weil sie mir über die Hüften streicht und sanft meinen Rücken hinaufgleitet.

Diesmal gelingt es mir beinahe, jeden Zweifel zurückzudrängen, jedes drohende Gefühl von Gefahr, und dennoch bin ich es, der den Kuss unterbricht, gerade weil ich ihn nicht unterbrechen möchte.

Rae sieht mich an, versucht in meinem Gesicht zu lesen, und es würde mich sehr überraschen, sollte sie das, was in mir gerade vorgeht, tatsächlich darin entdecken. Falls sie es tut, könnte sie es mir ja verraten, denn ich habe keine Ahnung.

Wie sie so vor mir steht, mit diesem fragenden Ausdruck in ihren Augen, möchte ich ihr versichern, dass das gerade völlig okay war, und gleichzeitig ist mir danach, irgendeinen lockeren Spruch abzulassen, der unseren Kuss ins Lächerliche zieht. Es kostet mich einiges, mir die blöde Bemerkung, die mir bereits auf den Lippen liegt, zu verkneifen.

Ich möchte Rae noch einmal küssen.

Nein. Das geht auch nicht.

Möchte *Daddy's little boy* lieber weglaufen?

Ganz kurz wird mir übel, und ich habe das Gefühl zu schwanken.

«Cayden?» Eine Berührung an meiner Hand. Rae, in deren Blick jetzt Sorge steht. «Alles okay?»

Nur weil Rae vorsichtig darüberstreicht, wird mir bewusst, dass ich die Hände zu Fäusten geballt habe, so fest, dass es fast schmerzt, sie wieder zu lösen.

«Alles okay», bringe ich endlich hervor und klinge sogar völlig normal dabei. «Mir war gerade nur etwas schwindelig.» Um ein Haar füge ich irgendwas in Richtung *die Hitze* hinzu, eine Bemerkung, die ausgerechnet heute, am kältesten Tag, seit wir hier angekommen sind, einigermaßen blöd wäre.

«War das etwa dein erster Kuss?», scherzt Rae und bringt mich dadurch zum Grinsen.

«So schrecklich, ja?», gehe ich auf ihr Geplänkel ein und erstarre, als Rae mir plötzlich über die Wange streicht, langsam die Fingerspitzen über meinen Hals gleiten lässt und ihre Hand schließlich in meinen Nacken legt.

«Nein, nicht wirklich ...», beginnt sie und zieht mich ein Stück zu sich, «... nicht wirklich schrecklich.»

Die letzten Worte flüstert sie gegen meinen Mund, bevor sie mit der Zunge zart über meine Unterlippe gleitet, nur ganz kurz, und es erschüttert mich, dass diese Berührung schon ausreicht, um nicht nur meine seltsame Starre zu überwinden, sondern auch um das Gefühl zurückzudrängen, dass es keine gute Idee gewesen ist, Rae zu küssen. Ich sollte aufhören, doch diesmal schaffe ich es nicht.

Rae tritt einen Schritt zurück. «Okay, lass uns gucken gehen, wo wir es demnächst ohne Duschen aushalten müssen.» Ein wenig zaghaft verschränkt sie ihre Finger mit meinen.

Irgendwas an Rae lässt mich von meinem gewohnten Fahrplan abweichen, trotz der Stimme in meinem Kopf, die mir zuflüstert, Frauen seien ein netter Zeitvertreib, aber sie sollten niemals mehr sein als das.

Mein Vater hat meine Mutter geheiratet, weil *es Zeit spart*, wie er mir mal erklärt hat. Er habe Besseres zu tun, als sich um wechselnde Liebschaften zu bemühen. Meine Mutter stand ihm als Ehefrau zur Verfügung – sowohl als attraktive, gesellschaftliche Begleitung als auch im Bett. Und davon abgesehen, wollte er mich. Einen Sohn. Hätte sich stattdessen ein Mädchen angekündigt, ich bin sicher, mein Vater hätte meine Mutter zu einer Abtreibung gezwungen.

Er hat ziemlich viel dafür getan, um mich zu dem Menschen zu machen, der ich heute bin, und es spielte niemals eine Rolle, ob mir dieser Mensch gefiel oder nicht.

Jetzt und hier laufe ich neben Rae und will mehr von ihr, als sie nur flachzulegen, doch je länger ich darüber nachdenke, desto sicherer werde ich, dass ich es nicht zulassen kann. Nicht weil ich tatsächlich denken würde, Rae sei es nicht wert – fuck you, Dad –, *ich* bin es nicht wert.

Fick dich gleich noch mal, du Arsch, weil du mir deine gönnerhafte Verachtung allem und jedem gegenüber eingepflanzt hast, einschließlich gegenüber mir selbst.

Ich bin jemand, mit dem man hervorragend Spaß haben kann, solange man sich nicht emotional reinhängt, zu mehr bin ich nicht in der Lage. Früher oder später würde ich Rae verletzen.

Notbremse.

Kurz drücke ich ihre Finger, bevor ich loslasse und meine Rucksackträger lockere, und sie wirft mir zwar einen Blick zu, als ich ihre Hand nicht wieder ergreife, sagt jedoch nichts.

Ich hätte sie nicht küssen dürfen, ich Idiot.

16.

RAE

Als wir den *Wabasso Campground* erreichen, habe ich noch immer keine Antwort auf die Frage gefunden, was genau das jetzt gerade gewesen ist.

Er hat mich geküsst, und eine Sekunde lang war ich vollkommen überrumpelt. Dann war es, als müsse es geschehen, als hätte ich schon Ewigkeiten darauf gewartet – und jetzt verhält er sich seit geraumer Zeit so, als sei überhaupt nichts passiert.

Hallo?

Ich weiß, dass die Arschlöcher unter den Typen mitunter so tun, als könnten sie sich nicht mehr an dich erinnern, nachdem sie dich abgeschleppt haben, aber doch nicht schon nach dem allerersten Kuss!

Caydens plötzlicher Gedächtnisverlust erstreckt sich immerhin nicht auf meine Person als Ganzes, doch das, was vor einer Stunde zwischen uns geschehen ist, scheint keine Rolle mehr zu spielen. Seit wir einen älteren Mann namens Aaron in einem blassgrünen Kassenhäuschen gefragt haben, ob wir uns ein wenig umsehen dürfen, hat er ein paar Kommentare zum Campingplatz abgelassen und dass ich nichts darauf erwidert habe, einfach ignoriert. Aaron meinte, ähnlich wie Steven, zwei kleine Zelte bekäme er immer irgendwo untergebracht, und auch hier hätten wir die Möglichkeit, in der Nähe des Flusses ein Lager aufzuschlagen.

Es gibt ein Toilettenhaus, in dem sich recht sauber aussehende metallene Kabinen und Waschbecken befinden, und ansonsten die gleichen Picknicktische und -bänke neben den Feuerstellen wie beim *Wapiti Campground* auch.

«Hier hat Jackson letztes Jahr gecampt», teilt Cayden mir mit. «Irgendwo im Umkreis von etwa einer Stunde steht das Haus, in dem Havens Vater wohnt.»

Haven. Ich möchte Haven anrufen und ihr alles erzählen, was in den letzten Tagen passiert ist, mit einem besonderen Schwerpunkt auf der letzten Stunde. Was würde sie mir raten? Stünde Cayden in diesem Moment nicht neben mir und würde sich Haven nicht gerade auf ihrem Trip mit Jackson irgendwo in der Nähe der Niagarafälle befinden, ich würde wohl sofort zum Handy greifen.

«Und, was sagst du?» Cayden, der gerade noch am Flussufer auf die Wellen des Athabasca River gesehen hat, dreht sich zu mir um.

«Ist okay», erwidere ich statt: *Was genau ziehst du hier eigentlich ab?* Erst muss ich meine Verwirrung ansatzweise sortiert kriegen. Und selbst danach werde ich mir genau überlegen, ob ich mir die Blöße gebe, einem Typen wie Cayden zu verraten, dass ich mich gerade total bescheuert fühle.

Auf dem Rückweg allerdings setzt sich mehr und mehr etwas in mir durch, das ich wohl am ehesten Enttäuschung nennen würde, und als Cayden sich zum wiederholten Mal nach mir umdreht, weil ich immer langsamer werde, platzt es irgendwann aus mir heraus.

«Was? Du musst nicht auf mich warten! Geh doch einfach schon mal vor!»

Immerhin hat er den Anstand, nicht so zu tun, als hätte er keine Ahnung, warum ich ihn so anfahre.

«Okay, hör zu», sagt er und bleibt stehen. «Das vorhin war … es war …»

«Was war es? Bist du gestolpert? Hast du mich mit jemandem verwechselt?»

«Nein, es war … unüberlegt.»

«Unüberlegt? Es war *unüberlegt*? Du meinst, dir war gerade so danach, und zufällig stand ich da? Weißt du was?» Ich überwinde die kurze Distanz zwischen uns und bremse erst dicht vor ihm ab. Unfassbar, dass ich diesem Gesicht vor wenigen Stunden so nahe gekommen bin, dass ich ihn geküsst habe. Er trägt die übliche glatte Cayden-Maske vor sich her, und ich möchte sie am liebsten von ihm herunterschütteln. «Such dir das nächste Mal doch einfach einen Grizzly für deine unüberlegten Ideen.»

Wütend marschiere ich an ihm vorbei, und ich sehe mich kein einziges Mal nach ihm um, bis ich unseren Zeltplatz auf dem *Wapiti Campground* erreicht habe.

Ich bin so schnell gelaufen, dass ich mich trotz der kühlen Temperaturen verschwitzt und klebrig fühle, dennoch öffne ich als Erstes den Eingang zu Caydens Zelt, um meinen Schlafsack herauszuholen. Cayden selbst ist noch nicht da, anscheinend hatte er kein Interesse daran, mit mir Schritt zu halten.

Beim ersten heftigen Versuch, die beiden Schlafsäcke voneinander zu trennen, verhakt sich einer der Reißverschlüsse im Stoff, und ich benötige mehrere Minuten, um das Mistding wieder freizubekommen. Dann allerdings zerre ich meinen Schlafsack und auch meine Isomatte heraus, die Cayden heute Morgen nach dem Frühstück zurück in sein Zelt geworfen hat. Dachte er etwa, ich würde noch einmal eine Nacht neben ihm verbringen?

Falls ja, kann er das vergessen. Lieber frage ich Steven, ob ich im Kassenhaus übernachten darf, sollte mir aus welchen Gründen auch immer das Zelt über dem Kopf zusammenbrechen.

Ordentlich mache ich mir mein Lager zurecht, bevor ich mich ein weiteres Mal in Caydens Chaos-Zelt hineinwage, um auch noch meinen Rucksack zu holen. Ich bin schon fast draußen, da knistert etwas unter meinem Fuß.

Das glaube ich jetzt nicht.

Ich starre auf die quadratischen Plastikpäckchen, die zwischen einem von Caydens Shirts liegen.

Er hat allen Ernstes Kondome eingepackt?

Sehr optimistisch, Cayden, wirklich sehr optimistisch.

Kurz überlege ich, die Dinger einfach mitzunehmen und irgendwo zu entsorgen, dann jedoch kommt mir ein besserer Gedanke.

Als Cayden endlich bei unserem Zeltlager ankommt, sitze ich auf dem Felsen direkt am Flussufer und sehe ihm entgegen. Unnahbar sieht er aus, distanziert, wie ich ihn schon so oft erlebt habe. Aber heute nicht, du Idiot.

Beim Näherkommen wird er langsamer. Vielleicht irritiert es ihn, dass ich ihn so unverwandt anstarre, doch netterweise bleibt er erst endgültig stehen, als er in Reichweite ist.

Ich greife hinter den Felsen, und einen Augenblick später fliegt das erste Geschoss durch die Luft, trifft Cayden direkt vor die Brust und zerplatzt.

Noch während er entgeistert an sich herunterblickt, kommt der zweite Ballon angeflogen und explodiert an seiner Schläfe.

«Fuck!» Er springt zurück, doch nicht schnell genug, um der dritten und letzten Wasserbombe zu entgehen.

Eigentlich hatte ich noch einmal auf sein Gesicht gezielt.

Durch seinen Sprung erwische ich ihn nur noch am Ellbogen, aber egal. Insgesamt bin ich ziemlich zufrieden mit dem Ergebnis.

Cayden nicht so. «Hast du sie noch alle? Was soll denn das?» Wasser tropft ihm vom Kinn, und er fährt sich mit der Hand übers Gesicht.

«Sorry.» Ich rutsche vom Stein und schlendere ein paar Meter in seine Richtung. «Wolltest du mitspielen? Dann hättest du allerdings mehr mitbringen sollen und nicht nur drei – wie *un- überlegt*.»

Erst jetzt scheint Cayden zu kapieren, was ihm da gerade an den Kopf geflogen ist. Er blickt auf die Gummifetzen zu seinen Füßen, und seine Mundwinkel zucken.

Dann beginnt er zu lachen.

Erst verdutzt, dann fasziniert starre ich ihn an. Ich muss daran denken, dass ich mich vor einiger Zeit gefragt habe, ob es im Jasper National Park etwas geben könnte, dass Cayden tatsächlich mal richtig zum Lachen bringt. Nicht nur grinsen, richtig lachen. Nicht im Traum wäre ich allerdings auf die Idee gekommen, das würde geschehen, weil ich ihn mit wasser- gefüllten Kondomen beworfen habe.

Noch immer lachend lässt er die Jacke von seinen Schultern gleiten und zieht sich als Nächstes das durchnässte Shirt über den Kopf. Es ist das erste Mal, das ich ihn mit nacktem Ober- körper sehe, und nur weil der so unbeschwert lachende Cayden einfach unwiderstehlich ist, gelingt es mir, meinen Blick von seinem flachen Bauch wegzureißen.

Aus demselben Grund wird mir auch zu spät klar, was Cayden vorhat, und er hält bereits seine Wasserflasche in den Händen, bevor ich auf die Idee komme, mich in Sicherheit zu bringen.

«Stopp!», kreische ich, als er die Plastikflasche zusammendrückt und mich der erste Wasserstrahl trifft. Ich hechte hinter sein Zelt, stürze in der nächsten Sekunde wieder aus meiner Deckung hervor, schnappe mir den Kochtopf und renne damit zum Ufer.

Eine neue Salve erwischt mich im Rücken, und mir bleibt kaum Zeit zum Zielen, nachdem ich den Kochtopf ins Wasser getaucht habe und seinen Inhalt, noch während ich mich umdrehe, Cayden entgegenschleudere.

Der dünne Strahl aus seiner Flasche ist nichts gegen einen Zweiliterkochtopf, aber Cayden hält sich nicht weiter damit auf. Stattdessen schöpft er mir in dem Moment, in dem ich mich vorbeuge, um den Topf erneut zu füllen, mit beiden Händen Wasser ins Gesicht. Prustend versuche ich auszuweichen, rutsche auf den glitschigen Steinen aus und gerate ins Stolpern. Ob Cayden mich tatsächlich auffangen will, weiß ich nicht, aber falls ja, hat er eindeutig unterschätzt, wie wenig Halt man auf den teilweise moosbewachsenen, nassen Felsen findet. Er erwischt noch meinen Arm, bevor ich auf ihn drauffalle und wir gemeinsam im aufspritzenden Wasser landen.

In einem Film wäre das jetzt ein amüsanter und gleichzeitig überaus romantischer Moment, in dem Cayden seinen Arm um mich legen und mir hingerissen ins Gesicht blicken würde, das Zurückstreichen einiger nasser Haarsträhnen inklusive.

In der Realität brüllt er «Fuck!» und beginnt als Nächstes zu husten, während ich mir den Ellbogen reibe, mit dem ich nur geringfügig abgemildert auf die unter Wasser liegenden Felsen geknallt bin. Zumindest der Rest von mir ist einigermaßen weich gelandet, ein Umstand, über den Cayden sich nicht freuen kann.

So schnell ich kann, rappele ich mich auf, nur um sofort wieder auszurutschen. Diesmal lande ich auf Händen und Knien, und Cayden, der sich immerhin schon in eine sitzende Position gebracht hat, beginnt unter anhaltenden Hustenattacken schon wieder zu lachen.

Bis auf die Haut durchnässt und uns gegenseitig stützend, schaffen wir es irgendwie ans Ufer. Wasser schwappt mir aus den Schuhen, bei Cayden sieht es nicht besser aus.

Schwer lässt er sich auf einen der Felsen nieder, um die Schuhe auszuziehen.

«Sobald wir wieder in Edmonton sind, beschwere ich mich», erklärt er und leert die Stiefel aus. «Angeblich sind die wasserdicht.»

Ich beginne zu kichern und kann nicht mehr aufhören, selbst dann nicht, als mir der schwache Wind eine Gänsehaut verursacht und ich erschauernd kurz davorstehe, mit den Zähnen zu klappern. Klar, dass wir uns für so eine Aktion den kältesten Tag hier aussuchen mussten.

«Schnapp dir was Trockenes zum Anziehen, wir gehen duschen.» Cayden ist schon auf dem Weg zu seinem Zelt, und kurz darauf stapfen wir, auf warmes Wasser hoffend, in Richtung der Sanitäranlagen.

Auf den ersten Strahl folgt schnell Ernüchterung – mal wieder kalt. Mittlerweile friere ich so erbärmlich, dass nicht einmal das Abrubbeln mit dem Handtuch meine Haut erwärmen kann. Ich schlüpfe in meine mitgebrachten Sachen – Unterwäsche, T-Shirt und eine kurze Hose, weil die einzige lange Hose, die ich dabeihabe, die ist, mit der ich in den Fluss gefallen bin –, wickele mich zusätzlich in mein feuchtes Handtuch und treffe vor den Duschen wieder mit Cayden zusammen, der so verfroren aussieht, wie ich mich fühle.

Der Wind scheint noch zuzunehmen, und als wir wieder bei den Zelten ankommen, klappere ich wirklich mit den Zähnen.

«Hast du Hunger?», will Cayden wissen. «Ich könnte schnell was kochen.»

«Ist ... dir nicht ... auch kalt?», stammele ich.

«Eindeutig nicht so kalt wie dir. Am besten, du verkriechst dich direkt in den Schlafsack.»

In den Schlafsack – gute Idee.

Ich höre Cayden mit dem Kocher hantieren, während ich darauf warte, dass es erst im Schlafsack und dann auch in mir endlich warm wird, und als er mit zwei Tassen gebückt in mein Zelt reinkommt, habe ich endlich mit dem Zittern aufgehört.

«Sie hatten die Suppe bestellt?» Er deutet mit einem Kopfnicken eine Verbeugung an.

«Oh ja, bitte – kipp sie einfach in den Schlafsack.» Ich greife nach der Tasse, bevor Cayden auf dumme Ideen kommt. «Danke. Könntest du heute das Geschirr abspülen? Dafür koche ich morgen.»

«Klar.» Cayden hat sich neben mich gesetzt, hält seine Tasse mit beiden Händen und wirkt irgendwie nicht so, als plane er in absehbarer Zeit, das Zelt wieder zu verlassen.

Umständlich setze ich mich in meinem Schlafsack ebenfalls auf, vorsichtig, um nichts zu verschütten, und nippe an der heißen Flüssigkeit.

Salzig. Könnte Spargelcreme sein oder so was. Auf jeden Fall wärmt es von innen.

Mir wird bewusst, dass Cayden mich ansieht, und ich lasse die Tasse weit genug sinken, um seinen Blick erwidern zu können. «Was ist?»

«Entschuldige. Wegen vorhin, meine ich.»

Seine feuchten Haare fallen ihm noch nicht wieder so seidig glatt vor die Augen wie sonst immer, und er zerzaust sie noch mehr, als er sie jetzt mit einer ungeduldigen Handbewegung aus dem Gesicht befördert.

Ich habe mich so oft gefragt, was die vernünftige Allison dazu brachte, mit ihm ins Bett zu gehen, doch jetzt gerade denke ich, dass ich es vielleicht sogar irgendwann bereuen werde, die Kondome vernichtet zu haben. Wieso zum Teufel passiert mir das? Ich war doch völlig immun. Nie von einem Typen geschwärmt zu haben, nur weil er gut aussieht, war sicher hilfreich, aber ich fand seine spöttische Art auch blöd. Und dann renne ich eine Woche lang mit ihm durch einen Wald, wir frühstücken Timbits und Porridge, ich lasse mir in einer Nacht von ihm die Hand verbinden, falle mit ihm zusammen in einen verdammten Fluss, und jetzt sitze ich hier und bin bereit, wegen einer einzigen Entschuldigung für seinen dämlichen, *unüberlegten* Kuss irgendwas in Richtung *Vergiss es* zu sagen.

Wo, verflucht noch mal, ist denn meine Selbstachtung hin?

Auf gar keinen Fall werde ich das tun.

Cayden scheint auf keine Erwiderung zu warten. Er lässt die Suppe nachdenklich in der Tasse hin und her schwappen, die er zwischen seinen aufgestützten Knien hält. Dann sieht er auf. «Was hältst du davon? Jeder von uns beantwortet dem anderen drei Fragen. Man darf fragen, was man will. Du darfst anfangen.»

Was ist das jetzt wieder für eine perfide Cayden-Idee? Wieso sollte ich ihm auch nur eine einzige Frage beantworten? Und will ich tatsächlich die eine Frage, die mir seit heute Nachmittag im Kopf herumgeht, laut aussprechen? *Wieso bereust du es, mich geküsst zu haben?* Was, wenn er nur wieder spöttisch grinst?

Diesmal wartet er eindeutig auf eine Antwort, und sein Blick setzt mich zunehmend unter Druck. «Das ist ein ziemlich albernes Spiel. Warum holst du nicht gleich eine Flasche, und wir spielen Flaschendrehen?»

«Du machst also nicht mit?»

«Doch, klar. Was ist deine Lieblingseissorte?»

«Salziges Karamell. Ich bin dran. Erzähl mir von Leah.»

CAYDEN

Rae starrt mich schockiert an, doch ich halte ihrem Blick stand. Die Idee ist mir gerade erst gekommen. Ich schulde ihr eine Erklärung für die Sache von vorhin, weiß aber nicht, wie ich anfangen soll. Und ich würde wirklich gern ein wenig mehr über ihre Beziehung zu ihrer Schwester und über die Umstände von Leahs Tod erfahren. Mal angenommen, Rae schafft es, darüber zu reden – vielleicht gelingt es mir dann auch.

Irgendeine meiner Bettbeziehungen meinte mal, sie könne nicht verstehen, warum Menschen nicht einfach den Mund aufmachen und sagen, was Sache ist. Es sollte ein Kompliment sein. Ich weiß noch, dass sie der Meinung war, ich würde genau das immer tun. Und ich weiß auch noch, dass ich in diesem Moment dachte, dass diese Frau ja mal so was von keine Ahnung hat, wie es sich anfühlt, stacheldrahtumwickelte Sätze hervorzuwürgen und sich mit jeder Wahrheit, die man ausspricht, selbst zu zerreißen. Der Hass auf meinen Vater. Das einzige Gefühl, das ich nie in den Griff bekommen habe.

«Das ist keine wirkliche Frage», unterbricht Rae meine Gedanken.

«Okay, dann ... was war Leah für ein Mensch?»

Das ist noch nicht das eigentliche Thema, über das ich reden will, aber ich kann mir vorstellen, wie zermürbend es für

Rae sein muss, immer und immer wieder nur über die letzten Stunden mit ihrer Schwester zu sprechen, weil jeden nur die schrecklichen Details ihres Todes interessieren. Und ich will wirklich wissen, wie Leah war – es wird mir auch mehr über Rae verraten.

«Leah war … lebensfroh. Offen. Kommunikativ. Hat dauernd gelacht, fand alles irgendwie leicht.»

Rae hält mit beiden Händen ihre Tasse umfasst und mustert die helle Flüssigkeit darin. Zwischen ihren ersten Worten liegen sekundenlange Pausen, doch dieses Stocken verschwindet mehr und mehr.

«Sie war ein paar Minuten älter als ich, aber jeder, der uns danach gefragt hat, hielt sie für die Jüngere, weil ich die Ernstere von uns beiden war, die Ruhigere. Jeder hat Leah gemocht, und Leah mochte einfach Menschen.»

Jetzt fließen die Sätze aus Rae heraus.

«Sie fand an jedem etwas Gutes, und es fiel ihr immer so leicht, andere in Gespräche zu verwickeln. Leah hatte tausend Freunde und ich nur wenige, aber das war egal, denn meine beste Freundin war immer sie, und umgekehrt war es genauso. Unsere Eltern wollten, dass wir in der Schule in getrennte Klassen gehen, weil sie dachten, wir würden zu sehr aneinanderhängen und das sei nicht gut für die Entwicklung unserer individuellen Persönlichkeiten …», Rae sagt es so, als zitiere sie jemanden, «… aber wir haben das nicht zugelassen. Leah kam immer einfach mit in meine Klasse, so lange, bis alle es aufgaben. Wir wollten gemeinsam studieren und uns eine Wohnung teilen, eine WG, vielleicht noch mit anderen, aber Hauptsache, zusammen. Wir waren bis zu ihrem Tod nie länger voneinander getrennt als vielleicht mal eine Nacht, weil Leah bei einer Freundin schlief. Sie war …» Rae sucht nach Worten, hebt hilflos eine Hand. «Sie war ein liebenswerter Mensch. Ein guter Mensch. Sie war meine Schwester, sie war ein Teil von mir, verstehst du? Ich bin ohne sie nur noch ... halb.»

Ich nicke, als würde ich das alles verstehen, während mein Hirn noch damit beschäftigt ist, die Dimension dessen, was Rae mir da erzählt hat, zu begreifen. Ich war immer allein. Ein Einzelkind, dessen Freunde vorsortiert wurden bis in das Eliteinternat hinein, und dieser Kontrolle entkam ich erst, als ich durchgesetzt hatte, in eine eigene Wohnung zu ziehen. Eine Wohnung, die mein Vater für mich gekauft hat, aber egal. Erst einmal raus.

Wie wäre das alles mit einem Bruder gewesen? Der die ganze Scheiße mit mir zusammen erlebt hätte? Mit dem ich mich verbunden gefühlt hätte, so eng verbunden, dass ich nie das Gefühl gehabt hätte, allein zu sein?

Es löst nichts in mir aus. Ich bin wie ein Blinder, der sich bemüht, Farben zu begreifen.

Und Rae erzählt weiter und immer weiter, als könne sie nicht mehr aufhören, jetzt, wo sie einmal damit begonnen hat, über Leah zu reden. «Sogar dieser Kerl, der ... der sie ... er hat gesagt, Leah wäre ihm aufgefallen, weil sie so geleuchtet hat. Geleuchtet. Vermutlich waren das eher die Drogen in seinem Hirn, aber ... verdammt, wäre ich doch mitgekommen! Cayden, wäre ich doch mitgekommen! Warum waren mir diese Scheißhausaufgaben wichtiger als Leah?»

Ihr Blick ist klar, obwohl ihre Stimme klingt, als müsse sie vor Tränen ersticken. Sie weine nie, hat sie gesagt. Noch so eine schräge Gemeinsamkeit, die uns verbindet.

«Dir war der Schulkram nicht wichtiger als deine Schwester», sage ich. «Es war dir nur an diesem Abend wichtiger als das Konzert.»

Rae presst die Lippen zusammen. «Dieses blöde Konzert. Ich hatte keine Lust, da hinzugehen, zu einem bescheuerten Rapper mit frauenfeindlichen Texten. Leah hat die Tickets bei einer Instagramverlosung gewonnen. Sie wollte nur hin, um mal was Neues kennenzulernen. Wenn ich mitgegangen wäre ...»

«Du denkst echt, du bist irgendwie mit schuld an ihrem Tod, oder?»

Lange sieht sie mich nur an, als müsse sie überlegen, ob sie mir darauf überhaupt antworten will. Vorsichtig stellt sie schließlich die Tasse neben ihrem Schlafsack ab. «Ist das deine zweite Frage?»

Fast hätte ich vergessen, wieso Rae überhaupt damit angefangen hat, über ihre Schwester zu sprechen. Ich nicke.

«Ja. Ja, das denke ich. Ich meine, ich habe sie nicht getötet, das war ganz allein dieser ... dieser ... Scheißkerl, aber ich habe Leah im Stich gelassen. Ich hätte für sie da sein müssen, aber ich war nicht da. Und ich kann das nie wiedergutmachen. Sie war ganz allein, dabei waren wir doch nie wirklich allein. Aber sie war es in dieser dreckigen Fabrikhalle, und sie hatte gegen diesen Typen überhaupt keine Chance, und sie hat bestimmt Angst gehabt, und ich frage mich immer, ob sie an mich gedacht hat und ob sie sich gewünscht hat, wir hätten uns wenigstens richtig voneinander verabschiedet, und ob sie vielleicht ... ob sie vielleicht noch mal bei mir war, irgendwie, und ich habe es nicht bemerkt. Sie wäre doch nie einfach so gegangen, ohne sich von mir zu verabschieden, oder?»

Raes Blick ist so unfassbar verletzt und gleichzeitig so hoffnungsvoll – was soll ich ihr sagen? Ganz egal, was, sie wird spüren, dass ich nur versuche, sie zu trösten, und ich ...

Rae beugt sich plötzlich vor und streicht mit ihren Fingerspitzen über meine Wange. Was zum ...?

«Du weinst», stellt sie fest.

Langsam wische ich mir mit der Hand übers Gesicht. Scheiße, was ...? Feuchte Spuren in meiner Handfläche, der kühle Hauch trocknender Tränen auf meiner Haut. Ich versuche zu schlucken und kann nicht.

Ich weine nie. Niemals.

Abrupt stehe ich auf. Raus hier.

Einfach nur raus hier.

Ich brauche frische Luft.

17.

RAE

$\mathcal{C}$ayden so überstürzt aus dem Zelt stolpern zu sehen, reißt mich endgültig aus der Vergangenheit zurück in die Realität, trotzdem benötige ich ein paar Sekunden, um mich aus meinem Schlafsack zu schälen und den Zelteingang beiseitezuschlagen.

Wo ist er?

Ich krieche ganz aus dem Zelt heraus und richte mich auf, blicke mich suchend um. Die Dämmerung beginnt gerade erst, sich über den Fluss herabzusenken. Wäre er links oder rechts am Flussufer, müsste ich ihn sehen, er kann also nur zwischen den Bäumen zum Campingplatz gegangen sein. Mit nackten Füßen steige ich in meine klatschnassen Wanderstiefel und laufe los. Wenn Cayden einen anderen Weg genommen hat als den, den ich jetzt ansteuere, finde ich ihn nie.

Was um alles in der Welt ist gerade passiert? Wieso schockiert es Cayden so sehr, dass jemand ihn weinen sieht?

Ich haste zu dem inoffiziellen Wanderweg, den ich jetzt zum dritten Mal betrete, und binde mir, nachdem ich mehrfach fast gestürzt wäre, endlich die Schnürsenkel zu. Bärenspray habe ich nicht dabei. Cayden mit Sicherheit auch nicht.

«Cayden?», rufe ich, ohne eine Antwort zu erhalten. Aber vielleicht hört er mich ja und bleibt stehen. Außerdem mache ich so auch alle Bären im Umkreis auf mich aufmerksam, und

das soll man ja. Bären stehen nicht darauf, wenn man sie überrascht, heißt es. Ich gebe zu, in der Dämmerung fällt es mir
schwer, mich nicht zu fühlen, als würde jeder Bär nur *Snack!*
Hier kommt ein Snack! verstehen, aber egal.

Zweige aus dem Weg schlagend, arbeite ich mich vorwärts,
bereits jetzt mit stechenden Schmerzen in der Seite, weil ich
viel zu schnell ein- und wieder ausatme.

«Cayden!»

Er hat es nicht mal bemerkt, glaube ich. Dass er weint. Es
hat ihn wirklich überrascht. Ach was, es hat ihn richtiggehend
entsetzt. Ich denke an das, was Cayden mir heute Nachmittag
über seinen Vater erzählt hat. War Weinen im Hause Terrell
etwa verboten? Ein Indianer kennt keinen Schmerz und so?
Aber wie bringt man das einem Kind bei, dass auch noch der
erwachsene Mann so heftig reagiert wie Cayden gerade eben?

Langsam schwindet das Licht, und ich weiß, ich müsste meine Suche eigentlich beenden und umkehren. Es wird hier demnächst sehr, sehr finster sein, und es wird schwer werden, dann
noch den Weg zurück zu finden, trotzdem hetze ich weiter und
immer weiter.

«Cayden! Verflucht!»

Vielleicht ist er gar nicht hier. Herrgott, vielleicht ist er einfach in sein Zelt gegangen! Ich bin nicht mal auf die Idee gekommen, dort nachzuschauen, und wie bescheuert wäre es,
wenn ...

«Uff!»

Gegen Cayden zu rennen fühlt sich an, als pralle man mit
einer Statue zusammen. An diesem Mann gibt es absolut nichts
Weiches.

«Alles in Ordnung?» Er hat nach meinem Arm gegriffen und
sieht mich jetzt prüfend an.

«Geht schon. Warum bist du ... warum hast du ...?»

«Wir müssen zurück.» Cayden schiebt mich in die Richtung, aus der ich gekommen bin, ohne mir die Zeit zu geben, meine Frage zu formulieren. «Ich habe keine Taschenlampe dabei, und das Smartphone liegt auch noch im Zelt. Hast du deins mit?»

«Nein.»

«Dann sollten wir uns besser beeilen. Es ist auch noch bewölkt, da werden wir in kürzester Zeit absolut gar nichts mehr erkennen können.»

Er hat recht. Man kann förmlich dabei zusehen, wie sich die Konturen von Büschen und Bäumen im Grau der hereinbrechenden Nacht aufzulösen beginnen.

«Hast du mich rufen gehört?», will ich wissen. «Bist du deshalb umgekehrt?»

«Ja und ja.»

«Wieso bist du überhaupt weggerannt? Was ist so schlimm daran, dass ich dich weinen sehe? Ich werde es niemandem verraten, keine Sorge. Dein Status als gefühlloser Mistkerl wird absolut unangetastet bleiben.»

Ich bemühe mich um einen möglichst lockeren Tonfall, und es ist noch nicht zu dunkel, um zu erkennen, dass diese Bemerkung ihm dennoch kein Lächeln entlockt.

«Cayden? Krieg ich eine Antwort?»

«Ich habe schon drei Fragen beantwortet.»

«Was?» Ich bleibe so plötzlich stehen, dass Cayden bei dem Versuch, mir auszuweichen, mit dem Shirt in den Zweigen eines Strauchs hängenbleibt. «Ich habe dir noch gar keine Fragen gestellt!»

«Ich habe dein Rufen gehört, ja, und deshalb bin ich umgedreht, ja. Und mein Lieblingseis ist –»

«Das ist nicht fair!»

Cayden, dem es gelungen ist, den Stoff seines Shirts von den dünnen Ästen des Buschs zu befreien, schiebt mich einfach weiter.

So typisch Cayden. So verflucht typisch. An diese drei Fragen habe ich gerade nicht mal mehr gedacht, und dass Cayden sich darauf bezieht, um sich mal wieder hinter Sprüchen zu verschanzen, nehme ich ihm ernsthaft übel. Ist ja nicht so, dass er von mir keine Antworten erhalten hätte.

Trotzdem bin ich aktuell froh, dass er bei mir ist. Es ist fast schon verrückt, wie schnell es jetzt finster wird. Wie lange bin ich denn hier langgerannt? Müssten wir nicht schon die Lagerfeuer auf dem Zeltplatz sehen? Meine Füße bleiben an einem unsichtbaren Hindernis hängen, ein Ast oder ein Stein, und ich taumele nach vorn, doch Cayden bekommt mich am Arm zu fassen, bevor ich hinschlagen kann.

Mittlerweile ist es schon so dunkel, dass wir den schmalen Weg vor uns mehr erahnen, als dass wir ihn sehen könnten. Immer wieder gerate ich ins Stolpern. Bei hellem Tageslicht ist mir gar nicht aufgefallen, wie wurzeldurchsetzt dieser Weg ist.

«Wir müssen uns links halten.» Cayden, der meinen Arm noch nicht wieder losgelassen hat, bleibt plötzlich stehen.

«Nein, hier geht es lang.»

«Wenn wir uns links halten, kommen wir auf jeden Fall beim Fluss raus.»

«Wir wollen aber doch gar nicht zum Fluss.»

«Von dort aus finden wir leichter zum Zeltplatz zurück.»

«Aber man kann nicht überall am Ufer langgehen. Wir müssten immer wieder in den Wald hinein.»

«Rae, wir sehen den Weg nicht mehr. Wenn wir uns jetzt

nicht links halten, kann es passieren, dass wir mitten in den Wald reinlaufen.»

«Aber ich weiß, dass wir hier lang müssen.»

Wir stehen voreinander, zwei Schatten in der Dunkelheit. Nur Caydens Atem kann ich hören, der ebenso laut ist wie meiner, weil wir aufgeregt sind und viel zu schnell gerannt.

Und natürlich spüre ich die Berührung seiner Hand um meinen Oberarm.

«Glaub mir einfach, okay?», sage ich und löse seinen Griff, umschließe seine Finger. «Ich bin sicher, dass wir in die Richtung müssen.»

Als ich jetzt weitergehe, lässt Cayden sich widerstandslos mitziehen. Ich hoffe nur, ich habe recht. Leah hat mich immer eine Art lebende Kompassnadel genannt. Ihr Orientierungssinn war quasi nicht vorhanden, sie hat sich immer auf mich verlassen, ganz egal, wo wir waren.

Ach, Leah.

Ich warte darauf, dass meine Lungen sich zusammenpressen und die Sauerstoffaufnahme verweigern, so wie immer, sobald mich der Gedanke an Leah zu plötzlich überfällt, doch das Gefühl bleibt aus.

Eine Weile lausche ich erstaunt in mich hinein.

Vielleicht bin ich gerade zu aufgeregt. Oder heute ist einfach bereits zu viel geschehen.

«Okay, ich lasse deine letzten beiden Fragen nicht gelten», sagt Cayden.

«Was?»

«Zwei Fragen hast du also noch.»

«Zu großzügig.»

«So bin ich.»

Wir bewegen uns langsam, jeder hält tastend die freie Hand

vor sich gestreckt, und immer wieder müssen wir uns an Buschwerk vorbeidrängen, das mir die nackten Beine und Arme zerkratzt.

«Okay. Wieso rennst du also weg, nur weil du weinen musst?»

«Keine Ahnung.»

«Ich dachte, wir hätten ausgemacht, dass wir jede Frage ...»

«Ich weiß es wirklich nicht. Ich ... weiß es nicht.»

Er lügt. Ich bin mir sicher. Doch bevor ich etwas dazu sagen
kann, redet Cayden weiter, genauso tastend, wie wir uns hier
gerade vorwärtsbewegen.

«In meiner Familie werden Gefühlsäußerungen nicht gern
gesehen. Vermutlich hängt es damit zusammen.»

«Bei euch durfte niemand weinen?»

«Man steht lieber souverän über allem.»

Cayden klingt nicht bitter oder traurig. Seine Stimme ist
locker, und ich kann sogar den typischen, leicht spöttischen
Unterton heraushören.

«Wer ist *Man* – dein Vater?»

«Genau.» Er atmet einmal tief durch. «Ich glaube, das waren
jetzt zwei Fragen.»

Ein Gedanke schießt mir durch den Kopf, und ich ignoriere
Caydens Hinweis. «Wieso schleppst du in deinem Rucksack sogar beim Campen eine Ginflasche mit dir rum?»

In der nächtlichen Stille des Waldes atmet Cayden scharf ein.
«Ich bin kein Alkoholiker, falls du das denkst.»

«Die meisten Alkoholiker würden sagen, sie seien keine Alkoholiker.»

«In Edmonton habe ich in letzter Zeit etwas viel getrunken»,
räumt Cayden ein. «Wenn ich gelangweilt war. Oder gestresst.
Mir ist oft langweilig», fügt er hinzu.

«Warum?»

«Keine Ahnung. Mich interessiert einfach nicht viel.»

«Dir stehen alle Möglichkeiten offen, du hast Kohle ohne Ende, siehst gut aus, alle Welt rennt dir nach, und daraus machst du absolut nix», sage ich. «Stattdessen langweilst du dich? Das hört sich ziemlich verwöhnt an, weißt du?» Jetzt ist es raus, das, was ich Cayden heimlich schon von Anfang an vorwerfe.

«Ja, kann sein», sagt er nach einer Weile, und irgendwie weiß ich, dass ihn meine Worte verletzt haben. In der Dunkelheit fällt es mir leichter, ihn zu durchschauen. Wenn sein Blick und seine glatte Perfektion mich nicht ablenken können.

«Warum versuchst du nicht, etwas zu finden …»

«Da vorn sind Lichter.»

Cayden hat sie zuerst entdeckt, doch jetzt sehe ich sie auch. Vor Erleichterung werden mir fast die Knie weich. Der Campingplatz. Ich habe uns also nicht in die Irre geführt.

Caydens Hand löst sich aus meiner, und einen kurzen Moment lang vermisse ich ihre Wärme.

Jedes Mal, wenn der Schein eines der Lagerfeuer oder einer Campinglampe auf uns fällt, mustere ich Cayden, der meinen Blick jedoch nicht erwidert. Erst als wir unseren eigenen Zeltplatz wieder erreicht haben, wendet er sich mir kurz zu. «Okay, dann also gute Nacht.»

Es sagt vermutlich einiges aus, dass ich in dieser Sekunde bereit wäre, alles beiseitezuschieben, was heute geschehen ist: Caydens unüberlegten Kuss, seine Fragen über Leah, die Tatsache, das wir gerade aus dem stockdunklen Wald zurückgefunden haben, in den wir überhaupt nur hineingeraten sind, weil Cayden meinte, plötzlich losstürmen zu müssen. Ich würde tatsächlich all das beiseiteschieben und noch einmal nach seiner Hand greifen, vielleicht noch mehr Fragen stellen, doch in diesem Moment dreht Cayden sich weg, bückt sich hinunter zu seinem Zelt und ist unmittelbar darauf verschwunden. Das leise Zippen des Reißverschlusses ist noch zu hören, und das war's.

Ich lausche, vielleicht auf das Geräusch einer Flasche, die geöffnet wird, oder auf das typische Plätschern, das erklingt, wenn Flüssigkeit in ein Glas läuft.

Ach was, er würde aus der Flasche trinken.

Plötzlich erschöpft, wende ich mich ab und gehe die paar Schritte hinüber zu meinem eigenen Zelt.

Mum muss ich noch schreiben. Dass alles in bester Ordnung ist.

CAYDEN

Letzte Nacht bin ich fast sofort eingeschlafen, etwas, womit ich nicht gerechnet hätte. Überhaupt entwickele ich hier Schlafgewohnheiten wie jeder normale Mensch. Einschlafen irgendwann gegen Mitternacht. Aufwachen, wenn die Sonne schon am Himmel steht.

Das Erste, das mir in den Sinn kommt, ist, dass ich gestern Rae geküsst habe, und unvermittelt verspüre ich ein Ziehen in der Leistengegend. Es war so, wie ich es mir vorgestellt habe. Nein, es war besser. Es war so, dass ich mich ein paar Sekunden lang völlig darauf einlassen konnte, nur noch Rae gespürt habe, und dann ... habe ich es vermasselt.

Ein unüberlegter Kuss, eine gekränkte Rae. Drei Fragen, die jeder von uns stellen darf, Rae, die über Leah spricht, und ich ... ich habe geweint. Fuck, ich habe geweint. Das letzte Mal rumgeheult habe ich, da war ich sechs, und danach nie wieder, weil ... weil ... stopp. Aufhören, Hirn. Stopp, verflucht!

Rae sagte, ich sei verwöhnt, die Tore der Welt stünden mir doch offen. Ich könnte fair sein und ihr zugestehen, dass sie keine Ahnung hat, wie vorgefertigt mein Weg schon immer war. Ich habe es ihr ja nie erzählt.

Mir ist nur nicht danach, fair zu sein.

Sie sieht so viel, warum nicht auch das? Aber wenn sie mich genau wie jeder andere für einen dekadenten, gleichgültigen Egoisten halten will, werde ich sie nicht daran hindern.

An diesem Punkt meiner Überlegungen angekommen, habe ich angemessen schlechte Laune.

Draußen knallt die Sonne vom Himmel, als hätte es gestern nie einen Kälteeinbruch gegeben, und ich blinzele, nachdem ich den Reißverschluss des Eingangs aufgezogen habe. Auf dem großen Felsen am Fluss liegen Raes Sachen zum Trocknen ausgebreitet, daneben hat sie ihre und auch meine Wanderschuhe gestellt. Von Rae selbst ist nichts zu sehen.

Als ich mich außerhalb des Zelts aufrichte, entdecke ich meine eigenen Klamotten, die Rae über einen tiefhängenden Ast geworfen hat.

«Rae?»

Ihr Zelt ist geschlossen, aber ich glaube nicht, dass sie sich bei diesem Wetter darin verschanzt hat. Vielleicht ist sie duschen.

Ein Blick auf mein Smartphone sagt mir, dass es bereits kurz vor zehn ist. So lange habe ich seit Ewigkeiten nicht mehr geschlafen – mehr als neun Stunden, ein neuer Rekord.

Rae taucht wieder auf, als ich gerade dabei bin, die Porridgepampe umzurühren. Mit Sicherheit esse ich das nach unserem Trip nie wieder. Ob man in einem der Restaurants bei den Bungalowanlagen auch frühstücken kann? Eigentlich könnte ich heute Abend mal essen gehen und das herausfinden.

«Guten Morgen.»

Raes Ton ist ähnlich reserviert wie meine Stimmung. Da harmonieren wir doch wieder mal bestens. Schweigend kratzen wir unsere Schüsseln leer, und ebenso schweigend stapelt Rae anschließend das Geschirr zusammen und verzieht sich zu den Spülbecken.

Unsere Kleider sind nach dem Frühstück fast trocken, was man von den Schuhen allerdings nicht sagen kann. Hoffentlich habe ich Glück und muss heute Abend nicht mit Flipflops ins Restaurant.

Und jetzt? Normalerweise wandern wir um diese Zeit los, doch mit den nassen Schuhen können wir das heute wohl vergessen.

Schließlich hole ich die Isomatte und Sonnencreme aus meinem Zelt heraus, ziehe mir das Shirt über den Kopf und lege mich in die Sonne. Irgendwie wird dieser Tag sich wohl rumbringen lassen. Und wenn die Stimmung morgen immer noch so scheiße ist, sehen wir weiter.

Ich blicke auf, weil ein Schatten über mich fällt. «Cayden?»

Eine Hand über die Augen gelegt, blinzele ich zu Rae auf. «Was?»

«Ich wollte gestern nicht behaupten, dass du … na ja, dass du oberflächlich bist.»

«Okay.»

«Ich weiß ja nicht, wie sehr dich dein schlechtes Verhältnis zu deinem Vater belastet …»

«Rae, lass es gut sein.»

«… ich wollte nur sagen … dass du einfach so viele Möglichkeiten hast.»

«Mh.»

«Und du nutzt sie irgendwie nicht.»

«Mh.»

«Wieso nicht?»

Innerlich rolle ich mit den Augen, nach außen hin lächle ich. «Wieso arbeitest du seit Ewigkeiten in einem Kino? Hast du nicht auch mehr auf dem Kasten?»

Dass Rae blass wird, ist sogar im Gegenlicht zu erkennen. «Das lässt sich wohl kaum vergleichen.»

«Wieso nicht?»

«Ich werde mich dann nach etwas anderem umsehen, wenn ich mich bereit dafür fühle!»

«Während die Jahre vergehen.»

«Du hast doch keine Ahnung! Lass uns doch mal tauschen! Und ich sehe mich in deinem stinkreichen Leben um und saufe mich zu und hänge mit irgendwelchen Frauen rum – aber vielleicht versöhne ich mich auch mit deinem Vater? Könnte es nicht sein, dass den einfach ankotzt, dass du nur sein Geld ausgibst, und sonst interessiert dich nichts? Abgesehen von irgendwelchen Bettgeschichten? Und du kannst ... du kannst dann ja versuchen, eine Lücke zu füllen, obwohl es dich nur noch zur Hälfte gibt, und hörst dir an, wie deine Mutter nachts weint und ...»

Raes Stimme ist bei den letzten Sätzen bereits brüchig geworden, und nun erstirbt sie ganz. Sie reibt sich die Stirn. «Es tut mir leid», sagt sie leise. «Das war ... ich bin ... ich verstehe einfach nicht ... ach, egal.»

Sie dreht sich um und geht, und ich schließe erneut die Augen in dem Versuch, mich zu beruhigen.

Ihre letzten Worte haben meinen aufsteigenden Ärger massiv gedämpft, aber es ist noch immer genug davon übrig. Klar, Rae. Mit Sicherheit würdest du dich mit meinem Vater *versöhnen*. Du gehst nur leider von einem normalen Menschen aus –

mein Vater aber hält sich für eine Art Gott. Und Götter stehen über allem, die versöhnen sich nicht. Das haben sie gar nicht nötig. Hauptsache, man betet sie an und stellt ihre in Stein gehauenen Regeln niemals in Frage.

Ihm ist es absolut recht, dass ich sein Geld ausgebe, denn auf diese Art kauft er mich jeden Tag neu.

Ich schlage die Augen wieder auf.

Das muss sich ändern. Das muss sich *endlich* ändern. Jackson wird nicht sehr begeistert sein, aber ich muss aus diesem Haus raus, aus dieser Scheißvilla, die meinem Vater gehört, mit allem, was sich darin befindet.

Und dann? Was kommt danach?

An diesem Punkt war ich in meinen Überlegungen schon häufiger mal, und auch die nächsten Gedanken sind nicht wirklich neu.

Mal angenommen, ich finde einen Platz in einem der Studentenwohnheime ... ohne die Fürsprache meines Vaters müsste ich mich vor einem Job wie bei *Thompson & White* nicht mehr drücken, so etwas gäbe es dann nämlich nicht. Und vermutlich auch nichts anderes in dieser Richtung. Mein Vater hat nicht nur die Möglichkeit, mir Wege freizuräumen, er kann sie mir auch verbauen. Und ich traue ihm auch ohne weiteres zu, dass er das tun würde.

Ich wäre ein guter Anwalt, da bin ich mir ziemlich sicher, aber würde ich jemals irgendwo Fuß fassen können, wenn mein Vater beschließen würde, all die großartigen Tore, die Rae vor Augen hat, eines nach dem anderen für mich zu schließen?

Und wenn ich mit etwas anderem noch einmal ganz von vorn beginnen würde, mit etwas, in das mein Vater seine Beziehungsfäden nicht hineinspinnen kann – was sollte das sein?

Ich finde einfach keinen Anfang.

«Cayden!»

Raes Stimme, und sie klingt schockiert. Ich schwanke ein wenig, weil ich zu hastig auf die Füße komme. Rae ist am Flussufer entlangspaziert und hat sich schon ein gutes Stück von unseren Zelten entfernt. Sie hat sich hingehockt, und während ich jetzt auf sie zulaufe, überlege ich, ob sie sich vielleicht verletzt hat, gestürzt ist, was auch immer.

Als ich sie fast erreicht habe, dreht sie sich zu mir um, und ich sehe, dass sie etwas in den Händen hält. Ein … was ist …?

«Es ist ertrunken.»

Nasses Fell und schlaff herabhängende Hinterläufe. Das tote Kaninchen blickt mit starren, runden Augen zu mir auf.

«Es ist in diese Mulde reingefallen, das Arme. Und nicht wieder rausgekommen, die Wände sind viel zu glatt und zu hoch für so ein kleines Tier …»

Raes traurige Stimme durchdringt nur schwach den Nebel, der sich in meinem Schädel auszubreiten beginnt.

«Cayden? Was ist los? Hast du …?»

Ich sehe Rae reden, kann sie jedoch nicht mehr hören. In meinen Ohren rauscht es, es rauscht und rauscht, als ich mich umdrehe und einfach in den Wald hineingehe.

Möchte *Daddy's little boy* lieber weglaufen?

Ja, das möchte er.

18.

 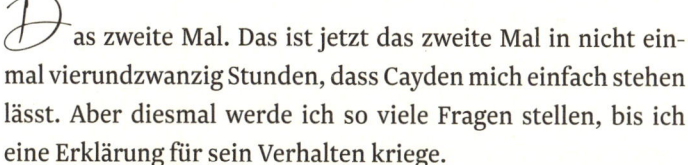

RAE

$\mathcal{D}$ as zweite Mal. Das ist jetzt das zweite Mal in nicht einmal vierundzwanzig Stunden, dass Cayden mich einfach stehen lässt. Aber diesmal werde ich so viele Fragen stellen, bis ich eine Erklärung für sein Verhalten kriege.

Was auch immer da in ihm abgeht, ich will es jetzt wissen!

«Cayden!»

Er läuft nur ein kurzes Stück vor mir, doch er dreht sich nicht um, sondern ignoriert mich. Ich habe das Kaninchen neben einen Baum gelegt, um ihm zu folgen, unsicher, ob ich ihn einfach am Arm festhalten soll.

«Cayden!»

Verflucht, man könnte meinen, er hört mich gar nicht. Im ersten Moment dachte ich, der Anblick des toten Tieres hätte ihn so getroffen, aber kein erwachsener Mensch auf der Welt gerät wegen eines ertrunkenen Kaninchens so aus der Fassung, oder? Und Cayden wäre so ungefähr der Allerletzte gewesen, bei dem ich mir deshalb Gedanken gemacht hätte – ich habe vielmehr damit gerechnet, dass er mich auslachen wird, wenn ich ihm sage, dass ich es begraben will.

Unwillig schnalze ich mit der Zunge. Das ist doch wirklich zu blöd!

«Cayden, verdammt noch mal, was ist …?»

Ich habe mich endlich dazu durchgerungen, ihm eine Hand auf den Arm zu legen, nachdem ich mit ein paar schnellen Schritten zu ihm aufgeschlossen habe, doch ich lasse sofort wieder los. Er sieht aus, als wäre er tot. Eine leere Hülle mit dunklen Augen. Ausdruckslos starrt er mich an, dann sinkt er in sich zusammen, einfach so. Wie eine Marionette, bei der man die Fäden durchtrennt hat, fällt er auf die Knie, mit gesenktem Kopf.

«Cayden?», flüstere ich. Was passiert hier? Was ist los mit ihm?

Ich habe absolut keine Ahnung, was ich tun soll, und schließlich setze ich mich einfach neben ihn, so dicht wie möglich, ohne ihn zu berühren, und so sitzen wir ewig, nur wenige hundert Meter vom Ufer des Athabasca River entfernt. Gelegentliche Geräusche aus der Richtung des Campingplatzes wehen nur leise an mein Ohr. In der Luft flimmern helle Sonnenstrahlen, die ihren Weg zwischen den Bäumen hindurch bis zu uns gefunden haben und die das Unterholz, wo sie darauftreffen, grüngolden aufleuchten lassen. Alles hier scheint wie erschaffen für einen ganz besonders friedlichen Moment. Der Duft nach Harz und Erde, das gelegentliche Summen irgendeines kleinen Insekts.

Und dazwischen Cayden, wie zerbrochen.

Ich weiß nicht, wie viel Zeit vergangen ist, bevor er aufsieht. Noch immer wirkt er so, als habe er sich sehr weit zurückgezogen, weit genug, um seinen Dämonen zu entkommen.

Ich muss an den Abend denken, als ich bei Haven und Jackson saß und Cayden betrunken nach Hause kam. Es ist, als könne ich nun den Schmerz, den ich damals bereits erahnt habe, ausgebreitet vor mir sehen.

Damals dachte ich, er sehe aus wie jemand, der gleich zusammenbrechen werde. Jetzt ist es passiert, und ich kann nicht mehr tun als bei ihm sein.

Und ich dachte auch, dass ich diesen Blick von mir selbst kenne, und als mir das wieder einfällt, bekomme ich Angst vor dem, was Cayden mir gleich erzählen wird.

Aber ich will es trotzdem wissen.

«Was ist los?», flüstere ich, um die Ruhe um uns herum nicht zu zerstören. «Woran hast du dich erinnert?»

Er atmet einmal tief durch. Dann steht er plötzlich auf, geschmeidiger, als ich es für möglich gehalten hätte, und hält mir seine Hand hin.

Überrumpelt sehe ich zu ihm auf. «Wo willst du denn hin?»

«Zurück zum Fluss.»

Ich verschränke die Arme. Oh nein. Diesmal nicht. Was auch immer in ihm vorgeht, diesmal werde ich nicht zulassen, dass er alles wieder beiseiteschiebt. Und deshalb werden wir jetzt auch nicht zu unseren Zelten zurückschlendern und dort einfach das Spiel *Es ist gar nichts passiert* weiterspielen.

Cayden spreizt kurz die Finger der Hand, die er mir noch immer entgegenstreckt, eine hilflose, beinahe bittende Geste. «Ich beantworte deine Fragen, okay? Ich will … ich will nur vorher das Kaninchen begraben.»

Das Kaninchen begraben. Ich ergreife seine Hand.

Ein paar Minuten später sind wir damit beschäftigt, mit Steinen ein Loch in den weichen Waldboden zu scharren, tief genug, damit irgendwelche anderen Waldbewohner das Kaninchen nicht wieder ausbuddeln können. Schweigend schiebe ich mehrere Handvoll Erde zur Seite, bevor ich mit dem Stein das nächste Stück auflockere. Ich will, dass das Kaninchen ein ungestörtes Grab bekommt, wenn ich schon nicht rechtzeitig zu der Stelle gekommen bin, an der es gestorben ist. Eine halbe

Stunde. Vielleicht hätte das schon gereicht. Es war noch weich und geschmeidig. Nur ein wenig früher, ein paar Sätze weniger, die ich mit Cayden gewechselt habe, dann hätte ich es vielleicht noch aus dem Wasser herausholen können. Ich halte im Graben inne.

Ich hätte das Kaninchen retten können. Und ich hätte auch Leah retten können. Wenn ich nur ...

«Es ist nicht deine Schuld, Rae», sagt Cayden, ohne sich dabei zu unterbrechen, das Loch zu vergrößern. Nur kurz sieht er mich an.

Noch immer wirkt er blass und erschüttert, und mir schießt der Gedanke durch den Kopf, wie erstaunlich es ist, dass er trotz seines Zustands mitbekommen hat, was gerade in mir vorgeht. Wie typisch Cayden. Man muss ziemlich viel durchgemacht haben, um ein solches Gespür zu entwickeln, wird mir bewusst. Und dennoch hat auch er nicht geahnt, dass ein paar hundert Meter entfernt ein Kaninchen ertrinkt, während wir uns unterhalten. Wie auch? Woher hätte er es wissen sollen? Aber wenn nicht einmal ein Mensch wie Cayden etwas hätte tun können ...

Plötzlich wird mir bewusst, wie unfassbar begrenzt ich bin. Wie sehr ich einfach nur ich bin, Rae, immer nur auf diesen einen Augenblick beschränkt, eine Million Meilen weit davon entfernt, allmächtig zu sein. Unendlich viele Dinge geschehen gleichzeitig, ohne dass ich sie beeinflussen könnte, ohne dass ich auch nur davon weiß.

Ich hätte das Kaninchen nicht retten können. Es tut mir leid, dass es ertrunken ist. Aber ich bin nicht daran schuld.

Und ich hätte auch Leah nicht retten können. Das Einzige, was ich wirklich versäumt habe, ist, mich von ihr zu verabschieden. Wir haben es beide versäumt, Leah und ich. Hätten wir gewusst, dass es unser letzter Abschied sein würde, wir hätten es getan. Schulzeug und Konzerte und dieser Anflug von Ärger, weil wir beide uns mehr Verständnis von der anderen gewünscht haben ... nichts davon wäre mehr wichtig gewesen. Natürlich kann man nicht immer so leben, als müsse man damit rechnen, sich nie wiederzusehen ... aber man kann sich trotzdem voneinander verabschieden. Und ich werde das nachholen, Leah. Ich weiß noch nicht, wie, aber ich werde es tun.

Ich verschränke die Arme um meine Beine und stütze das Kinn auf meine Knie. Noch immer hallt die Wucht meiner Erkenntnis in mir nach.

Es ist keine besonders bahnbrechende Erkenntnis. Vielleicht würde meine Mutter nur sagen: *Aber das habe ich doch die ganze Zeit versucht, dir zu erklären: Es war nicht deine Schuld. Du hättest es nicht verhindern können.*

Mein Kopf wusste, dass sie recht hat, aber ich habe es nie gefühlt.

«Das reicht.» Cayden wirft den Stein zur Seite. Seine Arme und sein Shirt, alles ist voller Erde, als er jetzt aufsteht, um das Kaninchen zu holen. Er hält es so behutsam, als wäre es nicht nur irgendein Kaninchen, und genauso vorsichtig legt er es in das Loch, das wir ausgehoben haben.

Gemeinsam füllen wir das Grab wieder auf und schichten am Ende noch schwere Steine vom Flussufer darüber.

Ich war mir sicher, Cayden würde jetzt zu reden beginnen, doch noch einmal geht er zurück zum Wasser.

«Wo war dieses fucking Loch?», ruft er mir zu, weil ich ihm nicht hinterhergegangen bin.

«Ich glaube, es war weiter links.»

Erst als wir beide neben der Felsmulde stehen, die vermutlich bei stärkeren Regenfällen vom Fluss überschwemmt wird und nur langsam wieder austrocknet – nicht schnell genug für das arme Kaninchen –, holt Cayden Luft. Er bückt sich und wirft einen Stein ins Wasser. Dann noch einen. Es ist ein tiefes Loch, es wird dauern.

«Wo fange ich an?», sagt er, mehr zu sich selbst, und mit einem beklommenen Gefühl im Magen setze ich mich hin und höre zu.

CAYDEN

Einen Stein nach dem anderen aufzuheben und zu dem Loch zu tragen, hilft. Es hilft mir dabei, meine Gedanken zu ordnen, und es verhindert außerdem, dass ich einfach gehe. Mich zurückziehe. Wie so oft. Auf jeden Fall muss erst diese Todesfalle aus der Welt geschafft sein.

«Als ich fünf Jahre alt wurde, bekam ich Rennmäuse», beginne ich ins Blaue hinein. «Zwei. Meine Mutter hat sie mir geschenkt, zusammen mit einem riesigen Terrarium. Ich hatte monatelang gebettelt, ich wollte unbedingt ein Tier, am liebsten einen Hund, aber mein Vater meinte, ein Hund mache zu viel Arbeit und zu viel Dreck.»

Ich sehe mich nach größeren Steinen um, damit es schneller geht. «Sie hießen Ernie und Bert, nicht meine Idee. Meine Mutter hat mir gesagt, sie hießen so, also hießen sie eben so. Ernie war weiß und Bert hellbraun, und obwohl mein Vater meinte, sie würden nie zahm werden, weil sie ja einander hätten und mich gar nicht bräuchten, wurden sie es. Vielleicht hatte ich einfach Glück, aber ich glaube, es lag eher daran, dass ich mich ewig mit ihnen beschäftigt habe, in jeder freien Minute. Sie hüpften mir auf die Hand und wanderten von da aus meine Arme hinauf. Ernie saß oft auf meiner Schulter, ganz nah an meinen Hals geschmiegt. Ein paarmal ist er mir in den Pullover gefallen.»

Rae lächelt auf diese Bemerkung hin, und auch ich muss lächeln, wenn auch nur kurz. Ich kenne ja schon das Ende dieser niedlichen Geschichte.

«Irgendwann ging ich morgens zum Terrarium, und nur Ernie kam angerannt, als ich die Körnerschale nachfüllen wollte. Normalerweise kamen sie beide, sie waren völlig verfressen. Ich fütterte also Ernie, und als er fertig war, lief er über meinen Arm hinauf auf meine Schulter, und ich suchte Bert. Er lag in einem der Gänge, die die beiden gegraben hatten, und war einfach ... tot. Einfach gestorben. Er sah aus, als würde er nur schlafen, sogar seine Augen waren geschlossen, aber er schlief nicht, und ich begann zu heulen. Meine Mutter kam.»

Noch ein Stein. Noch ein Stein. Noch ein Stein.

«Sie meinte, es seien eben Rennmäuse und die würden oft nicht so alt und ich könne eine neue Maus haben. Aber ich heulte und heulte und heulte, mit Bert in den Händen, den meine Mutter in den Müll befördern wollte. Und dann kam mein Vater.»

Das Loch ist fast voll, mehr Steine wären vielleicht nicht einmal mehr nötig, doch ich bücke mich immer wieder neu.

«Er hatte einen großen Eimer dabei, der zu Hälfte mit Wasser gefüllt war. Und er nahm mir erst Bert aus den Händen und warf ihn ins Wasser, und dann griff er sich Ernie. Hat ihn einfach von meiner Schulter gepflückt, wo er saß und mich getröstet hatte, und warf ihn ins Wasser. Also, Ernie saß da vermutlich nur, aber es hat sich so angefühlt, als wolle er mich trösten. Und ich habe es erst gar nicht kapiert, und dann bin ich aufgesprungen und wollte Ernie aus dem Eimer holen und ...»

Den nächsten Stein schleudere ich mit einer solchen Wucht

in die Pfütze, die mal ein Loch war, dass er wieder heraus-
springt.

«Mein Vater hat mich zurückgerissen und gemeint, wenn ich
aufhören würde zu heulen, dürfe ich Ernie herausholen. Aber
ich konnte nicht. Ich konnte nicht aufhören. Auf dem Boden
des Eimers trieb Bert, und Ernie ruderte hektisch im Wasser
herum und ging immer wieder unter, und er sah mich an. Jedes
Mal, wenn er auftauchte, und auch noch beim Untergehen. Er
hat mich angeguckt, und ich wollte ihm unbedingt helfen, aber
ich konnte nicht aufhören zu heulen. Keine Ahnung, wie lang es
gedauert hat, bis er nicht mehr aufgetaucht ist und unten blieb,
neben Bert.»

Ich sehe Rae an, die mich anstarrt, und es ist die größte Leistung meines Lebens, bei dieser Scheißgeschichte ihren Blick zu
erwidern.

Möchte Daddy's little boy *lieber weglaufen?*

Das hat mein Vater mich gefragt, während er meinen Arm
festhielt und mich zwang, Ernies Tod mit anzusehen. Das hat er
mich bei jeder seiner Lektionen gefragt. Und er hat immer alles
vernichtet, was ich wirklich geliebt habe.

«Danach wollte ich nie wieder ein Tier. Und ich habe auch
nie wieder geheult.»

«Du hast deine Gefühle abgetötet», flüstert Rae.

«Eher gelernt, sie zu kontrollieren.»

Rae steht auf und kommt langsam auf mich zu. Ich wünschte, sie würde das nicht tun. Was auch immer sie jetzt vorhat –
weder will ich tröstende Worte noch eine gutgemeinte Umarmung, und als sie jetzt ihre Hände auf meine Hüften legt,
spannt sich alles in mir an.

Für einen kurzen Moment legt sie ihre Stirn gegen meine
Brust, und ich sehe hinunter auf blaues Haar.

Dann hebt sie den Blick. «Dein Vater ist ... ich weiß nicht. Ein Psychopath. Ein grausamer Mensch. Ein wirkliches Monster. Aber Cayden ...» Sie tritt einen Schritt zurück. «Wenn du sagst, du hast danach nie wieder geweint, oder auch wenn du sagst, du könntest deine Gefühle kontrollieren ... du hörst dich dann stolz an.»

Genauso gut hätte sie ausholen und mir die Faust in den Magen rammen können. Stolz? Stolz auf irgendetwas, das mein Vater mir eingepflanzt hat?

«Mit Sicherheit nicht», erwidere ich und achte sorgfältig auf einen gleichmütigen Tonfall.

«Nein? Du hast etwas Furchtbares erlebt, aber du erzählst es, als sei es nur eine harmlose Geschichte, die nicht mal besonders viel mit dir zu tun hat. Du siehst nicht mal so aus, als würde es dich irgendwie berühren.»

«Gibt's Richtlinien dafür, wie man bei so was auszusehen hat?»

Raes Hände sinken herab, und ich trete einen halben Schritt zurück.

«Ich will dich nicht verletzen, das weißt du, oder?», sagt sie. «Aber eine nette Umarmung hättest du doch eh nicht gewollt, also – dein Vater hat dich dazu gebracht, deine Gefühle zu *kontrollieren*, wie du es nennst. Und du sagst, du hasst ihn, aber ... du hältst dich noch immer an seine Gesetze. Und auch wenn du das nicht hören willst, irgendwie macht es dich stolz, dass du das schaffst. Obwohl du dabei kaputtgehst.»

Genug. Es reicht. Warum höre ich mir diese Scheiße überhaupt an? Stolz – ich bin auf gar nichts stolz! Worauf denn auch? Wo gäbe es denn irgendwas, auf das ich stolz sein könnte?

«Lass uns zurückgehen», sage ich ruhig, statt Rae anzubrüllen.

Rae steckt die Hände in die Taschen, dreht sich um und geht los, mit gesenktem Kopf. Nach einigen Sekunden folge ich ihr.

Ich weiß, was ich meinem Vater zu verdanken habe, ich weiß es! Und ich bin darauf nicht stolz, ich habe es nur im Griff! Es überflutet mich nicht, es löscht mich nicht aus, und ist das gottverdammt etwa nicht okay? Das so zu regeln? Wie sollte ich denn sonst damit umgehen?

Du hältst dich noch immer an seine Gesetze.

Und warum auch nicht? Nicht alles, was von diesem Arsch kam, war schlecht. Und wenn es mir besser damit geht, irgendwelchen emotionalen Scheiß zu unterdrücken, warum sollte ich es dann nicht tun? Wenn es mir doch dabei hilft, dieses verfickte Leben überhaupt irgendwie auf die Reihe zu kriegen?

Das und die Ginflasche in deinem Zelt, flüstert es in mir.

Ab und zu! In der letzten Woche nur ein einziges Mal und auch nur ein Schluck!

Und der ganze Sex, mit dem du dich ablenkst.

Wann hatte ich denn das letzte Mal Sex? Wann? Ist ewig her! Es macht mich nicht mal mehr scharf, wenn eine Frau auf meinem Schoß sitzt und ich sie dazu bringe, zu kommen. Nicht mal das.

Obwohl du dabei kaputtgehst.

Fuck, Rae! Eine Scheißumarmung wäre mir doch lieber gewesen.

«Morgen fahre ich zurück», sage ich. «Ich nehme den Zug.»

Rae sieht mich nur kurz an, ohne stehen zu bleiben, und jetzt verbergen ihre Haare schon wieder ihr Gesicht.

«Okay», erwidert sie. Und dann, nach einem Moment: «Du musst nicht den Zug nehmen, ich fahre auch.»

19.

RAE

*C*ayden konnte für mich weinen. Für sich selbst kann er es nicht.

Heute Morgen beim Packen haben wir nur das Nötigste miteinander gesprochen, und auch den Weg zurück nach Jasper und später die Autofahrt haben wir überwiegend schweigend zurückgelegt. Als wir bei seiner Villa angekommen sind, hat er seinen Rucksack aus dem Auto gezerrt und «Bis dann» gesagt. Mehr nicht. *Bis dann.*

Ein paar Sekunden lang hat er gezögert, und ich habe mir das Hirn nach Worten zermartert, die genau jetzt, an dieser Stelle, richtig sein würden, aber mir ist nichts eingefallen, und Cayden hat sich aufgerichtet und ist gegangen. Ich habe ihm nachgesehen, bis die Haustür sich hinter ihm schloss. Vielleicht hat er noch mal zurückgeblickt, sicher bin ich mir nicht.

Mum hat sich gefreut, mich so früh wieder bei sich zu haben, und sie hat es, ohne weiter nachzufragen, hingenommen, als ich ihr erklärte, Cayden und ich hätten nicht sehr klug gepackt und wir würden das Ganze irgendwann anders vielleicht noch mal neu angehen.

«Aber zwischen euch ist alles in Ordnung, oder?», hat sie später beim Abendessen gefragt, so als seien Cayden und ich ein Paar, und ich habe genickt.

Jetzt sitze ich auf meinem Bett, es ist bereits nach Mitternacht. Der Rucksack lehnt unausgepackt an meinem Schreibtisch, und ich blicke zum Fenster hinaus ins Dunkel. Philippe rechnet noch nicht damit, dass ich wieder da bin. Ich denke, ich werde ihn irgendwann in den nächsten Tagen mal anrufen.

Etwas länger als eine Woche. So lange war ich von zu Hause fort. Dabei wollte ich anfangs am liebsten monatelang allein durch die Wildnis wandern. Und trotzdem hat sich in dieser Woche einiges verändert.

Ich kann an Leah denken. Es schmerzt noch immer wie verrückt, aber da war vorher ein zusätzlicher Druck, den ich jetzt nicht mehr spüre. Gestern Abend war ich mir nicht sicher, wie es mir heute Morgen gehen würde, doch nach dem Aufwachen hat sich das Schuldgefühl nicht wieder zurückgemeldet.

Und ich habe mir etwas vorgenommen. Ich werde mich richtig von Leah verabschieden, so wie wir es vor drei Jahren hätten tun sollen. Es ist unglaublich, wie sehr es helfen kann, sich etwas vorzunehmen.

Mein Verhältnis zu Cayden hat sich auch verändert, doch was das betrifft, bin ich ratlos. Hilflos. Noch auf der Hinfahrt wollte ich ihn aus meinem Auto schmeißen, und in den letzten Tagen dann wollte ich ihn umarmen, ihm den Mund verbieten, Dinge nach ihm werfen, ihn trösten, für ihn da sein … ich wollte ihn küssen, und ich habe ihn geküsst.

Verrückt.

Es ist so viel passiert, und in dieser Sekunde kann ich nur daran denken, wie er seinen Kopf senkte und mich küsste, in einem Moment, in dem ich so gar nicht damit gerechnet habe.

Nicht dass es vorher andere Momente gab, in denen ich eher damit gerechnet hätte.

Oder vielleicht doch. Meine verletzte Hand pulsiert noch immer, wenn ich sie zur Faust schließe, und wenn ich ehrlich bin, habe ich mir an dem Morgen nach dem Sturm, als Cayden sich über mich beugte, gewünscht, ihn zu küssen. Mit den Fingerspitzen sein schönes Gesicht berühren, seine dunklen Brauen nachzeichnen und über diese perfekten Lippen gleiten. Kann irgendjemand ihn ansehen und sich nicht vorstellen, ihn zu küssen? Ich glaube nicht.

Also, außer ich noch vor einigen Wochen, aber ich habe es ja schon festgestellt: Es hat sich einiges verändert.

Ich wünschte, Haven wäre da. Sie ist die Einzige, mit der ich gern über alles reden würde. Allison fällt aus naheliegenden Gründen wohl raus, und Jackson ist mehr Havens Freund und mehr Caydens Freund als meiner. Und außerdem ist er auch nicht da.

Mit Leah hätte ich reden können.

Und ich weiß genau, was sie gesagt hätte: *Warum fährst du nicht zu ihm und klärst das alles?*

Ich rutsche ein Stück tiefer in mein Kissen.

Weil ich nicht weiß, was ich ihm sagen soll.

Mit dieser Antwort würde sich Leah allerdings nie im Leben zufriedengeben. *Das merkst du dann schon, wenn du vor ihm stehst.*

Leah, für dich war immer alles so leicht. Du warst so unbeschwert, so offen ... aber ich war das doch nie. Und ich habe Cayden verletzt. Ich wollte es nicht, aber es ist trotzdem geschehen.

Noch immer denke ich, dass meine Worte gestern Nachmittag die richtigen waren, aber mit Sicherheit kann auch die Wahrheit wehtun. Vor allem so direkt, nachdem Cayden erstmalig mit etwas rausgerückt ist, dass er ganz sicher noch nicht oft erzählt hat, wenn überhaupt. Mein Verhalten war ... unüberlegt.

Allerdings habe ich Cayden seinen Rückzieher unmittelbar nach unserem Kuss auch verziehen, und das ist mit Sicherheit auf der Skala der unüberlegten Dinge ebenfalls ziemlich weit oben angesetzt.

Ach, verdammt.

Ich lasse mich in meine Kissen gleiten und ziehe mir die Decke über den Kopf.

Leah würde mir vorschlagen, einfach bei Cayden vorbeizufahren. Und nachdem sie lang genug auf mich eingeredet hätte, würde ich höchstwahrscheinlich irgendwann tatsächlich ins Auto steigen.

Okay. Vielleicht mache ich das morgen.

Oder ich warte erst einmal ein paar Tage, damit Cayden Zeit hat, runterzukommen.

Andererseits ...

Mein Telefon summt. Einmal. Eine Nachricht.

Mit angehaltenem Atem liege ich da und gehe die Möglichkeiten durch. Haven? Die mir ein Foto schickt?

Bisher hat sie das noch nicht getan, und was Haven betrifft, ist das auch nicht weiter ungewöhnlich. Die Möglichkeiten eines Smartphones interessieren sie nicht wirklich.

Allison? Philippe? Maverick? Denken alle, ich mache gerade noch einen netten Wanderurlaub im Jasper National Park.

Meine Eltern?

Okay, ich werde albern. Meine Mutter würde mir niemals eine Nachricht schreiben, wenn ich wenige Meter von ihr entfernt in meinem Zimmer liege, und Dad schickt zwar hin und wieder ein paar Zeilen von seinen Geschäftsreisen aus, aber nie um – ich taste nach dem Telefon – fast ein Uhr morgens.

Die Nachricht ist von Cayden.

Und als ich sie gelesen habe, frage ich mich, ob er in den letzten Stunden den Gin aus seinem Rucksack auf einen Schlag vernichtet hat.

CAYDEN

Direkt nachdem sich die Haustür hinter mir geschlossen hatte, habe ich den Rucksack ausgeleert, mir die Ginflasche gegriffen und bin damit nach oben in die Küche gegangen.

Ein endgültiger Absturz. So viel trinken, dass ich einfach zur Seite falle und bis zum nächsten Morgen im Koma liege. Nicht mehr nachdenken müssen. Weder über das, was ich Rae erzählt habe, noch über das, was sie dazu gesagt hat.

Ein gutes Drittel einer Flasche Tonic schütte ich in den Ausguss, um sie mit dem Gin aufzufüllen. Damit wandere ich ins Wohnzimmer, wo Rae nicht auf dem Sofa sitzt. Wieso sollte sie auch?

Eine Weile stehe ich da und stelle mir vor, sie würde doch dort sitzen und auf mich warten, die Füße auf dem niedrigen Tisch abgelegt. Vielleicht würde sie auch mit Wasserbomben werfen, und als ich an diese Wasserbomben denke, nach zwei, drei kräftigen Schlucken aus der Flasche, stelle ich mir Rae nackt vor, nur um direkt festzustellen, dass mit mir, was den fucking Sex betrifft, doch alles in Ordnung zu sein scheint.

Ich will bloß keine Emmas und Tessas und Gwens und wie sie alle heißen, ich will Rae. Ich will sie jetzt und hier auf dem Sofa vögeln, der Typ mit dem weißen Haar und das Mädchen mit dem blauen Haar, wie in einem fucking Anime, und ich will sie dabei ansehen, und ich will, dass sie zurücknimmt, was sie gestern gesagt hat, es irgendwie wieder aus meinem Hirn ätzt. Weil ich nämlich fuckverflucht noch mal nicht stolz darauf bin, dass mein Scheißvater mich zu jemandem gemacht hat, der kotzen könnte bei all dem, was gerade in ihm aufsteigt. Weil es zu viel ist. Weil ich es nicht mehr im Griff habe.

Und zeigt sich nicht genau dadurch, dass Rae recht hat?

Wäre ich in diesem Moment nicht zufrieden mit mir und der Welt und maximal ein wenig gelangweilt, wenn ich alles wie immer unter Kontrolle hätte? Wäre ich nicht *stolz* darauf, alles ordentlich in meinem Hirn wegsortieren zu können, Gedanken an tote Kaninchen und Rennmäuse und noch ganz andere Maß-nahmen, die mein Vater verwendet hat, um mir klarzumachen, dass jegliche Gefühlsausbrüche im Hause Terrell unerwünscht sind?

Meine erbärmliche Waffe. Stolz. Stolz, das leisten zu kön-nen, was er von mir verlangt hat. Und meine einzige Freude dabei ist, meine Gefühle so perfekt verbergen zu können, dass er nicht einmal mitkriegt, wie sehr ich ihn hasse.

Der Gin ... ich mustere die Flasche.

Vielleicht habe ich mich nicht immer so zugedröhnt, weil mir langweilig war. Vielleicht habe ich den Alkohol wirklich ge-braucht, um weiterhin die Kontrolle zu behalten.

Ich lasse die Flasche einfach fallen und gehe zum Fenster, blicke hinunter auf den Park auf der gegenüberliegenden Stra-ßenseite.

Als ich Rae im Wald geküsst habe, war es das erste Mal seit ... Ewigkeiten, dass ich das Gefühl hatte, alles ist richtig. Niemand musste sich verstellen, keine aufrechterhaltene Distanz, keine Manipulation. Selbst wenn ich mit irgendwelchen Frauen im Bett bin, achte ich normalerweise immer auf einen gewissen Abstand, psychisch, meine ich, aber bei Rae ...

Langsam drehe ich mich wieder um, betrachte das Sofa, den riesigen Flachbildschirm an der Wand, den Tisch, auf dem seit über einer Woche ein Glas steht, das ich vor meinem Aufbruch nicht weggeräumt habe. Der Inhalt der Tonicflasche hat sich auf dem Parkettboden ausgebreitet.

Ich muss aufhören, darüber nachzudenken, wie alles vielleicht wird, sobald ich einen ersten Schritt unternehme. Ich muss endlich diesen Schritt gehen.

Entweder das, oder aber ich werde in absehbarer Zukunft tatsächlich ein erbärmlicher Alkoholiker sein, einer, der nach Gelegenheiten Ausschau hält, sich aus einem Fenster zu stürzen.

Auf meinem Konto befindet sich genug Geld, um eine Weile in Ruhe nachdenken zu können.

Ich will hier weg. Sofort.

Der erste Schritt muss genau jetzt passieren.

In den Rucksack packe ich so viele Klamotten wie eben reinpassen und außerdem meinen Rechner und den Kulturbeutel.

Dann schreibe ich Rae eine Nachricht und verlasse das Haus.

20.

RAE

Als ich Cayden anrufe, mitten in der Nacht, geht er sofort ans Telefon.

«Okay», beginne ich. «Was für eine blöde Verarsche soll das jetzt sein?»

«Ich meine jedes Wort völlig ernst.»

Im Hintergrund ist das Geräusch fahrender Autos zu hören, und ich wechsele das Smartphone vom rechten auf das linke Ohr. Das gibt's doch alles gar nicht.

«Wo bist du gerade?», frage ich.

«Ich stehe vor dem Holiday Inn.»

«Du stehst vor dem Holiday Inn.»

«Also, eigentlich gehe ich jetzt rein.»

«Du gehst da jetzt echt rein.»

«Irgendwie hat mein Telefon einen Hall, ist das bei dir auch so?»

Eine Cayden-Idee. Es ist einfach nur so eine Cayden-Idee. Gleich wird er spöttisch auflachen, wahrscheinlich grinst er schon, und ich sehe es nur nicht.

«Was machst du jetzt?», frage ich.

«Ich buche ein Zimmer.»

«Ich glaub dir kein Wort.»

Im nächsten Moment summt mein Telefon erneut. Cayden

hat mir ein Foto geschickt. Er selbst ist darauf zu sehen und im Hintergrund eindeutig eine Rezeptionistin, die nicht in die Kamera lächelt, sondern in Richtung Cayden.

Ich glaube es trotzdem nicht.

So etwas macht man doch nicht einfach so.

«Also?», höre ich Caydens Stimme.

«Ich muss darüber nachdenken.»

«Klar.»

«Cayden ... ist noch was von dem Gin übrig?»

«Wieso, brauchst du welchen?»

«Nein.»

«Du hättest einen Drink haben können. Es ist noch jede Menge von dem Zeug da.» Eine kurze Pause, in der ich Cayden mit der Rezeptionistin sprechen höre. «Allerdings habe ich es nicht dabei», fügt er dann hinzu.

«Was genau hast du vor?»

«Ich weiß es noch nicht. Aber der erste Schritt ist gemacht. Ruf mich an, wenn du nachgedacht hast. Ich bin hier. Vorerst. Und ganz egal, wo ich demnächst sein werde, unter dieser Nummer erreichst du mich immer.»

«Okay.»

«Gut, dann ... werde ich mich jetzt mal bei Jackson melden.»

«Es ist fast zwei.»

«Ach, der ist bestimmt noch wach. Bis dann.»

Er legt auf, ohne meine Antwort abzuwarten, und langsam lasse ich das Telefon sinken.

Es ist eine Cayden-Idee. Alles andere wäre absurd.

Aber nehmen wir mal an, er würde es tatsächlich ernst meinen ... nein. Es würde nicht funktionieren.

Noch einmal tippe ich das Display meines Smartphones an, das inzwischen wieder schwarz geworden ist.

Ich ziehe aus. Was hältst du von einer WG? Jackson, Haven, du und ich?

Ich starre so lange auf die Worte, bis das Display sich abermals verdunkelt, und dann bringe ich die Nachricht zum dritten Mal zum Aufleuchten.

Vielleicht würde es mit Haven funktionieren, vielleicht auch mit Haven und Jackson. Aber in einer WG mit Cayden?

Und was würde Mum dazu sagen? Ich kann sie doch nicht allein lassen. Und es würde Geld kosten, jede Menge, und würde ich die Einzige in einer Vierer-WG sein wollen, die abends in einem Kino jobbt, während die anderen studieren?

Und möchte ich mit Cayden in einer Wohnung leben, ihn jeden Tag sehen, mich von diesem Mann in den Wahnsinn treiben lassen und mir gleichzeitig wünschen, ihn in den Arm zu nehmen?

Warum ich? Cayden, warum fragst du ausgerechnet mich das? Du könntest das vierte Zimmer einfach untervermieten, nacheinander an all die Frauen, mit denen du dich sonst so triffst ...

Über all diese Dinge und über mehr denke ich nach, bis die Morgendämmerung in meinem Zimmer die ersten Konturen nachzeichnet, und dann noch etwas länger, bis ich Mum ins Bad gehen höre.

Ich bin noch immer nicht damit fertig, als ich schließlich die Decke zur Seite werfe, aber irgendetwas muss ich jetzt tun. Noch immer habe ich Leahs Stimme im Ohr. *Fahr einfach hin.*

Es ist erst Viertel nach sieben, aber egal. Er wird schon wach sein. Jedenfalls gleich.

Mum ist einigermaßen überrascht, als ich ihr mitteile, ich müsse dringend los.

«Wohin willst du denn? Du hast ja noch nicht mal gefrühstückt.»

«Ich frühstücke unterwegs.»

«Ist irgendwas passiert?»

«Nein. Nein, es ist alles in Ordnung.»

«Aber warum musst du dann so früh irgendwohin? Du musst doch nie so früh irgendwohin.»

Sie sieht mal wieder so aufgelöst aus, dass ich kurz davorstehe, ihr zu sagen, dass sie mich doch einmal im Leben einfach mal machen lassen soll. Einmal soll sie mir vertrauen, ohne mir ein schlechtes Gewissen einzupflanzen, weil alles, was ich unvorhergesehen tue, bei ihr Ängste auslöst. Aber so komme ich nicht weiter. Ich muss es anders angehen. Wie wäre es also mal mit dem Beenden der ständigen Mum-Dauerschonung?

«Ich fahre jetzt zu Cayden. Wir haben letzte Nacht telefoniert. Er ist in ein Hotel gezogen, und ich habe keine Ahnung, warum. Wenn ich ihn richtig verstehe, hat er vor, sich ein neue Wohnung zu suchen.»

«Cayden zieht mitten in der Nacht in ein Hotel? Ich verstehe nicht ... er wohnt doch mit Jackson zusammen, richtig? Haben die beiden sich gestritten?»

«Jackson ist gar nicht da, Mum», erinnere ich sie. «Der ist mit Haven irgendwo in den USA unterwegs. Nein, ich glaube, es hat mit Caydens Vater zu tun, dem das Haus gehört, in dem Cayden lebt. Ich glaube ... ich glaube, er will sich freimachen. Und das musste offenbar sofort sein.»

Mum sieht mich an, und ihr ist anzumerken, dass sie sich Mühe gibt, die Zusammenhänge zu verstehen.

«Und du willst ihn jetzt unterstützen?», fragt sie schließlich.

«Genau. Und ich will ... Er hat mich gefragt, ob ich mit ihm zusammenziehen würde. Und mit Haven und Jackson», füge ich schnell hinzu.

Jetzt wird meine Mutter blass. Das war vielleicht doch etwas zu viel Anti-Mutter-Schonung.

«Zusammenziehen? Du willst hier weg? Also ... seid ihr beide denn ein Paar, du und Cayden?»

Tja. Das ist jetzt so eine Frage.

«Ich weiß es nicht», erwidere ich vorsichtig. «Ich glaube, noch nicht.»

«Noch nicht? Aber du wärst gern mit Cayden zusammen?»

Wieso sage ich denn *noch nicht*?

Weil Mum vielleicht recht hat? Wäre ich gern mit Cayden zusammen? *Kann* man mit so einem Typen überhaupt zusammen sein?

«Ich weiß es nicht, Mum», erwidere ich schließlich. «Aber das ist auch ein Grund, warum ich jetzt zu ihm fahren will.»

«Er schläft bestimmt noch.»

Ich zucke mit den Schultern.

Mum sieht mich lange an. Dann tritt sie einen Schritt zurück und lächelt. Lächelt tapfer, aber lächelt.

«Also, dann ... ich hoffe, es wird alles gut. Für euch beide», sagt sie, und plötzlich bin ich es, die noch einmal auf sie zugeht und sie in den Arm nimmt, bevor ich das Haus verlasse.

Die Rezeptionistin im Holiday Inn ist weit weniger verständnisvoll als meine Mutter. Es ist die von letzter Nacht, und erst als ich ihr das Bild zeige, das Cayden mir von ihr und ihm zusammen geschickt hat, und zum bestimmt fünften Mal versichert habe, dass es sich um einen Notfall handelt, ruft sie endlich auf seinem Zimmer an. Sein eigenes Telefon hat er mal wieder ausgeschaltet. Es klingelt ewig, und ich beginne gerade, mir Sorgen zu machen, dass meine Aktion jetzt an Caydens

Tiefschlaf scheitern könnte, da nimmt er offenbar endlich den Hörer ab.

«Zimmer 727», sagt die Rezeptionistin und klingt noch immer etwas angesäuert.

Egal. Leah, du wärst stolz auf mich. Ich gehe einfach hin. Ich kläre das.

Meine Euphorie über meinen erstaunlichen Aktionismus trägt mich bis vor die Tür von Nummer 727, dann fällt sie in sich zusammen und weicht einem Gefühl von ... Angst.

Mit Angst hätte ich jetzt überhaupt nicht gerechnet.

Wovor denn?, frage ich mich und klopfe gleichzeitig an die Tür. Ich bin zwar nicht allmächtig, aber ich kann bis zu einem gewissen Grad durchaus bestimmen, was in meinem Umfeld passiert. Entscheidungen treffen. Nein sagen. Oder auch ...

Cayden öffnet die Tür. Dass er gerade noch geschlafen hat, würde niemand glauben, der ihn jetzt sieht. Einzig seine Haare sind nicht perfekt gestylt, aber ich finde, es sieht sogar besser aus, wenn sie nicht so perfekt in Form zurückgegelt sind. Ich mag es, wenn ihm einzelne Strähnen in die Stirn hängen und ...

«Kommst du rein?», fragt er. «Oder überlegst du noch?»

Hastig trete ich einen Schritt an ihm vorbei in das Zimmer. Ein dunkler Eichenholzparkettboden, die Wand hinter dem Kopfende des weiß bezogenen Doppelbettes ist grau. Eine Seite ist zerwühlt, neben dem Nachtschrank lehnt ein mir mittlerweile bekannter Rucksack.

«Okay.» Ich drehe mich zu Cayden um. Er trägt ein helles Shirt mit dem Namen irgendeiner Band darauf. *Radiohead*. Hab ich mal gehört, bringe ich aber jetzt mit keinem Song in Verbindung. «Okay», wiederhole ich, «also, zu deiner Nachricht ...»

«Moment», unterbricht mich Cayden. «Bin gleich wieder da.»

Verblüfft sehe ich ihm nach, wie er ins Badezimmer verschwindet. Es dauert mehrere Minuten, bis er endlich wieder rauskommt, und er ist eindeutig nicht ins Bad gegangen, um sich die Haare zu kämmen. Die Toilettenspülung habe ich auch nicht gehört, er trägt noch dasselbe Shirt und ...

«Das tun sie nur in blöden Filmen», sagt Cayden und versenkt die Hände in den Taschen seiner grauen Jogginghose. Der Saum rutscht hinunter, nicht genug, als dass ein Streifen Haut zu erkennen wäre, dazu ist das Shirt zu lang, aber es lässt ein Bild in meinem Kopf entstehen, das mich schlucken lässt. Darüber, was es in mir auslösen würde, Cayden gegenüberzustehen, der gerade aus dem Bett gestiegen ist, habe ich nicht nachgedacht.

«Was?», frage ich viel zu spät. «Was tun sie nur in blöden Filmen?»

Cayden nimmt die Hände aus den Taschen und kommt auf mich zu. «Sie küssen sich morgens, ohne sich vorher die Zähne zu putzen», sagt er ernst, doch in seinen Augen sehe ich dieses spöttische Funkeln.

Oder vielleicht ist es auch nicht spöttisch, sondern ...

Seine Hände gleiten über meine Hüften und weiter den Rücken hinauf, streichen über meine Wirbelsäule, während er wartet.

Ein paar Sekunden lang kapiere ich nicht, worauf er wartet – warum küsst er mich denn nicht?

Dann verstehe ich. Er hat die Ansage gemacht, aber die Entscheidung liegt bei mir.

Mit einer Hand fahre ich ihm langsam durch die weichen Haare, bevor ich ihn zu mir ziehe. Er schließt die Augen, der

Druck seiner Hände wird stärker, und ich komme ihm entgegen, schlinge beide Arme um seinen Hals und möchte mich auflösen in diesem Kuss, der mich zurückwirft in einen Wald, mich fast vergessen lässt, warum ich hierhergekommen bin.

Seine Hände wandern hinunter, und als er sie wieder nach oben gleiten lässt, fühle ich sie direkt auf meiner nackten Haut.

Das Klingeln des Telefons auf dem Nachttisch lässt mich zusammenfahren. Cayden löst sich von mir und nimmt den Hörer ab, nur um ihn mit einem knappen «Danke» wieder aufzulegen.

«Wer war das denn?», frage ich.

«Weckdienst. Hab ich für halb neun bestellt.»

«Du stehst freiwillig um halb neun auf?»

«Ich muss heute noch ein paar Dinge erledigen.»

Er greift nach meiner Hand und zieht mich wieder zu sich. Diesmal wartet er nicht, sondern lässt sich einfach mit mir aufs Bett fallen.

Ein paar Alarmglocken springen bei mir an. *Das* würde mir jetzt allerdings doch zu flott gehen.

Doch Cayden unternimmt keine Anstalten, weiter zu gehen. Mit nachdenklichem Gesichtsausdruck wickelt er sich eine meiner Haarsträhnen um den Finger.

«Ich mag blau», stellt er fest.

Er liegt neben mir auf der Seite, den Kopf in die Hand gestützt, und aus seinen dunklen Augen lese ich keinen Spott heraus, als er einmal tief durchatmet. «Okay, jetzt zu meiner Frage von letzter Nacht. Jackson ist dabei.»

Das war klar. Für Jackson ist das ja auch keine besonders gewichtige Entscheidung – er wohnt sowieso schon mit Cayden zusammen.

«Und Haven?», frage ich.

«Und du?», gibt Cayden zurück.

Irgendwie geht das alles zu schnell. Zusammenziehen ... in meiner Vorstellung kommt das quasi einer Verlobung gleich, und bisher weiß ich nicht mal, ob mit Cayden so etwas wie eine Beziehung möglich ist. Was, wenn er und ich da ganz unterschiedliche Vorstellungen haben? Man zieht doch nicht einfach so zusammen, Herrgott noch mal.

«Es ist eine WG», erinnert mich Cayden.

«Rede ich laut beim Nachdenken?»

«Ich glaube nicht.»

«Woher weißt du dann so oft, was du wann sagen musst?»

«Intuition.»

Ganz bestimmt. Fein ausgearbeitete, für Cayden überlebensnotwendige Intuition.

«Was ist mit deinem Vater?», frage ich leise.

«Den habe ich nicht gefragt, ob er mit einziehen will.»

«Wann willst du ihm sagen, dass du ausziehst?»

«Hab ich schon.»

«Was?»

Cayden lässt sich auf den Rücken fallen und starrt gegen die Zimmerdecke. «Ich hab ihm letzte Nacht noch eine Nachricht geschrieben. Er weiß, dass ich wieder da bin. Er weiß, dass ich ausziehen will.»

«Offenbar hast du letzte Nacht so einige Nachrichten geschrieben.»

«Nein, es waren gar nicht so viele.» Er dreht den Kopf, um mich ansehen zu können. «Und sie waren alle wichtig.»

Eine Weile mustern wir uns schweigend, und in meinem Kopf fallen dabei mit lautem Getöse Gedanken übereinander.

«Warum willst du mit mir zusammenwohnen?»

«Es fühlt sich richtig an», erwidert er.

«Was würde das dann bedeuten?»

«Dass wir zusammen sind.»

Seine Antwort lässt mich schlucken. Ein sanftes Kribbeln breitet sich in meinem Magen aus.

«Was, wenn ich nicht in deine WG einziehen will?»

Caydens Antwort kommt nicht sofort. «Dann ... sind wir trotzdem zusammen?»

Er formuliert es wie eine Frage, und die Wärme, die von meiner Körpermitte ausgeht, nimmt zu.

Ich setze mich auf, um Cayden besser ansehen zu können. Sein Blick folgt mir, und wie er da vor mir auf dem Bett liegt, wirkt er plötzlich sehr jung und verwundbar.

Er *ist* gerade verwundbar, wird mir klar.

Er hat mir eine Frage gestellt, eine Frage, die man nicht jedem stellt, und nach all dem, was ich über Cayden weiß, stellt er solche Fragen nie.

Aber er hat sie mir gestellt und wartet. Auf meine Antwort.

Und ich? Was will ich? Er ist anstrengend, er ist schwierig, er ist kompliziert. Aber das bin ich auch.

Und er ist ... intelligent. Witzig. Aufmerksam. Der empathischste Mensch, der mir je untergekommen ist. Ausgerechnet Cayden Terrell.

«Okay», sage ich und lächle vorsichtig. «Aber ich will erst die Wohnung sehen.»

Die Anspannung, die von Cayden abfällt, ist spürbar. Er legt mir eine Hand in den Nacken, und als wir uns jetzt küssen, hat sich schon wieder etwas verändert – fühlt sich eigentlich jeder Kuss mit diesem Mann immer wieder anders an? Immer anders, aber definitiv so, dass ich einfach nur weiter und immer weitermachen möchte?

«Willst du mitsuchen?», fragt er irgendwann. «Nach der perfekten Wohnung?»

«Für den *perfekten* Mann?», rutscht es mir heraus, doch Cayden geht gar nicht darauf ein.

«Für dich und für mich. Ach ja, und für Jackson. Und vermutlich Haven.»

In einer Wohnung mit diesen drei Leuten. Allein. Ohne meine Mutter. Aber in der Nähe meiner Mutter, oder?

«Wir suchen was in Edmonton, richtig?»

«Klar. Oder willst du hier weg?»

«Nein.»

«Dachte ich mir. Sonst hätte ich eine Waldhütte ins Spiel gebracht.»

Ich weiche ein Stück zurück. «Hättest du nicht.»

«Nein, hätte ich nicht.» Er zieht mich wieder an sich, meine Wange ruht auf seiner Brust. Cayden streicht mir durch die Haare, ein wenig gedankenverloren.

Seltsamerweise fühlt es sich plötzlich so an, als warte er immer noch auf irgendetwas, sein wild schlagendes Herz verrät seine Anspannung. Als er sich plötzlich aufrichtet und mit einer Hand meinen Rücken stützt, während ich aufs Bett zurückrutsche, bin ich nur kurz überrascht. Er küsst mich wieder, doch ich habe den Blick in seinen Augen gesehen, bevor er die Lider senkte, und ich weiß jetzt, worauf er noch wartet. Auf die Antwort seines Vaters.

Trotzdem küsse ich ihn ebenfalls, weil er es braucht und weil ich es will – ich habe bisher gar nicht gewusst, dass ein Kuss so sein kann, so viel mehr als nur das Aufeinandertreffen von meinem Mund und einem anderen. Alle Typen, die ich früher geküsst habe, können froh sein, dass Cayden nach ihnen kam.

Als er jedoch mit seiner Hand unter mein Shirt gleitet und weiter nach oben fährt, lege ich meine Hand darüber.

«Meinst du, er meldet sich heute noch?», frage ich.

Caydens Kopf sinkt kurz nach unten, seine Haare streifen meinen Hals, dann sieht er wieder auf.

«Garantiert. Vermutlich ist er schon auf dem Weg hierher.»

«Denkst du wirklich?»

Er richtet sich auf, setzt sich ans Fußende und stützt die Ellbogen auf die Knie. «Gut möglich.»

«Warum? Ich meine ... lässt sich das nicht auch am Telefon klären?»

«Er weiß, dass er mehr Macht hat, wenn er mir gegenübersteht», erwidert Cayden einfach.

Plötzlich würde ich Caydens Vater gern sehen. Ich möchte wissen, wie der Mann aussieht, der so skrupellos ist, so sadistisch, so gefühllos ... ich möchte den Mann kennenlernen, der Cayden noch immer zwischen seinen Fingern zerquetscht.

«Wirst du also mit ihm reden?»

Cayden nickt.

«Du könntest dich auch einfach weigern.»

Ein paar Sekunden sieht Cayden mich nur an, und schließlich atme ich langsam aus.

«Nein, könntest du nicht», berichtige ich mich.

Cayden fährt sich mit beiden Händen in die Haare, und unwillkürlich vergleiche ich diesen Cayden mit dem Mann, der er noch vor einigen Wochen für mich war.

Arrogant, unnahbar, spöttisch, herablassend. Auch charmant und schlagfertig, ja, aber vor allem ein Mensch, der nichts und niemand ernst nahm.

Der Cayden, der jetzt vor mir sitzt, ist ... mehr als dieser andere Mann. So viel mehr. Da ist Schwäche in seinem Gesicht, Unsicherheit, Angst. Und trotzdem eine Härte, die mir klarmacht, dass er das durchziehen wird. Er wird vor seinem Vater nicht davonlaufen.

«Soll ich ... wäre es einfacher für dich, wenn ich dabei wäre?», frage ich.

Gerade noch hat Cayden auf irgendeinen Punkt knapp neben meinem Gesicht geschaut, jetzt sieht er mich an. Sein Lächeln ist weich.

«Nein», sagt er. «Aber danke für das Angebot.»

Ich setze mich ebenfalls auf. Den Rücken gegen das Kopfende gelehnt, warte ich mit Cayden zusammen.

«Was wirst du ihm sagen?», frage ich irgendwann.

«Keine Ahnung.»

«Schlag ihn mit den Waffen, die er dir gegeben hat.»

Mein Herz klopft schneller, weil er jetzt grinst. «Vielleicht», erwidert er. «Aber ich habe auch noch meine eigenen Waffen.»

CAYDEN

Als mein Telefon klingelt, sitzen wir beide immer noch gegen die graue Wand des Hotelzimmers gelehnt auf dem Bett. Raes Kopf liegt auf meiner Schulter und meiner auf ihrem. Ich habe einen Arm um sie gelegt, und es fühlt sich ein bisschen so an, als warte ich auf meine Hinrichtung.

Hinrichten wird er mich auch, das ist mal sicher.

Es ist zehn Uhr achtundzwanzig, als ich das Gespräch mit meinem Vater annehme.

«Hi.»

«Cayden. Bist du zu Hause?»

«Nein.»

«Ich bin gegen acht da. Termine, eher ging es nicht. Wir hätten wohl einiges klären sollen, bevor du dich auf einen Abenteuerurlaub begibst.»

«Ich bin im Holiday Inn.»

Auf diese Information folgt ein kurzes Schweigen.

«Welche Zimmernummer?», fragt er schließlich.

«727.»

«Gut, dann bis nachher.»

Alles an mir ist angespannt, sogar mein Arm scheint sich nur widerwillig zu senken. Ich werfe das Smartphone auf das Kopfkissen neben mir.

«Kommt er?», fragt Rae.

«Um acht», bestätige ich. «Hierher.»

«Okay, dann lass uns jetzt was essen.» Rae schwingt die Beine von der Matratze. «Ich verhungere.»

«Rae, warte.» Der schwarze Panikkreisel, der sich in meinem Hirn dreht, seit ich seine Stimme gehört habe, ist noch winzig. Er wird größer und schneller werden, ich weiß das, aber noch ist er klein genug, um ein paar andere Fragen loszuwerden, die ich wohl längst hätte stellen sollen.

«Wie geht es dir?», will ich wissen, und das ist keine Floskel.

Rae, die sich schon halb erhoben hat, sinkt wieder auf das Bett zurück. «Okay», sagt sie.

«Was hattest du heute für Pläne? Bevor du den ganzen Morgen hier hängengeblieben bist?»

«Keine. Also ... ich hatte noch nicht darüber nachgedacht.»

«Dann denk jetzt nach. Wir haben noch Zeit.»

«Wir?»

«Wenn du willst?»

«Dann ... was essen?»

«Okay.»

«Und danach ... ich wollte etwas tun. Wegen Leah.» Sie beginnt, an einer Falte im Laken herumzuzupfen. «Ich will ... ich will mich von ihr verabschieden. Nicht so friedhofsmäßig», fügt sie hastig hinzu. «Eher so, wie Leah und ich uns immer voneinander verabschiedet haben. Nur eben ... beim letzten Mal nicht.»

Ich nicke. «Aber das willst du vermutlich auch allein tun, oder?»

«Ja, ich denke schon.» Sie lacht leise. «Wir sind es vielleicht beide noch nicht so gewohnt, wichtige Dinge mit jemandem zusammen zu tun.»

«Könnte sein. Lass uns damit anfangen, zusammen essen zu gehen – wir gehen doch essen, oder? Oder wolltest du eine Tütensuppe machen?»

«Ich dachte an Nudeln.»

«Mit oder ohne Tütensuppe?»

Diesmal lacht Rae lauter. «Ohne. Wir kochen. Hast du überhaupt schon mal gekocht, Cayden?»

«Nicht wirklich.»

«Woher wusste ich das jetzt?»

«Keine Ahnung.» Ich beuge mich vor und ziehe sie gleichzeitig am Arm näher zu mir. Ich will eigentlich nichts essen. Schon gar keine langweiligen Nudeln. Mir ist viel mehr danach, Rae zu küssen, weil es sich verflucht gut anfühlt, das ohne Fragezeichen im Kopf zu tun. Sie einfach küssen zu dürfen, weil wir zusammen sind – hey, ich bin mit ihr zusammen!

Ich küsse Rae heftiger, weil dieser Gedanke in meinem Kopf gerade eine Art Feuerwerk und daneben so etwas wie eine Panikattacke auslöst. Der schwarze Kreisel wird größer, und jetzt lenke ich meine Aufmerksamkeit ganz auf Rae, auf ihre Haare, die zwischen meinen Fingern hindurchfließen, auf das Gefühl, das ihre Hände auf meiner Haut hinterlassen, und auf ihren Mund.

Als sie irgendwann zurückweicht, bin ich kurz davor, ihr

hinterherzurücken, um sie mit weiteren Küssen davon zu überzeugen, dass es eine großartige Idee wäre, einfach noch ein bisschen hierzubleiben, in diesem Zimmer, auf diesem Bett.

Aber nein.

Ich habe die Ginflasche in der Villa meines Vaters zurückgelassen, und ich werde mich auch nicht mit Sex von dem ablenken, was heute noch auf mich wartet. Wenn ich irgendwann mit Rae schlafe, werde ich das tun, ohne dass es einen Zweck erfüllt und ohne dass ich dabei die Stimme meines Vaters dadurch ausblenden muss, dass ich mich auf ihren Körper konzentriere.

Sie tupft mir einen letzten Kuss auf die geschlossenen Lippen, bevor sie aufsteht. «Wir fahren zu mir», sagt sie. «Sieh zu und lerne. Ich glaube, in einer WG schadet es nicht, wenn alle kochen können.»

Raes Mutter ist nicht zu Hause, wie ich eine halbe Stunde später feststelle.

«Montags ist sie vormittags in der Bibliothek», klärt Rae mich auf, während sie Wasser in einen riesigen Topf füllt und dann eine große, gusseiserne Pfanne aus dem Schrank nimmt. «Magst du Kapern?»

«Ich liebe Kapern.»

«Und scharfes Essen?»

«Sogar noch mehr als Kapern.»

So wie es aussieht, bin ich beim Kochen kein Naturtalent. Meine Zwiebelstückchen lassen Rae mit einem herablassenden Lächeln noch einmal zum Messer greifen, und sie holt Luft, als sie mich mit dem Chilipulver herumhantieren sieht.

«Was denn? Du meintest doch, es soll scharf werden.»

«Na ja, aber man muss es noch essen können.»

Sie verwässert meine garantiert perfekte Chilisoße und gibt nach dem zweiten Probieren noch mehr Sahne dazu.

«Warum sagst du nicht, dass es mehr so um einen Hauch Schärfe im Abgang geht?», frage ich, dazu verdonnert, keine Gewürze mehr anzufassen.

Rae zieht nur die Augenbrauen in die Höhe. Als wir später vor unseren Tellern sitzen, lauert sie so offensichtlich auf meine Reaktion, dass ich mir ein Grinsen verkneifen muss.

«Perfekt», verkünde ich und schiebe mir eine dritte Gabel Nudeln in den Mund.

«Noch mehr Soße?», fragt Rae zuckersüß.

«Wenn sie dir zu scharf ist, gib her.»

Ich tue mir selbst mehr davon auf und esse weiter, ohne Raes enttäuschten Gesichtsausdruck zu beachten.

Das Wasser neben meinem Teller ignoriere ich. Man soll höchstens Milch trinken, wenn die Kehle bereits blutet.

Nach den Chilinudeln – ich habe mir ein Stück Brot organisiert, und Rae hat zufrieden gekichert – sitzen wir im Garten hinter dem Haus auf der Wiese, und ich reiße einzelne Grashalme ab, während Rae mir erzählt, wie sehr sich das Leben bei ihr zu Hause seit dem Tod ihrer Schwester verändert hat.

«Wir waren früher jedes Jahr in den Ferien in einem anderen Land. Meistens in Europa – Mum liebt Europa.» Sie flechtet eine blaue Haarsträhne zu einem dünnen Zopf und löst ihn wieder auf. «Seit Leah nicht mehr da ist, sind wir überhaupt nicht mehr weggefahren. Nicht mal an den Wochenenden. Einfach gar nicht mehr. *Dad ist beruflich jetzt sehr eingespannt* – das ist die Ausrede für alles. Meine Eltern vergraben sich einfach.»

«Deine Eltern trauern noch.»

«Das tun wir alle.» Rae wirft mir einen Blick zu. «Und werden es irgendwie auch immer tun.» Sie greift wieder in ihre Haare und beginnt, neu zu flechten. «Aber meine Mutter hat auch einfach Angst. Dass noch etwas passieren könnte. Dass mir etwas passieren könnte.»

«Es wird sich verändern, wenn du ausziehst.»

«Ja, vielleicht.» Rae sieht nicht überzeugt aus. «Als wir im Jasper National Park waren ... ich hatte dort so oft das Gefühl, dass ich ... anders atme. Dass jeder Schritt auf einem Weg, den ich noch nie gegangen bin, etwas Besonderes ist. Als würde sich etwas in mir vergrößern, allein dadurch, dass ich an einem Ort bin, an dem ich noch nie war. Verstehst du?»

«Ja.»

«Ich will das wiederholen. Ich wünschte, meine Eltern würden mitkommen, aber ich würde das auch allein tun. Oder ...»

Unsicher sieht sie mich an, und ich greife nach ihrer Hand. Sie erwidert den Druck.

«Leah und ich wollten immer reisen. Meinst du ... meinst du, wenn ich es ohne sie tue, begleitet sie mich?»

«Ich hab keine Ahnung, Rae. Vielleicht.»

«Ich werde ihr einen Brief schreiben, habe ich mir überlegt. Nachher. Wenn du zurück ins Hotel gegangen bist.»

Während ich mich auf meinen Vater vorbereite, wird Rae sich an Leah wenden. An ihre tote Schwester.

«Klingt, als wird es heute noch ziemlich emotional für uns beide.»

Rae rückt näher und schmiegt sich an mich. «Aber wir schaffen das. Oder?»

«Auf jeden Fall.»

Hoffe ich.

Ich rupfe mehr Grashalme aus und denke an meinen Vater.

21.

RAE

*S*obald Cayden gegangen ist, setze ich mich an den Schreibtisch und starre auf das Blatt Papier vor mir.

Zunächst weil mich der Gedanke daran ablenkt, wie es Cayden in diesem Moment geht. Er sagte, er müsse noch ein paar Dinge organisieren, und ich frage mich, ob das, was er sich für das Gespräch mit seinem Vater vorgenommen hat, funktionieren wird.

Meine Mutter hat sich gefreut, ihn noch zu sehen, kurz bevor er ging, und er hat so locker über die letzte Woche im Jasper National Park geplaudert, all ihre Fragen beantwortet ... kein Mensch wäre auf die Idee gekommen, dass er sich in ein paar Stunden seinem Monster von Vater stellen wird.

Eine glatte, perfekte Fassade. Wie immer.

Aber nicht mehr für mich.

Eines nach dem anderen male ich winzige Herzen an den Rand des Papiers, das vor mir liegt.

Für Cayden. Für Leah. Wie früher in der Schule.

Leah hat die Schule nie beendet. War auf keinem Abschlussball. Hat nie ihr Zeugnis in Empfang genommen, nie eine Universität betreten. Sie wollte Kinderärztin werden, sie hatte einen Freund in Winnipeg. Sie hat ihn geküsst, aber nie mit ihm geschlafen.

Liebe Leah, schreibe ich.

Nein, das passt nicht.

Ich habe mir geschworen, nichts durchzustreichen oder neu zu beginnen, denn ich ahne, dass der Brief sonst niemals fertig werden würde.

Leah, setze ich darunter. *Bitte, lies mit, wenn du kannst.*

Ich schließe die Augen und lausche, versuche, auf Schwingungen um mich herum zu achten. Ist sie da? Irgendwie?

Ich vermisse dich. Ich dachte lange, ich würde sterben ohne dich. Ich bin gestorben ohne dich.

Der Füllfederhalter kratzt leicht über das Papier, von unten höre ich meine Mutter telefonieren. Ihre Stimme hat einen traurigen Klang, wie immer, dabei telefoniert sie mit einer Arbeitskollegin, um Pläne für ein Kinderfest in der Bibliothek zu besprechen, sie hat es mir beim Abendessen erzählt.

Unser Haus ist ein trauriges Haus. Das hättest du nie gewollt, du warst immer die Fröhlichste von uns allen.

Angestrengt kaue ich jetzt auf dem Stift herum, stehe schließlich auf, öffne das Fenster und setze mich wieder an den Schreibtisch.

Vogelgezwitscher.

Wir haben uns nie voneinander verabschiedet, du und ich. Ich habe das bereut, noch bevor ich erfahren habe, dass wir nie wieder die Möglichkeit dazu bekommen würden. Wir haben uns immer voneinander verabschiedet, warum ausgerechnet dieses Mal nicht?

Ich atme einmal tief durch. Eigentlich sollte das kein trauriger Brief werden und auch keiner, in dem nur Vorwürfe stehen. Vorwürfe an Leah und Vorwürfe an mich und Vorwürfe an die ganze Welt. Aber ich streiche nichts durch. Stattdessen schreibe ich weiter.

*Normalerweise hätte ich zu dir gesagt: Tschüss, viel Spaß!
Bis nachher!*

*Aber hätte ich gewusst, dass es unser letzter Abschied sein
würde ...*

Ich schreibe, schreibe, schreibe immer weiter. Fülle Zeile
um Zeile, schreibe mich leer. Dann lege ich den Stift beiseite,
falte den Brief ordentlich zusammen und stecke ihn in einen
Umschlag.

Ich winke Mum zu, die noch immer am Telefon ist. Sie hält
den Lautsprecher zu. «Gehst du noch mal weg?»

«Nur kurz. Einen Brief abgeben.»

«Hast du dein Telefon dabei?»

«Ja.»

«Dann bis gleich. Ich hab dich lieb.»

«Ich dich auch», flüstere ich.

Es ist warm draußen, auch ohne Jacke. Kurz werfe ich einen
Blick auf die Uhr. Viertel vor acht. Cayden hat sich bisher nicht
gemeldet. Ob sein Vater schon da ist? Während ich den Geh-
steig entlanglaufe, an schimmernd grünen Rasenflächen vorbei, die im Schein der Abendsonne leuchten, sende ich ihm so
viel Kraft, wie ich kann. Du schaffst das, Cayden.

Und ich auch.

Es gibt einen Platz im *Kinnaird Park* in der Nähe des Saskatchewan River auf einer abschüssigen Wiese, wo ich in den
ersten Monaten nach unserem Umzug oft gesessen habe. Hier
habe ich tausend Mal versucht, mit Leah Kontakt aufzuneh-
men, und als ich heute dort ankomme, suche ich mir einen
Platz, wo keine Pärchen in der Nähe sitzen, keine Freundinnen
auf Decken, wo ich einsam genug bin, um Leah ihren Brief vor-
lesen zu können.

Behäbig treibt der Fluss an mir vorbei, nicht zu vergleichen mit dem Athabasca River, aber auf seine Art trotzdem schön. Grashalme kitzeln die nackte Haut meiner Beine, als ich mich im Schneidersitz niederlasse, Leahs Brief in der Hand.

Ich will niemanden auf mich aufmerksam machen, deshalb räuspere ich mich nur leise und beginne mit halblauter Stimme.

«Liebe Leah. Leah. Bitte, lies mit, wenn du kannst.»

Ich lese den Brief, ohne ein einziges Mal zu stocken, lese ihn Leah vor, und wenn ich gerade nur einen einzigen Wunsch hätte, dann würde ich mir wünschen, dass sie mich hört.

«Hätte ich gewusst, dass es unser letzter Abschied sein würde, dann hätte ich dich in den Arm genommen und so lange gedrückt, bis du gelacht und gesagt hättest, jetzt sei auch mal gut. Und hättest du es auch gewusst, hätten wir uns nie wieder losgelassen.»

Ich lese weiter, wahllose Erinnerungen, die ich aufgeschrieben habe, an unsere Geburtstage, an Ausflüge im Schnee, an Geschenke, die wir Mum und Dad gemeinsam zu Weihnachten gemacht haben.

«Ich werde immer eine Schwester sein. Deine. Ich werde immer an dich denken, ich werde dich immer liebhaben, und ich glaube fest, dass wir uns wiedersehen werden.»

An dieser Stelle wird meine Stimme dünn. Ich lausche. Warte.

«Tschüss. Viel Spaß. Bis nachher.»

Eine Weile sitze ich noch da, dann schiebe ich den Brief in seinen Umschlag zurück und falte beides zusammen. Falte den Umschlag, so oft es eben geht. Es wird ein harter Papierball, mit schiefen Kanten. Ich halte ihn in der hohlen Hand, während ich aufstehe und hinunter zum Ufer gehe, wo ich aushole und den Brief so weit werfe wie möglich. Er treibt auf dem Wasser davon.

Und wieder warte ich.

Lange.

Leah, bist du da? Hast du mir zugehört?

CAYDEN

Ich habe mal einen Film gesehen, in dem ein Typ sich verkauft. Er nimmt das Geld, um seiner Familie ein paar schöne Tage zu machen, dann geht er los und weiß, der Mensch, der ihn gekauft hatte, wird ihn foltern und töten.

Der Film *endet* so.

Es ist ein fucking hoffnungsloser Film, finde ich, und er bildet meine aktuelle Stimmung ziemlich genau ab.

Ich war einkaufen und bin danach kurz ins Hotel zurück, bevor ich ein zweites Mal losgezogen bin, um mich mit der einzigen Person zu treffen, von der ich mir Unterstützung in Bezug auf meinen Vater verspreche.

Während ich zwei Stunden später zum Hotel zurücklaufe, frage ich mich zunächst noch, was Rae gerade macht, doch je näher ich dem Hotel komme, desto mehr Energie benötige ich, um einfach weiterzugehen. Als ich das Holiday Inn erreiche, muss ich meine Schritte förmlich in die Lobby hineinzwingen. Mich vor diesem Treffen zu drücken, ist keine Option. Ich muss dieses Gespräch hinter mich bringen, sonst werde ich immer befürchten, dass er irgendwann einfach hinter mir auftaucht. Als hätte ich für mich selbst einen Profikiller angeheuert.

Ihn bereits in der Empfangshalle sitzen zu sehen, lässt mich kurz durch Eisnebel gehen. Er erhebt sich aus einem der hellgrauen Sessel, faltet eine Zeitung zusammen, die er nachlässig vor sich auf den Tisch wirft, und kommt auf mich zu.

Mein Vater ist ein großer Mann mit ebenso hellem Haar wie ich. Auch seine Augen sind hell, raubvogelartig. Als Kind habe ich oft heimlich versucht, ihn beim Blinzeln zu erwischen, doch es ist mir selten gelungen.

Er trägt einen Anzug, wie immer, Maßanfertigung, und jeder der Hotelangestellten hier hat ihn bereits im Visier, um seine Wünsche zu erfüllen, noch bevor er sie äußert, darauf könnte ich wetten.

«Cayden.» Er streckt mir eine Hand hin, wie unter Geschäftskollegen, und ich ergreife sie. Dann macht er eine Bewegung zu den Fahrstühlen hin.

Fuck, es ist, als würde ich einen Mafiaboss treffen.

Und garantiert hat mein Vater ähnlich viel Einfluss.

Im Fahrstuhl sieht er mich an, bohrt seinen Blick in meinen Schädel, während ich stur in den Spiegel vor uns starre. Mir ist kotzübel. Jetzt schon. Großartige Voraussetzungen.

Er läuft hinter mir, während ich uns zu meinem Zimmer führe, doch ganz selbstverständlich tritt er als Erster durch die Tür, die ich ihm offen halte. Sein Blick fällt beinahe sofort auf den Rucksack, der noch immer am Nachttisch lehnt, dann lässt er sich auf dem Zweisitzersofa am Fenster nieder. Nach einigen Sekunden ziehe ich mir einen der beiden Stühle heran, die vor einem runden Holztisch stehen, und setze mich ebenfalls.

Jetzt wird er erst einmal eine Weile schweigen und ich auch.

Er, damit ich darüber nachdenken kann, was für eine Scheiße ich mal wieder gebaut habe, und ich, weil ich es einfach nicht fertigbringe, den Mund aufzumachen, bevor er mir eine Frage gestellt hat.

Diesmal dehnt es sich endlos. Die Bilder, die mit ihm verknüpft sind, wirken sich so zersetzend auf mein Hirn aus, dass er eigentlich gar nichts mehr sagen müsste – ich löse mich ja bereits unter seinem Blick auf.

Natürlich tut er es trotzdem.

«Du willst also ausziehen.»

«Ja.»

Er beugt sich vor, stützt die Unterarme auf die Oberschenkel und sieht mich interessiert an.

«Wohin?»

«Weiß ich noch nicht.»

«Das hört sich nicht sehr durchdacht an.»

«Mag sein.»

Scheiße. Bescheuerte Antwort. Er sitzt hier keine fünf Minuten, und ich erkläre ihm schon, dass ich keinen Plan habe. Ein Lächeln ist auf seinem Gesicht aufgetaucht. Er liebt es, wenn er leichtes Spiel hat.

«Warum also dieser überstürzte Auszug? Bist du mit deinem Studium überfordert?»

«Nein.»

«Edward Thompson meinte, du seiest ein brillanter Kopf, aber leider nicht sehr zuverlässig.» Mein Vater blickt kurz zum Fenster auf den lichtweißen Vorhang, dann nimmt er mich wieder ins Visier. «Was hindert dich daran, zuverlässig zu sein?»

«Ich bin zuverlässig.»

«Du tauchst nicht in der Kanzlei auf, ohne dich abzumelden. Das ist mehrfach vorgekommen. Deine Professoren berichten mir, du würdest Vorlesungen versäumen. Du treibst dich abends in Bars rum. Trinkst zu viel. Vögelst durch die Gegend. Klingt das für dich zuverlässig?»

Das ist schweres Geschütz, das er da auffährt, und ich

denke nur kurz darüber nach, woher er das alles weiß. Er hat schon immer alles gewusst. Über Nannys. Untergebene. Meine Mutter.

Kurz schließe ich die Augen, dann erwidere ich wieder seinen Blick. Keine Schwäche zeigen, er zerfleischt mich sonst. Jetzt ein Bärenspray und langsam rückwärtsgehen, aber so einfach ist das leider nicht.

«Meine Bewertungen sind in Ordnung.» Defensiv. Viel zu defensiv.

Mein Vater lehnt sich wieder zurück und schlägt die Beine übereinander. Das Lächeln in seinem Gesicht ist zu einem hässlichen, spöttischen Grinsen geworden. «So? Und du denkst, das würde reichen? Du denkst, es sei in Ordnung, wenn ein angehender Anwalt betrunken durch die Gegend läuft? Es mit Frauen in einer Tiefgarage treibt? Es gibt absolut nichts, das nicht irgendwo festgehalten wird, Cayden, und wie sähe es aus, würde dein Lebenslauf darauf hindeuten, dass du ein unzuverlässiger, zu Alkoholexzessen neigender Playboy bist? Denn das bist du, oder, Cayden?»

Ich fühle mich wie eine Statue. Ich *bin* eine Statue. Sogar mein Blut scheint nicht mehr zu fließen. Tessa. Hat er sie also auf mich angesetzt? Hat er sein Spionagenetz ausgeweitet? Wer gehört noch dazu? Emma? Victoria?

«Ich ...» Meine Stimme erstirbt, und der Raubvogelblick meines Vaters verengt sich.

Am liebsten würde ich jetzt aufstehen und gehen. Davonlaufen. Das wollte ich immer, sobald ich mich länger mit meinem Vater in einem Raum aufhalten musste und seine Aufmerksamkeit allein mir galt.

«Cayden. Sieh mich an.»

Zweite offensichtliche Schwäche. Ich habe gar nicht bemerkt, dass ich den Kopf gesenkt habe. In dem Gesicht meines Vaters liegt Verachtung.

«Du packst jetzt deine Sachen und gehst nach Hause. Du erscheinst pünktlich zu deinen Vorlesungen. Du wirst eine Chance, wie *Thompson & White* sie für dich ist, besser nutzen. Keine Bars mehr. Keine Frauen mehr. Das ist ein väterlicher Rat», setzt er sanft hinzu, während es in seinen Augen glitzert. «Es tut dir nicht gut.»

Ich gehöre ihm. So ist es, so war es, so wird es immer sein. Ihm gehört alles. In diesem Raum scheint sogar die Luft nur ihm zu gehören, denn ich habe zu wenig davon.

«Hast du mich verstanden, Cayden?»

Möchte Daddy's little boy *lieber weglaufen?*

Das möchte er. Aber wohin? Er ist doch überall.

«Cayden?»

Ich nicke, und das Grinsen auf dem Gesicht meines Vaters wird breiter.

«Dann los. Worauf wartest du?»

Aufstehen. Ich muss jetzt aufstehen und mein Zeug aus dem Badezimmer holen. Zurück nach Hause gehen. In diese Villa, wo er mich dann weiter kontrollieren kann.

«Cayden? Ist dir irgendetwas vielleicht nicht ganz klargeworden?»

Ich will nicht dorthin zurück.

«Müssen wir vielleicht erst über die Frau mit den blauen Haaren reden?»

Ruckartig geht mein Kopf nach oben. Mein Blick ist schon wieder von seinem Gesicht abgeglitten, doch darum geht es gerade nicht.

Meine unmittelbare Reaktion hat dazu geführt, dass ein grimmiger Ausdruck in den Augen meines Vaters erschienen ist. Er seufzt theatralisch auf. «Das auch noch.» Wieder sieht er ein paar Sekunden lang auf den geschlossenen Vorhang. Dann kehrt sein Blick zu mir zurück. «Was meinst du, gibt es Dinge, die deiner blauhaarigen Freundin wichtig sind?»

«Du lässt Rae in Ruhe.» Leise. Zu leise, aber immerhin noch hörbar.

Die Augenbrauen meines Vaters wandern leicht in die Höhe, dann beugt er sich wieder vor. «Du denkst, du könntest mir Anweisungen erteilen?» Die ganze Zeit schwang in seiner Stimme Spott oder Herablassung mit, jetzt klingt sie völlig neutral. «Du stehst jetzt auf und packst dein Zeug. Wir fahren gemeinsam zurück.»

Für eine Antwort ist meine Kehle zu eng, doch immerhin setze ich mich nicht gehorsam in Bewegung.

«Nein? Dann mal sehen.» Unverwandt starrt er mich an. «Die Mutter deiner Freundin arbeitet in einer Bibliothek. Mag sie ihren Job? Ihr Vater kümmert sich um belanglose Projekte in einer belanglosen Firma, aber ohne sein Geld steht die Familie vor dem Nichts. Das Haus ist noch nicht abbezahlt. Und Rae ...», er betont ihren Name auf eine gehässige Weise. «Rae hat nichts, das man ihr direkt nehmen könnte, nur eine bereits tote Schwester, aber sie arbeitet spät und läuft nachts durch einen menschenleeren Park.»

Das ist eine neue Dimension. Oder vielleicht auch nicht. Vielleicht ist es die Fortführung dessen, was man einem Kind antun kann.

Und ich habe es geahnt. Ich habe geahnt, dass er weiter gehen würde als jemals zuvor, doch es fällt mir schwer, es wirklich zu glauben.

«Du würdest Rae ...»

«Das würde ich, Cayden», erklärt er, und jetzt kehrt das Glitzern in seine kalten Augen zurück. «Ich würde drei Typen über sie jagen, und ich würde es filmen lassen, damit du es dir ansehen kannst. Steh jetzt auf.» Er erhebt sich. «Pack deine Sachen. Wir gehen.»

Gleich kotze ich ihm vor die Füße. Als ich tatsächlich aufstehe, spüre ich meine Beine kaum noch.

Mein Vater erhebt sich ebenfalls, ohne mich aus den Augen zu lassen. Mich, seinen Sohn. Seinen Besitz.

«Es gibt wirklich absolut nichts, das nicht irgendwo festgehalten wird», sage ich, und jetzt hört man meiner Stimme nicht an, was in mir vorgeht. Jahrzehntelanges Training zahlt sich doch aus.

Der Gesichtsausdruck meines Vaters ändert sich nicht, doch ich spüre seine aufflammende Wachsamkeit.

«Du lässt Rae in Ruhe. Du lässt ihre Familie in Ruhe. Du lässt mich in Ruhe.»

Als ich zum Vorhang trete und die geradezu unfassbar winzige Kamera aus den Falten der schweren, grauen Stoffbahn neben dem Fenster löse, sagt mein Vater kein Wort. Ich halte das Gerät zwischen Daumen und Zeigefinger in die Höhe.

«Direkte Liveschaltung in das Büro *meines* Anwalts. Es gibt viele Anwälte, die mir noch Geld dafür geboten hätten, mich zu vertreten.»

Richard Spence dürfte alles mitverfolgt haben, doch seinen Namen werde ich jetzt und hier mit Sicherheit nicht laut aussprechen.

«Hau ab. Tu ab jetzt einfach so, als gäbe es mich nicht. Sollte irgendetwas passieren, betrachtet mein Anwalt das Material als freigegeben. Ich bin sicher, daraus kann er etwas machen. Und deine ganze Kohle interessiert ihn übrigens einen Scheiß.»

Der Mann, der mein Vater ist, mustert mich noch einige Sekunden lang, dann wendet er seinen Blick endlich von mir ab. Erst an der Tür dreht er sich noch einmal um. «Cayden ...»

«Fick dich», sage ich leise.

RAE

Cayden klappt den Laptop zu, und eine ganze Weile lang kann ich nur in dumpfer Ungläubigkeit auf den Rechner schauen, der so harmlos vor mir auf meinem Schreibtisch liegt. Fast möchte ich Cayden bitten, das Video noch einmal abzuspielen.

«Wow.» Ich schüttele den Kopf, als könne das etwas an dem ändern, was ich gerade gesehen habe. «Wow, das ist ... ich weiß nicht, was es ist. Ich glaube, ich habe deinen Vater schon in Zeitungen gesehen», füge ich hinzu, einzig und allein aus dem Grund, weil ich einfach nicht weiß, was ich sonst sagen soll.

«Wenn ich geahnt hätte, wie weit er gehen würde ...», beginnt Cayden, doch ich falle ihm ins Wort.

«Wie soll man so etwas denn vorausahnen?»

«Ich kenne ihn ja», erwidert Cayden bitter.

«Was hast du jetzt vor?»

«Das hängt auch von dir ab.»

«Wie meinst du das?»

Cayden, der bisher mit der Hüfte an meinem Schreibtisch lehnte, stößt sich ab und setzt sich ans Fußende meines Bettes. Mit einem Fuß schiebt er seinen Rucksack beiseite. Er hat ausgecheckt. Nach dem Gespräch mit seinem Vater wollte er nicht mehr im Holiday Inn bleiben.

«Ich will das öffentlich machen. Alles. Ich will ihn vor Gericht bringen.»

«Cayden ... wenn dein Vater so viel Macht hat, dann heuert er eine Handvoll Anwälte an, die ihn da rausreden. Was er da sagt, ist schrecklich, aber es ist nur ein Video. Es ist ja nichts passiert.»

«Mein Vater ist in so viele Geschäfte verwickelt ... Ich glaube, dieses Video könnte vielleicht der erste Dominostein sein, der umfällt.»

«Und wenn nicht?»

Cayden zuckt mit den Schultern. «Keine Ahnung. Ich will es versuchen. Es sei denn, du bist dagegen.»

Lange nachdenken muss ich darüber nicht. Der Gedanke an einen Typen namens Zane reicht. «Okay. Wir ziehen es durch.»

Meine Stimme klingt weitaus kämpferischer als der fast schon unbeteiligte Anblick, den Cayden gerade bietet.

«Rae, es tut mir leid.»

«Du kannst nichts für das, was dein Vater sagt oder tut.» Ich setze mich neben ihn aufs Bett.

«Weiß ich. Aber ich hätte das zwischen uns trotzdem gern ... anders begonnen. Weniger abgefuckt.»

«Es hat eine ganz eigene Art von Romantik.»

Etwas von der Anspannung, die Cayden im Griff hat, seit er an unserer Haustür klingelte, fällt von ihm ab, und zum ersten Mal lächelt er ein wenig, wenn auch nur kurz. «Es kommt trotzdem ganz schön was auf uns zu. Du solltest mit deinen Eltern darüber reden.»

«Das mache ich.»

«Und vielleicht sollten wir uns in den nächsten Monaten nicht sehen.»

«Auf keinen Fall.»

«Rae ...»

«Nein. Nein, wieso denn? Dein Vater weiß von mir. Ob wir uns weiterhin treffen oder nicht, spielt gar keine Rolle.»

«Das Ganze wird Pressewirbel mit sich bringen ...»

«Ist mir egal.»

«... es wird Leute geben, die versuchen werden, alles an Dreck über mich herauszufinden, den es herauszufinden gibt.»

«Du hattest mit mehr Frauen Sex, als es Ameisen auf der Welt gibt. Muss ich sonst noch etwas wissen?»

«Fuck, Rae!» Cayden bemüht sich vergebens, das Lachen zu unterdrücken, das meine Worte in ihm auslösen. «Das ist einfach eine ernste Sache.»

«Ich weiß. Denk nicht, dass ich das nicht weiß. Ich war schon mal bei einer Gerichtsverhandlung dabei, erinnerst du dich?»

Schlagartig wird Cayden wieder ernst. «Ich erinnere mich. Und du willst dir jetzt wirklich noch einmal so einen Scheiß zumuten?»

«Absolut.»

«Du könntest einfach etwas am Rand bleiben.»

«Ich will direkt neben dir bleiben.»

«Aber warum?»

«Cayden.» Ich klettere über seine Beine und setze mich auf seinen Schoß, nehme sein Gesicht in beide Hände und küsse ihn. Vielleicht ist er im ersten Moment überrascht – und irgendwie bin ich es auch –, doch spätestens als ich seine Hände auf meinem Hintern fühle, ist er es nicht mehr. Die Hände verschwinden, weil ich ihm das Shirt über den Kopf ziehe, und sie tauchen weder auf, während ich mein eigenes Top abstreife, nur fühle ich sie jetzt in meinem Rücken, wo Cayden den Verschluss meines BHs öffnet.

Der Drang, ein Gegengewicht zu den letzten Tagen zu schaffen, überfällt mich mit einer Intensität, der ich nichts entgegenzusetzen habe und auch nichts entgegensetzen will. All das, was wir uns anvertraut haben, all die schmerzhaften Erinnerungen und Bilder und auch das, was noch auf uns zukommen wird – ich will Cayden zeigen und auch selbst fühlen, dass wir es schaffen können. Weil wir uns gefunden haben. Trotz all der Scherben, die das Schicksal vor uns ausgestreut hat.

Als ich meine Hände gegen seine Schultern stemme und ihn auf die Matratze drücke, wobei seine Haare, die ihm ohne Gel grundsätzlich vor den Augen hängen, nach hinten fallen, sehe ich den arroganten Typen, den spöttischen, den herablassenden Typen; ich sehe den Mann, der mir auf einem Zeltplatz mit einer Wasserflasche hinterherjagt und der mit bloßen Händen ein Grab für ein Kaninchen aushebt. Ich sehe ihn gebeugt und mit hartem Blick und schwach und hoffnungsvoll, und ich denke daran, wie er fragte: *Sind wir trotzdem zusammen?*

Ja, das sind wir. Wir sind nicht nur zusammen, wir sind miteinander verbunden.

Er schließt die Augen, atmet tief ein, während ich seinen Hals küsse und seine Wangen, die geschwungenen Brauen und seine Stirn, mit der Zunge leicht über seine Lippen fahre, die sich öffnen, und als ich jetzt zurückweiche, um ihn noch mal anzusehen, hebt er den Kopf, die Augen noch immer geschlossen, und lässt einfach nicht zu, dass der Kuss zwischen uns unterbrochen wird.

Vielleicht habe ich im ersten Moment mit meinem Kuss nur all das ausdrücken wollen, wozu Worte manchmal nicht in der Lage sind, doch jetzt überschreiten wir eine Schwelle, hinter der es um mehr geht, und so soll es auch sein.

Im Gegensatz zu Cayden, der jeder Berührung hinterherzuspüren scheint, möchte ich so viel auf einmal, dass ich fast ein wenig hektisch werde. Ihn küssen, ansehen, zart über seinen Bauch streichen und meine blöden Jeans loswerden, ohne rumhampeln zu müssen. Cayden grinst plötzlich in meinen Kuss hinein, und ich richte mich abrupt auf.

«Was?»

«Du zerrst jetzt bestimmt schon seit fünf Minuten an deiner Hose rum.»

«Tu ich nicht!»

«Doch.»

Ich sehe an mir hinunter. Bis zu den Knien habe ich es immerhin geschafft, und jetzt werfe ich mich neben Cayden auf den Rücken und strampele das dämliche Ding ganz weg.

Cayden steht auf, und natürlich lässt Mr. Perfect seine Jeans formvollendet wie ein professioneller Stripper von den Hüften rutschen. Argh, ich hasse ihn!

Bis er sich über mich beugt, dann hasse ich ihn nicht mehr. Das Gefühl seiner Lippen, seine Hände, seiner weichen Haare auf meiner Haut ...

«Du kannst froh sein, dass ich kein Mann bin», murmele ich.

«Bin ich», entgegnet Cayden, dann blickt er auf. «Wieso?»

«Sonst wäre jetzt schon alles vorbei, und ich müsste mich erst mal neu sammeln.»

Er lacht leise, und ich liebe sein Lachen. Und ich liebe den Blick, mit dem er mich jetzt ansieht, und ich liebe ... vielleicht ...

Noch immer liegt das Lächeln auf seinem Mund, als er mich jetzt wieder küsst, wieder küsst und wieder küsst, und weil es eben Cayden ist, der sich darum kümmert, gleitet mein Slip ganz leicht herunter, während ich die Hüften anhebe.

Einen anderen Menschen so zu wollen, so sehr auf etwas hinzufiebern ... doch noch während meine Hände den Bund von Caydens Boxershorts ein paar Zentimeter nach unten schieben, fällt mir etwas ein.

«Cayden ... ich muss einkaufen.»

«Bitte was?»

Mühsam unterdrücke ich das Kichern, das in mir aufsteigen will, und erwidere ernst seinen entgeisterten Blick.

«Mir sind die Kondome ausgegangen.»

Diesmal lacht Cayden laut auf. Ganz kurz vergräbt er sein Gesicht neben mir im Kopfkissen, dann blickt er grinsend wieder auf. «Sekunde.»

Ein weiteres Mal steht er auf, diesmal zieht er seinen Rucksack heran.

«Das ist jetzt nicht wahr, oder?», frage ich, während er seine Sachen auf dem Teppich vor meinem Bett verteilt.

«Ich nehme doch nicht nur drei Gummis mit, wenn ich wochenlang mit einer Frau wie dir in der Wildnis wandern gehe.»

«Ich glaub's nicht.»

«Tadaa!» Noch immer grinsend, hält Cayden das Kondompäckchen in die Höhe. «Was machen wir jetzt? Soll ich es mit Wasser füllen, oder ...?»

«Wie viele hast du dabei?»

«Keine Ahnung. Noch drei oder vier?»

«Dann definitiv Wasserbomben. Jeder kriegt zwei.»

«Vergiss es», erwidert Cayden, und der Unterton, mit dem er das sagt, führt dazu, dass ich es beinahe sofort vergesse.

Hitze geht von seinem Körper aus, während er sich jetzt über mich beugt. In seinem Blick lese ich unsere ganze Geschichte, lese ich alles, was Cayden gerade empfindet. Die Außenwelt verliert an Bedeutung. Wir küssen uns wieder, und als er die Arme links und rechts neben meinem Kopf aufstützt und ich sein Gewicht auf mir spüre, führt der Ausdruck in seinen Augen dazu, dass mein Herzschlag sich verdoppelt, während sich in meine Sehnsucht nach ihm gleichzeitig ein tiefes Vertrauen mischt.

Cayden.

Wie hast du das gemacht?

Noch ein Kuss.

Ist es wichtig?

Nein, ist es nicht.

Als er jetzt die Hüften senkt und ich ihm entgegenkomme, ist nur noch wichtig, seinen Blick festzuhalten, diesen Blick aus dunklen Augen, in denen Erregung steht und eine Wärme, die mich die Arme um seinen Hals schlingen lässt, um ihn noch näher zu ziehen. Wir sehen uns an, bis ich ihn so tief in mir spüre, wie es nur möglich ist, und dann steht die Zeit für einen Moment still.

CAYDEN

Rae küssen. Unsere Finger verschränken sich über ihrem Kopf miteinander, und ihr Körper unter meinem lässt Gefühle in mir aufsteigen, die ich noch nie in meinem Leben mit Sex verbunden habe.

Vertrauen. Dankbarkeit. Zuneigung.

Mehr als nur Zuneigung.

In dieser Sekunde will ich mich gar nicht bewegen, will den Augenblick nur voll auskosten und Rae ansehen, und letztlich ist sie es, die sich mir entgegenstemmt, eine Bewegung, die ein Glühen in mir entfacht, das sich verstärkt, als ich ihren Rhythmus aufnehme.

Doch die eigentliche Verbindung besteht in dem Blickkontakt zwischen uns, in den Küssen, die wir uns gegenseitig schenken, und in dem zarten «Cayden», das Rae irgendwann gegen meine Lippen seufzt.

Meinen Namen, ausgesprochen von Rae, in diesem Moment.

Ich verspreche ihr und mir, wir werden alles schaffen.

Alles.

Zusammen.

EPILOG

Es wurde größer, als wir alle dachten, sehr viel größer. Und die Dominosteine, die tatsächlich fielen, erschütterten Cayden so sehr, dass wir nachts oft nur aneinandergeklammert einschliefen, uns gegenseitig versichernd, dass wir es durchstehen würden. Es gab einen Moment, in dem ich dachte, Cayden würde das alles nicht schaffen, als nämlich seine Mutter im Gerichtssaal zusammenbrach und mit einem Weinkrampf herausgeführt werden musste.

Das alles liegt jetzt fast zehn Monate zurück. Zehn Monate, in denen meine Eltern plötzlich zu kämpfen begannen, für mich, um mich, in denen sie aus ihrer Trance erwachten und ein Stück weit wieder zu den Menschen wurden, die ich früher mal kannte.

Nicht nur Mum mag Cayden, Dad mag ihn auch. Natürlich tut er das, aber nicht weil Cayden es will – einfach weil Dad mich liebt und es keinen Grund gibt, Cayden nicht zu mögen. Fast die ganzen zehn Monate über hat Cayden bei uns gewohnt – wenn wir demnächst tatsächlich mit Haven und Jackson zusammen in eine WG ziehen, wissen wir zumindest, dass wir es miteinander aushalten werden.

Doch bevor wir das tun, haben wir einen Urlaub eingeschoben, und den haben wir uns wirklich verdient.

«Tomatencreme, Erbsencreme oder ...», ich gucke noch einmal auf die Packungen, die ich aus dem Rucksack gezogen habe. «Du hast echt eine Hummerschwanztütensuppe gekauft? Die esse ich nicht!»

Cayden steht am Ufer des Athabasca River und spielt mit Poppy. Poppy ist eine entzückende verrückte Promenadenmischung mit wuscheligem Fell, kurzen Beinen und dem unstillbaren Drang, überall dabei zu sein. Ich habe sie Cayden am letzten Verhandlungstag geschenkt.

«Hunde spiegeln ja immer den Charakter ihrer Besitzer wider», habe ich dazugesagt, als ich Cayden den jungen, hechelnden und sabbernden Hund in die Arme drückte.

Cayden meinte nur, da sei er völlig sicher und ich hätte sie ja ausgesucht. Dann sagte er eine ganze Weile nichts mehr, weil er mit Poppy so lange kuscheln musste, bis sie ihm aufs Shirt pinkelte, woraufhin er im Badezimmer verschwand. Danach ging er mit ihr in den Garten, um ihr zu zeigen, wie das bei ordentlichen Hunden so läuft.

Während ich den beiden zusehe, Poppy, die Cayden so eng an den Fersen klebt, dass ich mich kaum mehr daran erinnern kann, wie Cayden ohne Hund aussah, denke ich daran, dass die Dominosteine, von denen Cayden gesprochen hat, seinem Vater eine so lange Zeit im Gefängnis eingebracht haben, dass wir uns zumindest die nächsten Jahre keine Gedanken um ihn machen müssen. Wie es danach wird – wir werden sehen.

Cayden wird seinen Vater nicht besuchen.

Aber seine Mutter werde ich demnächst kennenlernen.

Sowohl Cayden als auch ich waren uns zunächst nicht sicher, ob wir ihre Einladung annehmen sollten – wir tun es, weil wir herausfinden wollen, wie sehr sie selbst Opfer ist und nicht nur die Frau, die zuließ, dass ihr Mann ihren Sohn fast zerstört hat.

«Es wird Erbsencreme!», rufe ich zu Cayden hinüber. «Mit Reis!»

«Klingt episch!», kommt es zurück, und ich lächle vor mich hin, während ich den Kocher entzünde.

Wir essen am Fluss, das dahinfließende Wasser direkt vor unseren Füßen, und wir reden über Richard Spence, in dessen Kanzlei Cayden mittlerweile neben seinem Studium arbeitet, über unsere zukünftige WG und über mein erstes Semester an der Uni nach diesem Sommer. Dass ich, so wie Havens Tante, irgendwann gern als Kinder- und Jugendtherapeutin arbeiten möchte, hatte Cayden zunächst mit einem etwas schiefen Grinsen zur Kenntnis genommen. Mittlerweile jedoch hat er sein Misstrauen darüber abgelegt, ich könne das Studium nutzen wollen, um irgendwas von dem aufzuarbeiten, was wir beide erlebt haben.

Ich will einfach anderen Kindern helfen können, das ist alles.

Die Dämmerung senkt sich langsam über den Fluss. Die Tannenwipfel am gegenüberliegenden Ufer verdunkeln sich zu einer schwarzen Silhouette.

«Ich mach uns ein Feuer», sagt Cayden und steht auf.

Nach ein paar Metern kommt er zurück, küsst mich und richtet sich wieder auf, kommt ins Stolpern, weil ich sein Bein festhalte, küsst mich wieder und geht schließlich tatsächlich das Lagerfeuer entzünden.

Am Himmel leuchten die ersten Sterne auf, und sollte jetzt irgendwo eine Sternschnuppe erscheinen, ist es ein Zeichen von Leah.

Darauf warte ich noch immer und werde das wohl auch für immer tun.

Mehr Sterne. Noch mehr Sterne. Keine Sternschnuppe.

Cayden kehrt zurück und legt eine Hand auf meine Schulter.

Auch er blickt zum Himmel, er weiß, worauf ich hoffe. Ich fühle den Druck seiner Hand und lehne meine Wange dagegen.

Die Bewegung nehme ich nur aus den Augenwinkeln wahr, und als ich den Kopf drehe, hockt in den Schatten der Dämmerung ein Kaninchen, sitzt auf seinen Hinterläufen und sieht mich an. Als es ein Stückchen näher hoppelt, schießen mir plötzlich Tränen in die Augen.

Das ist nicht Leah, natürlich ist es nicht Leah, aber ...

«Guck, wen deine Schwester uns geschickt hat», sagt Cayden leise.

ENDE

Kira Mohn
Show me the Stars

Auszeit! Diese Überschrift schreit Liv
geradezu an, als sie deprimiert
Stellenanzeigen durchforstet. Nach dem
Journalismusstudium wollte sie
eigentlich durchstarten, aber ein
verpatztes Interview hat sie gerade den
ersten Job gekostet. Da hört sich die
Anzeige, in der für sechs Monate ein
Housesitter für einen Leuchtturm auf
einer kleinen Insel vor der irischen Küste
gesucht wird, wie ein Traum an. Eine

416 Seiten

Auszeit ist genau das, was sie jetzt braucht. Sie bewirbt sich,
und nur wenige Wochen später steht Liv vor ihrem neuen Zuhause.
Und zwar zusammen mit einem gutaussehenden Iren, der ihr Herz
erst zum Klopfen, dann zum Überlaufen und schließlich zum
Zerbrechen bringt ...

Der Auftakt der Leuchtturm-Trilogie.

Weitere Informationen finden Sie unter **rowohlt.de**